本书由江苏高校优势学科建设工程资助出版

麦家作品的世界之旅

The World Tour of Maijia's Works

季进 姜智芹——编

江苏大学出版社
JIANGSU UNIVERSITY PRESS
镇 江

图书在版编目(CIP)数据

麦家作品的世界之旅 / 季进,姜智芹编. — 镇江 :
江苏大学出版社,2021.6
ISBN 978-7-5684-1622-1

Ⅰ. ①麦… Ⅱ. ①季… ②姜… Ⅲ. ①中国文学—当代文学—文学翻译—研究 Ⅳ. ①I046②I206.7

中国版本图书馆 CIP 数据核字(2021)第 118121 号

麦家作品的世界之旅
Maijia Zuopin de Shijie zhi Lü

编　　者/季　进　姜智芹
责任编辑/吴　君
出版发行/江苏大学出版社
地　　址/江苏省镇江市梦溪园巷 30 号(邮编:212003)
电　　话/0511-84446464(传真)
网　　址/http://press.ujs.edu.cn
排　　版/镇江文苑制版印刷有限责任公司
印　　刷/扬州皓宇图文印刷有限公司
开　　本/718 mm×1 000 mm　1/16
印　　张/19.75　插页 8 面
字　　数/300 千字
版　　次/2021 年 6 月第 1 版
印　　次/2021 年 6 月第 1 次印刷
书　　号/ISBN 978-7-5684-1622-1
定　　价/68.00 元

如有印装质量问题请与本社营销部联系(电话:0511-84440882)

麦家

麦家

麦家作品译本封面

塞尔维亚书店里摆放的《解密》

以色列国际机场书店门口码堆摆放的英文版及希伯来文版《解密》《暗算》

丹麦街头各大书店码堆摆放的丹麦文版《解密》及麦家的个人海报

麦家接受海外媒体采访

麦家对话西班牙作家哈维尔

麦家在西语国家签名售书

26 SREDA 29. OKTOBAR 2014.

KURIR

SREDA 29. OKTOBAR 2014. • KULTURA

K KULTURA

PREPORUKE

SPOMENIK MAJKLU DŽEKSONU

DOBRO DOŠLI U SRBIJU

LETEĆI HOLANĐANIN

DANAS NA REPERTOARU JUGOSLOVENSKE KINOTEKE

Valjda ćemo dočekati da država pokaže da joj je kultura prioritet

DUŠAN KOVAČEVIĆ

Pozajmio glas junacima crtaća

DOBRO ŠTIVO

IZUZETNO PUTOVANJE JEDNOG FAKIRA

Osvojio Zoranov brk

ŠPIJUN KINESKI PISAC I TAJNI AGENT GOVORI ZA KURIR

Zbog Valtera sam zavoleo Jugoslaviju

Oduševljen Prvi utisak o vašoj zemlji potiče iz popularnih filmova moje mladosti „Most" i „Valter brani Sarajevo"

I „Hazarski rečnik" je pobudio moje veliko interesovanje za Srbiju

INTERVJU Maj Đa PISAC

SVEČANO

DAN POSVEĆEN MILORADU PAVIĆU

ZBOGOM KOLEGE I PRIJATELJI OPROSTILI SE OD CRNO...

Marija je obaveza... mnoge generacij...

Na komemoraciji povodom smrti umetnice govorili Vučković, Branko Cvejić, Voja Brajović i Branka Ve...

Najpoznatija tragičarka

Branka: Tužna sam što si se predala. Čekaj me, Marija. Sada je na meni red

Pisto da nosi njeno ime

GEWINNE!

LIEBE LESER

海外媒体报道

LA NACION

El Gobierno planteó que es imposible cumplir con el fallo de Griesa

Boudou reemplazará a la Presidenta en el acto en Tucumán

1

Mai Jia. "A veces experimento miedo o fobia al éxito"

El arte despidió a Rogelio Polesello

Dos nuevas revistas oficiales de Disney

2

El espía chino de los quince millones de libros

3

"La censura en China no es tan cruel": Mai Jia

Enigmas visuales toman el Amparo

4

Un escritor chino, enamorado de la Buenos Aires de Borges

5

Mai Jia, el espía chino de los 15 millones de libros

TODOS LOS JUEVES 2X1 EN YELMO CINES SOLO POR SER SUSCRIPTOR

6

China, lejos de la literatura de occidente

7

Un 'best-seller' gairebé oblidat

8

MIRJANA PAVLOVIĆ: Na sajam dolaze značajni kineski pisci

MAJ ĐA: Moji junaci su najstrašniji, ali i najkrhkiji

TAJNA DEVET SOBA

ŠIFRA SOLOMON

MOJA AFRIKA

ČETIRI JAHAČA APOKALIPSE

GROBNA TIŠINA

MENE NIKAD NISU PUŠTALI DA PRIČAM

Koncert barokne muzike u Zenonu

SUOČAVANJE SA SAMOM SOBOM

U Kini je procvat

Zbog Valtera sam zavoleo Jugoslaviju

海外媒体报道

塞尔维亚 LED 显示屏上的巨型广告

西班牙公交车身上的广告

2018 年法兰克福书展“麦家之夜”

序：　麦家与《解密》的全球化

从2014年到2018年，历时四年，《解密》持续地释放着文学魅力，有如山间清泉，源源不断。美国《纽约时报》先后发表了4篇书评，美国《华尔街日报》则先后发表了5篇；英国《经济学人》将它选入2014年全球十大最佳小说，英国《每日电讯报》将它评为史上最优秀的20部间谍小说。《解密》还被收录进“企鹅经典”文库，成为首部进入这一文库的中国当代小说。

在《华尔街日报》的一篇书评里，作者将麦家的行文与博尔赫斯、纳博科夫和尼采等文学大家甚至是哲学大家相提并论；《经济学人》的点评则说在作品中看到了拉美魔幻现实主义大师加西亚·马尔克斯的笔调；而《纽约客》的点评同样提到了西方读者更为熟悉的博尔赫斯：“麦家将自己无人能及的写作天赋与博尔赫斯的气质巧妙结合，为读者呈现了一段复杂而又好看的中国历史以及独特的政治魅力。”

而继英语之后，全球另一大语种——西班牙语也向《解密》打开了大门。紧随英国同行之后，2014年全球最大的西班牙语出版集团西班牙行星集团出版了《解密》的西班牙文版，并将其纳入旗下最著名的“命运”书库，这同样是中国当代小说首次入围这一书库，与马尔克斯、博尔赫斯、略萨等著名西语作家的作品并列。

2014 年年底，北京外国语大学中国文化走出去效果评估中心执行主任何明星教授做了一个统计。他根据总部设在美国的联机计算机图书馆中心（OCLC）所提供的全球图书馆收藏数据，对当年在海外出版的 100 多种中国文学翻译作品进行了分析。最终发现，在全球 112 个国家和地区的 2 万多家图书馆中，收藏数量最多的就是《解密》。

而在 2016 年，丹麦莫勒（Moller）出版社、德意志出版社和以色列潘恩（Penn）出版社又分别推出了《解密》的丹麦文版、德文版和希伯来文版。这三家出版社都是首次出版中国当代文学作品。迄今为止，《解密》已经翻译为 33 种语言在海外出版。

与一些中国文学作品在“走出去”的过程中需要主动努力推介相比，《解密》往往得到了东道国更多的青睐。在西班牙文版出版的当月，行星集团在西班牙首都马德里的 18 条公交线路上持续投放了 40 天的车身广告，而在墨西哥和阿根廷，当地最大的报纸都对这位中国作家做了专访，加上在西班牙的交流，麦家累计接受了上百场专访。而在德国和奥地利，麦家在汉堡豫园的签售居然卖断了，之后从莱比锡到柏林、从维也纳至慕尼黑，签售的热闹程度每次都超过了德国书商的预期，在维也纳的莱波雷洛书店，原定报名 60 人的对谈会挤进了上百人。

“《解密》的题材是英雄主义，书中的人物为理想奋斗，为信念付出。而英雄主义是能够打动不同国度读者心灵的，对英雄的崇拜是各个民族与生俱来的。”在谈到自己作品的世界性时，麦家曾经如此表示。这是中国的英雄能让西方书评家和读者关注的根本原因。他表示，写作应该肯定一种健全、有信念和充满力量的人生，彰显人性的光辉，挺直精神的脊梁。

“中国的文学作品要‘走出去’，理所当然地要展现中国的生活方式，但是从中流露出的情感则应该是人类共通的喜怒哀乐。”麦家同时表示，中国的文学作品中过于地域性、乡土性的内容未必能让西方读者理解，例如欧美社会很久以前就没有合法的一夫多妻制，所以西方读者很难真正理解诸如妻妾争宠的文学作品。

“小说是一个民族的秘史。”这句巴尔扎克的名言是麦家一直喜欢引用的。他表示，随着中国综合国力显著增强，外国公众对中国的好奇心与日俱增，而中国文学是他们了解中国、中国人和中国文化的重要窗口。但是文化传播是个慢活，不可能一蹴而就，“文化‘走出去’本质上是精神意识‘走出去’，而要进入到他人已经有的文化、精神和意识模式，进入到他人已经成熟的头脑里，就不能操之过急”。

目录

第一章

麦家其人其作

麦家的人生虽然鲜有传奇经历，但他写出了富有传奇色彩的作品。这种传奇不仅表现在他的小说塑造了传奇性的人物，而且体现在他在中国当代文学走向海外的过程中创造了奇迹。本章通过麦家小传、麦家作品的翻译、国内外媒体的评语及名家推荐语、麦家作品在国外图书馆的馆藏量，来让大家对麦家及其作品有个总体的印象。

一、麦家小传

麦家，中国当代著名小说家、编剧，1964 年出生于浙江富阳，1981 年考入军校，毕业于解放军工程技术学院无线电系和解放军艺术学院文学系，历任技术侦察员、新闻干事、宣传处长等职。1997 年转业任成都电视台电视剧部编剧，2008 年调任杭州市文联成为专业作家，2013 年当选浙江省作协主席。

1986 年，麦家开始创作小说，迄今已出版《解密》《暗算》《风声》《刀尖》《人生海海》等长篇及中短篇小说 60 余篇、散文 200 余篇、剧本 150 多集（部）。其中，《解密》获第六届中国国家图书奖，中国小说学会 2002 年长篇小说排行榜第一名；《风声》获第六届华语传媒文学奖；《暗算》获第七届茅盾文学奖；《暗算》电视剧本获第 13 届上海电视节白玉兰最佳编剧奖等。

令麦家风靡西方世界的小说《解密》创作于 2002 年，是他的首部长篇小说，该小说创作、修改了 11 年之久。2014 年，其英文版 *Decoded*：*A Novel* 由英国企鹅出版集团和美国 FSG 出版公司联袂出版，受到《纽约时报》《华尔街日报》《金融时报》及《纽约客》《经济学人》、BBC 等 40 多家世界主流媒体的好评。《华尔街日报》评价它是“一部可读性和文学色彩兼容并包的佳作”；《经济学人》盛赞它是“一部伟大的中文小说”，将其评为 2014 年“全球年度十佳小说”。同年，《解密》的西语版由行星（Planeta）出版集团作为年度头号畅销书推出，首印 3 万册。2015 年，《解密》获美国华人图书馆员协会（Chinese American Librarians Association，简称 CALA）最佳图书奖。2017 年，它被英国《每日电讯报》评为“全球史上最佳 20 部间谍小说”，并入选“企鹅经典”文库，是首部收入该文库的中国当代小说。

为了创作密码小说，麦家钻研数学，自行研制密码，发明数学棋；为了“生活在远方”，他放弃都市，主动到西藏高原生活 3 年，其间只反复读阿根廷作家博尔赫斯的短篇小说集《沙之书》。

麦家的作品目前已被译成英、法、德、俄、意大利、西班牙、葡萄牙、土耳其、捷克、波兰、芬兰、丹麦、荷兰、匈牙利、塞尔维亚、阿拉伯、希伯来等 30 多种语言。根据其小说《暗算》改编的同名电视剧《暗算》和电影《风声》，是掀起中国当代谍战影视狂潮的经典之作，深受观众喜爱。目前好莱坞 Film Nation 电影公司正在根据《解密》的英文版将其改编为英文电影 Cipher。

二、麦家作品的海外出版

本部分概略介绍麦家作品的海外出版情况，收录的两篇文章分别是 2013 年年底和 2014 年年初写就的。之所以选择这两篇文章，是想把麦家作品海外传播与接受的情况历时地呈现出来。第一篇重点介绍了西方出版

《解密》英文版和西班牙语版的三家重量级出版社，即英国的企鹅出版社、美国的FSG出版集团和在西班牙语国家排在第一位的行星出版集团对《解密》的青睐与厚爱。第二篇探讨“麦家现象”的启示，以及《解密》超高规格的出版和前所未有的市场反响，为中国文学“走出去”树立起新标杆。

（一）麦家作品海外出版情况介绍①

21世纪以来，伴着中国经济的崛起，中国文学呈现蓬勃发展、百花盛开的繁荣景象。然而，在全球掀起中国热的今天，中国当代文学又有多少作品走向了世界？汉学家蓝诗玲（Julia lovell）指出了中国文学在海外出版的窘迫：“在英国剑桥大学城最好的学术书店，中国文学古今所有书籍也不过占据了书架的一层，其长度不足一米”“中国文学的翻译作品对母语为英语的大众来说始终缺乏市场，大多数作品只是在某些院校、研究机构赞助下出版的，并没有真正进入书店”②。

与此同时，重要的外国文学作品几乎都被介绍到中国，名作被一译再译，多次出版。相比之下，中国文学的经典作品在海外至今仍是少有人识，能够进入商业出版、摆上书架的图书更是少得可怜。多数西方出版商、媒体，甚至学者对中国当代文学的印象还停滞于封闭乡村、政治迫害或扭曲的性爱等偏狭之隅。这显然是对中国文学，尤其是当代文学的误读。造成这种现象的原因是多方面的，其中不乏我们自身的原因，在推介作品时过分迎合西方读者早年形成的某些“偏狭趣味”，而忽略了对文学欣赏本身的需求。

从2009年起，我们对中国当代文学进行了深层梳理，把一些专家

---

① 此文为麦家的海外版权代理人——台湾光磊国际版权经纪有限公司总裁谭光磊2013年12月在文化部主办的“汉学家与中外文化交流”座谈会上的发言稿。

② 《人民日报》驻英国记者白阳采访整理：《文学走出去，根基是思想内涵》，《人民日报》，2014年9月4日。

"叫好"、市场"叫座"的作品介绍给国外，取得了很好的效果。最成功的例子是麦家，他的两部作品《解密》和《暗算》受追捧的程度完全超出我们的预期，短短两年间已被译成英语、西班牙语、法语、俄语等12种语言，并与17家出版社签订了出版合同，其中包括世界三大出版巨头：美国FSG出版集团公司、英国企鹅出版集团、西班牙行星出版集团。

英国企鹅版《解密》
2014年2月上市

美国FSG版《解密》
2014年3月上市

西班牙行星版《解密》
2014年6月上市

下面我们来介绍一下这三家出版社与麦家合作的情况。

1. 美国FSG出版公司

FSG全称为法劳·斯特劳斯·吉罗公司（Farrar, Straus and Giroux），是美国最大的文学出版商业集团，有"文学帝国守护神"的美誉，旗下有21位诺贝尔文学奖得主，因而也有"诺奖御用出版社"的俗称。20世纪80年代以来，FSG的作家们还赢得了15个美国国家图书奖和6个普利策奖。当今美国最热门的作家乔纳森·弗兰岑（《自由》《纠正》的作者，奥巴马是他的忠实读者）、中国读者熟悉的《2666》的作者罗贝托·波拉尼奥也是它的签约作家。

只是很遗憾，它从未出版过中国作家的书。对麦家来说又是很荣幸，成了FSG书单上的第一位中国作家。

我们是2010年和FSG建立版权交易关系的，我们给它推荐过9位中国作家的 14 本书，由于种种原因，最后都没有签下单。直到 2012 年，我们把麦家介绍给它时，才掘到“第一桶金”。

让我们欣喜的是，FSG 对麦家小说的喜欢完全是超常的，我们把《解密》译文交给它不到 10 天，FSG 总编辑艾瑞克·钦斯基（Eric Chinski）便迅速做出热烈反应，给我的英国同事萨拉（Sarah）写来热情洋溢的信，毫不掩饰对《解密》的喜爱，表示“迫不及待要出版这本书”。

当他听说《解密》还有一部姊妹篇《暗算》时，尽管当时还没有完整的译稿，他也表示要一起签下，而且两本书都给了超高的版税：5000 册内 10%，5001~10000 册 12.5%，超过 10000 册 15%，预付版税 10 万美金。如此高的版税和订金，在我个人十多年的版权交易经历中还是第一次。除了少数几个人，中国作家在海外的版税一般都在 6%、7% 和 8% 左右，订金也就是几千美金。

优待不仅仅体现在版税上，也体现在编辑出版和宣传的全过程中。按照西方的惯例，书上市前均有一个样书宣传推广期，一般为三到四个月。《解密》的样书宣传期竟罕见地长达八个月，其间出版社三次派出《纽约时报》《大西洋月刊》等明星媒体的文字、摄像、摄影记者到杭州专访麦家。现在书尚未正式上市，已经有五位星号书评家给《解密》以好评。总编艾瑞克先生更是在书的扉页上隆重推介这本书，盛赞“麦家可能是这个世界上你们尚未听闻的最受欢迎的作家”。

2. 英国企鹅出版社

在出版界，也许无人不知“企鹅”，它是出版界的航空母舰。过去的 60 多年里，企鹅出版社一直是英语世界里经典著作的诞生地，为全球的书架提供了世界范围内最好的作品，涵盖各种流派和学科。

FSG 对麦家的青睐，其实首先是因为企鹅。是企鹅率先签下了《解密》和《暗算》两本书的英文版权，而且把两本书同时列入“企鹅当代经典”（Penguin Modern Classics）书系。

看一看这书系收录的作家名单即可想象该书系的权威和影响力：詹姆

斯·乔伊斯（《尤利西斯》）、索尔·贝娄、博尔赫斯（《沙之书》）、卡尔维诺、楚门·卡波提、加缪（《局外人》）、弗洛伊德、克鲁亚克（《在路上》）、乔治·奥威尔、纳博科夫（《洛丽塔》）、勒卡雷、菲茨杰拉德、马尔克斯（《百年孤独》和《霍乱时期的爱情》）、阿瑟·米勒、普鲁斯特、斯坦贝克、海明威、沙特、苏珊·桑塔格等。

该书系亦收录过中国作家的书，不过不多，只有两本，分别是鲁迅的《阿Q正传》和钱锺书的《围城》。但至今不曾收录过中国当代作家的书。麦家是第一位被放进这个书系的当代中国作家，而且收录的是两本作品。

这让我们很惊奇！到底是什么吸引了企鹅，让麦家受到如此礼遇？对此，负责这个书系的编辑总监、也是麦家这两本书的责任编辑亚历克斯·科什鲍姆（Alexis Kirschbaum）告诉我们说："麦家先生颠覆了我们对中国作家的传统印象，我们没想到中国也有这样的作家，他写作的题材是世界性的。"

作为一个权威书系的成员，理所当然，我们给麦家争取到了十分理想的版税：3000册10%、3001~6000册12.5%、6001册以上15%，预付20000英镑。英国毕竟是个小国，某种意义上说，这个待遇比FSG给的还要高。

3. 西班牙行星出版集团

行星出版集团（Planeta）是全世界第六大、也是西班牙语国家中第一大出版集团。集团设立的普拉内塔奖是西班牙国家中最重要的文学奖项，专门颁给西班牙和拉美作家尚未付梓的作品，奖金高达60.1万欧元，仅次于诺贝尔文学奖。

行星出版集团旗下的"命运"（Destino）书库是专业出版文学作品的一个国际名牌，多次出版过诺贝尔文学奖得主的书，如纳吉布·马哈福兹（1988年）、多丽丝·莱辛（2007年）、卡米洛·何塞·塞拉（1989年），以及众多西班牙现当代著名经典作家，如博尔赫斯、马尔克斯、略萨等。近年又出版了如《龙纹身的女孩》《风之影》《牛津谜案》等风行全世界的畅销书。

麦家是“命运”书库签约的第一位中国当代作家，签约两本书——《解密》和《暗算》，版税为5000册以内10%，5000册以上12%，预付25000欧元。现在西班牙经济极为不景气，加上对中国作家缺乏了解，对出版中国作家的书，尤其是文学书，非常谨慎。行星出版集团能如此优待麦家，实属难得！我个人和公司对这次合作十分满意。

4. 其他国家情况及舆论反应

以上三大出版巨头基本上是世界出版圈的风向标，有了他们的签单，再去拓展新语种就变得十分容易。从2013年起，随着FSG和企鹅推出《解密》的样书宣传后，陆续有海外出版社主动找上门要与我们合作出版麦家的作品。迄今，《解密》和《暗算》两本书已与有“法国出版界教父”之称的拉封（Robert Laffont）出版社、以色列最大出版传媒集团Yedioth旗下的潘恩出版社、土耳其Marti出版社等17家出版社签约。2020年开始，我们继续把《解密》《暗算》推广到更多的国家和出版社，同时要推出麦家的另一本书《风声》。凡事开头难。现在我们有充足的信心，把麦家的全部作品都放在一个高平台上向海外输送，让中国文学走得更远更好！

虽然及今麦家的书在海外还没有正式上市，但从2019年7月份，FSG和企鹅推出《解密》的样书宣传后，已经引起海外各路媒体高度关注，《纽约时报》《大西洋月刊》《金融时报》《卫报》《星期日独立报》《泰晤士文学增刊》《出版人周刊》等多家权威报刊以及亚马孙网站都对《解密》给予了较高评价，有的书评家不惜溢美之词，把麦家捧得很高。《泰晤士文学增刊》甚至这样介绍麦家：20世纪80年代中国文坛出现了莫言、苏童、余华、王安忆等一批优秀作家，但从21世纪以来中国文坛崛起的只有一个作家，那就是麦家。这从一定意义上也说明海外对中国文学的了解不多不深，其实中国像麦家这样优秀作家并不少。

长期以来，中国小说的文学性和可读性之间存在着明显的问题：厚重的作品不好读，好读的作品缺乏品质。麦家的小说确实有其独特的魅力，加上麦家本人的隐秘气质，以及他在中国受到文学界、影视界、媒体和自媒体平台大力追捧的现象，还有他在功成名就之后回归书房，静心写作，并自费自助创立扶持青年作者的“理想谷”这样的公益平台，都被西方媒体津津乐道。麦家在给国外展示了一个全新的中国作家形象的同时，也给中国文学界时下存在的某些问题提了一个醒。说到底，时代变了，读者的需求变了，我们的文学趣味也应该求新求变。

（二）麦家作品海外传播情况介绍

国内著名作家麦家的作品 2014 年在英国、美国、西班牙等 100 多个国家同步上市，迅速成为大众畅销书，并在短时间内签出 30 多个海外版本的版权，在海外产生重大影响，海外主流媒体表现出前所未有的热情和关注，形成了中国文学走出去的“麦家现象”。

1. 超高规格出版和市场反响为中国文学“走出去”树立新标杆

继英国企鹅出版公司和美国 FSG 出版社签约出版《解密》英文版后，《解密》《暗算》等作品相继与美国、英国、西班牙、法国、俄罗斯、德国、以色列、土耳其、波兰、匈牙利、瑞典、捷克等国家的 30 多家出版社签约，还包括加泰罗尼亚语和希伯来语，还有更多的语种版权输出在洽谈和签约中。麦家的其他作品《风声》《风语》等也受到了海外出版商的关注。

英国企鹅出版公司有世界文学出版界奥斯卡之称。《解密》英文版还被收入“企鹅经典”文库。“企鹅经典”文库自 1935 年 8 月诞生以来，成为国际文学界最著名的品牌，收录了乔伊斯、普鲁斯特、海明威、萨特、加缪、卡尔维诺、弗洛伊德、菲茨杰拉德、马尔克斯等诸多大师的作品，几乎涵盖了世界文坛最重要的作家，其中也包括《红楼梦》《阿 Q 正传》《围城》，以及《张爱玲小说集》等 4 部中文作品。《解密》是迄今唯一被收入这一文库的中国当代文学作品。入选“企鹅经典”文库，是世界作家的最高荣誉。麦家成为继鲁迅、钱锺书、张爱玲之后被收进该文库的中国当代作家第一人。

美国 FSG 出版集团主编艾瑞克在给麦家的信中说："考虑到 FSG 出版公司出版世界各地最优秀、最受欢迎小说的声誉，我认为我们有很好的优势将麦家作品的重要性推介给美国评论界、媒体和读者。我希望《解密》只是我们出版麦家小说的第一部。我认为麦家非常适合 FSG 出版公司。"

麦家凭借《解密》英文版高达 15% 的版税与国际一线作家并肩，为中国文学作品走出去树立了新标杆。与《解密》一同签约的还有《暗算》。2014 年 3 月 18 日，《解密》英译本在英、美等 35 个英语国家同步上市；西班牙文版于 2014 年 6 月上市；法语和德语等版本也于年内或次年上半年上市。目前，浙江出版联合集团和英国企鹅出版公司、美国 FSG 出版集团和西班牙行星出版集团等境外出版机构合作，正在为麦家制订一个全球推广行程，自 2020 年 6 月起，先后在西班牙、英国和美国等国家进行《解密》的国外宣传活动。此前，英国企鹅出版公司曾于 2020 年 2 月派出摄制组飞赴杭州，花费数十万元（人民币）为《解密》量身定制预告片，并将重磅推出麦家另一部作品《暗算》的英文版。

《解密》英文版上市后，创造了中国作家在海外销售的最好成绩。《解密》在上市当天 24 小时内即创造了中国文学作品排名的最好成绩：英国亚马孙综合排名第 385 位；美国亚马孙综合排名第 473 位，列世界文学图书榜第 22 位。此前中文作品在亚马孙综合排名极少进入前一万名，大部分中国作家排名都在十几万甚至几十万名之外。

2. 大批西方传媒高度关注同一位中国当代主流作家

除了在市场上的惊人表现，海外各大媒体关注度也前所未有。《解密》英文版推出后，引发了全球顶级媒体的集体追捧，包括美国的《纽约时报》《华尔街日报》《纽约客》《新共和》《出版人周刊》，以及英国的 BBC 电台、《每日电讯报》《卫报》《泰晤士报》《金融时报》《经济学人（周刊）》《独立报》等 40 多家西方主流媒体都给予正面报道，并给予了极高的评价。美国《纽约时报》《华尔街日报》等报刊记者专程从美国赶赴杭州对麦家进行采访。

美国《纽约时报》专访说“麦家在作品中描述的秘密世界，不仅是关于中国的，也是关于世界的”，并援引哈佛大学东亚系教授王德威的评论说：麦家的小说艺术风格“混合了革命历史传奇和间谍小说”。

美国《华尔街日报》一个月内三次报道《解密》，并专访麦家。2014年4月4日整版刊登麦家《解密》的新闻，称“中国小说家麦家誉满世界，打破海外出版‘因果难定’的窘境，引领全球阅读狂潮”，并称“《解密》一书可读性和文学色彩兼容并包，暗含诸如切斯特顿、博尔赫斯、意象派诗人、希伯来和基督教经文、纳博科夫和尼采的回声”。

这两家报纸对中国的主流评价向来以观点犀利和偏好针锋相对著称，这次却一致称赞麦家及其作品的“文学价值”和“现实意义”，颇有些“太阳从西方出来”的离奇和超常。

英国《经济学人》周刊是世界最顶尖的杂志，很少刊登书评，对褒奖性的话语更是极其吝啬。这次不仅对麦家《解密》做了大篇幅报道，而且还在封面直接标点《解密》是“一部伟大的中文小说”。全文以“每个人都该读的中文小说”为标题，盛赞《解密》“是35年以来，最伟大的中文小说”。文章第一句话就说：“终于，出现了一部伟大的中文小说。”

英国BBC电台在《星期六》书评栏目里评价《解密》是部伟大的小说，并称赞麦家是你尚未知道的全世界最成功的作家。

英国《泰晤士报》刊载书评及麦家专访，称麦家打破了中国作者在国内畅销而在国际无声的窘境，成为当下全球炙手可热的作家。

英国《每日电讯报》刊载书评，认为《解密》很好地将1949年前后的中国及中国在世界历史上所扮演的角色和地位，生动地描绘了出来，以我们熟知的角度重新梳理了那段历史。

英国《泰晤士文学增刊》评价说，《解密》于微妙与复杂中破解秘密，探索政治、梦想及其意义。从陌生、迷信的传言开始，到20世纪社会进步中容氏家族的逐步衰落，全书引人入胜。“释卷之后，揭示人性的复杂才是本书永恒的旨趣所在。”

英国《卫报》则从另一个角度评价了这部作品，认为麦家有一种独特的叙述语言，使故事如此抓人眼球。他描述了一个外表冷漠的主人公为了破解密码而殚精竭虑的故事，这个故事正是他和他的战友们在中华人民共和国成立初期留下的剪影。

全球最有名、最权威的美国文学杂志《纽约客》刊登《解密》书评，称麦家将自己无人能及的写作天赋与博尔赫斯的气质巧妙地结合，为读者呈现了一段复杂而又好看的中国历史及其独特的政治魅力。

美国《新共和》杂志称：“正如麦家塑造的爱国解密者那样，容金珍也可以被奉为这样的榜样。”“纯文学作家极少获得商业成功，能够做到打破小说类型、以寓言呈现历史，且独占数百万的销量，那迄今为止，只有一个作家可以实现。最令人惊讶的是，这是个来自中国的作家。”

大批西方传媒关注同一位中国主流作家，并给予大篇幅的深度报道，这是中国文学“走出去”第一次遇到的盛况。

3. “麦家现象”的启示：借助主旋律作品也能弘扬中国文化

麦家作品在欧美的成功传播，引起了西方社会对中国主旋律文学作品出人意料的关注和追捧，中国文学和中国出版走出去的“麦家现象”非常值得我们研究和反思，并因此让我们考虑文化走出去的新思路和新方法。这也是我们策划组织麦家作品全球推广计划的主要依据。

（1）积极探索主旋律与文化消费的完美结合路径

与莫言获奖后作品获普遍关注不同，麦家的作品在西方走红，意料之外又有内在的必然性。其必然，就是体现了主旋律与文化消费的完美结合。海外对麦家作品的评价相较中国其他作家有更多的正面性和一致性，是中西文化价值观难得的一次重合。

腾讯文化专评认为，一本中国主流作家的书上市前就被海外主流媒体争相报道，好评如潮，这即便不是第一次也是罕见的。不论是麦家个人还是其作品，都向世界展示了一个不一样的中国作家形象：既是主流的，又是商业的；既是公益的，又是诗意的。或许正是这种多角度的新鲜形象赢得了海外媒体的好感，开启了报道中国主流作家的新篇章。

麦家的小说被国内文学界誉为新智力小说。它吸收了欧美悬疑文学的精华，延续了20世纪50年代到70年代的红色经典题材。一些学者甚至认为当代中国谍战小说的前身正是《红岩》《永不消失的电波》和《林海雪原》等经典作品。麦家的谍战密码小说背景总是关于国家民族命运的，而主人公为了国家利益甚至可以牺牲自己的生命，从这个意义上来讲麦家的小说确实与红色经典在主题上有着一致性。

虽然也有不少对麦家作品不熟悉的读者会认同麦家作品的谍战和商业定位，但国内文学评论界普遍认同麦家作品主流文学、主旋律文学和纯文学的定位，从纯文学走向商业文化，体现了主旋律与文化消费的结合。获得国内的茅盾文学奖和进入国外的企鹅文学经典，就是麦家作品文学经典属性的最好注解。中国的主旋律文学成为西方大众畅销书，一定会成为中国文学研究和“走出去”工作的一个新话题。莫言曾评价麦家是“把文学与商业完美嫁接的劳模”。

从《解密》作品的内容及隐含的价值观来看，《解密》打通了中西文化的人生价值、国家理念、民族精神、英雄主义等人类共同主题，积极地消解了冷战以来西方媒体对中国文学顽固的、一边倒的偏好和误读：落后、愚昧、丑陋、“文革”、运动等。

译者选中《解密》作为麦家的第一个英译本，偶然中有其必然。这也说明《解密》不是一个商业性的急就篇。麦家说：“我对《解密》情有独钟，它几乎是我青春的全部，我命运的一部分。是我本色的苦乐，也是我不灭的记忆。”《解密》陪他走过了10年人生。麦家说：“《解密》是我人生的磨刀石。”从这一点说，《解密》是一本为人生的文学作品。

FSG出版公司主编艾瑞克在《解密》英文版序言中说道：“虽然麦家在中国被誉为谍战悬疑大师，但这一称号可能具有误导性。当我第一次拿起《解密》时，以为会读到直接搬演到中国舞台上的美式悬疑：国际间谍之间激烈紧张的对峙，你死我活地完成解密任务。但我在《解密》中找到了不同的东西，某种复杂而独特的东西。正如麦家在接受《北京高度》（TimeOut Beijing）采访时所提及的那样：‘间谍博弈只是表层，我写的是人。那些身陷军事异化中的人：他们的精神、他们的命运、他们内心的痛与爱——这是我所关心的。’在《解密》中，人物取胜的筹码的确关乎生死，但是整体呈现出的却是心理剖析和形而上的迷宫，而不是曲折的小巷和禁闭的密室。你可能会在《解密》中看到其他优秀悬疑小说所运用的技巧，但你也会在里面找到中国民间传奇、历史小说元素、亨利·詹姆斯式的心理描写和元小说的特质。在此基础上，麦家写就的是一部难得一见、引人入胜、语言优美的小说，让我欲罢不能。”

英国《每日电讯报》评论说：“本作品很好地将1949年前后的中国及中国在世界历史上所扮演的角色与地位到位地描写了出来。容金珍毕竟还是一个民族革命的英雄形象，所以文中会体现出一抹爱国主义情怀。”评论认为：“麦家的所有小说都很容易被归类为间谍惊悚类，然而对于西方读者来说，麦家的小说跟读者所熟知的、传统意义上的间谍惊悚小说，譬如约翰·勒卡雷和罗伯特·哈里斯等人的小说，截然不同。麦家作品在中国所获得的巨大成功，为我们提供了一个从不同的渠道探索当代中国人的思维模式和生活状况的全新视角和线索。”

根据世界图书馆目录联机中心OCLC（覆盖全球100多个国家，25000家图书馆）提供的数据，2014年3月18日《解密》英文版上市后不到一年，世界各地图书馆的收藏量就达到了686家，超过诺贝尔文学奖获得者莫言——他的被翻译成英语多年的《红高粱家族》馆藏量为670家。

以往中国作家作品在海外出版，收藏主体主要是学术和研究型的图书馆，阅读对象更多的是对中国文化有兴趣或者直接从事这一专业的读者。而目前海外收藏《解密》一书的图书馆类型，70%左右是公共图书馆和社区图书馆，30%是学术和研究型图书馆，这表明《解密》的接受和传播人群主要是大众。与以往的中国当代作家有所不同，这是中国经典文学打入美国大众文化消费圈的一个可喜现象。同样，根据 OCLC 的数据，莫言的作品 60%是学术和研究型图书馆收藏的。这从亚马孙的销售排行榜也可以看出。

这些都是麦家的作品由中国经典走向国际经典的要素，也是我们肯定麦家作品“走出去”文化价值的主要原因。

（2）主动参与全球营销，传递中国主流价值观

《解密》英文版出版后，媒体呈现境外一头热、境内一头弱的情况。由于东西方的视角和意识形态不尽相同，再加上境外媒体对中国作品理解的局限性和固有评判模式，海外对麦家作品的宣传也难免存在一些理解偏差和文化误读。准确、全面地向世界展示麦家和麦家作品，也是这次麦家作品全球推广活动的一个任务。

首先是对作品本身价值和内涵的精准定位，也就是我们要通过《解密》告诉海外读者什么，如何借势来解读宣扬麦家作品本身包含的中国主流价值观和中国文化元素。比如具有中国特色的英雄主义、国际主义，中国人的善良、刻苦、奉献等都在麦家作品中有充分的体现。

麦家一直在塑造新的英雄形象，他们为国家利益付出了包括生命在内的许多难能可贵的东西。在这个不相信英雄的年代，他通过自己的创作，使无名谍战英雄的丰满形象深入人心。麦家希望通过自己的作品，把凭借意志力量克服人类弱点和局限的超凡脱俗的中国英雄形象传递给世界，告诉世界一个完整的中国，这是作品真正的价值内涵。麦家的作品更多地将“信仰”幻化为一种品质、一种精神、一种追求，这造就了麦家作品的普世价值和跨界传播力。

三、《解密》国内外媒体评语及名家推荐

《解密》及其英文版出版之后，海外、国内的名家及媒体给予高度评

价。美国的著名书评家、FSG主编艾瑞克，以及《纽约时报》《华尔街日报》《出版人周刊》等不吝赞美；英国的《经济学人》《每日电讯报》《泰晤士文学增刊》《卫报》《星期日独立报》等称赞有加；国内的很多作家、评论家（如莫言、苏童、阿来、王安忆、阎连科、李敬泽、张颐武、谢有顺、王家卫）及《人民日报》《中华读书报》等媒体，充分肯定麦家及其作品的独特价值和意义。

（一）海外名家及媒体评语

FSG主编艾瑞克购买版权的信函

莎朗好！

我真的希望尽快推进这次合作，因为我迫不及待地想要出版这本书。

我出版的小说毫无疑问是FSG出版的独具特色且类型广泛的图书。FSG曾出版过诺贝尔文学奖得主马里奥·巴尔加斯·略萨（Mario Vargas Llosa）和纳丁·戈迪默（Nadine Godimer）的作品，也出版过最前卫的当代作家罗贝托·波拉尼奥（Roberto Bolano，《荒野侦探》和《2666》的作者）、超级纯文学畅销书作家乔纳森·弗兰岑（Jonathan Franzen，《纠正》《自由》的作者）和杰弗里·尤金尼德斯（Jeffrey Eugenides，《中性》的作者）、惊悚小说家史考特·杜罗（Scott Turow，著名法律惊悚小说家）和拉斯·卡普拉（Lars Kepler，瑞典作家，《施行催眠术的人》的作者）等人的作品。

我非常喜欢《解密》。这部小说里面有一种特别吸引我的东西，让我觉得我一定要出版它，仅读了几段我就确信这一点。正如“novel”这个词所代表的那样，《解密》给人带来新鲜的体验，将读者引入了一个陌生化的世界。麦家塑造了一个十分打动人的男主角，营造了一种有关数学和谍战的神秘氛围，使用了匠心独运的技巧，设置了令人愉悦的悬念。概而言之，他以清新、典雅而充满热忱的方式讲述了一个扣人心弦、难能一见的故事，让人无法抗拒。《解密》既有智性内涵，也有商业潜质，这两者难能可贵的结合是我极为欣赏的。考虑到 FSG 出版公司拥有出版世界各地最优秀、最受欢迎小说的声誉，我认为我们有很好的优势将麦家的作品及其价值推介给美国评论界、媒体和读者。我希望《解密》仅是我们推出的第一部麦家小说，以后能够出版他的更多作品。我认为麦家的作品非常适合 FSG 出版。

我非常期待看到《解密》的出版。正如我所说的，我很长时间都没有如此痴迷于一部小说了。当我的同事得知《解密》将在 FSG 出版时，也和我一样充满了期盼，相信这部小说在美国出版后一定会引起关注。

祝好！

艾瑞克

FSG 主编艾瑞克写在《解密》英文版扉页上的“致读者”

亲爱的读者：

麦家可能是这个世界上你们尚未听闻的最受欢迎的作家。他无疑是中国最成功、最畅销的作家：其四部小说售出了 500 万册，他的小说也被改编成叫好又叫座的电影和电视剧。麦家荣获中国顶级的文学奖项——茅盾文学奖，此奖每四年才颁发一次。

麦家的小说在中国掀起了出版热潮，而他本人却仍然是一个谜。他在童年时期十分孤独，靠写日记排遣情绪，这些日记加起来有 36 本之多。在开始写小说之前，麦家有过 17 年的军旅生活，非常擅长密码学，破译过各种加密信息。

《解密》的核心就是这个神秘的密码世界。这是麦家的第一部小说，也是他的第一部被译成英语的小说。虽然麦家在中国被誉为谍战悬疑大师，但这一称号可能会造成误导。当我第一次拿起《解密》时，以为会读到直接搬演到中国舞台上的美式悬疑：国际间谍之间激烈紧张的对峙，为解开对方密码而进行你死我活的争斗。但我在《解密》中找到了不同的东西，某种复杂而独特的东西。正如麦家在接受《北京高度》杂志的采访时所提及的那样，“间谍博弈只是表层，我写的是人。那些身陷军事异化中的人：他们的精神，他们的命运，他们内心的痛与爱——这是我所关心的”。在《解密》中，人物取胜的筹码的确关乎生死，但整体呈现出的却是心理剖析和形而上的迷宫，而不是曲折的小巷和禁闭的密室。你可能会在《解密》中看到其他优秀悬疑小说所运用的技巧，但你也会在里面找到中国民间传奇和历史小说元素，以及亨利·詹姆斯式的心理描写和元小说的特质。在此基础上，麦家写就的是一部难得一见、引人入胜、语言优美的小说，让我欲罢不能。

我希望你们能和我一样享受《解密》的神秘。很高兴，这是我们FSG出版的第一部中国当代英译作品，也是中国最负盛名的作家之一麦家的第一部英译小说。

小说的结尾令人动容而发人深省，让读者思考密码世界中的集体智慧。才华横溢的译者将带领英语读者进入一个中国文学宝库。

——美国著名书评家 Bryce Christensen

麦家描绘的是人心灵的战争，叙写一个人逐渐被内心吞噬的过程。吞噬他的不是特务间谍，而是密码学本身。密码被看作魔鬼的工作——人被自身创造的诡计所戕害。这部小说提供了形而上的思想盛宴。它将数学奥秘、天才和疯子、爱国主义和友谊、上帝、骗术、梦想的力量，以及奸诈的软肋融合在一起。

小说的叙事结构更令人难忘——不断尝试说服读者这是真实的存在，而不是一个虚构的单位，让人不得不相信这个密码学家和他令人伤感的经历。

我阅读了麦家历经十多年创作的这部小说，他前后撰写、修改的文字达百万余字。其实这一点儿也不让我感到吃惊，我从来没有遇到过一部比《解密》更加雄心勃勃的小说。麦家深入剖解了难以捉摸的心灵深处与最终令人伤感的陨落，匠心独运地讲述了一个感人至深的故事，小说里面甚至还穿插着一个爱情故事，交织在各种神秘的现象之中。

解密本身就像一个代码，蕴藏着揭示人性和社会的秘密。我非常喜欢这部小说。

——美国著名书评家 Patto This

为了写这篇文章，我反复阅读了《解密》的最后 30 页，以确保没有遗漏任何信息。我从来没有如此喜欢过一部小说，以至于舍不得让它的故事结束。

如果你喜欢有关智力挑战的小说，那么我强烈推荐你看《解密》。虽然西方读者一向不太习惯文学性强的和来自亚洲的小说，但是，这部小说的可读性非常强，而且翻译得也十分地道，一切堪称完美。

这部小说在中国出版已有 10 多年了，目前刚被译成英语。我希望该作者的作品被更多地翻译过来，他的小说让我大呼过瘾。

——美国著名书评家 Dick Johnson

密码学正越来越多地出现在秘战小说或间谍小说当中。在《解密》中，一个寓言般的故事随着人物性格的发展而逐渐展开。这是一部挑战读者智力体验的作品，是一部体现出文学价值的作品，向我们展现了一位中国顶级作家的才华。强烈推荐给那些痴迷于密码世界的读者。

——美国著名书评家 Neal C. Reynolds

《解密》是麦家第一部被翻译成英语的作品。这部小说更多地向读者展示了一场强大的心理战争，而不仅仅是一部单纯的间谍小说。读者从小说中看到了一种非凡的智力挑战，作者像剥洋葱般一层一层地解开容金珍背后的故事。从某种程度上来说，容金珍是个自闭症患者，但这并不是故事的全部。我们难以参透这部小说最核心的部分，也许这就是该小说的密码所在。

麦家将20世纪中国历史文化的变迁和个人的奋斗、遭遇的挑战结合在一起，写出了《解密》这样一部令人爱不释手、引人入胜的小说。

——美国著名书评家 A. Silverstone

麦家先生颠覆了我们对中国作家的传统印象，我们没想到中国也有这样的作家，他写作的题材和价值是世界性的。

——英国“企鹅经典”文库总监 Alexis

终于，出现了一部伟大的中文小说。

——英国《经济学人》周刊

《解密》所写的不仅是关于中国的，更是关于当今世界的。

——美国《纽约时报》

《解密》一书可读性和文学性兼而有之，从一种类似寓言的虚构故事延伸到对谍报和真实的猜测，蕴含着诸如切斯特顿、博尔赫斯、意象派诗人、希伯来和基督教经文、纳博科夫和尼采的回声，结局是最梦幻也是最令人称奇的一部分。这部小说拥有一种特殊的微妙奇异的气质，它不断设置悬念，从故事的开始一直延续到故事的结尾，让读者情不自禁地参与到密码破解中去。

——美国《华尔街日报》

《解密》很好地将1949年前后的中国，以及中国在世界历史上的角色和地位生动鲜明地描绘出来。该小说延续了中国古典小说的叙事传统，扑朔迷离，如梦似幻，而又枝节繁生，最终你会迫不及待渴望去破解它的奥秘，就像书中的主角对待他的密码一样。

——英国《每日电讯报》

《解密》将独特的视角和灵动的叙述，与复杂的数学理论巧妙结合，为读者讲述了一个引人入胜的故事。

——美国《出版人周刊》

《解密》于微妙与复杂中破解秘密，探索政治、梦想及其意义……小说引人入胜……然而，释卷之后，揭示人性的复杂才是本书永恒的旨趣所在。

20 世纪 80 年代中国文坛出现了莫言、苏童、余华、王安忆等一大批优秀作家，但新世纪以来，中国文坛上最耀眼的明星是作家麦家。

——英国《泰晤士文学增刊》

《解密》是一部令人沉迷其中、爱不释手的非凡小说，主人公容金珍这样的人物有着更宽泛的意涵，人物本身其实就是一部复杂而神秘的密码，而这部密码永远也不能被人完全解开。

——英国《独立报》

当你看完《解密》之后，一定会想阅读麦家的更多作品。

——英国《卫报》

《解密》是一部引人入胜、非同寻常的小说，也许我们身边有许多像容金珍一样未曾被发现和了解的英雄人物。

——英国《星期日独立报》

（二）国内名家及媒体评语

《解密》为我们讲述了一个奇人的故事。这个人的天才与愚笨相映成趣。破译密码，是作家设置的考验奇人的奇境。在这个奇境中，我们看到了人的尊严与光荣，人的脆弱与不幸，当然也能看到我们自己的倒影。

——莫言

人们把麦家称为中国谍战小说之父，我想这也许是事实的一部分。在我看来，麦家的小说很像一只精美的钟表，活跃的秒针积极地为故事播云降雨，从容的分针引导读者徘徊在悬念的丛林深处，而沉重的时针是在暗处运行的，它承担着作者极其严肃的写作理想：人与时间的对抗之谜底，人与社会的相处之道，不仅在重重密码里失窃，而且在最牢固的记忆里，遭遇最彻底的遗忘。

——苏童

当很多作家以为小说情节与故事中蕴藏的秘密已开掘殆尽，以创新的名义把小说变成一种晦涩的文体时，麦家出现。他深入开掘了一个许多人浅尝辄止的题材领域，用自己独特的聚光灯将那么多秘密照亮，技术的，也是人性的。而这一切，都是用精彩的故事串连。一切都在故事树上闪闪发光。

——阿来

麦家以魔术的方式和蓬勃的想象力，表现那些具有特殊禀赋的人的命运遭际，探究封闭空间里意志的能量和光彩。他的智力、趣味，他痛楚而简洁的文字，使他的小说散发出既惊险又脱俗的迷人气息，成为中国当代文坛一个独特的存在。

——铁凝

在尽可能小的氛围内，将条件尽可能简化，压缩成抽象的逻辑，但并不因此而损失事物的生动性，因为逻辑自有其形象感，就看你如何认识和呈现。麦家就正向着目标一步一步走近——这是一条狭路，也是被他自己限制的，但正因为狭，于是直向纵深处，就像刀锋。

——王安忆

麦家在中国有两千万粉丝，他的小说仿佛是直立在沙漠中的一株无叶大树，令人（读者）和树（同行）都称奇。

——阎连科

麦家有力地拓展了中国人的想象力。他把一些世界性的主题带进了中国文学，比如人类智力的荒谬和意志的傲慢。他把中国人所经历的战争与革命、阴谋与暴力化为了人类境遇的幽暗传奇。

——李敬泽

麦家的小说聚焦谍战、破译、秘密，描写个体的人在这种高度压力下的生存状态和心理变化，放到世界上任何一个地方都是畅销题材。加上麦家所具有的出色的写作技巧和独树一帜的叙述特色，使他的小说环环相扣、逻辑严密，情节紧张诡奇，这些特质强烈地吸引了国外读者。麦家受到欢迎的另一个要素是作品在通俗文学的外表下有着纯文学气质。我时常觉得侦探推理小说有一个麻烦，就是只有数学的精神，没有人性的情怀。但是，麦家的作品既有数学的精神，又有人性的情怀。他的谍战故事细致深入地观察人的欲望、人在各种环境下的变化。麦家有一点像英国作家格雷厄姆·格林，在通俗文学市场和纯文学市场之间的一个交叉式的人物，对文学的把握非常精准。

——张颐武

麦家像一个出色的精神侦探……他在一种惊心动魄的心智较量中为人性那无法量度的边界下了绵密的注脚。我相信，这种有写作难度的小说，对读者具有致命的阅读吸引力。

——谢有顺

有人说，稀奇古怪的故事和经典文学的直线距离只差三步。但走不完的也正是这三步。麦家的了不起在于他走完了这三步，且步伐坚定，缓慢有力，留下的脚印竟成了一幅精巧诡秘的地图。

——王家卫

长期以来，文学的质量和可读性之间存在着两个极端，几乎无法调和，然而，麦家的小说给了中国文学一个巨大的惊喜。

——《人民日报》

麦家显然为军事密码破译的主题着迷，这个主题为他撰写的小说提供了大量的素材。他寻找灵感，像一个痴迷的密码破译者一样创作出了《解密》。但是在最后，他不仅仅说的是密码的解密，他指的是人类的生存。

——《中华读书报》

四、麦家作品翻译及馆藏统计

麦家作品翻译统计情况见表 1-1。

表 1-1　麦家作品翻译统计

中文名	外文名	译者	译者国籍	语种	出版社	国家/地区	出版年份	封面
《解密》	Decoded: A Novel	Olivia Milburn, Christopher Payne	英国	英语	Penguin Books	英国	2014	
《解密》	Decoded: A Novel	Olivia Milburn, Christopher Payne	英国	英语	Farrar, Straus and Giroux	美国	2014	
《暗算》	In the Dark	Olivia Milburn, Christopher Payne	英国	英语	Penguin Books	英国	2015	
《解密》	Deha Deşifre!	Murat Sağlam	土耳其	土耳其语	Marti Yayinlari	土耳其	2014	

续表

中文名	外文名	译者	译者国籍	语种	出版社	国家/地区	出版年份	封面
《暗算》	Birim 701：Rüzgari Dinleyenler	Derya Engin	土耳其	土耳其语	Marti Yayinlari	土耳其	2014	
《解密》	El don	Claudia Conda	西班牙	西班牙语	PLANETA Ediciones Destino，S. A	西班牙	2014	
《解密》	El don	Claudia Conda	西班牙	西班牙语	PLANETA Ediciones Destino，S. A	西班牙	2014	
《解密》	El do	Núria Parés Sellarés，Ernest Riera Arbussà	西班牙	加泰罗尼亚语	Edicions 62	西班牙	2014	

续表

中文名	外文名	译者	译者国籍	语种	出版社	国家/地区	出版年份	封面
《解密》	מפוענח	Ayelet Saciuk	以色列	希伯来语	Penn Publishing	以色列	2015	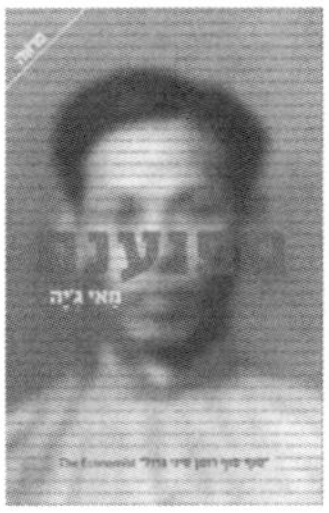
《解密》	Rozlu štěno	Jan Sládek	捷克	捷克语	JOTA	捷克	2015	
《解密》	Szyfr	Alina Siewior-Kuś	波兰	波兰语	Proszynski Media SP	波兰	2015	
《解密》	L'enfer Des Codes	Claude Payen	法国	法语	Robert Laffont	法国	2015	

续表

中文名	外文名	译者	译者国籍	语种	出版社	国家/地区	出版年份	封面
《解密》	Il fatale talento del signor Rong	Silvia Voltolina	意大利	意大利语	Masilio Editori	意大利	2010	
《解密》	Šifra Solomon	Srdan Krstic	塞尔维亚	塞尔维亚语	Vulkan Izdavastro	塞尔维亚	2014	
《解密》	De Gave	Erik de Vries	荷兰	荷兰语	Meridiaan Uitgevers	荷兰	2015	
《解密》	Das verhängnis-volle Talent des HerrnRong	karin Betz	德国	德语	Deutsche Verlags-Anstalt	德国	2015	

续表

中文名	外文名	译者	译者国籍	语种	出版社	国家/地区	出版年份	封面
《解密》	Cifra	Miguel Freitas da Costa	葡萄牙	葡萄牙语	Gmbh Bertrand Editora LDA	葡萄牙	2015	
《解密》	Afkdet	Susanne Posborg	丹麦	丹麦语	Moeller	丹麦	2016	
《解密》	Kódfejtö	Gettó Katalin	匈牙利	匈牙利语	Libri	匈牙利	2015	
《暗算》	Заговор	Митькина Е. И.	俄罗斯	俄语	Гиперион	俄罗斯	2015	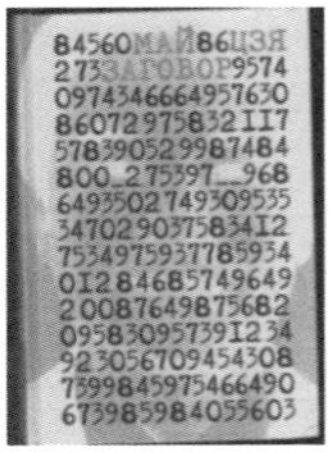

续表

中文名	外文名	译者	译者国籍	语种	出版社	国家/地区	出版年份	封面
《暗算》	En la oscuridad	刘建	西班牙	西班牙语	Planeta	西班牙	2016	
《解密》	ال شد يـ فرة	لـ لكاتـ ب الـ صـد يـنـي جـ يا ماي		阿拉伯语	ورق ورق دار لـ لـنشر والـ توز يـ ع تـ نمـ ية دار تـ نمـ ية لـ لـنشر والـ توز يـ ع	阿拉伯	2017	
《暗算》	701	เรืองชัย รักศรี	泰国	泰语	Matichon Publishing House	泰国	2015	
《解密》	Cifra	Miguel Freitas da Costa	巴西	葡萄牙语	Bertrand Editora LDA	巴西	2015	

续表

中文名	外文名	译者	译者国籍	语种	出版社	国家/地区	出版年份	封面
《解密》	Koodinmurtaja	Koodinmurtaja	芬兰	芬兰语	Aula & Co	芬兰	2016	
《解密》	Criptograful	Paula Pascaru	罗马尼亚	罗马尼亚语	Editura Trei	罗马尼亚	2016	
《暗算》	En da oscuridad	刘建	西班牙	西班牙语	PLANETA Ediciones Destino, S. A.	西班牙	2016	
《解密》	암호 해독자	김택규	韩国	韩语	Geulhangari Publishers	韩国	2017	

麦家作品馆藏情况见表 1-2。

表 1-2　麦家作品世界各地拥有馆藏的图书馆数量①

中文名	外文名	译者	语种	出版社	出版年份	馆藏量（家）
《解密》	Decoded: A Novel	Olivia Milburn, Christopher Payne	英语	New York: Farrar, Straus and Giroux	2014	686
《解密》	Decoded: A Novel	Olivia Milburn, Christopher Payne	英语	London: Allen Lane, an imprint of Penguin Books	2014	90
《解密》	Decoded: A Novel	Olivia Milburn, Christopher Payne	英语	London: Allen Lane	2013	46
《解密》	Decoded: A Novel	Olivia Milburn, Christopher Payne	英语	London: Penguin Books	2015	41
《解密》	Decoded: A Novel	Olivia Milburn, Christopher Payne	英语	New York: Picador	2015	27
《解密》	Il fatale talento del signor	Silvia Voltolina	意大利语	Venezia: Marsilio	2016	11
《解密》	De gave	Erik de Vries	荷兰语	Amsterdam: Meridiaan Uitgevers	2015	51
《解密》	Deha Des¸ifre!	Murat Sağlam	土耳其语	Marti Yayinlari	2014	1
《暗算》	In theDark	Olivia Milburn, Christopher Payne	英语	London: Penguin Books	2015	44
《解密》			中文	北京：北京十月文艺出版社	2014	32
《解密》			中文	杭州：浙江文艺出版社	2009	27
《解密》			中文	台北：联经出版事业股份有限公司	2014	28
《解密》			中文	北京：人民文学出版社	2006	26
《解密》			中文	台北：波希米亚文化	2004	21

① 本表基于 Worldcat 的统计结果，统计时间为 2019 年 4 月 10 日，统计时 Worldcat 的更新日期显示为 2017 年 2 月 19 日。

续表

中文名	外文名	译者	语种	出版社	出版年份	馆藏量（家）
《解密》			中文	北京：中国青年出版社	2004	20
《解密》			中文	北京：新世界出版社	2011	11
《解密》			中文	北京：北京十月文艺出版社	2014	7
《解密》			中文	武汉：长江文艺出版社	2007	5
《暗算》			中文	北京：人民文学出版社	2006	47
《风声》			中文	海口：南海出版公司	2007	42

第二章

《解密》的西方旅行

麦家作品的世界旅行目前来看主要是《解密》在西方国家的翻译、阅读和评论。本章中我们主要探讨麦家的《解密》在英美国家、西语世界和西方其他国家，如德语国家及意大利、塞尔维亚、丹麦、葡萄牙、以色列等国的传播。内容既有麦家及其团队在国外的巡回宣传、国外记者和媒体对麦家的专题采访及报道，也有大量的书评文章。

一、《解密》在英美国家

《解密》英文版的推出揭开了世界范围“麦家热”的序幕。英美国家给予《解密》非同寻常的重视，英国企鹅出版社和美国《纽约时报》均派出记者和摄影师前来中国为麦家量身打造宣传片，并在英美国家的权威书评杂志、重量级报刊上发表专访和书评，对《解密》进行多角度的推荐，并热情地给予好评，促就了一股英语世界的“解密热”。

（一）《解密》英美出版大事记

① 2013 年 6 月，英国企鹅出版社和美国 FSG 出版公司，同时推出《解密》英文版样书，在全球英语国家宣传征订。一般图书的样书宣传征订期为三到四个月，《解密》的宣传征订期却长达八个月，足见其受重视程度。

② 2013 年 9 月 10 日至 17 日，英国企鹅出版社总部派出摄像和编辑，

从伦敦飞到杭州，为麦家拍摄宣传片。

③ 2013 年 12 月 15 日，美国最权威的书评杂志《书目》（Booklist）刊登星号书评文章。

④ 2013 年 12 月 27 日，美国《纽约时报》派出记者及摄影师从美国飞到杭州，专访麦家。

⑤ 2014 年 1 月 25 日和 27 日，全球最权威的人文杂志英国《泰晤士文学增刊》刊载书评。

⑥ 2014 年 1 月 26 日，英国《星期日独立报》刊载书评。

⑦ 2014 年 2 月 2 日，英国《卫报》刊载书评。

⑧ 2014 年 2 月 2 日，英国《观察者报》刊载书评。

⑨ 2014 年 2 月 14 日，英国《独立报》刊载书评。

⑩ 2014 年 2 月 15 日，美国《华尔街日报》刊载书评。

⑪ 2014 年 2 月 16 日，英国《出版人周刊》刊载书评。

⑫ 2014 年 2 月 20 日，美国《纽约时报》刊载长篇专访稿。

⑬ 2014 年 2 月 26 日，美国《世界日报》刊登新闻。

⑭ 2014 年 3 月 1 日，英国和美国开始预售《解密》，并正式投放宣传片。

⑮ 2014 年 3 月 5 日，英国发行量最大的报纸《每日电讯报》刊载书评，将《解密》评为五星级。

⑯ 2014 年 3 月 7 日，麦家应邀参加北京“老书虫”国际文学节，与海外媒体及读者见面交流。

⑰ 2014 年 3 月 10 日，美国最著名的书评网站 Bustle 介绍麦家和《解密》。

⑱ 2014 年 3 月 15 日，全球影响力最大的电台之一、英国 BBC 电台在《星期六》书评栏目中，评价《解密》是一部伟大的小说，并称赞麦家是读者尚未知晓的全世界最成功的作家。

⑲ 2014 年 3 月 15 日，英国《泰晤士报》刊载书评，并专访麦家。

⑳ 2014 年 3 月 18 日，英国企鹅总部和美国 FSG 出版社在全球 21 个

英语国家同步上市英文版《解密》。

㉑ 2014 年 3 月 19 日，美国、英国亚马孙图书总榜显示：《解密》上市 24 小时即创造中国文学作品排名最好成绩：英国亚马孙排第 385 名；美国亚马孙排第 473 名，列世界文学图书榜第 17 位。

㉒ 2014 年 3 月 20 日，《亚洲周刊》刊登麦家长篇专访稿。

㉓ 2014 年 3 月 24 日，英国《经济学人》周刊刊登书评。

㉔ 2014 年 3 月 25 日，美国《纽约时报》书评栏目刊登书评。

㉕ 2014 年 3 月 28 日，英国《金融时报》刊载书评。

㉖ 2014 年 3 月 28 日，美国《新共和》杂志刊载书评。

㉗ 2014 年 3 月 28 日，美国最主要的媒体之一《芝加哥报》刊登评论文章。

㉘ 2014 年 4 月 3 日，美国最具影响力午间新闻 Lunch Break 播放麦家《解密》新闻，时长达 2 分 17 秒。

㉙ 2014 年 4 月 4 日，美国《华尔街日报》头条整版刊登麦家《解密》新闻。

㉚ 2014 年 4 月 5 日，英国《卫报》刊载力荐书评。

㉛ 2014 年 4 月 7 日，美国《纽约客》杂志刊登《解密》书评。

㉜ 2014 年 4 月 25 日，美国《华尔街日报》刊登题为“享誉国际的中国作家”的麦家专访。

㉝ 2014 年 5 月 2 日，美国《纽约时报》刊登题为“麦家笔下中国间谍的心理焦虑”的书评。

㉞ 2014 年 5 月 16 日，美国《华尔街日报》刊登《解密》书评。

㉟ 2014 年 7 月 1 日，中参馆（Chinafile）[①] 对《解密》进行了题为

① “中参馆”是美国亚洲协会美中关系研究中心主办的，是一个全英文的、介绍中国的非营利性网络杂志。这个杂志采用多媒体形式对中国进行动态的深度报道，旨在加强中美间更广泛的交流和对话。据主办方介绍，该网站的中文名“中参馆”的“参”字意为参与，“中参馆”取自“中餐馆”的谐音，含义是读者在这里可以享用到中国新闻“大餐”。

“中国黑客的内心世界”的报道。

㊱ 2014 年 9 月 16 日，美国《约克》杂志上发表《解密》书评。

㊲ 2014 年 12 月 6 日，英国《经济学人》将《解密》评为“2014 年度全球十大小说”。

㊳ 2014 年 12 月 29 日，英国《伦敦书评》发表评论文章。

㊴ 2014 年 12 月 30 日，美国《华尔街日报》派出记者从香港飞到杭州，专访麦家。

（二）《解密》英文书评专访

在这一部分，我们从两个层面来展现英语世界对《解密》的评论。一是专业受众的评价，集中于发表在英美报刊上的评论文章和专访；二是普通读者的评论，侧重于亚马孙英文网站上读者的购买评论和被誉为世界上最大的读者俱乐部、有着“美国豆瓣”之称的 Goodreads 上的读者评论。

1. 英美报刊上的书评和专访

（1）2013 年 12 月 16 日美国《出版人周刊》上的书评[①]

这是麦家在中国的一部畅销书，也是他被翻译成英语的第一部小说。小说开头就以民间传说的形式介绍了容氏家族。1873 年，容自来乘船离开中国，去国外学习释梦和易梦之术，目的是将他奶奶从噩梦中解救出来。奶奶去世的噩耗传来，容自来决定改学其他专业。学成归来之后，他发现奶奶给他留下了一笔银子。于是，他用这笔钱创建了黎黎学堂，也就是 N 大学的前身。这部小说的故事就是以这所大学为基础展开叙述的。随着容自来年龄的增长，我们更多地了解了容氏家族，包括“大头算盘”和她的儿子“大头鬼”，以及故事的主角容金珍。“大头算盘”之所以有这个名字，是因为她的算术天赋和硕大的头颅。“大头鬼”之所以有这个名

---

① “Fiction Reviews：Decoded” review by Staff，Publishers Weekly，Vol. 260，Iss. 50，Dec 16，2013.

字，是因为他的头更大（他出生时因为头大而导致母亲死于难产）。容金珍是容自来的后代。随着小说讲述容金珍在N大学，以及在军方破译紫密和更复杂的黑密的经历，读者进入了中国情报和数学的历史发展之中。麦家的故事叙述得张弛有度，为全书蒙上一层传说色彩，同时还融入一些复杂的数学理论，使得情节精彩纷呈，令人着迷。

（2）2013年12月15日美国《书目》上的书评①

严实，《解密》中一位上了年纪的中国解密者，将他的谋生手段视为一种将人变成疯子和天才的迷醉。在麦家精彩纷呈的密码谍战中，读者徜徉于字里行间，将疯子和天才区分开来。麦家这部引人入胜小说的主角是数学天才容金珍，神秘莫测的他其实是中国秘密组织701部队中年轻的一员，而且是精英骨干中的破译大师。在小说中，容金珍碰到一位在第二次世界大战中破译了日军密码的英雄，但他最终沦落为无依无靠、迷恋下棋的疯子。容金珍面临的最大难题是如何破译他的外籍老师所创制的残酷密码——紫密，他只能孤身一人着手破译工作。这部小说采用了倒叙和插叙的手法，这种手法同时也是对读者的挑战，让他们享受解密般的阅读体验。随着故事的展开，读者看到聪慧异常的主角在严酷的精神危机中生存下来，在梦中受到俄国化学大师门捷列夫的启发，终于破译了紫密。但是新的对手却在此时出现，这就是紫密的邪恶同伙黑密。容金珍再次冒险前行，由于不慎丢失了解密笔记本而一度陷入精神崩溃。小说的结尾令人动容而又发人深省，让读者思考密码世界中的集体智慧。才华横溢的译者将带领英语读者进入中国文学的宝库。

（3）2014年1月24英国《泰晤士文学增刊》上的书评②

《解密》对密码学、政治学和解梦易梦及其重要性进行了复杂而微妙的探索。这部小说是米欧敏（Olivia Milburn）和克里斯托弗·佩恩（Christopher Payne）翻译的，语言流畅，聚焦中国一个代号701的单位。

---

① Bryce Christensen. “Decoded”. The Booklist, Vol. 110, Iss. 8, Dec 15, 2013.

② Frances Wood. “Decoded”. Times Literary Supplement, Iss. 5782, Jan 24, 2014.

这个单位与英国的情报机构政府通讯总部（GCHQ）有所不同，它是一个秘密单位，隐匿于公众视线之外，但是其运作方式与英国的特勤机构是一样的。在这个不为外人所知的单位里，如果有人能破解密码，那么他们无疑是民族英雄。不过，这部中国小说仍然有其独特之处。

《解密》讲述了容金珍从缺乏欢乐的童年时代到其取得破密成就的故事，他从数学家变成密码破解专家。1873 年，盐商富豪容氏家族的一名年轻人容自来被派往美国，寻找一位刚从西洋漂泊到铜镇的年轻外国人的老祖父，因为他是唯一可以解析容家老奶奶噩梦的人。但容家老奶奶的溘然长逝让容自来改学数学，在回国后创建了数学学院。几十年后，那个外国人再度出现，成为孤儿容金珍的老师。受家族基因的影响，容金珍在数学方面天赋异禀，远胜过他的亲戚和本家，最终引起家族人的注意。后来，他又受业于另一个外国人。随着麦家故事的展开，读者发现这位外国人是躲避纳粹德国迫害的波兰犹太裔难民，是流落到中国的众多优秀的外国数学家和密码学家之一。容金珍从纯粹的数学领域转到为祖国服务的密码领域后，他之前的国外关系背景受到严格审查，因为他的新工作充满了秘密和较量。

这部小说十分引人入胜，开始的时候夹杂着陌生、迷信的传言，紧接着是 20 世纪容氏家族的日益衰落，特别是在 20 世纪 30 年代民族危机的动荡时期……但是，最终让我们感受到阅读愉悦的，是《解密》中人物性格的复杂性。

（4）2014 年 1 月 26 日英国《独立报》刊载的书评①

对于英语国家的读者来说，《解密》是他们接触到的第一部麦家小说。作为中国本土的畅销书作家，麦家不仅以小说创作闻名，根据其作品改编的影视剧也广为人知。作为中国间谍小说的先驱者，他曾经在中国人民解放军的情报部门工作过 17 年。显然，当时与密码和谍报接触的经验让他

---

① Russell Williams. “China in Their Hand：Book Review of ‘Decoded’（Trs by Olivia Milburn and Christopher Payne）”. The Independent，Jan. 26，2014.

的小说更为真实可信。在开始创作之前，麦家还在部队的宣传部门干过一段时间。

《解密》绝不是一部传统的间谍小说。本书讲述了主人公容金珍在情报部门的工作和他破解敌军密码的故事，故事的叙述人通过走访容金珍的亲友和同事了解到了这个民族英雄的一生，从他孤独的童年时代开始，讲述他大学时期的天才经历，一直到他成为神秘的“701”基地的一员，为国家效力。

与别人不同的是，容金珍一直很孤僻，极有可能是个自闭症患者，但他毫无疑问是个天才。小说之所以精彩，就在于它将一个自闭症患者的辉煌经历和面对的重重困难描写得十分逼真。与容金珍的亲身经历相比，我们的故事讲述者沿着金珍生活的轨迹，揭示了密码破译的复杂艰辛，这一点更能打动读者。米欧敏的翻译不失风采，很好地传递出了原作的语言风格和叙述节奏，因而能紧紧地抓住读者。比如《解密》里面一个角色说过这样一句十分经典的话：“一个错误的想法比一个完美的考分更正确。”

《解密》不仅让我们了解到20世纪的中国，也揭示了一些隐藏在暗处的情报安全部门的机密……但《解密》的内容是超越现实的，偶尔会出现梦呓一般的语言和场景。尽管如此，它依旧完美地为我们勾画出一幅耐人寻味的秘密情报工作全景图。

《解密》为读者带来了一次迷人且极不寻常的阅读体验……小说里面有很多为掩饰真相而使用的暗示性语言或线索，最终也没有给出一个明确的结论。这到底是出于微妙的讽刺，还是为了增加小说的复杂性，我们无从知晓。总之，小说呈现出来的内容远比你想象的要丰富得多。当阅读《解密》的时候，你最好将其视为一个复杂的密码，一个最终难以被完全破解的秘密。

（5）2014 年 2 月 2 日英国《观察者报》上的书评[①]

麦家以聊天式的叙事风格写就的畅销间谍小说《解密》让你欲罢不能，期待阅读他的更多作品。

在出版商的推介广告上，麦家因为这部与众不同的力作被称为“可能是这个世界上你们尚未听闻的最受欢迎的作家”。现在，随着他 2002 年出版的畅销作品《解密》被译成英文，麦家开始正式走向西方读者，英语国家的人们终于有机会了解这位麦先生何以能够得到如此高的赞誉。

如果你抱着看罗伯特・哈里斯的惊悚小说《密码迷情》那样的期待来阅读这本小说，那就大错特错了。《解密》用微妙的方式，在心理学层面上让读者一窥 20 世纪的中国历史，将中国彼时的风貌与中国当下的现实做了一番对比。小说的开端某种程度上类似帕特里克・聚斯金德的代表作《香水：一个谋杀犯的故事》，讲述一个名叫容金珍的怪才少年无法融入社会的故事。小说中他也有一个非同寻常的老师，在老师的指点下开始发展自己的天赋（他的天赋是超乎常人的高等数学能力）。后来，容金珍被秘密情报部门的郑瘸子（他因为腿脚不好而得了这个绰号）招募，正式服务于情报部门，成为一名密码破译人员，专注于破译 X 国两部最先进的密码，即无人能破的紫密和更加神秘的黑密。不过，随着容金珍融入那个神秘的、不为人所知的、隐匿的间谍世界，他发现自己以前就有的心理问题变得更加严重了，于是小说开始呈现出一种完全不同的色调。

麦家讲故事的风格，包括冗长的和看起来明显无关的叙述，可能有时会让人觉得费解，这些叙述采用的是日记式的第一人称或访谈形式。尽管如此，小说的中心情节是扣人心弦的，塑造了一个外表冷漠的主人公，他为破解密码进行的奋斗，显然是中华人民共和国成立初期为所面临的危险而进行的斗争，这种危险也是容金珍的同胞所共同面临的。不再多说了，你可能会急不可待地想去阅读麦家的小说了。

---

① Alexander Larman. “Review of Decoded”. The Observer, Feb 2, 2014.

（6）2014 年 2 月 14 日英国《独立报》上的书评[①]

《解密》在很大程度上完全没有遵循西方传统间谍惊悚小说的套路。暴力描写极少，而且除了大脑以外，主人公没有任何新奇的间谍高科技帮忙。与邦德或其他间谍故事迅疾展开不同，《解密》前三分之一的篇幅叙述了主人公的家族史，从容金珍这一代开始往上追溯，有九代人之多。家族中的人物彼此勾连，交织成一幅悲喜交织的精彩画卷。容家祖上是有名的盐商，曾富甲一方，脑袋偏大是他们家族频出数学奇才的标志。也正因为孩子的头在出生时特别大，所以生产过程非常艰难，容金珍的奶奶就死于难产。但奶奶生下的男孩活了下来，得了个“大头鬼”的外号。长大成人后，“大头鬼”的女人又生出了另一个大头男孩，即后来的容金珍，这个女人也同样死于难产。容金珍出生没多久就成了孤儿，“死鬼”这个难听的绰号一度如影随形地跟随着他。对于一个大名鼎鼎的密码破译英雄来说，这样的角色设定与其说像是弗莱明的作品，不如说充满着狄更斯小说的味道。

麦家在一次简介中说自己的风格是卡夫卡和阿加莎·克里斯蒂的混合体。推理游戏背景被设置在梦幻一般的现实场景中，有着超小说的韵味。《解密》是一部关于小说的小说，主人公容金珍孤军奋战努力破解紫密的过程，好似小说家独自一人完成作品的历程……容金珍的性格和生活方式充满了“不确定性”“有与社会脱节的危险”“总是独自生活和工作”，这些在文学世界里都并不罕见。

《解密》中让人觉得有趣的一个地方是对于释梦重要性的分析。释梦是中国文化的一部分，它是一门与破解密码完全不同的艺术。此外，小说里说梨花水能治疗便秘，这也是一门艺术。但小说也谈到“文化大革命”和对国家的绝对忠诚。“701 基地”就好像乔治·奥威尔笔下的国家通信总局，在那个地方：“不该问的不问，不该说的不说，不该知的不知……”

---

① Edward Wilson. “Book Review: Decoded by Mai Jia”. The Independent, Feb 14, 2014.

麦家是作者的笔名，他原名蒋本浒，曾在中国人民解放军的情报部门工作过17年。他的家庭背景在红卫兵看来“成份不好”，外公是地主，爷爷是基督徒，这都对他参军造成阻碍。《解密》主要讲述了一个怎样的故事呢？线索就隐藏在标题之中。这本小说与其说讲了一个破解密码的故事，不如说是蒋本浒“解密”自己的过程。这是一部隐藏在间谍小说外衣下的自传，而且具有很强的可读性。

米欧敏的翻译让我们看到了如何在两种语言之间寻求完美的转换：“……he larded his speech with words that sounded like the chirping of a bird”（他的声音听起来像是鸟儿欢快的鸣叫）。翻译完全没有失去中文原著的味道。

（7）2014年2月14日美国《华尔街日报》上的书评《密码小说：智力游戏》①

由法劳·斯特劳斯·吉罗出版社（简称FSG）出版的中国作家麦家的长篇小说《解密》，讲述一位在数学领域有天赋异禀的中国人（一个真正奇异之人）的非凡经历。小说的国际政治背景是冷战时期。1956年的一天，此人被秘密招入军营，去干一份特殊的职业，这个职业也许可以视为一种变相的无期徒刑：在一个绝密的政府机构即特别单位“701”，全身心地致力于密码破译工作。整部小说由一位隐秘的叙述人借助访谈和解密档案，将整个故事和盘托出。

这是一部可读性和文学色彩兼容并包的佳作，从一种类似寓言的虚构故事延伸到对冷战时期谍报领域的真实描绘，蕴涵着诸如切斯特顿、博尔赫斯、意象派诗人、希伯来和基督教经文、纳博科夫和尼采等先师的回音。

小说构思精巧，主人公容金珍的经历具有传奇色彩。他是一个私生子，从小没有受到正规的教育。但他天资聪颖，自学成才，最后在并非他本人选择的职业领域里取得巨大成功，把本国的破译事业推向一个难以超

---

① Patto This. “Mysteries：Brainy Games”. The Wall Street Journal，Feb 14，2014.

越的高度。作为一个破译家，精神上的流离失所是命中注定的。叙述者说：这种秘密的破译职业其实并不是一种真正的工作，而是一个陷阱，一种阴谋。叙述者讲述故事、以假乱真的能力超群绝俗，尽管叙述者强调："这个故事是历史的，不是想象的，我记录的是过去的回音，中间只是可以理解地（因而也是可以原谅的）进行了一些文字的修饰和必要的虚构。"全书弥漫着一种极其微妙和奇异的氛围，悬念重重，从故事的开始一直延伸到结束，让读者不得不参与到密码的破解中去。结局是最梦幻也最令人称奇的一部分。容金珍，一个深陷于精密的、虚无的、令人百思不得其解的心理迷宫的痴迷者，具有在冥冥之中感知来自宇宙阴阳秩序的能力，却无法给自己的心灵带来安慰。正如书中所说："神给我们欢乐，也给我们苦难，神在向我们显示一切。"

密码学正越来越多地被应用于各种神秘的间谍小说创作中。《解密》有一种寓言特质，故事离奇，人物个性鲜明。透过翻译，我们不难感受到一个中国顶级作家的写作能力。

麦家描绘的是人心灵的战争，叙写一个人逐渐被内心吞噬的过程。吞噬他的不是特务间谍，而是密码学本身。密码被看作魔鬼的工作——人被自身创造的诡计所戕害。这部小说在思辨上也有十分精彩之处，它将数学的奥秘、天才和疯狂、爱国主义和友谊、上帝的本质、欺骗的威力、梦想的力量以及奸诈的软肋，巧妙结合在一起，是一场形而上的盛宴。

小说的叙事结构更是令人难忘——不断尝试说服读者这是一个真实的故事，而不是一部虚构的小说，让人不得不相信这个密码学家和他令人伤感的经历。

（8）2014 年 2 月 20 日《纽约时报》上的专访《中国谍战小说家笔下的秘密世界》①

麦家，中国最成功的小说家之一，隐蔽的图书馆就是他的天堂。

---

① Did Kirsten Tatlow. "A Chinese Spy Novelist's World of Dark Secrets". The New York Times, Feb 20, 2014.

麦家，中国最畅销的间谍小说家和退伍军人，多年来一直都在书写解密故事。

麦家迄今已出版六部小说，而且每一部都十分畅销，已售出数百万册，赢得众多中国文学奖项，包括茅盾文学奖。他作品中所描述的那个秘密世界是大多数中国人并不知晓的，外国人更是一无所知。

然而，由于发生了斯诺登事件，美国情报部门对全世界大规模实施监视、侦听这一耸人听闻的事件随之公之于众，人们对麦家的作品顿时有了新的认识和感受，其现实意义不容否认。

在麦家的长篇小说《解密》英文版于下个月将在美国和英国同时出版之际，我来到他生活的城市杭州。在城西的一处高档山居寓所里，麦家先生在午餐时分接受了我的专访。谈话刚刚开始，他就直言不讳地说："我觉得这个世界充满了秘密，人们都非常谨慎隐秘。人类是非常注意保护自己的动物。"

"事实并不是就摆在'那里'。"麦家对我说这句话时，我看见他的目光一闪。他的这些话让我想起他书里写的不仅是关于中国的，更是关于当今世界的。

麦家先生具有一种隐秘的气质。"我有轻度的社交恐惧症。"他说。这位作家今年 50 岁，已是知天命之年，在他 17 年的军旅生涯中，有相当一部分时间是在不为人所知的秘密情报部门度过的，与军队掌握最高机密的密码专家打过交道。然而小时候，由于家庭成分不好，他常被别的孩子欺负，那时候的他把图书馆当作自己的天堂。这一点简直很像他推崇的阿根廷作家博尔赫斯，后者一生都在图书馆里流连忘返。

《解密》的主人公容金珍是一个出身于显赫家族但患有自闭症的数学天才，他的天赋和生理缺陷均在于他那标志性的硕大头颅。容金珍后来被军方最高机密部门"701"招募，负责破解两组高级密码——紫密和黑密，这两个密码都是小说中没有明确说出来的劲敌设计的。在这场智力的较量中，孤独、迷失乃至疯狂笼罩着容金珍。

容金珍和斯诺登是一枚硬币的两面，麦家先生说：“斯诺登也好，容金珍也罢，他们是被上帝抛弃的人。可悲的是，不论是哪个国家都有相当一部分这样的人。坦率地说，斯诺登揭露的不是美国的丑，而是当今世界。这个世界被科技绑架了，不论是 X 国，还是 Y 国，我忧郁地认为，只要他们拥有相应的技术，都会干出相应的勾当。”

麦家原名蒋本浒，1964 年出生于浙江省富阳县，一个离杭州不远的村庄。他的小说，以及根据小说改编的影视剧，备受读者和观众喜爱，曾风靡中国。《解密》是他的第一部长篇小说，于 2002 年出版。之后他一发而不可收，接连出版了《暗算》《风声》《风语》三部曲及《刀尖》。他的海外经纪人台湾的谭光磊介绍说，这些小说目前正被翻译成多种外语出版。

北京大学中文系教授张颐武在接受一家北京的报纸《京华时报》采访时说：“我时常觉得侦探推理小说有一个麻烦，就是只有数学的精神，没有人性的情怀。但是，麦家的作品既有数学的精神，又有人性的情怀。”哈佛大学东亚系教授王德威在接受电话采访时说：“西方读者将可能在中国式的间谍故事中发现，刺探、加密和阴谋自古以来就一直是人类世界的一部分。”“麦家和他笔下的人物阐释了间谍和密码的艺术已经与政治根深蒂固地存在于我们生活的每一个层面。”王德威教授说道。他进一步说：“麦家笔下的英雄们都是偶然的个体和存在，即使真有其人，去探索真义，那也只不过是‘管中窥豹’而已。”这是一个黯淡的看法。麦家先生坦陈，对于人性，他是一个“悲观主义者”！王德威教授认为麦家的文学风格“混合了革命历史传奇和间谍小说，有西方间谍小说和心理惊悚文学的影响”。

对麦家而言，17 岁当兵是其对不幸童年的一种逃离和解脱。在中华人民共和国成立初期，他的家庭有着三重“污点”：地主、基督徒和“右派”——他爷爷是基督徒，外公是地主，父亲是“右派”。

当兵的时候，麦家阅读一切可能找到的书籍，而尽量少做与军事有关的事情。20 世纪 90 年代初期，他去西藏生活了三年，其中花了整整一年时间反复阅读一本书，这就是博尔赫斯的短篇小说集《沙之书》。麦家也喜欢文学大师弗兰兹·卡夫卡和斯蒂·茨威格的作品，他说："我喜欢茨威格的原因是他写那些爱幻想的人物，因为我自己也不是那种很正常的人。"后来，他离开了部队，成为一名专业作家。

从遭受欺辱的孤独童年起，麦家将内心的恐惧都写进了日记，累计达 36 卷之多。"我确实在与社会脱离的环境中长大，"他说，"有一堵无形的墙包围着我，我非常自闭。但这种离群寡居的生活让我变得强大，我住在我想象的王国之中。"

在中文本《风语》中，有一张麦家先生的照片，下面写着："喧嚣最终是我们共同的敌人!"他每天在杭州植物园坚持慢跑，他的脚下有一条他自己踩出的路。

文学的意义非同凡响。他在接受采访时曾这样说。后来，在一封电子邮件中，他又阐释："文学赐予我坦然和平静。上帝在我身边，我敢跟魔鬼对话。"

（9）2014 年 3 月 5 日英国《每日电讯报》上的五星版书评《解密中国》①

畅销书作家麦家的全新谍战译作，深度揭示了当代中国人的思想状态。

麦家的小说《解密》里处处藏着秘密，这些秘密通过神秘跌宕的情节和难解的身世之谜展现出来。这并不令人意外，《解密》是一部复杂的关于密码学的小说，其背景设置在"文革"时期。但这部小说之所以给人带来惘然和迷惑之感，并不是因为它曲折的故事情节，也不是因为其中令人琢磨不透的怪异人物，而是它有意不让读者获得一个确定的视点，这样一种叙述风格就像在模拟破译密码本身的复杂性，而这正是作品的核心。

作为畅销书作家，麦家在中国非常引人注目，他的作品也被大量改编

---

① Tash Aw. "Decoding China". The Telegraph, Mar 5, 2014.

成影视剧。2008 年，麦家获得中国最高级别的文学奖茅盾文学奖，当时引起很大的争议，争议的原因是他的《解密》和《暗算》出版不久且广受欢迎，有通俗小说之嫌。麦家的小说很容易被归到侦探惊悚小说之列，其实它们与西方读者熟悉的勒卡雷、罗伯特·哈里斯的小说有着本质的不同。从麦家的小说在中国如此受欢迎这一点上，我们可以找到完全不同的根源，以及当今中国的思维模式。

《解密》是麦家的第一部翻译成英文的小说，是密码类的题材。小说讲述一个名叫容金珍的半自闭的年轻人，由于他在数学方面有天赋才华，被军方专门破译密码的部门招募过去。容金珍成功地破译了敌方最有名的“紫密”，因此成为“革命英雄”。但后来，他却因为犯了一个低级错误而被一个更高级、更邪恶的密码挫败，这一挫败让他痛苦万分甚至发疯。就像那些他毕生致力于去破解的密码一样，容金珍这个极为复杂的个体最后被击垮了。

《解密》的故事看起来似乎有些直白，但实际上小说却不是线性展开的。主人公容金珍直到三分之一的篇幅才离开家乡，而我们要读到一半方才知道他是一个密码破译员。在这之前小说所展现的是容金珍那些多姿多彩、异乎寻常的先辈们的人生经历：被噩梦缠绕的容祖母，聪明绝顶的老黎黎和小黎黎，等等。他们的故事通过国共双方多年的战争及第二次世界大战铺展开来。

家族史的铺陈并不完全是为了强调容金珍来自一个数学禀赋优异的家族，也不仅仅是为了给小说提供一个历史背景，相反，它所暗示的是中国古典小说那种多头绪、多线索的复杂结构，主要故事情节有时会游离于外，次要的故事和人物枝蔓开来。西方读者在刚开始阅读《解密》时可能会不适应，但小说却以这种梦幻般的、略显沉闷的方式，悄然离开西方意义上的侦探惊悚小说模式，进入一个令人意想不到的、更为逼真的世界当中。

《解密》中有大量的细节，其中许多细节与密码学相关，也有一些关于数学、记忆的细节，甚至有容金珍要吃多少食盐的细节。《解密》中细节的密度迥异于西方的侦探小说，却因此具有了一种自身的审美，这个故事里的人物不断地在痴迷的边缘摇荡。小说的大量细节之所以引人入胜，丝毫不令人厌倦，是因为麦家恰到好处地引入了一些真实的历史事件和人物，如普特南数学竞赛、国共战争等。

麦家小说里的非惊悚元素远比密码破译技术的细节描绘更重要。通过描绘辛亥革命前的中国与国际学术界、中欧知识分子、西方名校的联系，小说强调了1949年之前中国在世界上的位置。此外，小说还表达了温暖的爱国主义情怀。总之，容金珍是一位革命英雄，他的长辈小黎黎在他离开家的时候告诉他："屋里是你的家，屋外是你的国，无国乃无家，走吧，别耽误了。"

（10）2014年3月6日英国《自然》杂志上的评论①

《解密》中的主人公容金珍是一个患有自闭症的私生子，他的祖母有着数学天赋，帮助莱特兄弟设计了人类历史上第一架飞机。这个男孩自己也是个数学奇才，最终成为中国军方的顶级密码破译专家，但同时在密码破译过程中也深受内心巨大冲突的折磨和困扰。《解密》出版于2002年，是麦家的力作。这部谍战小说的故事尽管听起来令人难以置信，但实际上是基于微妙、艰涩的现实。麦家是中国最优秀的作家之一，据说他本人就在密码行业工作过。读者对于小说是在讲述一个凄美的故事，还是揭示残酷的现实的争议，可能是小说最主要、最根本的吸引力。这部小说最先由米欧敏和克里斯托弗·佩恩翻译成英语出版。

《解密》的叙述风格就像是电影脚本，有着场景间的快速切换，读者完全被小说人物的痛苦吸引住了。小说还不失时机地穿插大量的数学知识，比如数学家的名字、数学定理、编码和解码的方法等，甚至还包括一些公式。但是，小说的主题是人性，是人的心理，特别是像主人公容金珍

① Li Gong. "The Cryptic Mind". Nature, Vol. 507, Iss. 7490, Mar 6, 2014.

那样毕生致力于制造密码或是破解敌人密码的人，所怀有的被折磨的心理状态。比如，容金珍的老师在信中说，制造密码和破译密码是“反科学，反文明的，是人类毒杀科学和科学家的阴谋和陷阱”。

总体来看，《解密》翻译得非常好，不过也有几处致命的错误。比如，麦家对于高等教育有自己的见解，指出中国学界存在的一个主要问题：有些人开始是学者，后来却当了官。麦家暗示，这些人认为这是一条最令人向往的、最自然的人生进阶之道。但是，翻译成英文之后，意思却变成了中国学术界认为，学术和官场是不相容的。这恰恰背离了麦家的本意。

另一个小错误是削弱了小说中的一个信条，这个信条是关于密码的。在密码领域，人们通常认为，一个人最多只能设计或解密一部密码。这是因为，不论是密码制造者在设计中的无意识相似，还是解密者在解密过程中对自己独特才能的暴露，都会使密码工作者的能力变得脆弱。但是，英文翻译过来之后的意思却变为：对一个人来说，不可能同时既是密码设计者又是密码破译者。这样翻译造成的后果是，读者可能无法完全理解这个故事的悲剧性：一个成功破解了敌人最复杂的密码紫密的人，却因为不能破解接下来的密码而变成了疯子。

随着《解密》和 2003 年出版的《暗算》的畅销，以及它们被改编成电视剧热播，麦家已经牢牢地奠定了自己中国现代谍战小说之父的地位。他的作品还获得了中国最有影响力的奖项——“茅盾文学奖”。

那么，麦家是关于心战、密谋和人类异化故事的超级讲述者吗？是揭秘国际安全并剖析人类在秘密状态下，做出难以言说的牺牲的勇敢作家吗？是在一个媒体受控的国家里，利用公众窥视隐秘世界的欲望，进行商业操作的大师吗？人们通常认为，反常的甚至是过度虚构的故事是讲述无法讲述的真相的最好方法。麦家是利用了人们的这一想法吗？

即便是出版社也很难回答这些问题。就像麦家在 2011 年《解密》中文版的附录中所言，他第一次将《解密》的手稿交给两个友好的出版社时，马上就遭受了编辑的拒绝。一个编辑认为，这个故事太假，吸引不了读者；另一个编辑认为太真实、太敏感，可能会给出版社带来麻烦。解密麦家的真正意图，可能是阅读本书时所面临的最大挑战。

（11）2014 年 3 月 10 日美国最著名书评网站 Bustle 介绍麦家和《解密》的文章《麦家的〈解密〉绝不同于你读过的间谍惊悚小说》①

你可能从来没有听说过麦家这个名字，这个事实足以证明真正走入美国市场的中国图书凤毛麟角。麦家是最著名的中国当代作家之一，他的每部小说都是畅销书，获得过许多中国重要的文学奖。但直到今日，他才在美国（FSG 出版集团）出版了第一部英译作品，一部所有美国读者从来没有接触过的独特的间谍小说。

这部小说的主人公叫容金珍，在中国军队最高机密部门“701”部队服役，从事密码破译工作。他是个患有自闭症的数学天才，出身于显赫之家。金珍与人们熟悉的传统特工迥然不同，《解密》这部小说也不符合人们对传统间谍惊悚小说的期待。故事从主人公出生之前的半个世纪讲起，交代容氏家族在学术界的影响和交往。

在容氏家族的财富随着中国社会的发展消耗殆尽的同时，他们在学术界的影响却日渐扩大。而在这样的社会环境中出世的私生子容金珍，将注定成为整个家族里最聪明的那个，也将拥有最不平凡的一生。

《解密》与西方传统的间谍惊悚小说有很大不同，它既没有动作大片那样的精彩描写，也没有新奇的间谍辅助工具，小说的主题放在对人性的洞察上。麦家虽然没有用过多的笔墨细腻刻画角色的心理活动，但通过一系列的现实人物，从流亡到中国的洋先生，到栽培金珍的大学校长，再到金珍自身的神秘故事，充分映照出他们的内心世界。

《解密》读起来像是神话或传说，另一方面也有些像对强迫症患者的研究报告（当然，读起来还是很有趣的）。麦家讲述故事的方式让人感到作者是在做一项研究，其中包含了很多对相关人物的采访。全书围绕解密

① Emma Cueto. “Mai Jia’s ‘Decoded’ Is a Spy Thriller Like None You’ve Ever Read”. Bustle, Mar 10，2014.

的本质展开，这是小说关注的核心问题。就像主人公殚精竭虑地破解密码一般，叙述人在试图解密主人公传奇而神秘的一生，但小说的叙述人并不热衷于对读者和作者极力想参透的个中真相进行分析。尽管作者一直在努力分析，试图破解这个谜团，但似乎一切都是徒劳，这是个比生命本身更大的谜题，关于谜题本身的设想才是《解密》真正要试图破解的东西。

《解密》讲述了一个构思复杂缜密的故事，会吸引读者一口气读下来。有的地方你会觉得很像惊悚间谍小说，有的地方则带有传奇色彩，还有的地方像是文学寓言。总之，我们希望这仅是麦家四部小说中第一部到达美国海岸的作品，而不是最后一部。

（12）2014 年 3 月 15 日英国《泰晤士报》上的书评及麦家专访①

毫不奇怪，中国的谍战小说并不是很多，但麦家经过自己的努力，进入了这一领域，成为中国收入最高的小说家。麦家本名蒋本浒，曾经做过情报工作。随着根据他小说改编的影视剧的热播，麦家的文学才能得到人们的认可，获得了茅盾文学奖等荣誉，他的小说在国内也销售了 500 多万册。

但是，中国作家在国内的成功并不代表在国外享有同样的声誉。这部畅销的心理谍战小说也不太可能（尽管你根本无法知道）在西方掀起新的中国热。《解密》晦暗不明的叙事带来的开放性结尾，是谍战作家试图通过图书审查的一种方式，体现了耐人寻味的洞察力。

然而，麦家小说的成功实实在在地证明他的小说没有不宜出版的内容。《解密》12 年前就在中国出版了，它不是典型的间谍惊悚小说，也不是中国的公案小说，谢天谢地，亦非中国的《达·芬奇密码》。《解密》从本质上对在机密单位里工作的孤独进行了不同寻常的、随想式的思考。

《解密》的叙述人是名叫麦家的记者，他试图讲述一位痛苦天才的人生经历，这位天才名叫容金珍，是中国最不为人所知的密码破译员。容金

① Megan Walsh. “Decoded：A Novel by Mai Jia”. The Times，Mar 15，2014.

珍的出生是残酷而又惊心动魄的，他的母亲死于难产，金珍硕大的头颅要了她的命。金珍的大头是家族遗传的结果，也是他智力超群的有力证明，罕见的大头让他显得与众不同。

金珍从小跟会释梦的洋先生长大，后来容氏家族的人做了他的监护人。小说将容金珍幼时卡斯帕·豪泽尔般的天赋才华描述得不落俗套："他用了一面镜子，以非常精妙的角度，把地面上的阳光折射到漆黑的地道里，在地道拐弯的地段，他又利用镜子把光线进行再次折射。"金珍天才的光芒吸引了为国家情报部门招募人才的"郑瘸子"，当他的亲人和朋友置身于轰轰烈烈的"文化大革命"中时，容金珍这个天才却在绝密单位破解艰难而又极具破坏力的紫密和黑密。但就像一枚硬币掉进井里，他在名噪一时后滑进了深渊。

密码的世界充满了不确定性，金珍的性格是通过对他家人、老师、同事的访谈逐步完整起来的，这些人的身份有很多是隐秘的。叙述人显而易见的散文风格为这个令人着迷的故事增添了持久的魅力。

麦家的才华不只表现在他叙述故事的技法上，还表现为他将一个谜一般的人物、他最终的不幸和非常规的陨灭写得如此动人。"能够把一个个甚至一代代天才埋葬掉的，世上大概也只有该死的密码了，它把人类的大批精英圈在一起，似乎不是要使用他们的天才，而只是想叫他们活活憋死。"金珍和摩尔都是在混乱无序中寻找意义的人，他们知道别人无法知道的东西，更遑论别人无法忘记的东西。这是当代中国的隐喻吗？有可能。如果真是这样，麦家的小说里还有更多让你挖掘的东西。

（13）2014 年 3 月 15 日美国《图书馆学刊》上的书评①

麦家于十多年前出版并获得中国文学大奖的小说《解密》终于首次翻译成英文出版。在这部小说中，读者会认识容金珍，他在成长过程中有着辛酸的经历，后来成为中国情报领域的一位密码专家。麦家的《解密》共

① Shirley Quan. "Fiction：Review of 'Decoded' ". Library Journal, Vol. 139, Iss. 5, Mar 15, 2014.

分五个部分，从 1873 年的容氏家族讲起，接着展现容氏几代人的数学天赋，最后聚焦容金珍的故事。容金珍是患有自闭症的数学天才，被迫离开他的学习与研究工作，来到“701”部队。小说讲述了他在“701”部队神奇的解密故事及最终精神崩溃的结局。尽管喜欢这种类型小说的人会对《解密》感兴趣，但它不是一个典型的间谍小说，而是以神秘元素和大量的数学知识，既对人物性格进行了透彻的研究，也对情报工作进行了冷静的观察。麦家在中国信息情报部门工作的经历，可能在故事的真实性方面发挥了一定作用。

（14）2014 年 3 月 17 日美国《每日野兽报》上的书评①

《解密》是一部关于密码的谍战小说，其背景中有一部分是中国共产党的革命时期，这让大多数读者（包括我在内）感到陌生。这部小说我读了一半以后，仍搞不清楚故事中的一些人物为何会突然离去，也不明白这个松散的故事结构究竟想要表达什么，所以就认真地问自己是否没有抓住叙事的脉络。但是，我在更加聚精会神地阅读了这部小说后，发现它其实从来就不想控制自己的叙事结构。

麦家是中国最著名的文学奖（茅盾文学奖）的获得者，他的作品以前从来没有被翻译成英文。他本人是个非常神秘的人，曾在有着高度机密性的情报部门工作了 17 年，后来将此经历作为灵感来源和小说素材，创作了一系列畅销书。《解密》（2002 年首次出版）的主人公是容金珍，他出生于一个数学家辈出的家庭，后来被郑瘸子强行招募到神秘单位“701”。虽然容金珍似乎缺乏生活所需要的技能，但他的数学分析能力是无人能及的。由于破解了紫密，他成为破解密码的天才人物。但是，对于这位主人公和读者来说，浸淫于秘密和智力较量的环境中，付出的代价是高昂的。

“在人类历史上，葬送于破译界的天才无疑是最多的。”小说中的一位人物在接受采访时这样说道。这一说法在小说里面多次出现，强烈地表现

---

① Charles Shafaieh. “This Week’s Hot Reads”. The Daily Beast，Mar 17，2014.

出麦家本人对这些承受苦难的天才的尊敬。麦家在小说中插入了很多采访内容，对此做法，他没有给出任何解释，好像只是为了让读者关注和阅读他精心设计的对话。他试图将形式和内容融合起来，并让故事变得像谍战世界那样复杂的做法，最后并不成功。过度详细的数学知识讲述，点点滴滴的解梦易梦，以及对《圣经》只言片语的引用，并没有增强小说的叙事效果。就《解密》本身而言，那些东西除了让已经很复杂的故事情节变得更加复杂之外，没有任何作用。麦家是博尔赫斯的仰慕者，但他可能误解了博尔赫斯的作品，因为仅仅使用密码、神秘、隐晦这些元素，并不能写出让读者满意的文学作品。

（15）2014 年 3 月 18 日美国著名文学评论网站 Criminalelement 上的评论①

麦家的《解密》讲述了一个富有传奇色彩的密码破译人员的故事，他破译的两部魔鬼般的密码可能是他的老师设计的。

《解密》是麦家在美国出版的第一部小说。麦家在中国是最畅销、知名度最高的作家之一。在他身上，体现了高超的文学创作水平与作品热销的完美结合，这是很罕见的现象。他的作品一上架就成为中国的畅销书，他所有的小说都被改编成了电影或电视剧。

《解密》的叙述人是一位记者，他围绕一位著名的中国数学天才也是令人尊敬的密码破译专家，进行采访调查。该小说突破了传统的谍战类小说，创造出全新的、出人意料的叙事方式。

小说中未透露姓名的叙述人追叙容金珍的一生。容金珍者是一个有着传奇经历的密码破译人员，曾经取得了辉煌的成就，但后来却销声匿迹了。小说的第一部分讲述的是容金珍的童年和家族故事，不仅让读者了解到容金珍脆弱的心理状态，还提供了 19 世纪末 20 世纪初中国的历史

---

① Richard Z. Santos. “Fresh Meat：Decoded by Mai Jia”. Criminalelement. com，Mar 18，2014，http：//www. criminalelement. com/blogs/2014/03/fresh－meat－decoded－by－mai－jia－china－translation－cryptography－richard－santos.

背景。

一天清晨，老人把大头虫（即容金珍）喊到床前，要了纸笔，写下这样一句话："我死后希望有梨花陪我一起入殓。"到了晚上，他又把大头虫喊到床前，要了纸笔，写出了他更准确的愿望："我在人世八十九载，一年一朵，陪葬八十九朵梨花吧。"第二天清早，他再次把大头虫喊到床前，要了纸笔，进一步精确了他的愿望："算一算，八十九年有多少天，有多少天就陪葬多少朵梨花。"也许是对死亡的恐惧把老人弄糊涂了，他在写下这个精确而又复杂的愿望时，一定忘记自己还从未教大头虫学过算术呢。

大头虫虽然没学过算术，但简单的加减还是会的。这是生活的细节，是日常的一部分，对一个学龄儿童来说，不学也是可以无师自通的。从一定程度上讲，大头虫也是受过一定的数数和加减法训练的，因为在每年梨花飘落的季节，洋先生把落地的梨花收拾好后，会叫大头虫数一数，数清楚，记在墙上，改天又叫他数，累计在墙上。就这样，一场梨花落完了，大头虫数数和加减法的能力有了很大的提高，更不用说他对数字和进位概念的理解了。

不久，年幼的、无人照管的容金珍被发现是个数学天才，几乎具有超自然的能力，可以解最复杂、最具挑战性的方程式。他也是一位卓尔不群的思考者，虽然年幼，但在数学界已经非常有名，其才华不输于大学教授。

"文化大革命"结束以后，容金珍被招募到"701"部队，那是中国的一个情报部门。容金珍担负起破解 X 国设计的两个不可能被破解的密码的重任，据说，这个 X 国就是美国，但不是十分肯定。这两部密码分别是紫密和黑密，刚开始时，破解工作让容金珍心力交瘁。令事情更复杂的是，他以前的老师开始为敌对国家效力，可能在研发密码方面发挥了作用。

罗伯特・奥本海默常常被称为原子弹之父，他曾经说过这样一句著名的话："在所有科学中，时间是真正的难题，在一个无限的时间内，所有的人将发现这世上所有的秘密。"

《解密》将几代人形成的文学传统、数学理论、惊心动魄的密码，以及阴暗的、不讲道德的谍战世界，进行了独特的融合。但是，如果读者想从中寻找扣人心弦的谍战、积水很深的街道上的追逐，或者《谍影重重》那样的动作片，可就要注意了。这部小说读起来像是间谍小说，但讲述者一点也没有约翰·勒卡雷和罗伯特·里特尔那样的激情。中国的间谍没有任何华丽和炫目之处，大多数都是默默无闻、循规蹈矩的政府工作人员。深藏于山沟里的单位"701"与其说像詹姆斯·邦德的 M16，不如说更像霍比特人藏身的洞穴。

事实上，坦率地讲，如果读者期待阅读直线发展的、旧式的"间谍小说"，那最好去读其他作品。《解密》结构松散，故事中的人物跨度长达几十年。这部小说没有惊心动魄的故事情节，几乎找不到任何暴力，甚至听不到一声枪响。但从另一方面来看，读者如果想通过一个人的奋斗来了解神秘但详细生动的中国历史，那最好是读一下这部小说。

《解密》将叙述人自己对容氏家族的探秘，与对容金珍的朋友、家人以及同事的访谈编织在一起。我们跟随讲述者匆匆的追寻脚步，很快就发现他被容金珍的故事紧紧抓住了，就像容金珍被要破译的紫密和黑密紧紧抓住一样。

对麦家来说，密码学不是民族自豪的资本，也不是主宰世界的钥匙。如果这样认为，那就十分危险，这样的密码领域会以种种的混乱和欺骗来网罗世间的英才。正如麦家在小说中所言："（密码）是人类毒杀科学和科学家的阴谋和陷阱。这里面需要智慧，但却是魔鬼的智慧。"

麦家笔下的天才也像真实世界里的天才一样，在他们自己的智慧和创造力面前，会变得脆弱，他们和普通人不同。将这些脆弱的、绝顶聪明的人置于政治、爱国主义和谍战交易的谎言世界中，不是民族自豪的资本，而是耻辱的源头。

接下来，我说几句内心真实的想法。有些人在阅读这部广受称赞、在中国畅销的间谍小说时，可能会觉得即便有些宣传性的内容也能接受。书中这些宣传做得十分巧妙，但依然能够看出来。不过，《解密》这部小说的过人之处就在于这一点。它既没有歌颂中国政府，也没有谩骂X国，同样也没有颂扬容金珍在密码破译方面的突出成就。《解密》的最大成功在于，麦家不仅将爱国主义从间谍交易中剥离出去（间谍交易的描写至少可追溯到约翰·勒卡雷甚至约瑟夫·康拉德），而且将情感也一同剥离了出去。小说留给读者的是整个故事，以及采访笔录的具体事实，从这个故事中，读者要自己做出判断，得出自己的结论。

我并不是一开始就喜欢这部小说。但是，麦家偏离主题甚至散漫的叙述方式，慢慢地进入了我的内心。《解密》是麦家被翻译成英语的第一部小说，我希望这不是最后一部。

（16）2014年3月24日英国《经济学人》上的书评《一部每个人都该读的中文小说》①

终于，出现了一部伟大的中国小说。

在过去的35年里，大量的中国小说涌向海外，但只有很少一部分为海外读者所熟知。这些备受关注并饱受好评的文学作品，大多数都表现出对中国这个正在迅速崛起的国家的敏锐洞察。毋庸置疑，那些都是非常优秀的作品——有的语言犀利，有的骇人听闻，有的甚至笔锋直指敏感的政治话题。这些作者中还诞生了诺贝尔文学奖得主。但是，在成千上万的译作中，几乎没有一本书可以让那些对中国缺乏了解和兴趣的人，能够读得津津有味。

麦家先生的处女作《解密》一举打破了现有的局面。这部以一名前情报局化名特工的口吻完成的小说，以《解密》为名于2002年在中国出版，如今被米欧敏翻译成一部故事磅礴宏大、情节跌宕起伏的英文作品。本书

① Anonymous. "Get into Characters, New Chinese Fiction". The Economist, Vol. 410, Iss. 8879, Mar 22, 2014.

以对节奏的控制在众多中国小说中脱颖而出，本书生动离奇的情节和新颖奇诡的叙述方式，让你从第一页开始就欲罢不能、爱不释手。

故事主要围绕一个名叫容金珍的孤儿展开。他有着极高的数学天赋，在经历了两次寄养之后，被招入中国破译密码的情报机构“701”基地。孩童时期的他经常吃着梨花数蚂蚁，以此来计算自己跟着洋先生共同生活的日子。成年之后依旧自闭脆弱的他，每天对着墙上五颜六色的图表和数字涂涂抹抹、写写画画。在破解那部所有人都无计可施的密码（紫密）之前，他在同行的眼中不过是一个懒散的闲人。

孤独，揭示密码破译者的孤独，是这部小说的主题。尽管小说的故事抓人眼球，但《解密》并不是一部惊悚悬疑类小说。书中的匿名叙述人最后向读者揭开了容金珍在 20 世纪 60 年代陨落的真相：一个简单的错误造成了一个天才的折损（小偷在火车上偷走了容金珍的皮包，里面有他工作用的绝密笔记本，导致他伤心欲绝，致病疯癫，成为废人）。曾经的民族英雄最后只好在前辈特工同行的照顾下，在疗养院中度过痴呆的余生。

如果你试图通过这部小说来了解中国情报组织的机密，或许会感到失望，因为麦家先生没有通过破译密码的过程向我们揭示这个行业的秘密，而是为我们讲述了一位天才试图努力破解另一位天才殚精竭虑构造的迷宫，结果却造成史上最令人心碎的悲剧。本书把沉重的历史以轻缓的方式讲述给读者，娓娓道来，生动好看。比如里面有一段写到容金珍因替同事解梦而被视为搞封建迷信，遭到批评，被罚写检讨。又比如，容金珍的生命一旦受到威胁，保护他生命安全的人就要立即把他杀掉，因为只有这样，才能保证他身上的机密不至于泄露，等等。

这样一个奇异、曲折的非常规故事，却被作者用优美生动的散文化语言叙写出来。破译密码的过程就像试图伸手抓住空中飞过的小鸟一般神奇。书中的每个角色，甚至那些不搞科研破译的工作人员，都生动鲜活，连容金珍竭尽全力去破解的密码也疯狂、邪恶至极。小说中弥散着一种对于被毁灭者的悲悯，不过故事叙述浑然一体，毫不做作。容金珍由于无法忍受其他人身上的诸多怪癖而爱上了一个来去无声无息的女人，后来她做了他的妻子。

麦家被誉为“中国的丹·布朗”，但除了他们的小说销量同样高达百万册以外，两位作家似乎没有其他相似之处。我们从这部小说中可以看到加西亚·马尔克斯的魔幻现实主义，也能读到像彼得·凯里的小说那样被完全带入一个全新世界的神秘主义。《解密》中这位如此不平凡的主人公，这个冷漠与温柔可以如此和谐并存的神秘人物，让我们不由得联想到汤姆·麦卡锡的经典作品《C》。不仅如此，麦家的写作方式也独树一帜，他喜欢与读者玩文字游戏，他的叙述里经常会出现这样的情况：在前一个段落中他说这件事无疑是非常真实可信的，但在下一个段落里，他会修正他的说法，并为此请求读者的原谅。总之，麦家为我们提供了一次诱人而神秘的中国之旅，这绝对是一次淋漓畅快的阅读体验，请尽情享受吧。

（17）2014 年 3 月 24 日英国《经济学人》网络版上的短评①

在文学艺术板块，我们介绍两部和中国有关的新书。其中之一是一部小说——麦家的《解密》。该书中文版出版于 2002 年，目前已翻译成英文。我们评价它是“一部绝对能给你带来快乐的小说”，即便读者没有多少关于中国的背景知识，也会喜欢这本书。

（18）2014 年 3 月 25 日美国《纽约时报》上的书评②

这是一个关于数学天才容金珍的传奇故事，他是中国“701”部队的一位密码专家，不仅成功地破译了紫密（X 国制造的一个复杂密码），而且离破译黑密（一部难度更高的密码）仅一步之遥。这个传奇故事从容金珍的家庭背景讲起。容金珍是个孤儿，有过一段不寻常的教育经历，他最终离奇地走上了一个特殊的工作岗位。这个故事可能听起来没有什么特别之处，但正如任何一部优秀的作品那样，它的确说出了该说的东西。也就

---

① Anonymous. “Weekly Round-up：The Economist on China”. The Economist（Online），Mar 24，2014.

② Dwight Garner. “The Great Chinese Epic”. The New York Times，Mar 25，2014.

是说，它让叙述人和读者去发现解密者容金珍的人生意义，这个意义可能很复杂，也可能很简单。

与解密相关的人工智能取得了很大进展，将冰冷的东西变成了富有人情味的东西。不过，反面的情况也有。容金珍在很大程度上变成了一个没有情感的分析机器，他的脑子里除了解开密码没有任何别的东西。除非流出鲜红的热血，否则你几乎看不出他是个活生生的人，这是我的看法（我初次读这本书时有这样的想法，这本书可能需要多读几遍）。

这部小说还有其他情节，比如 X 国谍报战场上的密码学家、丢失的笔记本以及因为破解密码而致疯的人（实际上有两个疯子，另一个在容金珍之前就疯了，他也是一名解密员）。

我读了不少中国小说，水平都非常高，但是这部小说的确有更为迷人的品质，吸引读者进入一个高度专业、高度聚焦的世界，毫无疑问这其中有对西方文学的借鉴。

（19）2014 年 3 月 28 日英国《金融时报》上的书评①

麦家是中国最受欢迎的作家之一，但在西方国家还不太为人所知。这本 2002 年出版的畅销书《解密》是他首部被翻译成英文的作品。麦家的成名之路让我们不由得联想到约翰·勒卡雷，他年轻时进入国家机密情报部门工作，身边的同事是间谍或密码破译人员。麦家用自己高超的文笔将商业元素与自身经历结合起来，写出了这部小说。像勒卡雷的《锅匠、裁缝、士兵、间谍》一样，麦家的小说也被改编成了影视剧。

不过，两位大师的共同点也仅此而已。《解密》的男主角、自闭的破译天才容金珍，跟约翰·勒卡雷笔下那个厌世的特工斯迈利没有丝毫相似之处。《解密》中的“锅匠”是作家本人，他的叙事方式是令人玩味的，完全不同于勒卡雷，带有元小说和后现代色彩，与传统的谍战小说风格迥异。

---

① David Evans. “‘Decoded by Mai Jia”. Financial Times, Mar 28, 2014.

《解密》中的故事从 19 世纪末讲起，先是追溯了容金珍的先辈——中国江南地区有名的盐商容氏家族。金珍的祖母容幼英有着出了名的大头，精通算术，人称“大头算盘”，曾就读于剑桥大学，后来回国分娩时难产而死。她荒淫无度的逆子，也就是金珍的父亲，死于烟花女之手（本书前面的部分章节有着莫言的味道，用冷幽默来描写中国的生活场景）。

20 世纪 30 年代初期，金珍出生了，他不仅遗传了祖母的大头，也继承了容氏家族惊人的数学天赋。由于是私生子，再加上父母双亡，他在家族中没有什么地位，后来被一位好心的洋先生收养。洋先生惊讶于金珍逐渐显露出来的数学天赋，鼓励他演算数学（麦家专注于细节刻画，将金珍的演算公式呈现在读者面前）。

洋先生后来病重，无力继续照顾金珍，便说服在当地开办大学的容自来做金珍的监护人，并资助他上学。

沉默寡言、不善交际的金珍不但被容自来和他的妻子接纳收养，而且受到大学里教授们的赏识，他们鼓励他好好利用自己的才能，走学术研究之路。不过，事与愿违，在 20 世纪 50 年代，他被招募进中国政府的“701”部队，成为绝密情报部门中的一员，也正是在那里，他惊人的数学天赋逐渐发挥出来。

在被带入一个偏远山谷里的隐蔽山洞后，金珍开始投身于破解 X 国密码的工作。他在密码领域的职业生涯大放异彩，在破解了同事们无从下手的紫密之后，金珍成为革命英雄，但当他面临一个更大的挑战——破解黑密的时候，彻底陷入了绝望，巨大的压力打垮了他，使他陷入了疯癫的境地。

在金珍的心理防线崩溃后，关于他的故事也消失了。叙事者——明显是容金珍疯了 30 年之后采访此事的记者，改换了叙述方式。他打破既有的文学规范，不再讲述故事，而是把采访笔记中零散的片段摘抄出来，转录那些不太可信的来自金珍同事和朋友们的采访记录，读者需要根据这些线索来推测金珍最后的命运。

对一般作家来说，这样的写作方式可能有些冒险。但针对本小说的主题来说，如此安排却显得合乎情理，它鼓励读者去寻求真相，就像金珍要去破解折磨他的密码一样。

同样，麦家将数学知识运用于整部小说，看起来好像是噱头，实则含义深远。作品中所涉及的数学知识包含着很多情绪上的宣泄，每当麦家特意强调那些数字的时候，我们都能感觉到金珍和他周围的人在数学的秩序和对称中，获得一丝慰藉。比如在洋先生去世的时候，金珍在他棺材前面放了 32485 朵梨花，象征着他的人生导师洋先生活过的天数。后来，金珍自己得了肾炎，他的监护人校长夫人每次在给他做饭时，都会细心地把盐粒数出来，放到他的饭菜中。

尽管我们对容金珍的遭遇十分同情，但一直无法真正解开他神秘的一生。有的人可能会认为他是政治或历史的受害者，但小说中并没有对社会的评价。麦家似乎更想将这种心灵世界的不可参透性和现实的残酷性，隐藏在字里行间，你可以从中看到博尔赫斯和纳博科夫作品的影子，也可以在可怜的容金珍不可思议的一生中，寻觅赫尔曼·梅尔维尔作品中“巴特”的踪影。

最后，我要强调的一点是，总体来看，《解密》是一部完全独创的作品，融间谍惊悚、历史传奇、数学难题于一体，是一部难得的佳作。

（20）2014 年 3 月 28 日美国《新共和》杂志上的书评《中国的丹·布朗：微妙的颠覆者》①

纯文学作家极少能获得商业成功，若是能够做到打破小说类型、以寓言的方式呈现历史、挖掘国家隐秘的真实，且独享数百万的销量，那么迄今为止，只有一个作家做到了，他就是麦家。而最令人惊讶的是，这个作家来自中国。

《解密》英译本的美方出版社对这位笔名叫“麦家”的作家（对中国

---

① Fan Jiayang. “China’s Dan Brown is a Subtle Subversive”. New Republic, Mar 25, 2014.

作家来说，取笔名极为常见，麦家的真名叫蒋本浒），给出了这样的评价：“你可能没听说过他的名字，但他绝对是世界顶级作家。”作为一个纵行于密码世界并深谙其最高机密的谍战小说家，麦家被媒体称为“中国的丹·布朗”。用麦家自己的话说，他是一个悲观主义者。他也曾半开玩笑地调侃说，对文学持久的信仰赋予了他“与魔鬼对话”的力量。最近，美国出版社法劳·斯特劳斯·吉罗（FSG）出版公司推出了麦家《解密》一书的英译本，该作品早在 2002 年就在中国出版了。《解密》在中国大获成功，曾被改编成电视剧，收视率很高，为麦家赢得了无数拥趸。

20 世纪 60 年代，中国在政治上反对资产阶级思想、私有财产和宗教信仰，而麦家就出生在这样一个时期，在家庭成分上，他家戴上了地主、“右派”、基督教徒三顶帽子。童年时期，孤独和遭受排挤是麦家生活中的常态。不过，这也为他创作那种孤僻、时常自言自语的男孩形象提供了创作资源。他目前已经写了整整 36 本日记。麦家 17 岁时考上解放军工程技术学院，并进入秘密情报部门工作，这个部门实际上是一个培训解密人才的基地。尽管麦家热爱写作，不喜欢舞枪弄棒，但他仍然在军队中待了 17 年，日后他将自己熟悉的那些异于常人的情报人员写进了小说。完成《解密》后，麦家还写了另外三部与谍战有关的小说，时间跨越民国时代和“文化大革命”时期。

《解密》的主人公容金珍是个性格孤僻的天才。和麦家一样，他成长于毛泽东思想红遍中国的时代，但命运并没有眷顾他。容金珍从小有“大头虫”的绰号，因为他的头特别大，大到他的母亲因为生他难产而死。他出生后就成了孤儿，无依无靠。不过，对于这个孩子的聪明才智，大家却毫无疑义。小说的叙述人这样说道：“他身上有很多我们不能想象的东西，他可以几个月甚至一年时间不跟任何人说一句话，把沉默当作吃饭一样，而当他开口时，一句话又很可能把你一辈子的话都说尽了。”他超凡的数学才能为人所知后，被招募到军队的秘密情报部门，为国家服务，从事破译敌国密码的工作。刚开始的时候，容金珍在单位里的表现并不好，但很快就被密码破译吸引住，甚至为了破解那两个难以破解的密码而奉献一生。

容金珍的故事是从一位记者的视角展开的，他的访谈串起了金珍不无矛盾的一生。身为一个爱国家庭的子孙，容金珍却在一位信仰基督教的洋先生照料下长大。十五年后，另一个外国人——逃出德国纳粹魔爪的波兰犹太难民，成了他的精神导师，正是这个犹太人引导容金珍发现了自己数学方面的天赋，后来两人在一场隐秘的密码战中暗中厮杀较量。容金珍本来能接受国际化的教育，普林斯顿大学、哈佛大学和剑桥大学都曾向他敞开求学的大门。他终生不渝追求的也并不是那份破译工作，而是对数学的热爱。

抛开美方出版社的推销宣传，麦家的小说在本质上与丹·布朗的小说并没有多少相似之处。事实上，《解密》流畅而又从容不迫的叙事风格往往会让那些期待传统悬疑惊悚小说的读者愿望落空。人们难以从中读到弗莱明式的恶徒和过度的暴力描写。本书为你讲述的是一个道德复杂、没有激烈政治冲突的故事。麦家《解密》中的英雄不是邦德式的，而是阿根廷魔幻现实主义家博尔赫斯式的，整篇小说读起来更像是哲学思辨，而非专门为取悦于读者打造的商业化小说。

对博尔赫斯和麦家来说，讲述故事是一种传达神秘、让神秘变得富有意义的方式。就像博尔赫斯那样，麦家利用作者的声音，将小说叙述人和作家的距离时而疏远，时而拉近。“我故事的主人公到现在都还没有出现，不过，已经快出现了。”《解密》在前半部分这样告诉我们。紧接着，麦家给出了一段博尔赫斯式的预告：“从某种意义上说，他已经出现，只不过我们看不见而已，就像我们无法看见种子在潮湿的地底下生长发芽一样。”由此，一个寓言般的容氏家族的族谱叙述缓缓开启。尽管《解密》充满了戏剧性的转折，但从根本上来说，它是一部探讨人性的作品。

这部小说译成英语出版的时候正值中美关系疏离时期，应该说时机非常好。麦家追溯了容氏家族与其祖国之间的关系，这一点与博尔赫斯有相似的地方，后者的作品总是围绕着民族主义及其带来的结果展开。在《解密》的第一部分，麦家表明容金珍的先辈是“著名爱国民主人士”。在当时中国动荡的政局中，这样的家族身份和态度令其后代刚开始感到十分荣耀，继而显示出一种荒诞意味。

对其中一个党派保持从一而终的忠诚显然不太可能。容氏家族被誉为伟大的爱国者，但是读者很快发现，他们爱国的代价是意识形态上的前后不一致。1928 年，即使政府出于垄断而断了这个家族的生财之道，容氏家族仍自视为光荣的爱国者。40 页之后，时光走过了 20 年，当国民党政权被共产党推翻之后，容氏家族的爱国思想依然奇迹般地保留下来：小黎黎把自己的财产“主动捐给了新生的人民政府，以表示他对新生政府的拥戴”。麦家在此处的略写是不要打断他的小说叙事（容氏家族所受的不公平待遇被一笔带过），但在逻辑上却是个明显的欠缺，它隐含着政治忠诚的问题。

麦家作品的成功部分得益于他的写作能力，这种能力使他的小说专注于故事，而不是像有些中国作家那样，把我们的注意力转移到政治敏感问题上。这一点在中国当下格外要紧，尤其是习近平总书记执政之后再三呼吁民族爱国主义，50 年前中国树立的革命英雄形象雷锋，正被重新作为榜样来效仿和推崇。的确，麦家所塑造的爱国解密者容金珍，也可以被奉为这样的榜样。

这就是为什么麦家具有如此微妙的颠覆力。麦家曾把他的主人公与爱德华·斯诺登做比较：“斯诺登也好，容金珍也罢，他们是被上帝抛弃的人。可悲的是，不论是哪个国家都有相当一部分这样的人。”即便这种说法不是十分准确，仍不失为一个具有说服力的对照。《解密》中小黎黎对容金珍说：“你是去替国家做事的，高高兴兴地走吧。”爱国人士和为政府唱颂歌者之间的差距，比我们看上去要小得多。

（21）2014 年 3 月 28 日美国《芝加哥论坛报》上的书评[①]

《解密》不是一部间谍惊悚小说，但它的确为我们揭露了某些真相。

像宫崎骏的最新电影力作《起风了》一样，麦家的《解密》探索的是 20 世纪中期东亚动荡年代里一个天才人物的一生。两部作品中的主人公由于祖国的闭锁落后而失去了在世界舞台上大展异彩的机会，但他们在特殊的岗位上贡献出了自己的聪明才智。

宫崎骏作品中的日本主人公堀越二郎逃离地震和经济危机带来的大萧条，投身于臭名昭著的日本致命战机——“零式战斗机”的研发当中。与之相似，《解密》的主人公容金珍在中华人民共和国成立初期，从人工智能研究转到中国政府的密码破译部门，成为一名破译员。他没有利用自己的天赋为人工智能的发展做贡献，而是执着于黑密的破解工作。

这部名为《解密》的小说于 2002 年在中国出版，英译本近期作为“间谍惊悚”类小说与西方读者见面。但是，该小说缓慢的节奏和缺乏核心聚焦的特点，会让那些期待读到诸如斯蒂格·拉森或是丹尼尔·席尔瓦式作品的读者感到意外。《解密》几乎用了一半的篇幅来描写容氏家族的先辈和容金珍的童年生活，追溯了六代人之多，人物众多，彼此勾连，让人不禁联想到中国古典小说《红楼梦》。

金珍的曾叔父是富甲一方的盐商，为了家族去海外求学，专门学习解梦易梦之术。但是在求学的过程中，他对数学产生了浓厚兴趣，回国后创办了一所大学，培养出一批才华横溢的数学家。金珍出生之后便成了孤儿，作为私生子的他是家族中地位最低的那个。金珍从童年到成年的成长历程与普通人完全不同，他的成长是以数学能力的增长为标志的：在未经训练的情况下，他完成复杂的心算，跳级升班，解答知名数学竞赛的难题，等等。尽管容金珍天赋异禀，但不善于表达和过于害羞的性格让读者感受到他自闭的一面。

① Pauline Chen. Review：“Decoded” by Mai Jia. Chicago Tribune，Mar 28，2014.

本书主要描写金珍加入中国的情报部门，远离家人到一个遥远而神秘的地方工作，破译紫密（黑密之前的密码）的故事。不过，麦家并没有向我们揭示这个威胁性的密码的种类，也没有告诉我们金珍做出了怎样的贡献，甚至也没有说当时使用的是什么样的密码。相反，他使用了一系列宏大的、蕴含深广的隐喻："当你步入密码的史林中，就如同步入了处处设有陷阱的密林，每迈入一步都可能使你跌入陷阱，不能自拔。"后面还有这样的描写："在众多史林中密码史无疑是最沉默、最冷清的，那里面无人问津，那里面无人敢问津！破译家的悲哀正是因此而生，他们失去了历史这面镜子，失去了从同仁成果中吸取养料的天律。"

在这一部分描写中，麦家使用了一些传统惊悚小说中常见的跌宕情节。但由于随后没有相应的进展交代，悬念又被冲淡了，而金珍破译的绝密密码也在这场不饱满的自我游戏中一点一点地展开。

《解密》吸引读者的一大亮点在于它没有直白地将所有蕴含都表现在字里行间，而是将深意隐藏起来，让人好像在阅读一本被遮蔽的政治评论一般。显然，我们能够从麦家的文字里读出他对政府强令金珍加入情报部门工作这一做法的看法。在那个年代，服从国家集体意志高于一切，特别是像容金珍这样从事保密工作，没有自己的私人空间。作品中有这样的例子：金珍三十岁的时候，还没有结婚，组织上便为他安排了几个刻意挑选的女保密员，他娶了安排来的第四个保密员翟莉。同样，金珍对密码过度关注，不注重个人的精神世界，不去考虑密码背后的深层蕴含，这在某种程度上反映了那个时期共产党干部的命运。

《解密》的最后一章有更多哲理层面的含义。在此之前，金珍的故事是由叙述人到全中国各地采访他的亲友和同事讲述出来的。当叙述人将金珍生活中的重要事件贯穿起来，并描写他最后精神崩溃成为疯子后，我们发现，所有这些提供故事线索的人都没有提及金珍的情感世界。直到最后，叙述人找到了金珍的妻子翟莉，从她那里看到了容金珍的一个笔记本，这是金珍 25 本笔记本中唯一被官方解了密的，这本笔记并不完整，被抽掉了一些页码。从这个笔记本的只言片语中，我们能够感受到容金珍的孤独和焦虑，触摸到他成为孤儿之后所经受的痛苦，数学天分给他带来的重负，他对上帝的思考，他对当时即将成为他妻子的这个女人日益增多的爱。

人性是最大的谜。麦家说，这是唯一真正无法破解的密码。略显遗憾的是，英译本最后一个自然段的最后一句话出现了误译，米欧敏和克里斯托弗·佩恩的翻译是，翟莉的“眼里噙满了泪水，她吸了吸鼻子，好像要哭出来”。但其实这句话更为贴切的翻译应该是：“我（叙述者）看着她顿时涌现的泪花，一下子觉得鼻子发酸，想哭。”原作的意思是容金珍悲惨的一生和没能尽情发挥自己才华的境遇，是我们所有人都会面临的悲剧，而不仅仅是他的妻子。

（22）2014 年 4 月 4 日美国《华尔街日报》整版头条刊登的评论文章《中国小说家麦家享誉世界》①

《解密》打破了国际出版界“先有鸡还是先有蛋的因果难题”，引发了全球性的阅读热潮。

中国小说家麦家的间谍惊悚小说已经在中国本土创造了 500 万册的销量，并于 2008 年赢得了中国文学界的最高奖项“茅盾文学奖”。目前，他的五部作品中已经有四部被成功改编成了电影和电视剧。

但直到 2009 年，这些因素都没有帮助《解密》在国际文坛上获得成功，直到台北一家图书版权贸易公司的代理人谭光磊尝试将麦家先生 2002 年的处女作《解密》英文版权推向海外市场。这部作品之前没有被翻译成英语，在海外市场也不为人所知。为了更好地推介《解密》，谭先生准备了 40 页的英文样稿和小说概要。“但两年过去了，”他说，“我们依旧没有找到一家出版社。”

但是，现在一切都不同了。下个星期，谭先生会带着这部小说去参加

---

① Anna Russell. “Chinese Novelist Mai Jia Goes Global”. Wall Street Journal, Apr 4, 2014.

英国伦敦书展。就在上个月，《解密》的英文版同时登陆英国和美国的书店，引发了一系列的书评热潮，它和丹·布朗、豪尔赫·路易斯·博尔赫斯等人的作品相提并论。目前该书的版权已经在 20 个国家售出，被翻译成 8 种语言。“《解密》的英文版一出，其他购买版权的邀约便接踵而至。”谭先生如是说。

《解密》讲述的是患有自闭症的天才数学家容金珍在中国情报部门从事破译工作的故事。今年 50 岁、居住在中国杭州的麦家先生也曾在中国情报部门工作过一段时间。此书跟西方传统的惊悚小说不同，读起来让人感觉有一定的学术探讨性，涵盖大量的悬疑和机密，带有魔幻现实主义色彩，有散文化的风格。

一般来说，翻译作品要想在英语国家赢得读者不是一件容易事儿。对外国出版商和书商来说，出版销售中国当代小说是一个更大的挑战。“中国小说想要畅销简直太难了，”英国企鹅出版社编辑部主任，也是《解密》（英文版）的负责人亚历克斯·科什鲍姆如是说，“西方读者对于中国文化普遍感到陌生。”

在法籍华裔小说家高行健和中国作家莫言分别于 2000 年和 2012 年获得诺贝尔文学奖之后，一些中国当代作家的作品也在美国相继获得了读者的认可。

出版《解密》英文版的美国 FSG 出版集团主编埃里克·钦斯基也说道，除了屈指可数的几位作家以外，中国当代文坛上笔耕不辍的作家们“并没能成功地赢得美国读者的青睐”。

科什鲍姆女士也评论说：“中国作家要想获得知名度，得获个诺贝尔文学奖才行。”

谭光磊花了两年的时间推介《解密》的英文版权，最后终于从韩国首尔国立大学汉语教授米欧敏那里得到了回应。

米欧敏生于英国，但从事的是古汉语研究，她很喜欢麦家的小说。在看了根据麦家的第二部小说《暗算》改拍的电视剧之后，她相信该小说一定可以在英语国家找到读者。因此她开始着手翻译这部小说，用业余时间完成了 100 页左右的样稿（最终英国企鹅出版社买下了该书的版权）。

对谭光磊来说，这简直是天赐的机会。“我突然就有了这么棒的一个译文，而且还是这么长的篇幅，”他说，“幸亏有了她，不然我得花大价钱才能得到这样的英文翻译。”谭光磊又一次联系英国的出版社，这次给他们看了米欧敏翻译的部分内容。

谭光磊将作品翻译归结为“先有鸡还是先有蛋的问题”。由于多数英美国家的出版商都不懂中文，因此在送去评审之前，需要将中文作品翻译成英文，但作者或是文学代理人在版权协议没有达成之前，常常无法负担高昂的翻译费。

在全书没有翻译出来的情况下，出版商往往只能依靠简短的英文翻译样稿或是读过原作的读者评论来获得对该作品的印象。

米欧敏女士足够长的翻译样稿着实打动了企鹅出版社的科什鲍姆女士。“这样体裁混合的作品我之前从来没遇到过。”她在读完之后直接将译文发给了蓝诗玲——伦敦大学的汉学家和翻译家，蓝诗玲给予好评。

麦家在关于他作品翻译的邮件访谈中说，他不认识译者，也不熟悉中国图书海外版权代理人，直到他遇到谭光磊。“即便我想找人翻译我的作品，也不知道到哪里去找。”麦家这样写道。

2011 年，英国企鹅出版社同时购买了《解密》和《暗算》两本书的全球英文版权，并请米欧敏女士和曼彻斯特大学研究中国文学的助理教授克里斯托弗·佩恩合作翻译。一年之后，翻译完成了，谭光磊不断接到国际出版社抛来的橄榄枝，首先是 FSG 出版集团的钦斯基，随后其他国家和地区的出版社也纷纷表达合作的意向。

“麦家称得上是全球畅销的作家之一，”钦斯基如是说，“但很多美国读者甚至是美国出版界的人都还没有听说过他。”

（23）2014年4月5日英国《卫报》的书评《麦家的〈解密〉：一本有趣而迷人的中国谍战小说》①

来自中国最畅销作家的作品在英国闪亮登场，该小说以舒缓的节奏讲述一个忠于党和国家的密码破译家的故事。

很难相信，麦家于2002年在中国出版、现在翻译成英语的小说《解密》，有作家自身的影子。书中的主人公容金珍童年时过着孤独的生活，是个备受冷落的孤儿，成年后被招募到部队的情报部门工作，成为一名密码破译人员。麦家曾经在部队情报部门工作过17年，他的童年也有些自闭，写下的日记有36本之多，这足以让我们看到他是一个在孤独中沉迷于写作的人，而《解密》的主人公也同样孤独，同样喜欢写笔记。

正如麦家的出版商所说，鉴于他的散文风格和并不专门取悦于读者的态度，麦家成为“你从没听说的世界上最受欢迎的作家”。要理解这句话的含义，就一定要了解他在中国文坛上的地位。他的小说自出版以来畅销不衰，还被改编成影视剧大放异彩。《解密》是麦家第一部译成英语的作品，他的译者功不可没。米欧敏的翻译语言优美，很好地传递出了作品的神韵，也令读者有一种阅读的愉悦。

麦家被视为惊悚作家，但对《解密》抱有娱乐至上、寻求阅读快感的读者来说，或许会感到失望。毫无疑问，这部小说十分吸引人，但它绝不是性感泼辣的那类作品。作者十分关注“职业给人带来的疏离感”，因而，他讲述的密码故事背后透露出职业带给他的那份孤独。

《解密》的故事始于19世纪90年代，随着容氏家族史的铺展缓缓道来。容家本是江南富甲一方的盐商，到了第七代传人中，委派年龄最小的容自来到西洋跟大师去学习解梦易梦之术，本指望他能学成归来把家族的老奶奶从噩梦当中解救出来，没想到老奶奶在噩梦中去世，容自来觉得学了这功夫也是枉然，于是干脆将学习的重点放到了数学上。7年后他回国

---

① Isabel Hilton. “Decoded By Mai Jia Review—‘An Intriguing Chinese Thriller’”. The Telegram, Apr 5, 2014.

开办了一所大学，日后成为赫赫有名的学堂。

后来，容氏家族走向没落，但他们家族在数学方面的天赋却逐渐显现出来。与其他学堂不同，容自来开办的学堂招收女子入学，容家出了几位女子数学奇才，最有名的就是“容算盘”，但她的天赋才华没有得到充分发挥，在生孩子时难产死去。“容算盘”生下的儿子绰号“大头鬼”，给容氏家族抹了黑，作者早早地让他去见阎王了。容家勉强认下了“大头鬼”的遗腹子，就是这位私生子容金珍——我们小说的主人公，绰号“大头虫”。

不被族人待见的容金珍被一位流落在容家的洋先生收养，他的母亲也死于难产。后来，洋先生去世了，容自来作为家族中数学领域的先驱，被这个孩子惊人的数学天赋所打动，让他去上大学，在那里，这个小家伙的能力被另一个数学天才——因“二战”不得已留在中国的波兰籍犹太人希伊斯所激发，得到进一步培养。

这种错综复杂的人物关系成为之后叙事的核心。字里行间随处都是对于忠诚和不信任、相互猜疑与相互同情、身份和身份转换的矛盾描写。希伊斯想让金珍研究人工智能的发展，但金珍最终被政府招募进情报部门，在最危难的时刻去破解敌方制造的两个极难破解的密码。希伊斯曾告诫金珍，密码会令人疯狂，让他远离，但希伊斯自己后来却去了美国，也掉入了密码的陷阱。

《解密》的叙述线索是作者寻求金珍和希伊斯秘密生活真相的过程，里面有中美对抗，有国家情报部门，有人们对共产党的忠诚。叙述人在全中国范围内采访容金珍生活工作的见证人，去还原他的经历，小说中的许多叙述是以那些熟悉金珍的人的口吻讲述出来的。某种程度上，小说中有一些东西晦暗不明，玩密码游戏，因而也可以说是一个带有密码元素的寓言故事，揭示出国家和人民大众之间的关系。

《解密》也提供了数学和密码世界的一些奥妙，试图揭示迷魂阵般的不确定性，以及密码中的诡计和沉迷于解密的悖论。尽管这部小说有自身的不足，但它吸引着我想阅读麦家更多的作品。

（24）2014 年 4 月 7 日美国《纽约客》杂志上的书评[①]

《解密》这部不同寻常的谍战小说既没有惊心动魄的情节，也没有罪大恶极的坏人。相反，它不厌其烦地追溯密码破译者容金珍的童年时代、他的破译生涯及随后的精神崩溃。上个世纪初期，年幼的容金珍被族人嫌弃，后来被招募到中国的情报部门工作。容金珍受命破译两部威胁性极大的密码，但是只破译了其中一部，另一部则没有攻克。这部作品探索了密码学和心理学之间的关系。麦家在文学类型方面有着驾轻就熟的能力，精巧地构思了一个博尔赫斯式微妙复杂的故事，让人领略到中国一段特殊的政治和历史创伤。

（25）2014 年 4 月 25 日美国《华尔街日报》刊登麦家专访《享誉国际的中国作家》[②]

中国作家麦家 1964 年出生在一个沿海的小村庄，那里距古代帝都杭州只有 40 公里，但麦家说，他的家乡在文化上远远不能和杭州相比。

麦家作品的独特风格并非源于他的乡土生活，而是来自他在中国军队工作 17 年的经历。在调往宣传部门以前，他曾在情报机构工作。

麦家 7 部快节奏的小说全都是间谍题材，常常把历史、罪案与间谍元素融为一体。扣人心弦的情节和微妙复杂的人物为麦家赢得了众多拥趸。他的小说在中国销量超过 500 万册，有些被改编成电影或电视剧。此外，麦家还写过剧本。

这使麦家成功跻身于中国高收入作家之列。2010 年，他凭三卷本的《风语》拿到 750 万元（合 120 万美元）的预付版税。

现在，他的小说首次被译成英文。《解密》英文版上个月由艾伦·雷恩（Allen Lane）出版社推出，这是麦家 2002 年在中国出版的一部小说。

---

① Anonymous. “Decoded”. The New Yorker, Vol. 90, Iss. 7, Apr 7, 2014.

② Clarissa Sebag-Montefiore. “A Chinese Novelist Goes Global”. The Wall Street Journal, Apr 25, 2014.

《解密》讲述了患有自闭症的数学天才容金珍在中国一个秘密情报机构成为一名破译员的故事。他被招募到中国保密机构的密码技术单位“701”，负责破译紫密和黑密，这是两个看似不可能破解的密码。最后，间谍和国家机密钩织的大网让他陷入了疯狂。

《解密》最重要的是描绘了疯子与天才之间模糊的界限。小说的文字富有诗意，米欧敏的译文也非常优美。

在接受《华尔街日报》采访时，麦家谈到他作为一个作家如何面对作品一度不被出版社接受的境遇。采访内容整理如下：

问：你是怎样开始写作的？

答：开始是写日记。乡下孩子很少写日记，因为没有那样的习惯和教育。但我是个异类，也可以说是一种病态，因为我写日记完全没有目的，只是出于生理需要。人天生就有交流和表达的愿望，但我的家庭成分太差，没人愿意跟我交朋友。日记就成了我可以与之交流的密友。是它赶走了一个年幼男孩内心的孤独和烦恼，让他爱上了文字。

问：你在部队工作 17 年，军旅生活对你的小说有多大影响？

答：如果从传统军事的角度看，我学到的很少。虽然我在部队多年，但我连最普通的步枪都没摸过。我只用手枪打过 6 发子弹。毕业后，我在一个技术类的武装部队短期工作过。可能你想知道是什么样的武装部队，但很遗憾，我不能告诉你，因为这涉及国家机密。每个国家都有自己的秘密，世界并不像我们期望的那样和平、友爱。

问：你放弃了军队的稳定工作，成了专职作家，你的父母怎么看？

答：我 33 岁转业，那时候我父母都 70 多岁了。我向他们尽孝，但我也坚持自己的判断。做出这个决定事先没和他们商量，事后也没问过他们的感受。5 年前，我母亲在电视上看到我和市长走在一起。她委婉地问我：“市长对你那么好，能不能给你个镇长之类的职务？”我说“不能”。

问：你最喜欢的谍战作家是谁？

答：业余时间我不读谍战小说。我也不认为自己是谍战作家。在我的小说里，间谍只是一个职业。我关注的是这些人的内心世界，他们的孤独、恐惧和在一个特殊系统下的人性转变。

问：你的创作涉及一些敏感问题，审查制度对你的小说有哪些影响？

答：因为小说的主题，我的作品必须经过严格的审查。对此我无能为力。每个国家都有自己的禁忌，特别是关系到国家安全。《解密》被退稿17次，出版后还被指责泄露国家机密而不准再版。但我坚信《解密》不涉及任何泄露国家机密的问题，因为我写的是关于人类的精神世界，是人的内心和命运。最后经过多方协商，禁令被解除了。我认为，这对我的写作不是一种限制，而是一种考验。一个真正有创造力的作家是不会被束缚的。

问：你接下来有什么打算？

答：我不知道自己除了写小说还能做什么。我对现实世界不感兴趣，更愿意活在虚拟世界里，也就是小说的世界。我想我会写更多的小说。我痴迷于这项工作，试图用虚拟的方式填充我的生活。

（26）2014年5月4日美国《纽约时报》上的书评《麦家笔下中国间谍小说的心理焦虑》①

麦家原名蒋本浒，是你也许没听说过的最畅销的作家。他在1981年进入中国的一所军校就读，毕业后留在军中写宣传稿、做编辑。1997年转业之后，他写了很多军事情报题材的小说，销量几百万。他的有些作品被改编成了热门电视剧和电影。目前，麦家是浙江省作协主席。

麦家的第一部小说《解密》（也是第一部即将出版的英文小说）讲述的是容金珍的故事。容金珍脑袋奇大，导致母亲难产而死。这个孤儿小时候沉默寡言，蓬头垢面，可能还有点自闭，但是长大后人们发现他在数学方面是个天才，他的数学才能得到另一位天才的磨砺。这位天才名叫希伊斯，是个波兰犹太裔教授，曾秘密担任过以色列和X国的军事情报分析

---

① Perry Link. "Spy Anxiety". New York Times Book Review, May 4, 2014.

员。X 国指的是美国，在凶险的密码世界里，美国是中国的主要对手。

1956 年，神秘的郑瘸子把金珍安排到一个特别的单位“701”工作，那是一个隐秘的政府大院，专门负责解密工作。金珍在那里破解了紫密，不过他不知道紫密是他的老师希伊斯发明的，希伊斯当时已经去了 X 国。金珍被称为“革命英雄”，后来“701”给他塑了一座雕像，就像罗丹的《思想者》。因为他是有功之臣，政府厚待他。为了给他找老婆，上级给他安排了一个又一个女保密员，直到他看上了其中的一个。

但是金珍一点也不快乐。他的一言一行都在监视之下，甚至被记录下来。他意识到保卫部门不是在保护他，而是要保护他脑子里的国家机密。他很少和周围的人说话，满脑子想的都是如何破解密码，这让他更加自我封闭。37 岁时他迷上了另一个密码，迷恋到只剩下一具躯壳，那个能让他更接近“疯子”和“天才”的“疯子的工作”最终让他变成了疯子。

麦家的小说很少给我们展示真实的解密过程或间谍工作。《解密》最吸引人的地方在于对容金珍的心理分析、扣人心弦的情节、诡异的氛围、引人注目的细节，这些都令人爱不释手。

麦家继承了中国传统说书文学的很多手法，研究者会一层一层地揭开这部小说中的谜团。在某些章节的末尾总要引起读者的期待，跟中国小说家们几百年前的惯用手法一样。同样，在 15 世纪甚至更早的“公案”故事中，就有在梦境中揭示出事情真相的描写，而在《解密》中，希伊斯做了个梦，梦见自己在几千里之外看见金珍在从事密码研究。麦家对现代技术魔力的痴迷与 20 世纪初期的中国文学创作理念相呼应，当时的中国作家想象出各种能让自己的国家迈入现代社会的发明创造。《解密》对人物心理的兴趣似乎源于“五四”时期（20 世纪初至 30 年代），当时的作家乐于探究弗洛伊德和其他西方学者的观念。麦家对金珍硕大的头颅和具有传奇色彩的家庭背景的描写，与苏童、余华等当代作家的写作风格相类，而小说中偶尔出现的超小说手法则是对近年来后现代叙述技巧的运用。

不过，影响这部小说最多的是 20 世纪 50 年代译介到中国的苏联“反间谍”小说。中国作家先是阅读苏联小说的中译本，但很快便开始自己创作反间谍小说。这类小说的主要元素全都出现在《解密》里面，包括对国防的盲目推崇、奇怪的外国人、精致的小玩意，以及层层隐匿的事实，其中有些事实最终也没有揭示出来。

鉴于麦家个人的军旅生活经历，显然包括他在情报部门的工作，读者自然想知道他写的东西里面有多少是真实的。我觉得真实的不多，保密意识和敌我意识在中国军旅文化中肯定十分突出。因而，《解密》中精彩的故事讲述显然更多地来自文学传统，而非现实生活。

我举个例子来说明。金珍在“701”的邮寄地址只有简单的“36号信箱”。曾有中国科学家在自传中提到，他在20世纪50年代中期被派往一个秘密的地点工作（研究原子弹），上头指示他只能告诉所有人自己的地址是“北京546号信箱”。单看这一点，两种描述反映了同一个事实。但是围绕金珍的地址出现了令人难以捉摸的谜团，而这位科学家的同行们不费吹灰之力就搞清了“546号邮箱”实际上在哪里，然后开始拿它开玩笑。“你要回546号信箱啦?”他起床离开房间时，他们会这样问他。“这些话传到了我们的保密官员那里，”这位科学家回忆说，“他一再严肃地警告我不要把地址泄露出去。”科学家连忙郑重其事地答应。这位科学家的描述道出了事情的真相，相比之下，麦家的描述更像是吊人胃口的奇谈。

在《解密》的结尾，麦家提到了一些值得深思的关于人类处境的问题，甚至还提到了上帝。不过，在这一方面，《解密》还没有达到中国现代小说中最好作品的高度。《解密》虽然读起来津津有味，但是在道德深度方面，比不上鲁迅的短篇小说和张爱玲的中篇小说。

（27）2014年5月1日《书目》上2013—2014年度最佳犯罪小说[①]

严实，《解密》中一位上了年纪的解密者，将他的谋生手段视为一种将人变成疯子和天才的迷醉。在麦家引人入胜的密码谍战中，读者徜徉于

---

① Bill Ott. “The Year’s Best Crime Novels”. The Booklist, Vol. 110, Iss. 17, May 1, 2014. 标题中的The Year指的是从2013年5月1日到2014年4月15日。

字里行间，将疯子和天才区分开来。

在阅读麦家的小说时，读者需要自己对作品结构的倒置进行解密。在这个充斥着奥秘、玄奥的知识世界里，麦家让我们思考群体的心智健康问题。

（28）2014 年 6 月 27 日英国《经济学人》（网络版）上的介绍①

《解密》这部畅销书 12 年前就在中国出版了，而今终于有了英文版。它以一个当代记者的口吻，讲述了容金珍最终崩溃和消失的故事。容金珍是一位天才的密码破译人员，20 世纪 50 年代被招募到中国政府的高层机密部门，参与密码破译工作。

（29）2014 年 7 月 1 日网络杂志中参馆（Chinafile）上刊登的报道《中国黑客的内心世界》②

麦家的小说《解密》剖析了中国破译家容金珍的内心世界，该书的英文版已于 2014 年 3 月问世。

小说内容虽然是关于二战结束之后的密码战，而非现今的网络战，但仍然清楚地向我们揭示了这种机要工作可能会毁掉一个人。《解密》讲述了一个让人惊异的故事：一位并非出自自己意愿的解密者，因用自己的数学才能报效国家而最终陨落。

麦家曾经在军队中的一个秘密部门工作过十多年，与一些密码专家共过事。根据《人民日报》网站的一则报道，2002 年《解密》刚面世后不久，出版社就接到政府保密委员会的电话，明确要求不得出版此书，不得宣传此书，并将已经印刷出来的书全部撤架。

麦家进行申诉，表明《解密》花了他十多年的心血。他前往北京申明立场："我没有泄漏任何机密，我只是想向这些无名英雄致敬而已。"根据麦家的说法，后续的调查证明他不是中国版的斯诺登，他说他要表现的是

① Anonymous. "Summer Reading: Fiction in Translation". FT. com, Jun 27, 2014.

② Emily Parker. "Inside the Mind of a Chinese Hacker". Chinafile, http://www. chinafile. com/inside-mind-chinese-hacker.

情报工作的灵魂和一个独特个体的命运。这次北京之行不但让官方解除了禁令，《解密》还进入了畅销书排行榜，并拿下多项文学大奖。

小说的主人公容金珍是个孤儿，他蓬头垢面，沉默寡言，不懂人情世故。但他却是个数学天才，小时候在没有接受正规教育的情况下，无师自通地学会了乘法。

容金珍出生于显赫之家，母亲死于难产。后来他被带到创办了著名 N 大学的亲戚家。容金珍在那里学习数学，得到一名智力超群的波兰籍犹太客座教授希伊斯的培养。容金珍优异的成绩令希伊斯教授非常满意，他在 16 岁时便不用再到课堂上学习。

1956 年，一位名叫郑瘸子的神秘人物来到 N 大学，说是要招募新人，没有人知道他的身份或工作单位，只知道他在寻找具有“独立思维”的人才。在得知容金珍的数学天分之后，郑瘸子说什么也要把他带走。

但容金珍并不想跟他走，他的长辈小黎黎极力说服他接受这项光荣的任务：“你是去替国家做事的，高高兴兴地走吧。”“屋里是你的家，屋外是你的国，无国乃无家，走吧，别耽误了。”容金珍别无选择，只得进入神秘的“701”单位工作。他不知道“701”部队到底是军事单位还是地方部门，只知道“秘密就是它的心脏，有如一缕遥远的天外之音”。

容金珍因为具有“独立思维”而被招募进来，但初到新环境里时却不适应。他以整天下棋、看小说、帮人解梦消磨时间，却因此激怒了“对梦这种唯心主义的东西深恶痛绝”的“701”部队副局长。

容金珍的任务是破解敌国的密码，特别是破解“X 国”的密码，“X 国”隐喻着美国。容金珍在密码学方面显示出绝佳的天分，他有着别人望尘莫及的创造性和非常规的思维。招募他的郑瘸子把密码比喻为探寻一座山，一般人通常都是到了山顶再探秘，但容金珍不同，他“可能会登上相邻的另一座山，登上山后，他再用探照灯照亮那座山，然后用望远镜细细观察那山上的秘密”。容金珍还有一点和他的同事不同，他努力研读《世界密码史》，试图从中获得破译的灵感。

容金珍的目标是破解 X 国加密程度极高的紫密。尽管容金珍因破解紫密而被誉为民族英雄，但麦家在字里行间已经预言了他的命运。郑瘸子曾警告过容金珍：“大凡天才都是娇气的，娇嫩如芽，一碰则折，一折则毁。”世上所有破译家都面临着共同的命运：“即他们所追求的东西，在正常情况下将永远在远处，在一块玻璃的另一面。”

容金珍的老师希伊斯曾说过，容金珍的心智或许无法承受情报工作带来的巨大压力。人类是在轻松自在的情况下进行思考的，“可如果你一旦从事破译工作，等于是被捆绑了，被国家的秘密和利益捆绑了，压迫了”。

表面上看来，《解密》的主题是个人为了国家安全而做出的牺牲与奉献，还有什么比这更爱国的？但是细读之下，读者会发现不同面向的启示。麦家也描写了这种牺牲带来的自我毁灭，也有可能这些牺牲最后并无所成。为了不透露太多剧情，我们只能说容金珍最后的结局并不圆满，这位伟大的天才最终变得不成人形：“他的两只眼睛吃惊地睁着，睁得圆圆的，却是不见丝毫光芒。”

麦家让读者思索这样一个问题：破译密码付出这么高的代价值得吗？希伊斯将破译过程形容成一连串疯狂的循环，但最后也不见得会有个赢家。密码学需要“恶毒的智慧”。希伊斯警告容金珍，在密码领域获得的每一个成功，都会“使人类变得更加奸诈、邪恶”，密码是一种隐蔽的战争，赢得这样的战争没有什么意义，“对人类进步一无是处”。

中国媒体日前借由斯诺登所揭露的美方监控事实，指控美国是伪君子。《解密》一书避开了传统的敌我二分法，凸显了网络战争带来的普遍性挫败感。

“斯诺登揭露的不是美国的丑，而是当今世界的丑，”麦家在接受《纽约时报》访谈时说，“这个世界被科技绑架了，不论是 X 国，还是 Y 国，我忧郁地认为，只要他们拥有相应的技术，都会干出相应的勾当。”

这本书也给中国政府提了一个醒：在 21 世纪的经济竞争中，最炙手可热的人才是具有创造性思维的人，中国政府也意识到了这一点。容金珍所拥有的创造才能是中国现在迫切需要的，我们也可以想象，如果容金珍没有去“701”部队工作，他会为国家做出什么样的贡献。

中国多了一位杰出的破译家，但少了一位杰出的人才。

（30）2014 年 9 月 16 日美国《纽约客》杂志上发表的评论《你读过〈解密〉吗》①

麦家是中国畅销书作家之一，他的小说赢得了中国最高的文学奖项茅盾文学奖，也被改编成电影和电视剧。你听说过他吗？没有。我也没有，直到读了《解密》才知道麦家这个人。正如他的出版商所说：“麦家可能是世界上你从未听说过的最著名的作家。”公允地说，《解密》是麦家翻译成英文的第一部小说，他的成功在很大程度上要归功于译者米欧敏，她优美的散文译笔极为准确地传达了作品的精妙。

我不得不承认，一般情况下，我是从来不会阅读《解密》这类作品的。因为第一，它是间谍小说，这个文类我很少涉猎。第二，这是关于数学的小说。但是在做了那么多打包、邮寄《解密》的工作后，我禁不住自己的好奇心，就决定读一读这部小说。请相信我，当我说我高兴的时候，我真的很高兴，因为《解密》这部小说将你所有关于间谍小说的偏见荡涤殆尽，让那些成见彻底烟消云散。

小说的主人公容金珍不是你心目中常规的英雄，他是个半自闭的数学天才，有着硕大的脑袋，十分喜欢下棋。在中国政府的要求下，容金珍被招募到中国秘密部门的密码破译单位，并很快成为中国最优秀的密码破译人员。不过，在尝试破译世界上最难解的密码时，容金珍发现自己迷失在密码的黑暗世界里，最后发疯，成了废人。

这部小说之所以与众不同，是因为其缓慢的叙事节奏。不要期待这本书是你以前读过的快节奏的谍战小说。《解密》一开始讲述的是容氏家族的传奇故事，麦家梳理了容氏家族几代人的历史，解释了家族财产的式微

---

① Alex Smith. “Have You Read：Decoded”. The Yorker，Sep 16，2014.

如何导致了家族成员数学才华的发展。最初，你会觉得作者所讲述的都是无关紧要的事，但是到了容金珍出生的时候，你才发现，你已经沉浸在麦家编织的故事世界里了。从某种程度上说，由于麦家将这个曲折离奇的故事与第二次世界大战，以及“文革”的艰苦背景交织在一起，这部小说显得具有更多超现实的色彩。

《解密》的故事是通过一个我们不知道姓甚名谁的叙述人讲述的，这个人试图揭开容金珍神秘的一生。从这个角度看，该小说本身就像一部密码，充满着家族秘密和难以解开的个人秘密。阅读《解密》，你会被里面对数学和密码学的详细描述所折服，而并不觉得它们枯燥乏味。我觉得这一点尤其吸引人，因为它们强化了容金珍极其令人着迷的个性。容金珍本人尽管人格分裂，但他也是一个让你感到心痛的人物，你会为他的童年感到悲叹，也会为他跌入精神失常的深渊而唏嘘不已。

《解密》与我读过的任何一部西方小说都不同，所以我觉得它不同寻常，有着独特之处。麦家被誉为“中国的丹·布朗”，但是在我看来，两位作家之间唯一的相同点是：他们的作品都是畅销书，都卖出数百万册。《解密》是一部与读者玩弄游戏的小说，它的魔幻现实主义让你头晕目眩，但每一页都紧紧吸引着你，小说中性格鲜明的人物形象让你难以忘怀。如果你以开放的心态去阅读《解密》，就会爱不释手。

（31）2014 年 11 月 23 日“书评博客”的评论①

由于村上春树、吉田修一、川上弘美及其他知名作家的影响，英语世界里有大量的日本小说。但是，被翻译成英语的中国当代小说就少得多，所以，当我最近在一家旧书店里看到一本崭新的《解密》时，感到非常惊讶。

麦家本名蒋本浒，在军队工作了 17 年，曾是一名情报人员。《解密》这部小说在中国取得了巨大成功，早在 2002 年就已出版，最近被米欧敏翻译成英语。小说讲述的是容金珍的故事，他是一名数学奇才，出生于 20

---

① Anonymous. “Decoded by Mai Jia”. A Little Blog of Books, https://alittleblogofbooks.wordpress.com/2014/11/23/decoded-by-mai-jia/.

世纪 30 年代，后来被招募到国家情报部门工作。他受命承担破译紫密的任务，成功破译后被视为国家英雄。但是，当试图破译更难的黑密时，他的生活开始出现逆转。

这部小说对容金珍的家族背景进行了很长篇幅的叙述，故事真正讲述容金珍的部分是从他作为一名学生遇到希伊斯教授开始的。这部小说在结构上极为精巧，是一部超小说，讲述者试图将容金珍的故事和对那些认识他的人的采访记录融合在一起。尽管故事的主要情节是在中国秘密机构的核心单位展开的密码破译和博弈，但是《解密》并不是一部节奏明快的间谍小说，而更像是对一个人的剖解，穿插着没有展开叙述的政治背景，与人们的期待很不一样。不过，这一点是可以理解的，因为作者本人曾在军队里工作过，《解密》的内容很可能需要接受有关部门的审查，方能获得出版允可。

因此，容金珍直到小说结尾都是一个神秘的、令人捉摸不透的人物，这一点儿都不奇怪，但这个人物一直紧紧地吸引着你。与密码学本身一样，阅读《解密》是一种复杂的、有时是令人困惑的，但最终令人收获满满的经历。

（32）2014 年 12 月 6 日英国《经济学人》评选“2014 年年度图书”，《解密》名列其中①

终于，出现了一部伟大的中文小说，即便读者对中国不是特别了解，也会喜欢这部作品。《解密》出自中国前情报部门工作人员之手，因叙事节奏舒缓、故事新奇而显得与众不同。

（33）2015 年 5 月 10 日《纽约时报书评周刊》上报道《解密》出了平装本②

这是麦家第一部被翻译成英语的小说，讲述的是容金珍的故事。容金

① “Books of the Year”. The Economist, Dec 6, 2014, https://www.economist.com/books-and-arts/2014/12/04/page-turners.

② Ihsan Taylor. “Paperback Row”. New York Times Book Review, May 10, 2015.

珍是一个孤独的天才，1956 年被招募到中国的反间谍情报机关“701” 工作。作为国家最出色的密码破译家，容金珍发现制造那部令人恐惧的、高难度密码的人，是他曾经的老师，而他的老师彼时在为中国的主要对手工作。

（34）2015 年 5 月 25 日《出版人周刊》上的麦家专访①

本文是对 2014 年 3 月 26 日刊登在《中华读书报》上的麦家访谈的英文翻译，中文标题是“麦家：中国谍战走向世界”，参见本书第三章的相关内容。

（35）2017 年 1 月 6 日英国《每日电讯报》上发表《史上最杰出的 20 本间谍小说》，《解密》位列其中②

作为中国的文学巨星，麦家那些畅销数百万册的小说以他在中国安全部门工作的经历为素材，而这部《解密》讲述了一个孤僻天才成长为杰出破译家的故事。如果读者期望从中读到一环扣一环的惊悚和暴力情节，或是希望看到《模仿游戏》中那种天才学者的困惑和感伤，将会感到失望。相反，《解密》继承了中国古典小说的叙事传统，它扑朔迷离，如梦似幻，却又枝节繁生，但最终你会迫不及待地想去破解它的奥秘，就像书中的主人公一心想破译他的密码一样。

（36）2017 年 8 月 21 日《出版人周刊》上的麦家简介③

麦家是中国著名的谍战小说家。他曾在解放军的情报部门工作过 17 年，这个经历极大地影响了他的创作，使他常常在作品中讲述中西方之间的谍战和交往。

除了曾经在情报部门工作过以外，麦家还在电视台当过编剧，目前还是中国两家文学组织的实际负责人。他的小说包括《解密》和《暗算》，

---

① Hallie Treadway trans. “China at BEA 2015: Decoding the Modern Chinese Spy Novel Mai Jia”. Publishers Weekly, Vol. 262, Iss. 21, May 25, 2015.

② “The 20 Best Spy Novels of All Time”. The Telegraph, Jan 6, 2017.

③ Anonymous. “Spotlight on Six Contemporary Chinese Fiction Writers”. Publishers Weekly, Vol. 264, Iss. 34, Aug 21, 2017.

这两部作品都被翻译成了英语。《暗算》2008年获得茅盾文学奖。他的很多作品被改编成了电视剧和电影。

（37）2014年11月4日新加坡《联合早报》上的专访《〈解密〉走红欧美 麦家成明星作家》①

在中国作家中，麦家的作品相当另类，从《解密》到《暗算》《风声》等，不论题材、故事或写法都别具特色。2005年，长篇小说《暗算》被改编成电视剧，掀起了中国谍战影视热潮；2009年，小说《风声》改编成电影，票房达2.5亿人民币。

在中国红了10年后，今年上半年开始，西方出版界刮起了“麦家风”，他也成了当地媒体追逐的“明星作家”。

麦家如何看待这一现象？如何看待自己的文学追求，以及他的小说和影视之间的关系？

本地读者对“麦家”这个名字也许还不太熟悉，但因为长篇小说《解密》英文版及西班牙文版今年在欧美卖成亮点，麦家目前已俨然是“明星作家”。

今年上半年，英文版《解密》在美、英、加、澳等多个国家同步上市，并迅速在市场走红，在西方出版界刮起了一阵“麦家风”，而且还赢得一些西方主流媒体的好评。今年6月，西班牙文版《解密》又在西班牙等西语地区掀起旋风，被当地出版界评为“一部杰出的文学悬念佳作”。

其实麦家在中国已经红了10年，2005年他的长篇小说《暗算》被改编成电视剧，掀起了中国当代谍战影视热潮；《暗算》获得了第七届茅盾文学奖。2009年，麦家的另一部小说《风声》的同名电影由冯小刚任监制，周迅、李冰冰等一众知名演员担纲出演，票房达2.5亿（人民币，下同），奠下中国影视里程碑。

---

① 张曦娜：《〈解密〉走红欧美 麦家成明星作家》，新加坡《联合早报》，2014年11月4日。

• 《解密》曾被退稿 17 次

《解密》环绕着一个身世离奇、天赋异禀的数学奇才容金珍展开。容金珍后来被强行招入破译密码的情报机构，投身密码破译工作。在最艰难的破译过程中，容金珍因意外丢失机密笔记本而导致精神崩溃……

在中国作家中，麦家的作品可以说相当“另类”，从《解密》开始，到《暗算》《风声》等，不论是在题材、故事或写法上，麦家都别具特色，其小说总是环绕着间谍战、密码战、无线电侦听等发展。

麦家上星期在塞尔维亚参加国际书展，他接受本报电邮访问时说：“《解密》今年在海外的出版发行情况给我添置了不少惊喜，目前这本书已签下 29 种语言的版本，已经出版的有 6 种，其余的也将在今年或明年陆续推出。但这一切似乎来得有点迟。”

麦家透露，《解密》是他的第一本小说，前后写了 11 年，而且被退稿 17 次，可谓历尽坎坷。

麦家说：“2002 年《解密》终于出版后，虽然在国内获得成功，一举拿下包括国家图书奖等 8 个奖项，可谓‘一夜成名’，但在对外翻译出版的过程中，依然一直没有好消息，直到 2012 年才卖出第一个版权。也许是在多年被冷落之后，博得了上帝的同情，今年这本书的英语版出来后，居然一下子成为英、美主流媒体的关注热点，卖得也很不错，一度登上美国亚马孙图书销售榜第 17 名。西班牙语版首印也是高达 3 万册。这几天我在塞尔维亚参加国际书展，这本书又成了一大亮点，街上、公交车上、电视、报纸，到处都在宣传这本书，我也成了当地媒体追逐的‘明星作家’。我喜欢上帝这样的安排：先抑后扬。”

有些读者因为读了麦家的作品，对作家本人也好奇起来，觉得麦家很“神秘”，竟能写出如此带有神秘色彩的小说。

当过军人的麦家说：“我在写《解密》和《暗算》等所谓的间谍小说前，写过大量传统题材的文学作品，农村、土地、鸡鸣、狗盗，华丽的辞藻，沉重的主题，深刻的反思，等等。写了七八年，越写越觉得没劲，因为没有读者。穷则思变。于是我就想到自己在部队的独特经历，1991 年我开始以这段经历为素材写《解密》，讲一个破译家的故事，题材、写法都是新的。我想告别自己，也想告别我们固化的文学模式，但这又谈何容易。这本书我不但写了 11 年，还彻底地推翻重写了三遍，局部的修修改改至少在 20 遍之上。”

麦家又说：“虽然在军队的经历对我写这部小说起着重要作用，但我写的又不是我的经历。如果说《解密》这部小说是一棵树，我在军中的这段经历就是这棵树得以成活和长大的土壤、阳光、雨水。我没有直接去写这些东西（土壤、阳光、雨水），这样写就是纪实文学。我写的是小说，我借助这些元素、材料、机缘培育了一棵树，种子是风吹来的。”

• 笔下主人公多是“破译家”

麦家被称为“中国谍战文学之父”，但对于作品被定位为“间谍小说”，麦家说：“我的小说是全新的，它不能被简单地归类，它是间谍小说，又非传统的间谍小说。在我阅读过的中外文学作品中，还没有见到哪个作家以破译家为主要人物来创作小说的。破译家是一种大概念下的间谍，所以也有人说我写的是间谍小说。但和传统的间谍小说相比，我是全新的，不论是人物塑造，还是写法上。是是非非之间，可能就是我小说的价值和魅力。”

也有读者称麦家的小说为“侦探推理小说”，但麦家又说：“在我作品里的人物，没有一般间谍作品中的打打杀杀，也没有一般侦探推理小说中的斗智斗勇。我笔下的主人公，多是‘破译家’，他们是大概念上的间谍，他们有着迷人的才华，却手无缚鸡之力，终日面壁苦思，和那些枯燥的阿拉伯数字搏斗。他们是专业上的天才，又是生活中的笨蛋，世俗的阳光无法温暖、照耀他们。他们强大又脆弱，像一件珠宝。他们有敌人，却从来不和敌人见面，总是歼敌于千里之外。总之，在间谍家族里，这是一群崭新的人物，他们的人生、故事、命运也和一般的间谍完全不一样。”

除了《解密》受瞩目之外，获得茅盾文学奖的《暗算》也广受欢迎。

麦家透露,《暗算》是《解密》的兄弟篇，塑造的都是“一群为国家安全事业默默奉献、矢志不渝的无名英雄”。

“我记得当时自己是带着无比崇敬和凄凉的心情，以每天只写 500 字的速度，心无旁骛地创作了它。目前《暗算》和《解密》这两本书都被英国企鹅列入‘当代经典’文库,《暗算》英文版将于明年初出版。在中国国内,《暗算》几乎是一部家喻户晓的作品，它获得过国内最高的文学奖茅盾文学奖，并被改编成电影、电视剧而广为人知。”

斯诺登事件发生后，有人把《解密》主人公容金珍和斯诺登联想在一起。作为容金珍的创作者，麦家却说:“确实，容金珍和斯诺登是同一种人，都是为国家安全这份至高神职修行、异化的人。不同的是，前者像我在军队里遇到的那些人一样，对自己的事业感到无上光荣，情愿为此付出包括生命在内的任何东西，后者恰恰相反。他们是一个硬币的两面，背靠背，注定要在两个人心向背的世界里扮演着一半是英雄一半是死敌的角色。”

- 用通俗文学的外壳装纯文学血肉

麦家曾经说过，他在中国是个“毁誉参半”的作家。对于这一点，麦家解释说:“当一个作家走在大街上被人认出来时，他作品的文学性、严肃性也将受到某种程度的消解。这是影视惹的祸，影视一方面宣传了我，最大限度地提升了我的知名度，同时也让不少人对我产生了误会，甚至反感。影视总是把文学简单化、通俗化，甚至低俗化，这是没办法的事。”

他还说:“另外，我的小说和传统的中国文学也有距离，我写间谍、侦探，这些题材以前纯文学作家是瞧不起的，总觉得这是通俗文学的领地，而我就在这片通俗文学的领地上耕耘，写纯文学作品。这也容易让人产生误会。我自己觉得，我的独特之处恰恰就在这里，用通俗文学的外壳装纯文学的血肉。也许是我过于自负了，我觉得这次西方媒体之所以这么关注我这本书，就因为我在这方面做出了贡献，他们接受了我对小说的探索和付出。”

• 影视只是我的“背影”

麦家的作品从《暗算》到《风声》《刀尖》等，都被改编成了电视剧、电影。同时，作品改编成电影后，都能取得二三亿票房，但他说：“我的小说都被搬上荧屏和银幕，并且每一部都有不俗的成绩。有人说我的小说是收视率和票房的保镖，所有改编我小说的影视公司都挣了大钱。我在中国能拥有这么高知名度，图书那么畅销，影视的确功不可没。老实说，目前为止没有哪一部影视作品完全达到了我对它的期待。但这不代表这些作品不好。因为从某个角度上说，小说就像我的孩子，这个孩子被别人拿去养，我总会觉得不如自己原先带得好。这无关这些影视剧的质量，纯粹只是一个父亲的私心罢了。”

不说不知道，麦家也曾经在电视台当过十多年职业编剧，他说：“我很清楚小说和影视作品的关系。如果小说是麦田里的麦子，影视剧是用麦子制造出来的饼干，饼干虽然好吃，但不可能有乡村、田野、麦浪滚滚、天高云淡的景色。文字是接地气的、通灵的，她着重的是生活的模糊性，人心的复杂度。而影视作品尤其是电视剧，更关乎戏剧情节、视觉效果等。我像爱我孩子一样爱小说，对影视没有太深切的感情，它们只是我的‘背影’，不能完全代表我。”

麦家的作品刚收进“企鹅经典”文库，是继鲁迅、钱锺书、张爱玲的作品之后唯一入选“企鹅经典”的中国当代小说。因此有人说，麦家是可以跟鲁迅、钱锺书比肩的当代作家，但麦家说得十分谦虚：“不敢当。虽然中国当代作家中，我确实是第一个被收进‘企鹅经典’文库的作家，但这并不说明什么，更不能说明我可以和鲁迅等人比肩。首先，‘企鹅经典’文库不过企鹅出版社的‘一家之言’；其次，他们对中国当代文学也不是完全了解。这种选择有较大的局限性和偶然性。在我看来，中国当代像我这样优秀的作家和作品多的是。我觉得，时间才是检验一部文学作品好坏优劣的绝对标准，而不是某几个人和某些机构。”

- 设立“麦家理想谷”回馈文学

麦家近年来的另一件“壮举”是在杭州设立了“麦家理想谷”，这是一个公益性书店综合体，里面特别设立了文学写作营模式，免费为文学新人提供创作环境。

麦家说：“我的‘理想谷’是一个专门扶助无名的年轻作者做文学梦的一个公益平台，只要你喜欢文学，来吧，这里有近万册的文史书籍，有柔软的沙发，有茶水咖啡，还有两间客房可以供你客居写作，而且一切都是免费的。”

关于“麦家理想谷”的设立理念，麦家说得令人动容：“我之所以要做这件事，是因为我觉得这些年我有名有利，都是文学给的，我想还给文学。我和有些作家不一样，有些作家是一夜成名，我从 1986 年开始写，到 2002 年才出第一部长篇，那种被埋没、被打压的时间特别长，感受特别深。所以我也特别能体会一个年轻作家在无名时的那种孤独、那种窘境。现在我有条件给他们提供一些帮助，就做了，其实也是很简单的，现在能做就做，哪天没钱了，做不下去了，就关门。我不想做圣人，只想了一个心愿。”

（38）亚马孙英文网站和 Goodreads 上的读者评论

在可读可写的互联网时代，网站上读者的购买与阅读评论成为影响中国文学海外传播的重要公共空间。亚马孙英文网站上的读者购买评论和 Goodreads 上的书评与推荐书单是衡量英语世界读者反馈的重要指标。下面我们以这两个网媒为研究个案，探讨普通读者对《解密》的评价和评论。

① 亚马孙英文网站上的读者评论

截至 2019 年 4 月 30 日，亚马孙英文网站上对《解密》的评论共有 133 条，其中 75 条是积极正面的评论，58 条是批评性评价。星级评论平均为 3.5 星（最高为 5 星，最低为 1 星），其中 5 星级好评占 32%，4 星级好评占 24%，3 星级评论为 21%，2 星级评论为 13%，1 星级评论占

10%。很多读者的评论中都有对小说内容的概述或描绘，我们把这部分内容略去，只选取评论性的文字。这些评论多数针对《解密》本身，少部分针对米欧敏和克里斯托弗・佩恩的翻译。我们按照亚马孙英文网站上的顺序，择其要者分享如下：

- 2014 年 4 月 17 日（Mary Whipple）①

《解密》展现了令人着迷的密码学研究，刻画了一群勇于奉献的密码学家，他们为了自己的事业献出生命和智慧。米欧敏和克里斯托弗・佩恩充满激情与启发性的翻译给我们大多数人提供了新的启示，让我们更好地认识一个陌生的世界。这个陌生的世界不仅指密码学背后的世界，也包括那些为密码学献身的人的心理状态，同时还包括中国及中国人的思维方式。令我惊讶的是，这部作品关注的是主人公容金珍的内心痛苦和挣扎。小说采取了一种心理的、个性化的呈现方式，用这种方式来表现生活在中国群体文化中的人，特别是那些生活在部队和情报部门的人，这是我所没想到的。

作者麦家用杂乱无章的梦来揭示金珍的内心世界。到了小说的中间部分，叙事风格从客观叙述转到对金珍内心活动的揭示，展现他心理上的动荡和精神上的巨大变化。这是一部在聚焦、背景和主题方面都很独到的小说，《解密》这个书名名副其实，向我们提供了许多关于中国人生活的新见解。如果读者是一名数学家或是爱好严肃游戏的玩家，将很难抗拒这部作品的魅力。

- 2014 年 10 月 10 日（Moisio）

或许，《解密》对我如此具有吸引力的原因是我读的中国小说太少，它的新颖性使它具有很强的吸引力。不过，我想知道这个故事对于中国读者来说是否是陈词滥调。实际上，在西方，我们对于那些挣扎于崩溃与疯狂边缘的天才人物是十分熟悉的（如《证据》《美丽心灵》《闪亮的风

---

① 括号里面是评论者在网上注册的名字，下同。

采》）。但对中国人来说，一个常见的话题是英雄为了国家利益牺牲一切（如《英雄》）。在这里，麦家，这位受到中国政府的赞许并被授予勋章的作家，提供了一个与之相似的主题。

但这并不是说《解密》不是一本好书，我十分喜欢它。不过，并不因为我很少读中国小说就意味着我要不假思索地去赞赏那些引起我关注的好作品。我相信一定还有更优秀的作品。

- 2015 年 2 月 1 日（Timothy L. Mayer）

《解密》是一部令人称奇的小说，讲述了关于侦查、间谍、密码的故事，引人入胜。作家还设法深入考察了国家秘密的本质与人的境遇。

对于那些不了解中国文化的读者来说，阅读这部小说可能会有点困难。例如，金珍开始被容家人叫作“大头虫”。此外，他上大学的时候，他的监护人给他起了另外一个名字，叫“金珍”。他还被唤作“珍弟”，这是亲人对他的称呼，不是正式的名字。他姓“容”，即抚养他长大的容氏家族的姓氏，他们是亲戚。你感到困惑吗？反正我是。

不要期待在《解密》中看到有关告密者的权利与国家机密这样的深层内容……但是作者多次提到有关国家机密的话题。在他看来，每个国家都有必须要保守的秘密。书中有些地方提到了当代中国发生的一些事件。在“文化大革命”期间，容金珍能够制止大学里攻击他家庭的过激行为。

《解密》是一部优秀的间谍小说，不过，它更像乔治·史迈利模式而非詹姆斯·邦德模式。《解密》里面没有发生在国外拥挤港口的枪战，而是花了很多笔墨描写破译密码的方法。作者没有给我们提供太多破译密码的例子，这对我来说很好，因为那样做会减缓小说的叙述节奏。《解密》让我想要阅读该作者更多的作品，这是我能给出的最高赞美。

- 2014 年 9 月 26 日（Chenfan Wang）

这是我第三次购买《解密》了，我把它作为礼物送给我的表兄弟们，他们都很喜欢。

《解密》是一部伟大的作品，值得一读，而且极具启发性。麦家是一位出色的作家，他生动地描绘了神秘的中国情报部门“701”，完美地展现了那个时代的中国，当时人们为了自己的理想而奋斗并为之牺牲。对于不甚熟悉 20 世纪中国情况的外国读者来说，这本书提供了独一无二的了解那个年代中国的机会。事实上，麦家在已出版的作品中成功地塑造了许多人物，有些作品被搬上了银幕。但是，毫无疑问，《解密》是麦家迄今为止最好的作品，他将自己独具特色的惊险风格提升到了新的高度。

阅读这部小说的关键是相信作者的引领，即使刚开始时许多情节看起来不相关联，甚至是闲扯（许多人发现这些内容读起来比较容易，因为即便是第一部分也很有趣）。随着故事发展，你会发现所有的片段都被联结在一起，构成一幅令人惊叹的完美画卷。

- 2015 年 6 月 22 日（Andrew Glasscock）

《解密》是一部优秀的惊悚小说，运用了丰富多彩的语言和含义蕴藉的隐喻，深入探索了高等数学与密码学的世界（至少展现了作者对它们的理解）。作者巧妙地运用数学研究与数学公式，在读者未曾料到的地方设置悬念，生动展现了作为数学家的主人公那思维缜密而又极具创造力的大脑。期待阅读麦家更多的作品。

- 2014 年 10 月 3 日（Spy Guy）

我还没有读完这本书，但觉得它相当不错。《解密》与你阅读过的其他间谍小说都不一样，但绝对令人着迷。这部作品讲述了一个中国家庭几代人的故事，主要聚焦于这个家族的一位数学天才，他来到国家情报部门工作。主人公以及他的家庭故事都十分吸引人。

- 2014 年 7 月 7 日（Mahnomen Boy）

你应该会喜欢《解密》这本书，至少我很喜欢。从本质上看，这是一本关于疯子的书。更具体地说，这本书讲述天才的故事，以及环绕天才的悬崖陡壁。对主人公容金珍来说，生活具有双重性。一方面，生活是现实的，特别是物理层面的真实，他生活在物质的世界里。另一方面，他的生活又与梦有着千丝万缕的联系，梦对他来说是一个与现实世界平行的虚拟世界，充满着混乱，而最终混乱占了上风。

这本书译自中文。作者的创作和译者的翻译都令人惊叹。这个故事的叙述方式让人联想起斯科特·莫马迪。书中的许多内容都很好地说明了为什么传统、文化、神话甚至饮食在中国文学传统中如此重要。是的，这是一部十分复杂的文学作品。食物，尤其是金珍离家去"701"时的送别餐，反映了饮食与仪式在中国文化中的独特性和重要性。我不太确定这本书能否被称为一部伟大的文学作品，但它的确值得关注，越读下去越能发现它的价值。

- 2015 年 5 月 5 日（Mark Kolier）

由于麦家是中国最受欢迎、接受度最高的作家，他的《解密》格外值得一读。阅读麦家作品的人比阅读其他任何当代作家作品的人都多。作者采用了一种非西方化的写作风格，如果熟悉这种风格的话，会觉得这部小说非常有趣。

- 2016 年 10 月 23 日（Larry Hamelin）

《解密》是一部有着不同寻常的主题和独特风格的好书，它试图进入一位数学家和密码学家的内心世界。结尾稍显突兀，"外一篇"部分有点杂乱。

- 2017 年 1 月 1 日（Owen Cheng）

我很久没有阅读小说了。我会喜欢《解密》吗？在睡前我会读一部分，几天就看完了。这真的是虚构的吗？它激发了我的智力，唤醒了我的灵魂，震撼了我的身心……至于情感上的反应，我不知道该如何去形容它。一部杰作，非常棒的阅读体验！

- 2016 年 7 月 29 日（History Major）

我知道这是一部从中文翻译过来的小说……我惊讶于《解密》的呈现方式……这个故事十分迷人。小说的叙事方式从头到尾都紧紧地抓住了我的注意力。我并不像专业批评家那样，认为这一切都是事先安排好的。是的，麦家是一位令人尊敬的作家，但这部作品看起来完全是虚构的，他刻意追求的是新奇性。

• 2014 年 5 月 13 日（Thomas A.）

《解密》讲述了一个引人入胜的关于天才的故事，让我想起茨威格的《象棋的故事》，以及帕特里克·聚斯金德的《香水》。当然，《解密》有一个完全不同的背景，但其中天才面临的困境与这两部作品有相似之处。我喜欢《解密》，这个故事从不同人的视角展开，我会向任何对《象棋的故事》和《香水》感兴趣的人推荐《解密》。

• 2014 年 5 月 18 日（Nadine in Denver）

这本书的有趣之处在于可以看到一个男人的生活。任何对复杂的内心生活感兴趣的人都会对这本书着迷。

• 2014 年 5 月 21 日（Hans Henrici）

《解密》已被《经济学人》与《华尔街日报》评为必读之作。作者声称这个故事是真实的，他只是改变了一些细节。这是一本迷人的作品，故事的结局令人扼腕叹息。

• 2015 年 1 月 12 日（Valerie Paulding Hoey）

《解密》是一部与众不同的小说，而且非常迷人。

• 2014 年 4 月 28 日（Celia Lan）

我读过《解密》，这是一部描写患有自闭症的数学天才的优秀作品，值得一读，我希望大家喜欢它。

• 2014 年 6 月 29 日（Omotola O.）

这部作品从头到尾都很精彩，沉迷于其中的我连饭都忘记吃了。非常棒，值得推荐给朋友。

• 2014 年 6 月 18 日（Theodore L. Stern）

《解密》翻译得非常好。我从《经济学人》上的书评里知道了这本书，它很受欢迎。作者的写作技法娴熟，他对生活本质的揭示和对人性的深入挖掘十分打动人。

• 2014 年 4 月 12 日（Mathprof）

《解密》是一部非常扣人心弦的小说，作者很好地展现了数学家的生活方式，我希望该作者的其他小说也能有英译本。

- 2014 年 6 月 11 日（Kindle Customer）

奇妙的故事与叙述，我希望有更多类似的小说。这本小说让我想起了罗伯特·博拉尼奥斯，但《解密》更有吸引力。

- 2014 年 4 月 10 日（Y' mar）

《解密》是我读过的最好的作品之一。这个故事从头到尾都非常吸引人，一直保持着神秘性，堪称完美。

- 2014 年 5 月 27 日（Jim Eller）

《解密》写得非常精彩，令我爱不释手，强烈推荐阅读该小说。这部小说讲述了一位中国天才人物，以及他的家族的故事。

- 2014 年 2 月 20 日（S. McGee）

对于那些喜欢阅读非传统叙事风格作品的读者来说，这部小说绝对值得一读。同时，也期待作者给出他的解释……

- 2015 年 6 月 27 日（reader 451）

麦家的处女作《解密》包含很多内容，但它不是一部间谍小说。从某种程度上来说，它包含有历史元素，但实际上是一部半心理学半哲学的小说。如果你期待在里面看到悬疑、神秘的事物，或者期待看到惊天的逆转、幕后黑手之类的东西，那你一定会失望的。故事的主人公容金珍出生于一个数学世家，但从小受到忽视。在青少年时期，他的数学天赋被发现。金珍未必天性孤独，但他所处的环境造就了他的这种性格。他有多智慧，就有多脆弱……这部作品展现了对于天才、对于独异性的本质与意义的深层思索。麦家独特的写作风格使小说很难定位。小说的叙事经常被人物访谈所打断，使其不同于一般的惊悚小说，而更像是虚构的传记。叙述者的声音有时从一个话题跳到另一个话题，从行动转向思考，从现实场景跳到虚构的画面，就像摄影师在拍摄过程中变换镜头一样。这有可能是翻译导致的，也许麦家想把这部小说写得非常中国化，这从小说对政治大局的维护上能够看出来。

《解密》是一本非常有趣的书，但以上所谈到的问题使它白璧微瑕，因此，我给它四星级评价。

- 2014 年 4 月 1 日（S Riaz）

在开始阅读这本小说之前，你必须抛开之前对于间谍小说的先入之见。虽然《解密》是一部讲述数学天才如何破译密码的小说，但开头有很长的铺垫。事实上，第一部分主要讲述了主人公的家族史，而大多数小说通常不这么处理……这部作品虽然被视为间谍惊悚小说，但并不是勒卡雷的那种类型。不过，如果你以开放的心态来看待《解密》，就会发现它是一部令人着迷的小说。这便是麦家为何能在中国如此成功的原因——一位畅销书作家获得了中国的最高文学荣誉，取得了巨大的成功。拿起这本小说之后，你会发现自己完全沉浸在作家创造的人物与世界里。他的下一部作品是《暗算》，希望这本书也能有英译本。

- 2014 年 4 月 24 日（Erika Borsos）

麦家丰富的想象力和出色的写作技巧是《解密》带给读者兴奋、刺激、神秘的阅读体验的关键，毫无疑问，他在情报部门的工作经历促使他形成这种个性化的、独一无二的创作理念。我花了几个月的时间反复阅读《解密》，最后真正领略到了这部小说闪耀的、多彩宝石般的魅力。

- 2014 年 4 月 28 日（frankp93）

《解密》与其说讲述了一个破译密码的故事，不如说是在“解密”一个特殊个体的内心世界。这个个体因自身的经历与职业要求被隔离在普通人群之外。由于作者展现的是他笔下人物的内心世界，是人性，因此很容易理解为何这部作品与那些间谍惊悚作品有如此大的区别。

《解密》中的故事可能会令你感到沮丧、迷惑，就如同密码学家在破解密码时所感受到的那样，但它的确是一部优秀的作品，有足够的吸引力让你读下去。

- 2014 年 4 月 25 日（Z Hayes）

我喜欢阅读背景设置在异国他乡的惊悚作品。当遇到《解密》时我很兴奋，这是中国作家麦家的处女作，是一部翻译过来的作品，但并没有妨碍我享受、阅读它，这也证明了米欧敏翻译水平的高超。

《解密》可能不是充满刺激的惊悚小说，但写得非常棒。作品的部分内容是叙述者转述其他人对容金珍的印象。你可能不会一下子就沉浸到作品中，但它无疑是一部具有吸引力的作品。《解密》对数学与密码学进行了深入的分析，那些喜欢这种文学类型的读者会爱上这部小说。

- 2014 年 4 月 24 日（Sincerely Yours）

我一直喜欢阅读成熟作家的畅销书英译本，《解密》就给了我这样一个机会，那么我是如何看待这本书的呢?

首先，我要适应不同文化在主题表达上的差异，让自己接受作者的散文化叙事和视角转换。我在阅读时花了四分之一的时间来理解小说视角的变化，即从故事叙述人转到其他人视角的“人物访谈”。

《解密》并不是一部典型的西方惊悚小说，但我很高兴有机会阅读到这样的作品。

- 2014 年 2 月 17 日（Tell Me A Story）

我很喜欢《解密》这部关于中国天才容金珍的小说，讲述了他如何致力于破解世界上最具挑战性的密码的故事，小说翻译得也非常棒。

毫无疑问，麦家是一位天才的讲述者……如果他的其他作品也被翻译成英语的话，我一定会阅读的。然而，这不是一部可以速读的书，至少我不能在周末早上拿起来，晚饭前就读完它。

- 2014 年 2 月 27 日（Jodi）

《解密》不是一本可以轻松阅读的书，它带有一些沉重感，但非常值得一读。

这个故事的中心不是密码学，而是那个破译了当时最复杂密码的人。这个故事是对具有天赋才华但内心陷入困境的主人公的精神探索，也是对天才如何工作的惊鸿一瞥。

小说中有一些数学理论让我费解。我试着跳过了一些，所幸仍能跟上故事的节奏。总的来说，这是一个优秀的、充满智慧的、构思精巧的故事，写得好，译得棒，我十分享受从中国小说的角度来阅读整个故事。

- 2014 年 1 月 4 日（Patto）

《解密》既是一个侦探故事，也是一部心理小说。麦家描述了一个人在破解密码过程中的思想困惑及精神沦陷。这部小说中的反派不是敌方特工，而是密码本身。密码是把人魔鬼化的行当，是人类的奸邪、阴险作祟的结果。

这部小说是形而上的盛宴，它涉及数学的奥秘，天才与疯子的关系，爱国、友谊与背叛，上帝的本质，欺骗的诡计，梦想的力量……

这部小说的叙事结构很独特，它让读者相信这是一个真实的故事，而不仅仅是一部小说，令人很难不相信小说中的破译者和他令人心痛的经历。

我了解到麦家花了 11 年的时间才完成这部小说，他曾为此写了超过 100 万字。这一点也不让我吃惊，我从未见过比《解密》更加雄心勃勃的小说。麦家构思了一个绝佳的故事，同时以一种诗意的放纵，展现了人物难以捉摸的内心世界，甚至在扑朔迷离的叙述中还穿插了一个爱情故事。

《解密》本身就像一个密码，隐藏和揭示着人性与社会的秘密。我喜欢这部作品。

- 2014 年 1 月 5 日（Topolino）

《解密》将传统间谍故事与中国民间故事结合在一起，十分令人着迷。

这是一本很不错的、值得一读的书，小说中有几处笨拙的翻译，我想从汉语翻译成英文是很不容易的。但瑕不掩瑜，这几处笨拙的翻译并不影响整部作品的吸引力。

- 2014 年 1 月 25 日（Donna）

我很兴奋能够阅读《解密》这本小说，作者麦家是中国著名的间谍小说家，本书是他的第一部翻译成英语的作品……与其说这是一部间谍小说，不如说是一部关于间谍的小说……从一个我所知甚少的国家读到这样一位备受推崇的小说家的作品，当然是非常值得庆幸的。

- 2014 年 4 月 3 日（Betsey Van Horn）

《解密》讲述的虽然是密码学家的生活，但涉及密码学细节的内容并不多。你不需要对密码学感兴趣，它更多地讲述了男主人公的生活，以及他神秘、孤独的经历。容金珍是一位数学天才，同时也是自闭症患者。麦家的这部作品描绘了一个与众不同的人，一个内向、专注、孤独的天才。故事的叙述微妙、理性、细腻而又不乏吸引力。米欧敏和克里斯托弗·佩恩的翻译非常流畅，读起来就像用英语写的一般。

故事带有抒情色彩，文学性强，同时又跌宕起伏，充满悬念。对于那些喜欢间谍小说和喜欢文学的人来说，《解密》是一部适合阅读的小说。

麦家大胆设置了跌宕起伏的情节，不断给读者带来惊喜。小说的第五部分由诸多片段组成，就像密码学中的密码一般，我面临着破解密码的挑战。只有像麦家这样有才华、有自信的作家才能引领读者这样做。不仅如此，读罢小说，金珍的形象一直萦绕在我眼前，我想穿透那无法穿透的东西。这是一部出乎我意料的小说，看完最后一页，我有很长时间都没能从小说里面走出来。

- 2014 年 6 月 19 日（Snowbrocade）

阅读用另外一种语言写的小说是有风险的。有的作品很好，但是翻译得不好。不过麦家的《解密》不是这种情况，事实证明他是一位很有实力的作家，其作品翻译得也很好。《解密》讲述了一个西方人能够理解与欣赏的故事，同时里面有很多中国文化元素，提供了中西文化比较的可能和趣味性……故事以一种悬疑且迷人的方式展开。我推荐这本引人入胜的小说。

- 2015 年 12 月 31 日（Frida Z.）

阅读《解密》，我立刻联想到一系列的作家，比如博尔赫斯、纳博科夫、爱伦·坡、詹姆斯、卡尔维诺，《解密》和这些作家的作品有相似之处……它的形式让我想起博尔赫斯小说中迷宫般的花园。

《解密》的写作方式和对人物的塑造都与以前的中国文学迥然不同。小说翻译得非常好，令我惊讶的是，翻译成英语的《解密》仍然保持着原著的诗意。迷人、神秘、清新，《解密》是一部精彩之作。

- 2014 年 6 月 11 日（Wilhelmina Zeitgeist）

《解密》是麦家的一部紧张刺激的心理惊悚小说。我很喜欢数学、填字游戏和密码破译。我一开始就被这本书迷住了，这部作品起承转合衔接流畅，写得很棒。

- 2014 年 2 月 1 日（Neal Reynolds）

密码学越来越多地出现在神秘小说和间谍小说当中。在《解密》中，随着主人公的成长，小说呈现出一种寓言性。因此，这是一部挑战读者思维的重要作品。小说是从中文翻译成英语的，向我们介绍了一位重量级的中国作家。强烈推荐给那些对密码学着迷的读者。

- 2014 年 1 月 9 日（Tanstaafl）

如果你喜欢人物真实、构思精巧的作品，那么我向你推荐《解密》，它确实属于"文学"类书籍。大多数西方读者可能不太习惯亚洲风格的作品，但是《解密》不光写得好，翻译得也很棒，因此具有相当的可读性。

这本书在中国十多年前就出版了，不久前刚翻译成英语。我希望这个作者的更多作品能被翻译过来，我被他的小说深深地吸引住了。

- 2015 年 1 月 11 日（wang duo）

我在读这本书的时候总是想到凡·高，我觉得容金珍和凡·高是相似的。他们都是天才，拥有创造一切的魔力。但另一方面，他们又都如此脆弱，让我感到遗憾和悲伤。

- 2015 年 10 月 18 日（Amazon Customer）

这的确是一本好书。它描述了主人公周围的人物，并一步一步勾勒出主人公的轮廓，他是一位密码破译员。我们每个人都喜欢这样的英雄人物，他身上有一种类似美国理想英雄主义的东西。

- 2015 年 10 月 18 日 （Cynthia）

在我读过的中国文学作品中，《解密》是很有价值的。小说的情节里面蕴含着一些情报行业的内容，但它不同于其他恐怖悬疑故事。作者一定花了许多时间和精力来创作它，我个人认为这是一部十分有趣的书。

- 2015 年 9 月 24 日 （Zhao Hongxia）

《解密》是一部关于天才的传记……充满了一种难以用语言描述的神秘感，是一部你读后难以忘怀的小说。

- 2015 年 10 月 8 日 （Amazon Customer）

我喜欢这个故事。《解密》对密码、政治、梦想及其意义进行了微妙而多维的探索。要而言之，这部小说真正持久的魅力在于它对复杂人性的描写。

- 2016 年 1 月 23 日 （Amazon Customer）

上帝给你关上一扇门，同时会为你打开一扇窗。《解密》告诉我们这样一个真理。

- 2014 年 5 月 8 日 （Eliana Cardoso）

很难找到中国文学的英译本。《解密》通过引人入胜的情节展现了中国的生活和文化，是部值得一读的好作品。

- 2015 年 10 月 18 日 （Lilian）

历史上曾出现过神秘的人物和奇异的故事，或许只有麦家有能力把它们编织成如此具有吸引力的小说。

- 2014 年 1 月 25 日 （A. Silverstone）

与其说《解密》是间谍小说，毋宁说它是一部关于密码心理学的作品。我们能感受到这些密码给人的智力带来的巨大挑战。在这部小说中，叙述者像剥洋葱一样，从繁多的头绪中理出容金珍的故事。有迹象表明他患有自闭症，但从故事的发展来看，又不完全是这样，我们始终无法抵达人物的内心深处。但是作为一部描述密码学家的小说，这样来构思又有其合理之处。

在这个引人入胜的故事中，麦家将20世纪中国的历史文化变迁、个人奋斗和遭遇的挑战，有机地融会在一起。

② Goodreads上的读者评论①

Goodreads上面对《解密》的星级评价为3.27（最高为5星，最低为1星），有1704人评了星级，266人写了评论。下面是从中精选的10条评论。

• 2015年12月30日（Thomas Hübner）

出自完全不同文化的小说比如说中国作家的书，对我来说常常不是那么好理解。因此，在阅读《解密》时，对于能否完全抓住故事的全部含义，我一开始并不确定。但是麦家为我们讲述了一个普适性的故事，一个天赋异禀之人的遭遇，讲述他在数学领域因具有天赋而背负重担的故事。

这无疑是一次充满乐趣的阅读体验，如此精心编织的故事使我想要阅读该作者的更多小说，以及其他中国作家的作品。《解密》翻译得很流畅，不过我无法与原著进行对照。

• 2014年5月15日（Linda Robinson）

《解密》的内涵十分丰富，只读一遍难以掌握其全部精华。我们从中看到了天才的二重性和作为天才的烦恼与痛苦，尤其是在需要公民为国家献身的国度……麦家对下棋的描写在战略和哲学上都十分有趣。当我停下来试图搞清楚A市B市在哪里、X国是哪个国家之后，阅读变得更加有趣……阅读《解密》可以有四个层面的收获：了解珍弟和容氏家族；体验不同的文化；一瞥数学领域的奥秘；一览密码学的复杂内涵。

• 2016年1月14日（Stephen）

《解密》是一本非常有趣的书，不仅仅是关于密码的，更是描写一个人的生活的。小说讲述了一个具有天赋才华的人在破解密码的过程中如何变成疯子的故事。但也许书中的某些东西在翻译过程中丢失了。

---

① 下列数据和评论的截止日期是2019年4月30日。

- 2014 年 3 月 28 日（Richard）

我读过许多中国小说，都很出色。但《解密》更有吸引力，它把我带进了一个高度专业化的领域，当然它是以我们这个世界为蓝本描绘出来的。

- 2014 年 12 月 5 日（Pedro L. Fragoso）

《解密》是一部雄心勃勃的文学巨著，也是一本引人入胜的小说，尽管最终我觉得它还有提升的空间。

- 2017 年 3 月 21 日（Mikko Saari）

《解密》是一本令人好奇的书。与西方的间谍小说完全不同，它给人一种新鲜感。我以为这是一部传统的间谍惊悚小说，但它实际上展现的是一位密码破译者的内心世界。

小说写得很好，很有趣。但作者是缓慢地展开他的主题的，前面的序幕和背景铺垫确有必要吗？我想作者写作时认为是有必要的，不过我觉得还可以再压缩一下。

最棒的部分是对破译心理的描写，这确实很有趣。

- 2014 年 4 月 7 日（Paul Bartusiak）

《解密》被宣传为间谍惊悚小说，尽管它确实触及一个秘密世界，但其实并不是真正的“惊悚”小说。《华尔街日报》上的文章（作者安娜·罗素）评论得更贴切，认为该小说读起来“像是对人物性格的深度研究，有大量的超现实描写和浓郁的散文色彩”。

我把《解密》和勒卡雷的《完美间谍》相比较，为什么这样做？因为两个故事有相似之处。它们都先交代了主人公的身世，以及他们生活在特殊环境中的压力，不过我认为《解密》更出色。我不迷恋间谍故事，我多次拿起又放下，但最终还是读完了它。《解密》与《完美间谍》的叙事节奏相类似，但《解密》更直接、更紧凑。它不是完美之作，有些地方节奏过于缓慢，但构思非常好。

不要被开头简短的几章吓倒，追溯容氏家族的历史可能令人有些困惑，但之后故事讲述得非常好。随着容金珍的神秘性的逐渐揭开，故事变得引人入胜。

- 2014 年 4 月 6 日（Barbara）

《解密》是一部非凡而雄心勃勃的小说，初读之下像寓言，实际上是间谍惊悚小说。麦家小说的风格是抒情性的，运用了大量的类比，完美地呈现了数学和密码学的魅力。

- 2015 年 12 月 12 日（Adi Turbo）

《解密》很好地说明了东西方思维方式的显著不同，它的结构、风格和讲述故事的方法与西方小说截然不同，也许这就是为什么我读起来感到奇怪和读得慢的原因。这部小说绝不像宣传的那样是一部“惊悚小说”，而更像是从哲学或心理学的角度来分析天才的价值，这个天才像一个局外人，与大多数人不一样。尽管《解密》有它的优点，但我感到无法与它产生情感上的共鸣，我阅读的享受主要来自它对智力的剖解。

- 2014 年 3 月 25 日（Susan）

尽管《解密》被贴上了间谍惊悚小说的标签，但它并不像你想象中勒卡雷的小说那样。然而，如果你以一种开放的心态来看待的话，会发现它是一本非常吸引人的书。麦家在中国取得如此大的成功是有原因的——他是一位畅销书作家，获得了中国最高的文学荣誉，取得了巨大的成功。很快你就会发现自己完全沉浸在作者营造的氛围和创造的人物当中。他的下一部小说是《暗算》，希望也能很快翻译成英文出版。

二、《解密》在西语世界

2014 年 6 月，《解密》的西班牙语版由西语世界第一大出版集团行星集团出版，并放到旗下的经典品牌“命运”（Destino）丛书之中。《解密》是中国首部纳入该丛书品牌的作品，首印 30000 册，12.5%的版税，与世界顶级畅销书作家同等待遇。行星集团为《解密》在西班牙 18 条公交线路投放图书广告，在马德里和巴塞罗那宣传 40 天。麦家及其团队在西班牙、墨西哥、阿根廷三大西语国家巡回宣传 25 天，接受了 107 家重要媒体采访，得到一致盛赞。在西语国家的书店里，《解密》被摆放在显要位置。在阿根廷，《解密》上市不到一个月，就热销 4000 多册，取得图书销售总榜第二、文学榜第一的好成绩，阿根廷拉普拉塔市市长授予麦家“永久荣誉贵宾”证书。

（一）麦家的西班牙—拉美巡回宣传

2014 年 6 月到 7 月，麦家及其团队到西班牙、墨西哥、阿根廷等西语国家进行了为期 20 多天的巡回宣传，推广《解密》西语版，密集接受西语报刊媒体的采访，下面是活动的详细记录。

6 月 23 日，世界第四、西班牙第一大通讯社埃菲社（EFE）专访麦家，刊登《中国现象级作家麦家的〈解密〉登陆西班牙》的文章，并给数十家纸媒供稿刊载。同一天，科尔匹萨新闻社（Colpisa）、《星期日报》（El Periódico Dominical）、科普杂志《新探索》（Quo）、第四力量网站（Cuarto Poder）、西班牙第二大日报《ABC 报》等媒体的记者对麦家进行采访，西班牙国家广播电台（Radio Nacional de España）主持人埃罗·拉莫斯（Eloy Ramos）为麦家录制节目，并隆重介绍《解密》。

6 月 24 日，西班牙第一大日报《国家报》（El País）发表文章《麦家：销量达 1500 万册的中国间谍作家》，介绍麦家和《解密》；西班牙国家电视台第二套新闻节目（Televisión Española，La 2 Noticias）介绍麦家及其《解密》；西班牙著名作家哈维尔·西耶拉（Javier Sierra）在马德里孔子学院举行的《解密》西班牙语版读书会上，介绍麦家的作品和他阅读该作品的读后感，给《解密》以高度评价，称它是一部经典之作，难以归类贴上标签。哈维尔·西耶拉说，西方评论界认为《解密》有着卡夫卡、博尔赫斯、马尔克斯等人的影子，但在他看来，《解密》更像塞万提斯的《堂吉诃德》，塑造了一个执着而无私的英雄。此外，麦家还接受了《人民之声》(Voz Populi)、《加里西亚之声报》(La voz de Galicia)、《理智报》(La Razón)、《巴斯克日报》(Diario Vasco)、《世界报》(El Mundo)文化副刊、《纳瓦拉日报》(Diario de Navarra)记者的采访;接受西班牙广播电视(Cadena Ser)、零点电台(Onda Cero)、COPE 电视台、西班牙国家广播电台(RNE)等西班牙 5 家主要广播电台的采访;接受西班牙重要读书博客博主玛丽亚·卡巴尔(María Cabal)和其他 10 位博客博主的采访。

6 月 25 日,西班牙第二大日报《ABC 报》发表文章《卖出 1500 万册的中国间谍小说:畅销作家麦家首次到访西班牙并带来他最热销的作品〈解密〉》,整版介绍麦家和《解密》;《星期日报》发表文章《密码破译者之谜》,介绍麦家和《解密》;在巴塞罗那亚洲之家(Casa Asia)举行的《解密》图书介绍会上,西班牙加泰罗尼亚地区著名作家阿尔瓦罗·科洛梅尔(Alvaro Colomer)介绍麦家的作品,并与麦家现场对话。

6 月 26 日,西班牙著名文化类报纸《文化报》(El Cultural)发表文章《麦家:审查只是提高我的写作水平,使我更强大》,报道麦家及《解密》;麦家前往普拉内塔出版集团与国际文学部主任埃莱娜·拉米雷斯(Elena Ramírez)、达尼埃尔·克拉德拉(Daniel Cladera)和《解密》西班牙语版编辑玛丽亚·吉达特(María Guitart)等人会谈;接受西班牙加泰罗尼亚地区第一大日报《今日观点》(El Punt Avui)、西班牙巴塞罗那版 TimeOut①、西班牙加泰罗尼亚地区主要图书网站之一“书之岛”(L' illa de llibres)的记者采访。

6 月 27 日,西班牙《人民之声报》(Vozpopuli)发表文章,长篇报道并介绍了麦家和《解密》;麦家接受西班牙《先锋报》文化版(La

① TimeOut 系列杂志是一份城市生活周刊,1968 年创刊于伦敦,是世界顶级杂志品牌,遍布伦敦、纽约、莫斯科、巴塞罗那、迪拜、新加坡、北京和上海等重要城市。该杂志报道城市的艺术、出版、音乐、演出、影视等精神消费活动,关注时尚产品装备、居住、饮食、健康等物质消费产品。

Vanguardia）、加泰罗尼亚地区三家广播电台“红色亚洲”（Asia Red）、加泰罗尼亚电台（Catalunya Radio）、《现在日报》（Diari Ara）及《加泰罗尼亚报》（El Periódico）记者的采访，在亚洲之家拍摄视频。

6 月 28 日，第四力量网站（Cuarto Poder）发表文章《麦家：“被密码逼疯的天才”》，长篇报道麦家及其《解密》；BAE 网站发表文章《中国作家麦家将访问阿根廷》，介绍麦家和《解密》；阿根廷第一大通讯社美洲通讯社（Télam）发表文章《中国最伟大的畅销书作家麦家将访问阿根廷》，报道介绍麦家和《解密》。

6 月 29 日，西班牙当地媒体《信息》（La información）发表文章《麦家：审查制度在中国是存在的，但我知道红线在哪儿》报道麦家；西班牙科尔匹萨新闻社发表文章《间谍作家麦家》，在其网站和多家地方合作的纸媒、网媒，长篇报道介绍麦家和《解密》；麦家与在中国出版过作品的墨西哥作家 F. G. 哈根贝克（Francisco Gerardo Haghenbeck）和贝尔纳多・费尔南德斯（Bernardo Fernández）共进晚餐。

6 月 30 日，墨西哥排名前三位的《千年报》（Milenio）发表文章《麦家：文学与政治是敌人》，长篇报道麦家和《解密》；墨西哥《真理报》（La Verdad）发表文章《麦家的间谍世界》，长篇报道介绍了麦家和《解密》；《世界报》（El Mundo）网站发表文章《与〈沙之书〉为伴的寂寞三年》（Tres años de soledad junto a El Aleph）报道介绍麦家；在墨西哥国立自治大学孔子学院举行《解密》西班牙语版新闻发布会，参加的有墨西哥通讯社（Notimex）及墨西哥的《至上报》（El Excelsior）、《宇宙报》（El Universal）、《千年报》（Milenio）、《改革报》（Reforma）等 10 多家媒体，此外还有《人民日报》驻墨西哥记者；麦家接受墨西哥国立自治大学电视台采访；麦家到 MVS 广播电台参加介绍其作品的节目现场直播。

7 月 1 日，墨西哥排名前三位的《宇宙报》（El Universal）发表文章《麦家：中国的审查制度没那么严苛》，大篇幅介绍麦家和《解密》；墨西哥排名前三的《至上报》发表文章《中国文学与西方文学相去甚远》，报道麦家及《解密》；墨西哥主要文化节目频道墨西哥电视第 22 频道报道麦家及《解密》；墨西哥重要文化杂志《纷纭》（Vértigo）、《进程》（Proceso）及“然而”网站（Sinembargo. com）记者采访报道麦家及其小说；麦家在墨西哥国立自治大学孔子学院举行《解密》西语版签售活动。

7 月 2 日，麦家与两位墨西哥作家 F. G. 哈根贝克和贝尔纳多·费尔南德斯的对话活动在墨西哥国家美术宫（Palacio de Bellas Artes）举行，可容纳 350 人的美术宫当天自发到场 400 多人，现场气氛非常好。

7 月 4 日，《解密》西班牙语版讲座在阿根廷的拉普拉塔市（La Plata）“马尔维纳斯文化中心”举行，由拉普拉塔国立大学孔子学院和 FPHV 基金会共同主办；麦家接受《民族报》（La Nación）采访；Sinembargo. max 网站发表文章《麦家和他的文学才华》，长篇报道介绍麦家和《解密》；拉普拉塔市市长巴布罗·布鲁埃拉（Pablo Bruera）先生接见麦家一行，并授予麦家“拉普拉塔市永久荣誉贵宾证书”。

7 月 7 日，麦家在布宜诺斯艾利斯，接受美洲通讯社（TELAM）记者、阿根廷第一本中国—阿根廷文化交流杂志《当代》编辑、《阿根廷时代》（Tiempo Argentino）记者、《为了你》（Para Tí）杂志记者、阿根廷重要的图书杂志《奎德杂志》（Quid）、“文化与新闻 23 频道电视台”（CN23）记者的采访；在阿根廷作家协会（SADE）举行《解密》西班牙语版图书介绍讲座，主讲人包括阿根廷作家协会主席阿莱杭德罗·巴卡罗（Alejandro Vaccaro）、《船头》（Proa）杂志主编奥斯瓦尔多·坦博拉（Osvaldo Tamborra）、阿根廷作家兼博尔赫斯生前秘书罗伯特·阿利法诺（Roberto Alifano）、中国驻阿根廷文化参赞韩孟堂、拉普拉塔国立大学孔子学院院长龙敏利等。

7 月 8 日，阿根廷第二大报纸《民族报》（La Nación）发表文章《麦家：“成功有时让我感到害怕和恐惧”》，长篇报道了麦家及其《解密》；阿根廷第一大通讯社美洲通讯社发表文章《中国畅销书作家的故事：希望能像博尔赫斯那样写作》，介绍了麦家和《解密》；阿根廷国立图书馆主办的文化杂志《丝绸》（Seda）记者、《图库曼日报》（La Gaceta de Tucumán）记者、《12 页日报》（Página 12）记者、《金融界日报》（Ambito Financiero）记者采访麦家；博客网站“文学雨后”（Tra la lluvia literaria）介绍《解密》；麦家参加“博尔赫斯之旅”，由博尔赫斯的学生阿雷让德罗·弗朗戈（Alejandro Frango）先生讲解，阿根廷发行量最大的日报《号角报》（Clarín）记者苏珊娜·莱伊诺索（Susana Reinoso）陪同并撰写文章；中国—阿根廷商会举行《解密》西班牙语版图书介绍讲座，商会执行主席埃内斯托·费尔南德斯·塔沃阿达（Ernesto Fernández Taboada）先生和拉普拉塔国立大学孔子学院院长龙敏利主持；阿根廷之行结束后，《消息》（Noticias）杂志书面采访了麦家。

7 月 10 日，阿根廷第一大报《号角报》发表文章《为博尔赫斯的布宜诺斯艾利斯而痴迷的中国作家》，长篇介绍麦家和《解密》；《文化杂志》（Revista de Cultura）网站发表文章《爱上博尔赫斯的中国作家》，长篇介绍麦家和《解密》。

7 月 11 日，阿根廷第一大报《号角报》发表文章《又一次的中国制造》，介绍麦家和《解密》。

7 月 13 日，Notimérica. com 网站发表文章《成功拓展了拉美文学的中国作家麦家》，长篇介绍了麦家。

7 月 20 日，公正网（El Mparcial）发表文章《麦家的〈解密〉》，介绍麦家及《解密》。

7 月 21 日，《12 页日报》发表文章《智慧之树》，对麦家及《解密》进行了长篇报道。

7 月 22 日，阿根廷《图库曼日报》发表文章《我生活在一个隔膜的环境里，写作成为一种生理需要》，长篇报道麦家和《解密》。

麦家此行收获巨大，亲身感受到西班牙语国家对《解密》的巨大热情，这主要表现在书店的热销、公交车身上的宣传广告、媒体的采访和大版面报道、西语国家知名作家的盛赞、读者的追捧、迅速登上畅销书榜首、阿根廷拉普拉塔市市长接见并授予麦家“荣誉贵宾”证书等方方面面。

1. 书店热推

在西班牙最大的连锁商店“英格列斯百货”（El Corte Inglés）和最著名的书店“图书之家”（Casa del Libro）、墨西哥最大的书店“潘多拉”、阿根廷最大的连锁书店“雅典学院”等所有大大小小的书店，都能看到《解密》的码堆，而且都被精心摆放在书店最重要、最显眼的位置。这与中国当代图书很少在国外大众书店上架、被放在学术性图书馆角落的境遇大不相同，这也是中国文学真正的“走出去”很重要的一步：要让海外的读者能够在第一时间看到。

2. 公交车身上的宣传广告

从2014年6月开始，在西班牙首都马德里街头，一辆辆奔驰的公交车上，一行问句吸引了众多路人的目光：Quién es Mai Jia?（谁是麦家?）El escritor de mayor éxito en el mundo que no podrás dejar de leer（你不可不读的世界上最成功的作家）。车身广告背景是《解密》西班牙语版的封面：红色丝绒上铺着褐色的木格，其中的一格里有一个骰子，书名则是金色字体的西班牙文“El Don”（《解密》）。像这样的公交车广告，在马德里的18条公交线路上随处可见，连续投放了40天，随后又出现在巴塞罗那的公交车上。

3. 媒体竞相专访并大版面报道

西语国家的图书宣传和采访与国内很不一样，是由出版社事先发放样书，由媒体自行报名。麦家的此次《解密》西语世界之行，媒体反映异常热烈，纷纷要求专访，也超过了出版社的原有预期。麦家接受了包括西班牙第四大通讯社埃菲社（EFE）、西班牙《ABC报》、《世界报》、国家电视台、国家广播电台在内的53家媒体的专访；接受了墨西哥的前三大报《宇宙报》《至上报》《千年报》，以及国家电视台、国家广播电台等25家媒体的专访；接受了阿根廷前两大报《号角报》《民族报》及国家电视台等 27 家媒体的专访。麦家此次西语世界之行总共接受了 107 家媒体专访，还有很多没有来得及被安排上的媒体纷纷采用了邮件和电话采访的形式来弥补。

4. 知名作家盛赞

《解密》西语版图书介绍会分别在马德里和巴塞罗那举行，由西班牙著名作家哈维尔·西耶拉和阿尔瓦罗·科洛梅尔分别介绍麦家的作品及他们的读后感等。哈维尔高度评价《解密》，称它是一部经典之作，难以归类贴上标签，西方评论界认为《解密》有卡夫卡、博尔赫斯、马尔克斯等人的踪影，但他觉得《解密》更像塞万提斯的《堂吉诃德》，塑造了一个对知识执着而无私的英雄。哈维尔是西班牙首位荣登《纽约时报》畅销书前十名排行榜的作家，其作品已在 42 个国家出版，累计销售 300 万册以上。其中《秘密晚餐》（La Cena Secreta）一书已有中译本出版。

在墨西哥国家美术宫，两位墨西哥作家 F. G. 哈根贝克和贝尔纳多·费尔南德斯在麦家《解密》介绍会上都表示了对麦家的喜欢，并将他的作品与马尔克斯的《百年孤独》相比较。

在阿根廷的麦家《解密》介绍会上，阿根廷作协主席阿莱杭德罗和博尔赫斯生前秘书罗伯特更是将麦家与阿根廷的文学英雄博尔赫斯一一分析对比，认为他们在写作高度和对文学的追求上难分伯仲。

5. 读者追捧

麦家此次在三个国家的巡回宣传不仅获得了媒体的广泛关注，也得到了大量读者的追捧。每到一处所举办的《解密》图书介绍会，都吸引了百余位读者的积极到场参与。其中在墨西哥国家美术宫举行的图书介绍会，更是吸引了 400 多位业内专家及读者，让原本 350 人的场次座无虚席，还有很多人站在过道里。每一场活动都赢得了读者热烈的掌声，活动过后的签售会持续了一个小时之久。

6. 阿根廷拉普拉塔市市长接见并授予麦家“永久荣誉贵宾”证书

为了帮助麦家尽快获得阿根廷签证，阿根廷拉普拉塔市市长巴布罗·

布鲁埃拉曾专程向阿根廷驻沪总领馆发函，表达对麦家的邀请之意。信中称“麦家是世界上最著名的作家，他的到来是2014年拉普拉塔市最重要的一次文化活动”。市长的智囊团也早就准备好了中文和西班牙文版的《解密》，让麦家签名，并授予麦家“永久荣誉贵宾”证书。

7. 迅速登上畅销榜榜首

麦家被阿根廷发行量最大的杂志《为了你》邀请去世界最美书店雅典学院书店进行采访并拍摄照片，而之前多是在酒店。到了该书店后，记者掩饰不住惊喜地将麦家带到阿根廷畅销榜前告诉他说：“知道我为什么带你来这里吗？恭喜你！你的书现在排名总榜第二，文学榜第一。”在《解密》上市不到一个月，媒体还未正式宣传之前，《解密》在阿根廷已经卖出了4000册。

（二）西语媒体报道

以下是西班牙、阿根廷、墨西哥三个国家的媒体对麦家及其《解密》报道的详情，个别篇目进行了编译。

1. 西班牙媒体

① 2014年6月23日，世界第四大、西语第一大通讯社埃菲社（EFE）专访麦家，发表文章《中国现象级作家麦家的〈解密〉登陆西班牙》（Llega a España El don，de Mai Jia，el fenómeno literario en China）。

密码学、密码、间谍、解梦构成了“解密”。这部小说的作者是中国现象级作家麦家，目前他的《解密》已在西班牙出版，并向全世界推广。麦家说：“自由在中国要比外界想象的多得多。”

《解密》于2002年在中国出版，出版后大获成功，为麦家带来了十多个文学奖，并被改编成电影和电视剧。这是对作者花费长达11年时间创作该小说的最好奖赏。

《解密》由西班牙的“命运”出版社在西班牙和拉丁美洲同时出版。目前这部分为五章的小说中文版纸质本已经销售了500万册，电子版销量达 1000 万册。麦家（1964 年出生于富阳）曾表示他受到加西亚·马尔克斯和博尔赫斯的影响。他说："加西亚·马尔克斯是我的英雄，他就像一件奢侈品，我难以企及他的高度，他无法被模仿。我的另一个英雄是博尔赫斯，我受到了他很大的影响，我感觉更亲近他的短篇小说。因此我的小说从西班牙开始，走向拉美，非常有意义。"

麦家的《解密》作为间谍小说，讲述了中国 20 世纪 20 年代出生、曾授业于洋教授、具有极高天赋的青年容金珍的故事。他后来成为破解世界上疑难密码的破译者，是中国秘密情报部门的重要一员。

这部小说源于作者的生活经历，麦家 1981 年被解放军工程技术学院无线电系录取，破译密码是他专业学习的一部分。麦家说："我确实在这方面有一些经验，但这部小说是经验和想象的混合体"，"每年在中国出版的小说约有 4000~5000 部，但只有很小一部分被读者记住。""对一个作家来说，创新是最重要的，不论是加西亚·马尔克斯还是博尔赫斯，都会去创造新的小说，这也是我的目标。""当我开始写这部关于间谍的小说时，我想可能会带来麻烦。"他又说："审查可能会不通过，这很有挑战性。通过审查，顺利发表，就是极大的成功。"

关于在"中国有没有言论自由的问题"，麦家说：自由是个"相对的概念"。"在文学中我不追求完全的自由。这是一种非常奢侈的东西，在任何国家，作家都会受到这样那样的限制，有来自读者的，也有来自政府的和经济的，等等。""作为作家，我不追求完全的自由。我认为积极的一方面是，现在我的小说出版了。"

对于获得诺贝尔文学奖的中国作家莫言，国际社会上有些人批评他过于遵从中国政府的旨意，麦家认为这对莫言来说是不公平的。"每个人都是独特的个体。批评他什么都不说，不如通过读他的作品去理解他，理解他的看法，而不是仅仅批评他。"麦家最后说，他正想去其他国家待一段时间，把《解密》和间谍主题放到一边。"我想在美国或者西班牙待一段时间，因为在国内我没有办法专注写作。"他这么说是因为作为知名人士，确实很难不被打扰。

② 2014 年 6 月 24 日，西班牙第一大日报《国家报》报道麦家及《解密》，发表文章《麦家：销量达 1500 万册的中国间谍小说家》（Mai Jia, el espíno chino de los 15 millones de libros）。

麦家在中国的图书销量已达 1500 万册，其中 500 万册纸质书，1000 万册电子书。自 2002 年《解密》出版之后，麦家就成为超级畅销作家的代名词，这部小说将密码分析、间谍和梦想融为一体。麦家于 1964 年出生在浙江富阳的一个小村庄，他经历了从贫穷到富有的转变。麦家 17 岁入伍，当兵期间在解放军工程技术学院无线电系和解放军艺术学院文学创作系就读。“我这一生所做的一切都是为了满足我对写作的热情。16 年里在 6 个城市间奔波，我逐渐积累起许多素材和经历，它们在我的小说里都得以体现，这就是我的目的。”麦家解释说。

《解密》讲述了容金珍的一生，他跟随一个 20 世纪 20 年代流落到中国的洋先生长大，其身体条件和智商都与其他人不同。童年时期，容金珍沉浸在自己的世界里，孤独自闭，但他能够发现别人难以发现的东西，因而最终成为一位数学天才。麦家说：写寻常的人物在文学创作中是行不通的。他的人物虽然身体有缺陷，但天资聪颖，这可能是他的作品最吸引人的地方。

容金珍的大学生活在他被招入破译密码的秘密情报机构之后戛然而止。麦家非常熟悉自己小说中所讲述的东西，那是他成为职业作家之前的情况。他在军校读书时花了很多时间学习数学，创造了属于自己的密码，甚至还有游戏。他说，那段时间非常艰难，他必须找一些事情来做以尽可能地分散注意力。

麦家花了 11 年的时间创作《解密》，这部小说在中国也获得了很多文学奖。麦家投入的时间都有了回报，他的多部小说被改编成电影和电视剧热播。麦家说，他尽可能地远离中国文学传统，因为他想让他的作品更具全球性。他要讲述一个好故事，而这样的故事在以前是很难通过审查的。

麦家是在马德里说这番话的，他将从这里开始向西语世界推广他的《解密》。2014 年 3 月，《解密》在英语国家出版，而从现在开始，它将进军西班牙和拉丁美洲。麦家非常喜欢加西亚·马尔克斯和路易斯·博尔赫斯的作品，他说《百年孤独》是他最喜欢的作品之一，这部小说是他也是他的千千万万中国同胞的挚爱。他自认是个对所处时代感到满足的人："我曾经历经贫穷，但我很幸运见证了中国的发展进步，并向着更完善的社会前进。可能我们中国人容易忘记历史，甚至连最近的历史也忘记了，但这也许是因为我们总是更喜欢向前看。"

③ 2014 年 6 月 25 日，西班牙第二大日报《ABC 报》发表文章《卖出 1500 万册的中国间谍小说：畅销书作家麦家首次到访西班牙并带来他最热销的作品〈解密〉》（El espía chino de los 15 millones de libros），整版介绍麦家和《解密》。

采访麦家之前，先要把对他的印象从脑海中清理干净。他在中国是一位受媒体青睐的明星作家，初次见到他时，很难想象那双羞涩的眼睛属于中国目前活跃在文坛上的重量级作家。麦家的微博账号和"羞涩"扯不上关系，他有近 2000 万粉丝，他长长的奖获清单和小说的大量影视剧改编也和"羞涩"扯不上关系。

他的第一部小说《解密》于 2002 年出版，这部花了他 11 年时间写出来的小说丝毫不"羞涩"，讲述了一个洞幽烛微、情节曲折的故事，将间谍小说、历史传奇、数学代码完美地结合起来，既畅销又不失真正的文学性。

我采访他的地点颇似他小说里的某个场景，我们在拉斯莱特拉斯（意为"文学"）酒店的地下室碰面，在场的还有一位略会一点英语的翻译，以及一位在笔记本电脑上记录我们对谈的神秘女士，大家围坐在一张仅靠台灯照明的桌子旁。见面之后，我感觉到他非常朴实。麦家知道，他在西班牙要一切从零开始，但他也觉得因此得到了解脱："社交网站上的数百万粉丝诚然有利于宣传我的作品，但也会让我感到疲惫，有一种被窥视的感觉，社交平台是把双刃剑。”

- 商业文学

麦家作为作家声誉鹊起之前，在成都电视台默默无闻地工作了很多年。他利用业余时间写就的第一部小说《解密》，出乎意料地令他一夜闻名。他的第二部小说《暗算》卖出了200万册，而且由他本人做编剧，改编成了电视剧。麦家的小说改编成电视剧热播以后，有些文学评论家批评他的作品过于商业化。“我很佩服一些作家，但有时他们的作品太深沉了，令读者敬而远之。我喜欢描写人，而且我喜欢把商业元素运用到小说创作当中，在我看来，这样的作品会更吸引人。”

有趣的是，麦家对谈论中国的图书审查兴趣不高。他说，他开始发表间谍小说时，审查机关对他的关注度高于其他作家。他说，完全的自由是一种奢望，他不想也不可能得到。他不希望把他的小说和意识形态联系起来，虽然他无法把他的小说和政治完全隔离开来。

《解密》对内心世界的挖掘具有世界性意义，与此同时它也呈现出了20世纪中叶的中国历史。生活中的事情有其偶然性，这是《解密》中隐含的信息，麦家的小说走向国外也有一定的偶然性。一位英国译者在上海机场买下他的小说，非常喜欢，把它推荐给美国的编辑，由此开启了麦家作品的国际之旅，作品在欧洲和美国都取得了巨大成功。而这一切，仅仅是因为有人偶然在书架上看到了他的书。西班牙行星出版社出版西语版的《解密》，也有类似的偶然。

- 黑色圆珠笔

尽管麦家从事写作已有很多年，但他觉得自己在西班牙还是个新作家。他说，中国人喜欢西班牙，西班牙是中国读者非常喜欢的两位艺术家的摇篮。我和麦家开玩笑，说这两位艺术家是不是哈维和伊涅斯塔[①]？他笑笑说：“不是，是塞万提斯和毕加索。”

① 哈维和伊涅斯塔是当时西班牙巴塞罗那足球俱乐部球员，被誉为“中场双核”。——译者注

我的采访做了录音，并有电脑打字记录。麦家在访谈结束时有个举动出乎我的意料，我当时递给他一本他的小说和一支红色的圆珠笔，请他给我签名。他看了看圆珠笔的颜色，然后跟我要了一支黑色笔。我不知道这是友好的表示，还是因为他不喜欢红色。博尔赫斯曾经说过，“最好的答案就在谜团本身”，那就让我们保守这个秘密吧。

- 十七年六弹

麦家的生活和《解密》的故事有许多相仿之处。麦家在解放军工程技术学院无线电系学习期间接触到密码学和信息技术，由于他聪明好学，几个月后便被派到秘密的情报部门工作。那里与外界隔绝，他和其他人一起工作，像《解密》中的主角容金珍一样。“我不是真正的间谍，我只是他们的邻居。”麦家带着神秘的微笑说道，“我在军队的 17 年里仅开过 6 枪，那时我要毕业，要通过射击考试。有 5 枪打到靶上，一枪脱靶，勉强过关。”

④ 2014 年 6 月 25 日，《星期日报》报发表文章《密码破译者之谜》(El misterio del criptógrafo)，介绍麦家和《解密》。

中国作家麦家被誉为世界文坛上的一颗新星，他 2002 年出版的处女作《解密》几乎获得了所有能得到的中国文学奖项。此后，他又出版了其他小说，引起国外出版社的关注。现在，他的作品已经陆续在 20 多个国家出版。《解密》里面有传统侦探小说或间谍小说元素，但没有侦探案件和犯罪活动，也没有周旋于敌人中间的秘密特工。复杂的情节围绕着破解密码展开，而破译密码也是主人公容金珍——一位罕见的数学奇才的命运。在展露出自己的才华之后，他被招入国家秘密情报机构工作。容金珍的祖国——中华人民共和国对我们来说有点神秘，我们仅对“文化大革命”略有所知，不过作者不想让他的故事发生在这样的背景中。

麦家倾向于在真实的场景，比如家庭、学校、国家机密部门的情报中心，对人物的心理展开剖析。《解密》中最吸引人的莫过于迷人的数学世界、破译密码时的孤独、个人面对艰巨任务时的重压、成败之间的孤注一掷。另外，作者还喜欢分析容金珍的脆弱，那种你死我活的暗中较量令他难以承受。为了突出容金珍心理脆弱的一面，需要很多细节描写，同时还要保持读者的兴趣，这就需要采取一种与众不同的叙述方式。围绕容金珍的，是一些不寻常的人和事、数学难题、密码破译的未知领域、极具挑战性的紫密和黑密、主人公破译时的曲折过程。小说中可圈可点之处很多：出人意料的情节发展、不时插入的访谈、其他人物的视角、故事高潮的逐步推进、避免近期很多小说采用的冗长篇幅等。

这部小说在结构上独具匠心，情节跌宕起伏，用谜题推动着叙述的发展，在一步一步解开谜题之前，这本书轻松地俘获了读者的注意力。

⑤ 2014 年 6 月 26 日，西班牙著名文化类报纸《文化报》发表文章《麦家：审查只是提高我的写作水平，使我更强大》（Mai Jia：“La censura mejora militeratura；me hace más fuerte”），报道麦家及《解密》。

中国畅销书作家麦家带着他的《解密》来到西班牙，他的小说在十多年前拉开了“中国谍战小说”的序幕。

麦家是世界上最成功的作家之一。大约 10 年前，他开始出版小说，仅在中国国内，他的小说纸质本销量就超过 500 万册，电子书销量达 1000 万册。继成功登陆英国图书市场后，麦家来到西班牙，带着他的“中国谍战小说”。不过麦家说，谍战小说这个说法是从小处说的，他的小说中讲述的故事可以发生在世界的任何一个角落。

《解密》于 2002 年在中国出版，主人公是一个智力超群的数学奇才，在全书大约 150 页处，他被中国政府招募，去破译敌方密码……当被问及如何看待图书审查制度时，麦家回答说：“一个好的作家永远不会害怕它。”他在开始出版《解密》的时候确实遇到过一些困难，但后来在第二次审查中，审查者看到麦家并不想提及国家的秘密，而是把注意力放在人物塑造上，就不再审查了。

麦家认为，审查对他来说是一种激励，鼓励和刺激他创作才能的发挥。他说：“审查对我来说是一种持久的挑战，我认为它能激发人的创造力。我觉得我写的小说就像是一株植物，在石头的夹缝中生长，最终它发芽了，活下来了，而且长得越来越壮。”麦家喜欢用大自然做比喻，在访谈中他说：“家庭就像故土大地，我们是植物，和故土大地永不分离。”他还提到了博尔赫斯对他的影响……他对博尔赫斯的小说非常了解。他在西藏的三年时间里只读了一本书，他说，这本书就是博尔赫斯的短篇小说集《沙之书》。他完全被它迷住了，特别是其中一些小说的写作技巧。在一次文学交流活动中，他连续大声背诵了26首博尔赫斯的诗，而且一个字都没错。《解密》的主角——天才的容金珍和麦家有些相似：生性腼腆、胆怯，在数学方面有特长，我们知道容金珍的奶奶是闻名遐迩的“大头算盘”。容金珍虽然才智过人，但不善于和外界打交道，不过他有着丰富的内心世界。“容金珍有70%是以我自己为原型创作的，”麦家非常肯定地说，“小的时候，我有点孤僻，我觉得我被这个社会抛弃了……我唯一的排遣方式就是写日记。我和容金珍很像，我根据童年的记忆塑造了容金珍这个形象。”谈到在文学上受到了哪位作家的影响，麦家提到了加西亚·马尔克斯，他喜欢的也许是马尔克斯怪诞、诙谐的细节和如火星四溅的灵感。“对我来说，马尔克斯是追赶不上的英雄。”他叹息道。

麦家的生活经历不无坎坷，他在部队待了17年，默默无闻地写作十多载。他喜欢并擅长数学，甚至说他的数学不比他的写作差。“几乎没有我解不出的数学题。”他骄傲地说。

“数学和文学相似吗?”

“表面上看，文学和数学不同，但它们之间又有着紧密的内在联系。譬如，数学和哲学有关系，而哲学是文学之母。”

“《解密》的主人公在数学方面的才能让人觉得主要来源于他的天赋。”

“要成为一个好的数学家需要很好的天赋。我认为在两个领域非常需要天赋：数学和音乐；在这两个领域，天赋是原动力。因此，在数学和音乐中容不下谎言。”

“您认为现实能简化成数字吗？”

“有人觉得可以，但我不赞同。我们生活在云时代、大数据时代，自信能用数字来记录世界。但我觉得这是不妥的，是不可能的，我们最多能把一些物质的东西简化成数字，但是不能把灵魂简化成数字，因为灵魂是摸不着的。”

“最后一个问题，对您来说，什么是最难的，写一本好小说还是解一个复杂的方程？”

“写小说要难得多，如果我有数学题不会做，可以问别人，问专家，问老师……但是搞文学创作我能去问谁呢？在文学问题上没有大师，因为没有具体的解决方法。”

2. 阿根廷媒体报道

① 2014 年 7 月 8 日，阿根廷博客网站“文学雨后”介绍《解密》，发表文章《麦家的〈解密〉》（El don，de Mai Jia）。

容金珍是一个不同寻常的年轻人，在中国接受了外籍教师的教育，童年时期孤独自闭，沉浸在自己的世界里，但很快他的才能令他与众不同。他能够发现别人难以发现的东西，他的学识远远超过普通人的知识范围。在他的数学才华为人所知后，他被迫放弃自己的学术生涯，来到中国秘密情报部门做密码破译工作。

东方文学让我感觉到太过遥远，以至于很难理解东方国家的某些习俗。东西方文化截然不同，甚至有些东西从根本上来说是对立的，而这些差别在小说阅读中会被放大，使得读者无法对小说内容感同身受。我开始阅读《解密》时心中非常忐忑，因为这是我头一次阅读中国作家的作品。我发现《解密》和我近年来阅读的日本小说有一些不同，而且我被震撼到了，我惊喜地发现，麦家的风格里有我非常喜欢的散文体。在将目光投向东方诸国的时候，我偏向日本，而把中国忽略了，这也许是错误的。

在《解密》中，N 大学突然显山露水地出现在学术界，这得益于容氏家族的数学人才。很多人来到这所大学的数学系深造，毕业后成为数学领域的佼佼者，但他们的学识在容金珍出众的才华面前无不显得黯淡失色。金珍在数学和解梦方面的天赋使他一鸣惊人，很快成为学术界一颗冉冉升起的新星，但最终被国家秘密情报部门招募，成为密码破译员，而容金珍在这里展露了他令人惊叹的天赋才华，同时还有像硬币的背面一样相伴而来的疯狂。

麦家在《解密》中从头到尾都以极大的热情与读者玩文字游戏……它的结构和以往我们熟悉的文学作品截然不同，最令人惊奇的是读者很容易进入小说的情节中去，故事扣人心弦，令人有身临其境之感……我喜欢读这样的小说，构思巧妙，令我叹服。

除了独特的叙述方式外，《解密》吸引我的另外一点是它的主人公容金珍。作者用大量的细节来刻画他，以至于读到最后我感到和容金珍成了熟人、朋友，陪着他走过了全部的人生旅程，一同开心，一起痛苦。另外，小说的每一章都吸引着你看下去，去感受新的场景。最后，我不想略过结局就结束评论，《解密》的结局和小说本身一样充满着创造性。我不会过多剧透，只想说，故事的结局如同读者在阅读中感受到的那样，令人惊异。

② 2014 年 7 月 20 日，“公正网”发表文章《麦家的〈解密〉》（Mai Jia：El don），介绍麦家及《解密》。

《解密》是一部很独特的小说，它令人惊异，有着异乎寻常的吸引力。这是一部新智力或曰谍战小说……既新奇又有趣。

麦家写作《解密》花了 11 年的时间，其中文本于 2002 年出版，并且一上市就获得了巨大成功。从销售来看，在面世的 12 年里，《解密》在中国售出 500 万册，并获得了中国国家图书奖、茅盾文学奖提名等多个奖项，而今其西语版终于在西班牙上市了。出版西语版《解密》的出版社表示，这部书已经拥有一亿多的在线阅读量，这一数字让任何一个西班牙作家都倍感压力，因为较之于中国作品的阅读量与排行榜，我们西班牙文学的相关数据简直不值一提。

《解密》的作者麦家是一位退伍军人，在军校读书期间接触过密码学，《解密》就是一部描述20世纪中国密码破解专家的小说。这位破译专家名叫容金珍，是一个数学世家的私生子，他在破译密码方面表现出卓越的智慧，但在生活中却是个“白痴”。他是个被自身数学天赋照亮的圣人，他的存在就是为了破解两个密码：紫密和黑密。

关于密码，小说中多次提到创制它是魔鬼的勾当，而解开它亦然。它能毁掉创造它的人，也能毁掉解锁它的人，这是由密码本身的特质和解密者的高度执着所致。这些断言听上去可能没什么耸人听闻之处，但《解密》通过简洁的风格和表面上宏大的主旨，建立起一套实实在在的情报理论，并回答了一连串大家关心的问题：情报是什么？它的本质是什么？又有着怎样的特质？它的非理性又体现在哪里？

《解密》之后，麦家又相继写了几部间谍小说，都非常成功。这不禁让人想到，《解密》或许是一种类型小说，但事实却不是这样。首先，《解密》是一部非常“中国化”的小说，其第一章基本上是叙述主人公的家族谱系。这种家谱式的叙述让人联想到莫言的作品，还有加西亚·马尔克斯神奇的《百年孤独》。其次，这是一部关于密码学却没有具体描述密码的小说。它不是智力发达的成年人的游戏，也不是智力测试，而是一个纪实作者在一步一步接近永远无法弄清楚的虚构事件。因此，这部小说同时具有卡夫卡和道教的特点。故事的叙述人是一个影子，我们不知道他是谁……《解密》有时给人一种捉摸不透的感觉，就像水面上有一层膜，蚊子可以站在上面，但是钻不进去。

小说的结尾部分非常精彩，谈到主人公身上东西方知识兼备，是破译密码的最佳人选。在这个结尾里，卡夫卡、维特根斯坦和道教、禅意和谐共存。

③ 2014年7月4日，阿根廷的Sinembargo. max网站发表文章《麦家和他的文学才华》（Mai Jia Y el don de la literatura），长篇介绍麦家和《解密》。

——数学、遗传、密码、梨花，中国作家麦家围绕着它们展开《解密》的故事。

人们习惯于称麦家是“1500万销量的中国间谍小说家”，因为他的小说《解密》掀起了销售狂潮。这本小说已经在西语世界出版，它给麦家带来的与其说是更多的读者，不如说圆了他童年时环游世界的梦想。

这本书讲述的是容金珍的故事，他是一个不同寻常的年轻人，在中国的一片梨园里受到洋先生的教育，在那里……他学会了算术。

容金珍是个孤儿，有着极其聪慧的大脑，能洞察普通人看不到的东西。

他是中国屈指可数的数学天才，被招募进政府的秘密情报部门工作……但在这里，他要面对的是从未有人超越的挑战，考验他的理智与理性的极限。

天才的智慧止于何处，疯狂又从哪里开始？这是贯穿《解密》始终的一个问题。作者在接受我们的采访时谈道，特殊的才能会给人带来名望和地位，但时间长了，这份天赐的礼物也可能会变成一种桎梏。

我们对麦家的采访就像他小说中的加密、解密。麦家说中文，翻译把他的话翻译成西班牙语，采访者用西班牙语提问，只能祈求上帝让麦家回答中有趣的成分跨越语言的鸿沟保留下来。

尽管语言不通给我们的采访带来了压力，但被采访者麦家全神贯注，来自孔子学院（位于墨西哥城市中心的一座漂亮大楼）的年轻翻译倾情投入。最后，这次交流成功地跨越了语言界限。

为了营造一个良好的采访氛围，我们先聊了聊梨花是否真的能治病。麦家笑得很开心，他承认：“那是我编的。在中国，有人说梨对消化系统有好处，但事实上，我在小说中提到的治愈效果都是为文学服务的。”

“在中国，如果你喉咙疼、咳嗽，许多人就会把梨切成小块，沏茶来喝，它可以缓解感冒症状。但是在《解密》里面，这不过是一种文学手法。”

在小说的开头部分，我们看到主人公容金珍在梨园中长大，似乎被整个世界遗忘了，只有年迈的洋先生关心他。尽管如此，小说中赋予他一片个人的天堂，让所有情感丰富的人都十分向往。

成年之后，容金珍出众的才华使他成为一个重要人物，甚至引起政府的关注，这也促使他的命运悲剧上演。

——文明世界对那些天赋异禀的人来说是地狱吗?

“正是如此，我想表达的就是这个寓意。那个孩子在极度孤苦无依中长大，虽然物质条件非常贫穷，但他的内心世界是自由的。”麦家说，他对曾在军队中服役17年感到骄傲，虽然他只打过6发子弹。

“容金珍长大之后，开始成为这个世界严格控制下的牺牲品，完全失去了个人的自由。他的才能对他形成了一种束缚，也正因为如此，故事最后走向了悲剧结局。”他解释道。“从某种意义上说，我的作品就是要弄清楚一位被严密控制的天才，最终发生了什么事。”他补充道。

——主人公的才能被描述得生动鲜活，以至于让我们想到自己是否也具有某种才能。

是的，我想我们每个人都在不同方面有着特殊的才能。有的人运动神经发达，有的人长得非常好看，我们每个人都有让自己独一无二的某种东西。小说的主人公具有数学天分，并在日后发展成破译密码的才能。

——在您的作品中，遗传与命运是相对立的还是一体的?

我记得大概是苏格拉底说过，性格决定命运。在《解密》这本小说里，我借助一个家族传奇来阐说人物的意义。那是一个知识分子与数学爱好者家族，甚至可以说是数学家辈出的家族。这个家庭的所有成员，由于有性格缺陷，最后都走向了悲剧结局。

因为，就像你说的，遗传因素决定了命运，而性格是偶然事件发生的前提条件。

——主人公最后成了疯子，这让我想到孩子接受的特殊教育也许为他日后丧失理智埋下了祸根。

（笑）这是我设下的伏笔，你已经察觉到了。那孩子学习阅读英文版的《圣经》，同时还接受佛学教育，这个孩子非常特殊，他的整个知识结构非常片面和不平衡。调和和融汇可以是积极的东西，但如果没有全面理解，它们也能够成为一种缺陷和不足。

——我们总在寻找父母？

是的，我认为是，这种寻找已经构成了我们的自然天性。我的主人公就在不遗余力地寻找着父母，在他生命的不同阶段所得到的结果也不尽相同。我的看法是：他从来就没找到合适有效的形式，破译密码开始成为他的父母。

——您的父母在您的成长中起到的作用重要吗？

不是很重要。我出生在中国东部海岸的一个小村子。我的父母是种水稻的农民，他们在我的教育上花了很多钱，因为他们希望把他们不曾得到的都给我。

——而您，成了个作家。

（笑）从这个方面来说，我让他们失望了。

在中国出版并掀起亚洲图书销售狂潮12年之后，《解密》的西班牙语版终于在西语国家上市。

“局长说：‘你想想，一个数学天才，自小与梦打交道，学贯中西，学成后又一门心思探索人脑奥秘，简直是天造地设的破译人才。’”麦家在《解密》中这样写道。

也许，这个不乏间谍元素的故事最吸引人的地方在于，作家用精致隽永的方式，讨论了知识问题，对于人类来说，知识有时会带来危险。

在这个意义上，同样作为人类思想的体现，密码学和文学是不是有点相似呢？

对于其多部作品被成功改编成影视剧的麦家来说，这两门学科没有什么相似的地方。文学是感性与精神的成果，而密码学是严密的科学。

“然而，文学和密码学都是在为我的基本目的服务——探究人物的内心世界。”他解释道，“在某种意义上，我可以说文学也是一种解密的形式，如果大家也认同人的内心世界是最复杂的密码。有时候这个世界是难以征服的，而文学无疑是最接近它的，因此文学和密码学的本质可能是一致的。”

——在某种特定情况下，知识会成为对人类有威胁的东西吗？

是，这就是《解密》这部小说的意图，展现一位天才如何被他的知识所束缚。生活给容金珍设好了一个圈套，把他拉进了无法逃脱的悲剧命运中。中国哲学中有许多表述，说的就是这种福祸相依的情况。

——您曾经落入过这样的圈套吗？

是的，我在这方面有着深刻的经历，直到现在我也活在和主人公相似的环境里。在成为作家出名之前，我曾想在文学上获得成功，想有很多人读我的书。现在这一切对我来说反而是一种束缚，我没法安静地在街上走，因为人们总是拦住我谈一些书里的事或是索要签名、拍照，我感觉我的生活变成了公众消费的商品。我无法静下来写作，因此也感到有点困扰。

——中国文学的现状怎样？

近30年来中国文学正在蓬勃发展，走向繁荣。中国有许多优秀的作家和读者。有很多年的时间，我们与世界其他地方隔膜，想与西方世界的作者交流不容易。但近几十年里，这种情况已经得到很大改善。

——有时候在西方，人们更多注意的是通不过审查的知识分子的作品。

我认为不仅仅在中国，所有的知识分子都以批评其国家社会与政治制度中的弊端为己任，这是作家的担当，揭露他的国家的疮疤。在这个意义上，中国人和西方人没有什么区别。

④ 2014年7月8日，阿根廷第二大报《民族报》发表文章《麦家："成功有时让我感到害怕和恐惧"》（Mai Jia："A veces experimento miedo o fobia al éxito"），长篇报道麦家及其《解密》。

一部来自中国的现象级文学作品，一部因作者在部队从事情报工作而获得创作灵感的小说，开始征服西方世界。

用数据说话：500多万册的图书销量，1000多万的在线阅读量，以及社交网站上1600万的粉丝，使中国作家麦家成为出版界的现象级人物，并且，由于有了这些数据的保证，他已做好进军西方图书市场的准备。"促使我写作的动机是我不幸的童年，我那时感到孤独、被全世界所抛弃。"麦家几乎以自我介绍的方式说道。这位50岁的小说家出生在中国南方沿海的一个小村庄。

应阿根廷拉普拉塔国立大学孔子学院邀请，《解密》的作者麦家进行了一次演讲，具体谈了这部令他成为中国文学之星的小说。在接受本报专访时，麦家强调创作这部小说的灵感来源于他在中国军队的生活经历。他有17年的军旅生涯，于1997年退伍，从事过情报和密码破译工作。

——孤独感、被抛弃的童年和在军队中的与世隔绝感是否有相似之处？

> 归根到底还是有很多共同点的，因为我的人物总是孤独到了灵魂深处。我也习惯给我的小说设定一个封闭而神秘的空间作为背景，由此可见这与我自己儿时的经历有直接的关系，那段经历给我留下了深深的烙印，所以我也把它们写进了作品。

——政治与文学有着怎样的关系？总体情况和中国的个体情况又是怎样的？

> 在西方，很多人习惯于把中国文学当作政治演讲来看待，当然，是存在着政治成分较多的作品，但不能以偏概全。我缺乏政治热情，所以不会写涉及政治话题的小说。我更喜欢探索人物和他周围的世界。

——成功给你带来了什么？

> 成功是一把双刃剑。我年轻时梦想着成功，但现在我在中国有一定的知名度，却有点厌倦。我的时间已经成为公众消费的产品，我无法安静地坐下来写作。所以有时候会对成功产生害怕和恐惧的感觉也不奇怪。

2002年出版《解密》（现在已经在20多个西方国家出版）之后，这位博尔赫斯的忠实粉丝又相继出版了一系列小说：《暗算》《风声》《风语》三部曲和《刀尖》。而且每部小说都是畅销书。

——对畅销书作家的偏见还会继续存在吗？

> 我的作品由于卖得很好，有时候会被认为是单纯的畅销书，并且我的作品被改编成了电影和电视剧。许多评论说《解密》是一部平庸的作品，说它不能被称为严肃文学，认为它是通俗小说，带有娱乐性质。我的目标一直是写严肃文学，即便它外表看

来是带有吸引人的元素的冒险小说。在听到来自西方的好评时，我国的评论家们又改变了态度。也许中国文学还不够成熟，类型小说和经典小说的边界还不十分清晰。

——您如何看待文学与电影、电视、新技术及互联网的关系？

如今文学处在一个边缘化的位置。这是一个令人惋惜的现象，但时代终究就是这样，我们既不能逆流而行，也不能妄图改变人们的习惯。因此，文学要想恢复地位，只能尽可能地发挥其最大优势——讲一个好故事。如果你能做到这一点，那么接下来电视和电影就会来找你，因为他们需要你。

——在《解密》中，虚构和自传的成分各有多少？

细节和故事是完全虚构的。至于主角的心理、思想和性格，则和我类似。因此如果读者觉得这本小说非常逼真，那我会很高兴，这意味着我达成了目的。

——有人曾说“在中国有些东西谁也不敢说出来”，用智慧与才能越过障碍的话，可以走多远呢？

我认为很多时候这些障碍能使作家更加睿智。无论如何，没有禁忌话题和审查标准的国家是不存在的。所以在这些限制面前要如何去做才是作家们面临的挑战。西方通常会关注持不同政见的人、被禁止出版的小说，所以才会有中国作家都被严重约束着、什么也不能说的印象。而事实上，中国作家的创作空间比西方人想象中要大很多。

⑤ 2014 年 7 月 8 日，阿根廷第一大通讯社“美洲通讯社”发表文章《中国畅销书作家的故事：希望能像博尔赫斯那样写作》（La historia del best-seller chino que soñó escribir como Borges），介绍了麦家和《解密》。

麦家的小说《解密》讲述一位智力超群的青年人的故事，它为作者在亚洲赢得了盛名，如今来到拉丁美洲续写传奇。麦家在写作中默默地向博尔赫斯致敬，后者影响了他的写作。

麦家是他的笔名，字面意思是“麦子之家”……如今他是世界上作品被阅读最多的作家之一。在中国，他的作品售出 1500 万册，在社交媒体上的粉丝达 1600 万。

麦家说话轻声细语，这次他来布宜诺斯艾利斯发布他的西语版《解密》，对讲西班牙语的美洲人来说是全新的，而在中国这部小说早在十多年前就出版了，期间还被改编成了电影和电视剧，获得了十多个文学奖项，如今《解密》具有现象级地位，足以吸引西方世界的出版社。

《解密》描述一个情感脆弱的年轻人，因卓越的数学天赋而成为拥有解梦和破译密码能力的奇才，后来被军队的情报部门招募，一生致力于密码破译。

“小说的主角是一个天才，但同时又有着残缺的内心世界，这使他在面对危险时很脆弱，面对死亡时很敏感。”麦家还说，“痛苦有时候会激发人的斗志，但同时也会让他们更加脆弱。”

小说中的容氏家族是 19 世纪末 20 世纪初中国家庭的写照，那时候传统文明已经陈腐过时，现代文明正日益发展起来。

在作品大获成功后，麦家踏上了对他产生过很大影响的两位作家——阿根廷的豪尔赫·路易斯·博尔赫斯和哥伦比亚的加夫列尔·加西亚·马尔克斯的故乡。麦家的文学风格和这两位作家迥然不同，但在《解密》中却有了交集。

“是的，他们很不相同。一个的语言更纯净、抽象，是极简主义；另一个则走华丽和巴洛克路线，不过两者都是我的老师，”麦家说，“我受到他们潜移默化的影响，尤其是博尔赫斯，他用写诗的语言写小说，很有魔力。”

“我总是梦想用他的技巧写一本长篇小说，《解密》就是一次尝试。”

麦家说。此次他从墨西哥出发，访问拉丁美洲的多个国家，争取西语世界的读者，他的作品将在 20 多个国家发行。

《解密》的核心人物是孤独自闭的容金珍……“他的童年极其孤独，觉得似乎被全世界所抛弃。他没有爱的人，从某种意义上说，知识填补了他的空虚。他的才能源于对知识的渴求，知识促进了他的成长，但随后他落入了知识织就的陷阱。”麦家如此说。他本人年轻时参军，从事过解密工作，他说在部队里待了 17 年，一共打了 6 枪。

“这部小说谈到了参军后极为严明的部队纪律，在情报机关中纪律尤其重要，这里的人不只是普遍意义上的人，而是像齿轮上的一个零件。”麦家解释道，“从这个意义上说，主人公被自己的才能与命运所束缚，这也喻示了个人与国家的关系。”

容金珍家族里的很多人都有着悲剧性的命运：他的母亲死于难产，而他恶魔般的父亲年纪轻轻就见了阎王。

容金珍变成疯子的原因是什么？是他个人与知识之间严重的失调，还是他的孤苦无依？“童年时受到的伤害就像一个陷阱，一个在等待爆发的定时炸弹。”这位 1964 年出生于富阳一个小村庄的作家说道。

在揭露世界上那些被掩盖的秘密方面，文学和密码学是不是相通的？“我认为这两者的共同点在于最难以破解的东西：人的内心。”麦家这样比较两者，“文学主要是为了审视人的内心，在这个意义上与密码学是相通的。”

“这本书的中文名字是《解密》，因为我的初衷是解开不同层面上的谜题，并不仅仅是数学和军事密码，还包含了历史、人物、命运的偶然性，以及天才与疯子之间模糊不清的界限。”麦家指出。

贫困的岁月已经远去，麦家现在生活在繁华的大城市，但随之而来的问题是：在消费主义盛行的当下，作家会不会成为大众消费的对象。

“不只是我，整个中国都陷入了一种进退两难的状态，消费主义正在扰乱我们的生活。但是矛盾的地方在于，这种消费热潮同时也是社会向前发展的助推力。”麦家这样总结道。

⑥ 2014 年 7 月 10 日，阿根廷第一大报《号角报》发表文章《为博尔赫斯的布宜诺斯艾利斯而痴迷的中国作家》（Un escritor chino，enamorado de la Buenos Aires de Borges），长篇介绍麦家和《解密》。

畅销作家麦家游览博尔赫斯作品里的某些场景。

麦家第一次来到巴勒莫（Palermo）街区，这是他一直想参观的地方。当博尔赫斯故居的导游——被朋友称作“尼查”的亚历杭德罗·弗兰克，将麦家带到塞拉诺大街 2147 号时，麦家看上去心情非常激动。他虽然不懂西班牙语，还是读出并理解了墙上铭牌处镌刻的诗句：“一片完整的街区，但坐落在原野上/展现给黎明，雨和猛烈的东南风/一片同样的楼群，仍然在我的街区，危地马拉，塞拉诺，巴拉圭·古鲁恰加。”这些诗句摘自博尔赫斯的《布宜诺斯艾利斯神秘的建立》，对于《解密》的作者麦家来说并不陌生，他的《解密》2002 年在中国出版，西语版前天在阿根廷上市，并将由福克斯电影公司搬上银幕。

麦家非常了解阿根廷历史上这首最为人所熟知的诗。

50 岁的麦家曾反反复复地阅读博尔赫斯的作品，对他非常痴迷，以至于在西藏的三年时间里，唯一陪伴他的是博尔赫斯的《沙之书》。

如果不是因为他的五部小说仅在中国就销售了几百万册，麦家不会让人如此好奇。另外，他的作品还被搬上了荧幕，受到广泛的赞誉。现在，麦家在得到英语国家市场的认可后，其作品登陆拉丁美洲和欧洲的 20 多个国家。

在中国，《解密》的纸质和电子版售出约 1500 万册，对于拥有 13 亿人口的中国来说，这样的销量也合情合理，而在社交网站上，他还有 1600 万的粉丝。

麦家和著名电影人王家卫、诺贝尔文学奖得主莫言是朋友，可以说是名利双有，他的小说出版之前有很高的预付定金。目前麦家住在杭州一所宽敞的寓所里，会和莫言一起观看巴西世界杯决赛，宣称自己是阿根廷国家队的球迷。

小说《解密》讲述的是容金珍的故事，他是一位孤僻的青年数学天才，授业于一位外国教授，20 岁时被中国秘密机关招募，从事破译密码和情报工作。

我们在古拉查和危地马拉的街角等麦家、他的夫人和他的翻译。导游向麦家介绍说，蓝色街角为博尔赫斯创作《玫瑰色街角的人》提供了灵感，并和他聊阿根廷诗人埃瓦里斯托·卡列戈（Evaristo Carriego），告诉他这里就是阿根廷文学的起点，给他解释 un guapo（一个帅哥）是什么意思，向他讲述博尔赫斯童年居住在塞拉诺大街时布宜诺斯艾利斯的市郊状况，博尔赫斯一家人为什么要去日内瓦，他在哪里创作他的诗歌和小说，以及博尔赫斯这个孤独男孩的家庭情况，试图将人们头脑中的博尔赫斯与布宜诺斯艾利斯密切地联系在一起。麦家很少发问，偶尔询问一些博尔赫斯在塞拉诺大街上的轶事。突然，他问道："博尔赫斯抽烟吗?"导游回答说："不"，只是偶尔"在吃饭时喝一杯葡萄酒，和探戈舞者在一起时会喝一杯琴酒"。麦家在塞拉诺大街 2147 号停下，靠着那里的铁栏杆请别人帮他拍照，然后笑了。

下一站是格梅斯广场上的胡椒咖啡馆。麦家点了一杯牛奶咖啡，还泡了一杯他自带的绿茶。

麦家在游览的最后一站——苏尔·索拉（Xul Solar，一位艺术家，博尔赫斯的朋友）博物馆时最为激动。他这样对本报记者总结说："这次旅行非常令人难忘。因为去读一位作家的作品是一回事，亲眼去看他的故居、他生活的街区、他的世界又是另外一回事。他何以能构造出那么独特的世界？对此我现在有了更深的理解。"对于苏尔·索拉，他这样说："他是一个给人留下深刻印象的艺术家，他身上同时具有孩童的可爱和老者的智慧。他是博尔赫斯灵感的源泉，他的作品像一个迷宫，这也是博尔赫斯创作的核心。"

当请麦家在博尔赫斯的诗集《布宜诺斯艾利斯激情》中选一首他最喜

欢的诗时，他坦言无法做到："我读了很多遍博尔赫斯的作品，我家里有很多他的书。博尔赫斯令人为之倾倒，令人受到鼓舞。"

⑦ 2014 年 7 月 11 日，阿根廷第一大报《号角报》发表文章《又一次的中国制造》（"Made in China" es la frase más veces escrita），介绍麦家和《解密》。

1989 年的《回到未来 2》中讲到，黄种人的危机即将到来。在电影中，马丁来到了未来的 2015 年。这个未来让他很不适应，这种不适应来自于总在屏幕上出现的日本领导人。在餐馆中，日本的特色菜是混合寿司。

其实他们搞错了一件事。

那时候西方预测的强国是日本，但实际上是中国。中国人来到了布宜诺斯艾利斯，我在这里并不是指《红高粱》《霸王别姬》的电影人或者中国获得诺贝尔文学奖的莫言的作品在我们这里出版销售。中国已经成为世界上强大的经济体，相应地，她也在拓展自己的文化影响，文化影响总是和经济上的强大相伴。世界上还有比"中国制造"出现次数更多的词语吗？在杯子、叉子、小玩具、家电、移动电话、电线等上面，随处可见"中国制造"的标识。

后来我们猛然间发现，在亲切友好的氛围中，中国工商银行登陆阿根廷，一个月之后，中国钢琴家郎朗也来了。

而现在中国畅销书作家麦家也来到了阿根廷，据说他在西方出版社的预付版税很高。

麦家、莫言、郎朗等都是有文化、有财富、有知识的中国人，感谢马丁，为我们预告了未来的中国。

⑧ 2014 年 7 月 22 日，阿根廷《图库曼日报》发表文章《我生活在一个隔膜的环境里，写作成为一种生理需要》（Viví en un estado de abandono, en el que escribir se convirtió en una necesidad fisiológica），长篇介绍报道麦家和《解密》。

麦家来到阿根廷，发布其首部译成西班牙语的作品《解密》，该书在世界范围内已经卖出了 1500 万册（其中三分之一是实体书，三分之二是电子书）。他要在布宜诺斯艾利斯参观与他最崇拜的作家博尔赫斯有关的一些地方，随后到巴西观看世界杯决赛，而在这些之前，他首先在这次采访中讲述了博尔赫斯作品《沙之书》在其写作生涯中的重要性，畅谈他的文学抱负，以及他艰辛的创作之路。

采访时间：2014 年 7 月 20 日，星期天。

麦家不懂西班牙语，也不怎么喜欢出现在公众面前。虽然他只能看博尔赫斯作品的中译本，但他认定是博尔赫斯让他走上了写作的道路。由于不懂西班牙语，因此，采访全程中麦家都没有直接回答问题，而是通过一位在拉美访问期间陪着他的翻译。翻译手中拿着笔记本，在上面用难以辨认的字符记录着麦家的话，以便翻译成西班牙语。有些话是麦家第一次说的，有些话则是重复以前的，比如才能是勉强不来的，再比如在中国有些事情是谁也不敢说的，他也不敢。因此，每当问及中国的现状时，他都回答说他还没资格说这件事；或者说他非常专注于文学，没有多少社会经验；或者说他不敢对这个话题妄加评论，担心会因为缺乏认识而说出不合时宜的话。

——您还记得什么时候萌生了做作家的念头吗？

童年时我从未想过写作。我对写作的热情始于少年时写的日记。与其说写日记是我自愿的，倒不如说是一种拯救，一种治疗。我的童年是在中国一段艰难的岁月里度过，因家世而受到孤立，日记成为我唯一的朋友，因为那时候的孩子没人愿意和我待在一起。那时我生活在一个被抛弃的环境里，写作就成了一种生理需要。

——您如何从一名士兵变成了一名作家？

我在军队里服役，但把闲暇时间全都用来写作。在部队服役就像其他职业一样，从周一到周五，在特定的时间里需要完成特定的工作，而其他时间，就可以做些你喜欢的事。直到 2008 年我才转成专业作家，从那时起一切就都不同了。我打个比方，业余作家就好比是恋爱中的情侣，而专业作家则像婚后的夫妻。

——《华盛顿邮报》说《解密》有博尔赫斯的影子，是这样吗？

博尔赫斯对我影响很大。20 世纪 80 年代在中国有一股文学热潮，我在那时阅读了许多外国的包括拉美的文学作品。我们这一代作家特别喜欢的有两位：加西亚·马尔克斯和博尔赫斯，几乎我们所有的人都读过他们的书。我读了很多博尔赫斯的作品，他不仅是我尊敬的作家，还是我挚爱的人。

——您是怎样想到写《解密》的？

在这本小说之前，我写了很多短篇小说和散文，但都没有产生什么影响。之后有一天，我突然想到我应该写一本吸引别人注意的书，而那时中国没有关于间谍的小说，这类题材很敏感。于是我决定选择这个题材，再加上我有作为助手帮助专家破译密码的经历，尽管这段经历很短。

——您担心过吗？想过《解密》出版不了吗？

这本书并不容易写，我也确实担心过日后它不会被出版。但由于写作时受到军队纪律的训练，我知道哪些东西不该写，所以小说中所有的地名我都用字母代替。甚至如果要写一棵树，我只会说它很大，不会再说其他的，因为不想让它成为一个地标。我决定不透露任何明确的细节，而单纯把这部作品看成一种虚构的文学。《解密》讲述的是一个神秘的世界，我尽力营造出这样的感觉。

——小说中为什么有这么多的叙述者？

这是我刻意为之的写作手法。用这种方式来塑造一个神秘人物是非常合适的，他生活在一个封闭的空间里，对其他人来说，他是一个传奇，而不是一个有血有肉的人。如果我用更多的细节去描写他这个人本身，反而显得不够真实。而像这样，我用一系列人物的多个视角，穿插着其他人的评论，逐渐把主人公人物形象像拼图一样拼凑起来，这就是为什么主人公自己不讲话的原因。另外，这个人物也是一个隐喻：被体制束缚的、像木偶一样被控制的天才。

——您想通过这个故事表达什么？

对于这本小说，我想每个读者都会有自己的理解。这本书不是一遍就能读透的。我的初衷是讲述一个被其天资所囚禁的天才，一个人拥有的优势最终反过来伤害了他。

——在小说的结尾，为什么会出现找寻真实性的情节？

我觉得对于作家来说，最重要的就是创造一个真实的虚构世界，好的小说追求真实性。所有的作家都在编织谎言，因此需要努力做到逼真。这本小说的结尾就是在尽力让读者相信这是一个真实的故事，它不是客观真实，而是虚构小说中的真实。

——是什么促使您成为作家的？

促使我写作的动机是对交流的渴望和需要。我有一段非常重要的经历，想要给他人讲述。有时候我也会通过面对面的交流直接讲述出来，但那太有局限性了，而用写作的方式则会传达给更多的人。

——《解密》在您的写作生涯中具有怎样的意义？

它是我的第一本书，也是至今为止最重要的一本书，毕竟完成它我用了 11 年的时间。一旦越过了开头这个门槛，之后的一切就变得很轻松。

——这本书为什么这么晚才在西方世界出版发行？

这是因为西方和东方的交流太少。在中国，我们更热衷于引进外国文学，基本上每一位知名外国作家的作品都有中文译本，而中国作家的作品很难有其他语言的译本。最近两个世纪里，在文化领域，西方占据绝对的优势地位，中国则处在边缘位置。我是比较幸运的，因为虽然迟了 20 年，但我的作品终得以在英国、美国和拉丁美洲发行。

3. 墨西哥媒体报道

① 2014 年 7 月 1 日，墨西哥排名前三位的《宇宙报》发表文章《麦家：中国的审查制度没那么严苛》（La censura en China no es tan cruel：Mai Jia），大篇幅介绍麦家和《解密》。

谍战小说《解密》的作者麦家来到了墨西哥。

麦家非常真诚，他知道自己有着中国为数不多的作家才有的运气，其处女作《解密》在中国取得巨大成功后，现在跨越语言与地域的界限，被翻成英语和西班牙语出版。他这次来访墨西哥，正是为了这本书的宣传发行。在这之前他已经访问了西班牙，随后还要前往阿根廷。

麦家对文学有着极大的热忱，他说："文学源于生活，但文学触碰着人类灵魂的最深处，它既属于尘世，又超凡脱俗。"访问墨西哥期间，他被问到一些关于中国政治的问题和许多西方批评者颇有微词的中国图书审查制度。他回答说，虽然他的作品是关于情报机关的，但仍得以出版，他也可以在西语世界巡回推广他的作品，并受到孔子学院的邀请来到墨西哥，这都说明中国的自由度是很大的。

当被问及他与国家的关系、他作品里出现的政治时，麦家援引 2012 年诺贝尔奖得主莫言的话，说政治带来隔阂，文学教人相爱和交流，并且说："作品丝毫不受政治影响对作家来说很难，任何一个作家，无论来自美国、墨西哥还是中国，都在一个特定的政治系统里生存和接受教育。"

《解密》出版后很快就获得了巨大的商业成功，并获得多个文学奖项。麦家已成为一种文学现象，而《解密》是他的第一本书。这部作品与麦家后来的畅销书，比如《暗算》《风声》《风语》《刀尖》一起，在中国取得了数以百万计的销量，其中几部还被改编为电影、电视剧。在这部已被翻成西语的小说中，有阴谋、谜团，有命运的嘲弄，有梦的解析，有密码、数学，还有一些政治元素。

“我在我的作品中尽量缩小政治，放大文学。中国是一个大国，现在也是全世界关注的焦点。在我的巡访中，被问到最多的问题是关于中国审查制度的，而我可以坦白地说，任何一个国家都有它的禁忌，任何一个人都有他的秘密和隐私，很多国家都有审查机制，这很正常。而我的小说是关于情报的，这是一个非常敏感、有争议的题材，它能够在中国出版足以证明中国的审查制度不像西方人所认为的那样严苛。”麦家在谈到这本2002年出版的用了11年写成的小说时说道。

麦家还指出，这部作品不仅在中国得以出版，还被改编成了电影和电视剧，读者和观众累计超过六亿人，这也是中国审查环境宽松的例证之一。

麦家于1964年出生在中国浙江富阳的一个小村庄，也许他不能代表当代中国作家，但他确实用自己的创作为其他中国作家开辟了道路。“世界需要通过中国作家来增进对中国的了解，中国作家值得让其他国家了解。”他如是说。

麦家说中国文学不为世界所知的原因有很多，比如文学体系的脆弱、语言的障碍等，因此他现在很看好中国开设孔子学院的做法，因为这反映出了中国人民渴望与外国加强交流。

中国与墨西哥等西语国家交流很多，许多有名的西语作家的作品都有汉译本，比如加西亚·马尔克斯、奥克塔维奥·帕斯、豪尔赫·博尔赫斯，而博尔赫斯对麦家产生了很深刻的影响，据他讲，他在西藏的三年时间里，一直都在反复阅读博尔赫斯的一本书。“他是我精神上的兄弟，我的目标就是用博尔赫斯作诗的手法来写小说。”

② 2014 年 7 月 1 日，墨西哥排名前三的《至上报》发表文章《中国文学与西方文学相去甚远》（China，Lejos de la literatura de occidente），报道麦家及《解密》。

《解密》的作者麦家在访问墨西哥时称，语言的界限仍将存在。

“中国文学和西方文学相去甚远，这是因为仍然存在着我们无法逾越的语言界限。”中国当代最重要的作家之一麦家昨日在墨西哥国立自治大学孔子学院举行的《解密》介绍会上这样说道。

在麦家看来，政治与文学之间的关系很重要，他指出一些西方作家，比如巴尔扎克、歌德、福克纳等，他们的作品在中国被奉为经典，还提到他喜欢的拉美作家中的两位——奥克塔维奥·帕斯和加西亚·马尔克斯。

麦家在《解密》介绍会上说：“文学使我变成了一个孤独的人，而且有时无法与别人分享这份孤独。我不是那种喜欢长途旅行的人，但这一次我摆脱了这种困扰，并决定完成这次巡回旅行。”

虽然文学源于生活，但它却触碰着人类灵魂的深处。“它是一种世俗的东西，而同时它又好像来自于天堂；它也是一种高级的交流手段。对我来说，文学远远比任何一种具体的产品都要高端，它直抵我们的灵魂。”

麦家解释道，不管怎么说，中国一直以来都对世界文学非常关切。“歌德、巴尔扎克、莎士比亚、塞万提斯、福克纳、博尔赫斯和加西亚·马尔克斯，都是我们熟知的名字，有时这些大师让我们感觉非常亲切。”

另外，他还明确提到，中国儿童自幼时起便开始阅读世界文学大师的作品。“他们的作品构成了我们的精神食粮，即便在中国也有很多文学大师，从鲁迅到莫言。”

“您想通过您的作品寻找什么？”有人这样问他。他回答：“我希望我的作品能为其他中国作家开辟出一条道路，因为一方面中国需要作家带来更大的影响，而另一方面，世界也应该更好地了解中国和中国文学。”

“您对墨西哥文学的印象如何？”“提到墨西哥作家时，很奇怪地，第一个浮现在我脑海里的是加西亚·马尔克斯，即便他是哥伦比亚人，但墨西哥是他的第二故乡。”

“对我们来说，加西亚·马尔克斯就是宝物，几乎所有的中国作家都在创作中受到他的影响，我读过他的很多书，他的作品太美妙了，我都舍不得一下子读完，而是要留着日后一点点品尝和回味。”他解释道。

“那么您对墨西哥人的印象又如何呢?”“谈起诗歌，我必须要提及奥克塔维奥·帕斯。我还记得当我在中国南方居住时，大概有一个月的时间，我每天下午都待在有一棵杧果树的院子里，阅读和朗诵他的诗歌中译本。那是让人难以忘怀的回忆。一方面我被他诗中的才情和热烈所打动，另一方面时常有杧果掉在我头上，这两样合起来就成了令我忘不掉的记忆。”

麦家承认，他的作品比起加西亚·马尔克斯和奥克塔维奥·帕斯的作品，“在才华和热情上还差得很远”。虽然他确信，自己尝试在受读者欢迎和具有持久价值之间寻找平衡。

“世界对中国文学缺乏了解是什么原因导致的?”“我认为有各种不同的理由。但显而易见，近一百年来，西方文化占据主导地位，而中国的文学创作水平相对较弱，因此也很难将本国作家向外推广。”

三、《解密》在其他西方国家

麦家及其《解密》除了在英语世界、西班牙语世界引起热烈反响外，在西方其他国家比如德语国家、意大利、塞尔维亚、丹麦、葡萄牙、以色列等国家也受到很大关注。下面我们先呈现《解密》在德语、塞尔维亚语、丹麦语、希伯来语等语种中的翻译及接受概况，之后重点就德语媒体对麦家及《解密》的报道加以介绍。

（一）谁在德语区等麦家？①

德语版《解密》由德国第一大文学出版社德意志出版社于2015年8月出版。

- 麦家准时到达汉堡，然后呢？

麦家于2016年3月16日中午一点准时到达汉堡机场，开始为期11天的“德语区阅读交流之旅”。这天早上，我的电脑也“准时”地黑屏了。据德国电脑医生的远程诊断，肯定是恶意病毒入侵，完全可以排除背上这个扁平家伙陪麦家上路的可能性了。从机场接到麦家后，家人来电话，说电脑自己恢复如常，好像什么都没发生过。高兴之余，我不得不疑惑地看了看身边这个写了小说《解密》的人。他嘟囔了一句：一切都是有感应的。

《解密》2002年在国内出版，麦家从此获得“中国谍战小说之父”的称号。12年后，小说通过一个偶然的机会被国际出版界发现。2014年3月，英国、美国同时推出英文版的《解密》，最重要的英文媒体如《纽约时报》《经济学人》和《卫报》纷纷发表了高度赞扬的书评，一本当代中国小说在西方很少受到这样的重视。西班牙语世界也不示弱。上个月我在汉堡策划麦家德语区的活动时，收到了麦家工作室发来的一份总结：2014年秋麦家出访西班牙语诸国，正值西班牙语《解密》出版，麦家一共接受了107家西语媒体的采访，说到差点吐血。

我告诉麦家工作室，在德国、瑞士、奥地利，不会有很多媒体采访麦家，因为他来晚了。麦家的德文版《解密》是2015年8月出版的，按照西方出版界的规矩，这是“秋季书”。当时，麦家的小儿子刚出世，他决定留在家里不远行。到了2016年3月，莱比锡书展开幕，这是德语区所有人——从出版社到媒体和书店——为“春季书”奔忙的时候。“秋季书”成了失宠的孩子。

---

① 该文作者王竞是西语文化项目顾问、作家，麦家德语区巡回宣传的同声传译。

还有另一个重要的原因，导致麦家难以在德语区成为媒体的宠儿。但是我没有把这一点告诉远在杭州的麦家工作室。我耐心地等麦家在汉堡酒店坐定，然后简明扼要地把实情告诉他。德语区特别是德国的媒体很“政治”，你麦家既不是一位“异见作家”，《解密》也不是一本很政治的小说，媒体对你就不怎么上赶着，这是这里的游戏规则。

麦家看了我几秒钟。这个到处受热捧的明星作家会转身离开“冷漠的”德语区吗？所有安排好的活动都要泡汤吗？我心里打鼓，目光却不回避他。麦家正处在一个男人最好的年龄，成熟、强壮、自信、不过于热情。但他很直率：“你不说我也知道。中国作家在西方都是很难被认可的。”一言以蔽之，好像在英语和西班牙语地区的成功，也不是一种能被他认可的认可。“咱们就走走看看，什么压力也没有。”麦家用他的江浙口音普通话给这次德语区六个城市的活动定了调。

- 当不了德语媒体的宠儿怎么办？

文学和政治是一对说不清的伴侣。德国的诺贝尔文学奖获得者格拉斯生前常被德国媒体指责，说作为一位文学家过于政治化。那么，当中国的作家作品终于能被德语读者阅读时，他们的作品是被当作文学作品看待，还是作为对中国进行政治解读的文本呢？或者二者皆是？

曾有一位德国大报的记者告诉我，他的话题是政治和文学，如果只谈文学，就不用找他了。这是一个固定而清晰的组合，值得尊重。我的问题是：是不是每一个记者、每一个书评人都秉持这样一条原则？我还想知道的是，这是不是格外对中国文学设置的要求呢？在中德两边浸润了这么久，我心里了解，在这个问题上不会有清晰的论证，只有模糊的感觉。

《解密》的德文译者白嘉琳（Karin Betz）对此给出了一个实用主义的解释：“对媒体来说，快速下个政治结论是不费力的；费力的是，把一部文学作品从头读到尾，然后做出文学性的评价，这得下真功夫。”几乎在每场与麦家同台的活动中，白嘉琳都直率地讲出自己对德国媒体行业的观察。但是她认为，德国媒体今天体现的强烈政治倾向，也和德国特殊的历史背景——“二战”加前东德有关。

麦家的小说《解密》似乎可以成为对这个话题的一个试探。我的朋友安娜特（Annett Kahl）经营一家专售译成德文、英文的中国图书的网络书店。前不久她说，无论是文学的还是政治的标准，中国文学在德语市场的情况都不是很乐观。除了2009年中国作为主宾国现身法兰克福书展推出一个小高潮外，这些年来翻译成英文、德文的中国文学作品都不多，卖得也不火，她的生意一直波澜不惊。她的分析是，即使在欧洲，读文学的人也在减少，读中国文学的人就更加凤毛麟角了。阅读中国有其他快捷的方式，比如德国记者们的时评和新闻报道，这当然主要涉及经济和政治领域。

但安娜特是一位有耐心、有恒心的德国女人。每次举办有关中国的活动，特别是文学活动，她都推着丈夫给她做的木头书箱来到现场售书，无论卖多卖少。谁都没想到的是，麦家在汉堡豫园的活动结束后，书居然卖断了，让很多到场的观众十分失意。书以后还可以买到，但是得不到麦家的签名了。我走过去安慰安娜特，她抱歉地说，她带的书从来没有不够过。这只是开头，之后从莱比锡到柏林、从维也纳至慕尼黑，《解密》在活动后的签售，次次都突破了书商们的经验预期。

西方人从《解密》里读到了什么呢？在麦家踏上德语区前，我研究了所有我能找到的英语和德语的《解密》书评。下面的两条让我印象深刻：《经济学人》发表在2014年3月的书评中开篇即说，等了这么多年，中国终于出现了一部吸引广大文学爱好者的小说，此前的中国小说主要是中国关注者的读物。2015年8月奥地利国家广播电台播放了一篇评论，称《解密》有“三新”：首先，它没有用“异国情调”的画笔描绘中国；其次，它没有对小说刻意地进行政治处理；最后，它跟这些年来玩黑色幽默牌的文学拉开了距离。“麦家专注于间谍人物内心深处的阴影，即使这个人物没有邦女郎坐膝头，手里也没拿007的枪，读者还是会紧追他的命运不放。”

在苏黎世吃奶酪火锅的晚上，麦家放松下来对我说，他从 1991 年开始动笔写《解密》，费时 11 年，就是因为看清了当时中国文坛“山头”林立，而无名的他哪座山头都不想去，立志要写一部小说建立自己的山头。既然如此，上面两种西方对《解密》的评价，可以称得上是麦家的“知音篇”：他写了一部真正意义上的好小说，为中国文学在世界上发出了一个新声音。当然，在一大堆研读中我发现，知音永远是稀少的，比知音多得多的仍然是政治解读。

我们的阅读之旅走到慕尼黑时，麦家第一次和他的德国出版商相遇。这位兰登旗下德意志出版社的掌门人，面对全球已经卖掉 33 个语种版权的大作家，颇感歉疚。大家在他的办公室坐下来后，对《解密》为什么在德语市场没有引起应有的轰动，他做了如实的解释：这是他们做的第一位中国作家的第一本小说，经验还不足。在外国小说门类里，跟法语、英语小说相比，中国小说对德语读者显得更为陌生一些，他们出版社对打破陌生感的营销手法还需要改进。此外，他们拿德国媒体也没有办法，媒体倾向于政治解读，拦都拦不住。

麦家安慰他说：“你别着急。《解密》已经被好莱坞买下了电影版权，一个专业团队已经开始写剧本了。”出版商马上在一个小本子上记下这条好消息，然后抬头对麦家说，被买下电影版权的小说不少，但开始写本子的不多，这是好兆头。麦家说：“如果能拍，而且拍了以后能有市场，你的书就不愁卖了。”

这种来言去语听起来就像要伸手去摘天边的月亮，可麦家是认真的。在欧洲最大的读书节“莱比锡阅读”上，观众与麦家开诚布公地讨论了对文学和政治的看法。麦家用德国人不太习惯的感性语言说，政治教人争执，文学教人相爱。政治是一条窄道，文学是一条宽广的大河。他要站在宽广这一边。

“可是媒体不重视你怎么办？”有人不依不饶问下去。麦家卖了个关子：“我已破解了跟德国媒体打交道的密码。”观众们都兴味浓浓地等他讲下去。他举重若轻地抛出了两个解法，其中之一就是靠一个比图书更强大的媒介——电影，挣脱媒体用意识形态对一本书的市场命运的裁判。另一个解法呢？“那是一个简单得不能再简单的法子，”麦家说，“我打我自己的耳光，打我父母的耳光，媒体肯定会很快喜欢上我。可是我不喜欢这样做。我的写作是不带这种目的性的。我要求自己用理性来写小说。”

那么，就只剩下摘月亮的解法了。

- 麦家是中国的丹·布朗吗？

“这边的书评人为什么有那么大的影响？”麦家真的在德语区走走看看起来，发现了这边的诸多玩法。“他们都是独立书评人，职业选手型的，既专业又独立，是不能被收买的，否则就没人信他也没人用他了。”我讲给麦家听。“看来西方的书评人是个正经职业。”麦家饶有兴趣地对比起来，“在中国不可能有这个职业的存在，难在独立二字上。中国是人情社会。”

西方的书评人给他戴的帽子是“中国的丹·布朗”，就像中国给他安的称号“谍战小说之父”一样，麦家都觉得不是很对路子。但除非有人问他，他自己不去辩什么。误读也是读。

然而这一路走下来，到处都是为他辩护的人。在不同城市的活动，麦家有不同的对谈嘉宾，经常陪着他的是译者白嘉琳，一个满头金发、身材娇小的探戈舞迷；有时是中国文化参赞陈平，发现了《解密》在德国的出版而倾力把麦家请动的关键人物；有时是柏林文学研究会前主席乌里（Ulrich Janetzki），德国作家们的呵护人和文学活动策划家；有时是德国作家余德美（Dagmar Yu-Dembski），深谙中德文学渊源的柏林孔子学院管理者；有时是德国演员毕诗谭（Ulrich Bildstein），《解密》的德文朗读者。和很多读者一样，他们读过《解密》后，都发现这不是媒体谈到的那本书。

措辞最激烈的属乌里：“谁说《解密》是惊悚悬疑，谁就是扯！”一听这话，坐在台上的麦家嘴角露出了笑意。他最享受的，还是谈论文学。

乌里是德国文学圈的一位权威，他认为他有资格把《解密》评价为一部写天才命运的天才之作，而且有一种他在其他中国小说里还没有读到过的强烈的现代性。“这里写的不是间谍，不是解密，麦家写的是一个天才在他的特定环境中被异化被损坏的故事。他写出来的，是文学最根本的主题！”很多带着《解密》的德文版甚至英文版来参加活动的观众，不禁纷纷点头，一种终于找到答案的感觉。

麦家觉得这一趟德语区之旅走得很有意思，不小心走进了一个“误读”的连环套，同时又遇到了那些帮他解套的人。

“如果你不是丹·布朗，那么你是容金珍（《解密》主人公）吗?”“通过读《解密》，我们是否能够了解一些中国情报部门的情况?”读过《解密》的读者，反而对在情报部门工作过的作者更加好奇。对付这样的好奇心，麦家每次的回答都是耐心而残忍的：“我不用经历来写作。我的写作是冥想式的。”

- 媒体还是来了，他们问什么?

当我们给德语区的媒体下了“对麦家不上赶着”的定义后，他们反而来了，而且呈“海陆空”之势：广播、电视、新闻周刊、网站、文化杂志……

那天我们本来坐在维也纳的“英国人”咖啡馆里，这里是维也纳知识分子和媒体人扎堆的地方。奥地利《新闻周刊》于2016年3月21日下午3点对麦家的采访，起初就定在这里。

此时是复活节前夕，这是欧洲除了圣诞新年之外的重要节日。大部分人都出门度假去了。《新闻周刊》政治部主任雷尔迈（Christoph Lehermayr）以为这里会很安静，适合与这位中国知名作家深谈。不承想，咖啡馆人声鼎沸。有人提议去晚上做活动的书店。于是，大家起身换地方。

阳光照在维也纳古城中心的施泰芬教堂和方石块路上。这座在“二战”中没有遭受摧毁的欧洲文化之都，到处都可以从容步行。雷尔迈问麦家，对维也纳印象如何。麦家说刚到一天，不好说，但直观感觉这里是一座大城堡，各种老房子围在一起，讲出一个欧洲童话。雷尔迈看着眼前经过的有轨电车，想了一下，笑了。他在一瞬间借用了这个中国作家陌生而犀利的眼光，重新打量了一下自己每天熟视无睹的城市，认为麦家言之有理。

Leporello 书店很快就走到了。这是维也纳市中心的地标性书店，当晚麦家的朗读和对谈就要在这里举行。店里正凌乱着，能干的女老板在指挥员工准备活动场地。本来可以容纳 60 位观众的活动区，要在这个夜晚迎接上百位报名者。下午五点，奥地利国家广播电台会播出对麦家的采访，并预告这场活动。书店的空间需要用什么魔法才能装得下这么多人呢?

麦家看到书店的台面上，德文版的《解密》已经堆成小山。他很喜欢德文版的封面，在一段鲜红灿烂的金鱼尾巴上，“Mai Jia”两个字印得比书名还大，这是国际出版界惯用的畅销书设计。半截鱼尾巴很合麦家的心意，滑溜溜地抓不住，这正是他要给《解密》的主人公定义的命运。他的中文版《解密》也码了一小摞，挨着德文版放着。还在杭州家里时，维也纳孔子学院替书店发来一封信，转达一些奥地利读者的请求：在活动上，他们不仅要买德文版《解密》，而且非常希望收藏小说的中文原版。

女老板把我们直接领进了书店的库房里。采访终于可以进行了。事后，我跟麦家开玩笑：中国作家在国际上行走，什么角色都要扮演啊。因为雷尔迈问麦家怎么看中国经济下行；西方对中国崛起的担心是否成立；无论经济发展还是政治稳定，中国都比俄罗斯做得好，可是中国为什么不像俄罗斯那样咄咄逼人?

“我是一个作家，不是经济学家。”麦家提醒雷尔迈。“但是，”麦家话锋一转，“在中国作家里，我是比较关注经济的一个。前一阵股票下跌，我抽出了一部分，但是现在又把钱放回股市了。你说，我要是不看好中国经济，我会把钱放回去吗？中国不像你们想得那么简单。”

麦家停了一下又补充道："中国人其实又很简单。如果你现在来我们家，家里只剩下最后一块面包，我母亲肯定给你这位远道而来的客人吃，而不给她的儿子我。这就是我们中国人和世界的关系。"雷尔迈眨眨眼睛，感到自己需要先适应一下这种对话形式，不作思想、观点和立场的陈述，一开口全是这么一个接一个的事例，中国人的思维是这样的，还是小说家麦家的思维方式是这样的？

麦家换了一个角度，从欧洲开始说事："一个叙利亚就把你们欧洲搞得焦头烂额，要是十几亿人口的中国不安定了，全世界也就乱了。"雷尔迈挤挤眼说："只会先影响到邻国吧。""才不呢，"麦家也对他挤挤眼，"中国人如果非背井离乡不可，肯定首选维也纳，要去就去最好的地方嘛！"大家都哈哈笑起来。麦家言归正传："所以，你们不要害怕中国强大，中国好了，大家都好。其实，目前中国只是经济强大了，文化还谈不上强大。"聊文学不是政治记者雷尔迈的强项，但他在结束采访前说的一句话，麦家说会写到自己当天的日记里去。雷尔迈说："看来，我们西方人应该不仅聊中国，还应该多和中国人聊中国。"

下午5点，奥地利广播电台准时播出了长达五分半钟的麦家采访录音。"麦家在中国是一个独特的文化现象，一方面，他的小说畅销数百万册，被拍成电影电视，可另一方面，他也是中国声誉最高的文学奖项——茅盾文学奖获得者……"一个引人入胜的开场白，随后是那些敲打听众神经的词语："冷战"、密码破译、数学天才、自闭症……

广播里对麦家生动而跳跃的描述，是由一个非常好听的德语男声来完成的。麦家带着江浙口音的普通话像一波一波的海浪，时而被清晰地推到前面，更多时候则消隐在背景中。

（二）塞尔维亚语版《解密》重点图文信息

《解密》的塞尔维亚语版由塞尔维亚第一大出版集团火山（Vulkan）出版，并作为2014年最重磅的外文书，给予麦家12.5%的版税，与世界顶级畅销作家同等待遇。在塞尔维亚城市中心十块大型 LED 显示屏上投放图书广告，全城张贴海报，在书展最重要的位置投放大型海报和宣传栏，在公交车身上投放宣传海报。在塞尔维亚巡回宣传期间，麦家接受 15 家重要电视、纸质媒体采访，得到一致盛赞。塞尔维亚版的《解密》被置放在塞尔维亚所有书店的重要位置，上市不到三天，热销千余册，取得图书销售总榜第一的好成绩。麦家受邀参加塞尔维亚历史上最著名的作家帕维奇（《哈扎尔词典》作者）生前最后一本书的首发会，接受 20 余家主流媒体的采访，并作为贝尔格莱德唯一主宾国发言人，宣布书展开幕。书展期间，塞尔维亚版《解密》迅速登上畅销榜榜首。

1. 书店热推

在包括塞尔维亚最大连锁商店“火山”书店在内的所有大小书店都能看到《解密》的码堆，而且都被精心安排在了书店最重要、最显眼的位置。

2. 宣传广告

从 2014 年 10 月开始，塞尔维亚首都贝尔格莱德街头、参议院边上、步行街上，一块块大红色的 LED 吸引了众多路人的目光：“ORIGINALNA I FASCINANTNA PRIČA KOJA PRONALAZI KLJUČ ZAPEČAČENIH TAJNI LJUDSKOG SRCA（引人入胜而又非同寻常的小说，直击人类内心的密码）。”车身广告背景则是《解密》的封面：幽暗的蓝色魅影，一个英雄在昏暗中寻找破解密码的答案。

在贝尔格莱德书展期间，麦家的《解密》也成了最重磅的明星书，在所有书展最重要的位置都有为它量身打造的巨幅喷绘海报。过道、大门入口、展台中央、二楼休息室及二楼观众台最显眼的位置，都能看到红色和蓝色相间的《解密》。

3. 媒体追捧

这次《解密》的塞尔维亚之行，媒体反应异常激烈，纷纷要求专访。在贝尔格莱德停留的短短 6 天时间里，麦家接受了包括第一大报日报《闪光》（Blic）、《晚间新闻》（Večernje novosti）、《今日报》（Danas）、KURIR每日新闻报、塞尔维亚国家电视台、RTS 国家电视台、Pink 电视台《早间新闻》、Sdudio B 电视台《早间新闻》、塞尔维亚第三电视台、SKY PLUS 电视台、SKY PLUS 早间新闻在内的 16 家媒体的专访，还有很多没有来得及被安排上的媒体都纷纷采用了邮件、电话等形式来弥补。

4. 大版面报道

在麦家前往贝尔格莱德书展期间，大量报道陆续刊发，其中 PECAT 用头版头条的 4 个整版来介绍这位来自中国的作家的《解密》，KURIR、DANAS 用一个整版来介绍麦家《解密》，其他各报也纷纷对这本书做出强力推荐。

5. 读者追捧

这次在贝尔格莱德书展期间，出版社为麦家准备了两场读者签售会，场面都异常火爆。原计划从 6 点到 7 点的签售活动，一直延续到 8 点还不能散场。读者非常自觉地排起长队，并且问麦家索取中文签名。

6. 受邀出席塞尔维亚大牌作家新书发布会

麦家抵达塞尔维亚后，大量的媒体报道让同为火山出版社签约作家帕维奇的太太也兴奋不已，书展期间正值帕维奇生前最后一本小说的首发式，帕维奇太太特别邀请麦家出席，并一同为帕维奇的新书举行了发布会，得到了媒体的热烈追捧。

7. 迅速登上畅销榜榜首

一家出版社的总经理在麦家临走那天特别准备了一个宴请，高兴地宣布："你的书上市的第一天就已经是畅销榜的第三位，这几天又接连卖出 621 本，今天已经是整个书展畅销榜的第一位了。"

8. 作为主宾国作家代表发言

在第 59 届贝尔格莱德国际书展上，麦家代表中国作家为主宾国开幕式发言："可以说，中国政府从来没有像现在一样渴望让本国的文学走出国门，获得世界的通行证。贝尔格莱德是世界的一部分，所以我们来了。我们来这里只有一个目的，就是向世界文学的同行们虚心讨教，取文学的经。因为一本小说，我对脚下的这片土地（指塞尔维亚）充满向往和崇敬，这本小说就是帕维奇的《哈扎尔词典》，它表面上仿佛一座圆形废墟，曲里拐弯，迷雾重重，但出色的读者会发现，这本书（其实）包罗万象，妙语连珠，妙趣横生。我深信这是一本不可复制的书。”麦家的发言深切地表达了我国希望促进两国的文化交流，期待借此良机，进一步巩固和加强两国的战略伙伴关系，增进两国人民友谊的良好愿望。

（三）丹麦语、希伯来语《解密》重点图文信息

《解密》的丹麦语版由莫勒出版社于2016年3月出版，《解密》的希伯来语版由以色列的潘恩出版社于2015年8月出版。麦家出访以色列前，以色列驻华大使马腾在官邸接见麦家，详谈了《解密》，并为麦家前往以色列做了一系列前期协调工作。麦家在丹麦和以色列巡回宣传期间，受邀参加丹麦“霍森斯国际作家节”。丹麦文化部部长亲自接见他，麦家是唯一被邀请的东方作家；受邀参加以色列“耶路撒冷国际作家节”，以色列总统亲自接见，麦家也是东方唯一被邀请的作家。巡回宣传期间，麦家接受当地重要电视、纸质媒体的采访，得到一致盛赞。以色列销量第一的报纸《以色列时报》用将近一个整版的篇幅，隆重介绍麦家和《解密》。丹麦销量第一的报纸《丹麦日报》用一个整版介绍麦家及《解密》。以色列希伯来文版的《解密》迅速热销，半年销售达6000余册（在该国，千册销量即为成功），并在机场书店显要位置摆放。

（四）德语版《解密》重点图文信息

这一部分大致上按照发表的时间顺序进行排列，个别篇目进行了编译。

1. 《麦家的〈解密〉》[1]

麦家是中国的一位明星作家。截至目前，他的书已经销售500万册。最近德语版《解密》出版，评论界一致称麦家是中国的丹·布朗，但沃尔夫冈·波普认为这个称谓并不符合麦家本人及其作品的实际情况。

- 间谍的精神世界

《解密》是麦家的处女作，小说中涉及间谍、解密专家和密码破译等内容。但是这本书和丹·布朗的惊悚小说全然不同，麦家更关注解密专家容金珍的精神世界，而不是千方百计地推进故事进程。想把间谍小说写得出彩很困难，因为之前已经有很成功的范例，如詹姆斯·邦德和《碟中谍6：全面瓦解》，后者是一部充斥着性爱和暴力的商业片。但麦家表示：他的书并不涉及这些元素，因为他的主人公是手不沾枪的，甚至从来都没有握过一把刀。

- 边缘化的英雄

麦家笔下的主人公是个怪人。小的时候，他因为头颅硕大而被嘲弄。然而很快他的数学天分就显露出来，他本来可以在科研机构里安心地工作和研究，但后来命运发生了转变。麦家解释说，那些在他的小说里出现的人物，在之前的中国文学里几乎找不到。这部小说讲述了那些不合群的、对周围的一切不敏感的特殊人才，对这些人其实我们所知甚少。

- 对抗西方帝国主义的助力

这本书讲述的是1956年发生的事。这一年毛泽东领导下的中华人民共和国成立不到十周年，全国范围内都在寻找对抗西方帝国主义的助力。因此中国人民解放军的情报部门招募了容金珍这个年轻的天才，并委任他破译至关重要的密码。然而这个孤僻的人以读书、下棋和解梦度过了他初到保密机构的时光。他的上级也曾质疑，他的所作所为更像个白痴，而非天才。但突然有一天他破译了“紫密”，一个号称不可破译的密码。

---

① Wolfgang Bopp. “Mai Jia：Das verhängnisvolle Talent des Herrn Rong”. oel. ORF. at Kultur, Aug 29，2015，http：//oel. orf. at/artikel/416250。本文为脸书、推特和谷歌上的分享。

麦家说，他的小说一直立足于一个主题，即解密，明确对错之间不明显的界限，消除对错之间的模糊性。他想通过写作让大家关注到那些由于我们的忽视、自私、怯懦和恐惧而隐藏起来的现象，我们对于人类存在的认识总是碎片化的，而且有很多东西仍然不为人所知。

• 以写宣传稿开始的写作生涯

麦家出生于 1964 年，其童年在“文化大革命”中度过，那时他的家庭在政治上受到批判，这段经历给他留下了很深的创伤。为了改变家庭的面貌，麦家参了军，在部队服役 17 年，并在撰写宣传稿的过程中发现了自己的写作天赋。即便他十分小心谨慎，有时还是会在作品中加入自己的部队生活经历。麦家坦言：“世界上没有哪一个国家的人可以不受任何约束地想写什么就写什么。”他的小说经常涉及军队的生活，因此他比其他作家受到更多的限制。但是他喜欢这种挑战，因为挑战让他在写作的过程中进一步提高自己。

麦家和他的小说《解密》是中国当代作家中的新声音，这种新首先表现在他不再用一种绚烂的、具有异域风情的色彩来描绘中国。其次，他没有直接描述那个时代的社会动荡。最后，他与过去几十年流行的黑色幽默式的文学保持了适当距离。他笔下的间谍与众不同，即使没有枪和邦女郎的衬托，也能让人充满兴趣和激情。

2. 《麦家的小说〈解密〉》①

《解密》是一部探讨不断突破自己的边界以充分发挥自己天赋才华的小说。它以中国的社会发展为背景，尽管媒体每天都在报道这个国家，但我们却对它的内部生活知之甚少。

容氏家族世世代代在当地享有盛名，这个家族一开始通过贩盐发家致富，后面的几代人则以富有思想和智慧声名鹊起，他们还创办了一所大学。容家挺过了民国时期的国共战争和 20 世纪的抗日战争，在毛泽东执

---

① Andreas. “Mai Jia: Das verhängnisvolle Talent des Herrn Rong”. http://www.literatur-blog.at/2015/08/mai-jia-das/, Aug 31, 2015.

政之后，容氏家族融入了新的社会氛围。

金珍是容家最小的一代人。母亲在生他时难产死去，这位母亲在怀孕时有一天突然出现在容家。那天她站在容家大门口，声称她怀的是容家的孩子。孩子的父亲是容家一个作恶多端、罪名满贯的不孝之子，后来死在烟花女手里。当然，这个女人最后被容家收留，她生下的孩子在母亲死后得以留在容家长大。

金珍很快展露出了他在数学上的天赋，找到了在容家的归属感。他不用从基础概念学起，而且每次都比别人更快地给出答案。这样的天赋受到党和国家的重视，时代形势不允许金珍这样的天才按照自己的志趣做科学研究。国家将他招入秘密单位，发挥他出众的才华对抗民族的敌人。

小说通过对容金珍生活的生动描写，不仅让我们全景式地了解到容氏家族的发展变迁，还让我们全面领略了中华人民共和国成立前后中国人的生活面貌。

在小说的开头，读者根本不清楚作者将会如何把社会历史的发展和容家的编年史融会在一起，因此故事越来越扣人心弦，但这在小说后三分之一的部分改变了。从金珍的生活和工作为读者知晓后，故事的吸引力就减弱了，不再像一开始那样让人充满期待。

但小说在描写国家安全部门的保密措施时又让人改变了上述想法：这不是福莱特式的间谍惊悚小说，更多的是描述科学家们智力的博弈，让人有身临其境之感，仿佛置身于战争前线。

通过这本小说，我了解到很多关于中国和中国人生活的信息，我认为《解密》是一部令人印象极为深刻的小说。

3. 《〈解密〉：一位来自中国的天才》[①]

一部关于中国数学家的作品可能没有什么吸引人的地方，但是麦家的《解密》将我们带入一个陌生而又有趣的世界。

---

① Stefan Keim. “Ein Genie aus China”. WDR4，Sep 1，2015. 本文作者史蒂芬·凯姆做客施特菲·施米茨主持的节目《你好，北威州》，本文为节目中介绍《解密》的内容。

这本书描述了一个与世无争的天才和中国社会生活的变迁。

主人公容金珍从父亲那里遗传了硕大的头颅，母亲在他出生的时候便去世了，容家人没有一个愿意照料他，大家都觉得他是一个怪胎，因此由一位来自欧洲的洋先生抚养长大。这位异乡人去世之后，容金珍独自一人留在洋先生居住的梨园生活，直到他的一位亲戚发现了他异于常人的数学天赋。

麦家是中国最成功的作家之一。《解密》是他的处女作，却走向了国际图书市场，好莱坞已经将这本书的电影版权买了下来。麦家有自己独特的叙事方式，他的小说里有丰富的故事，有的地方像是个人传记，但大家还是想对麦家本人了解得更多一点。除了故事内容，我们还能从小说中了解到很多东西，最重要的是 20 世纪中国的发展变化。除此以外，小说中还出现了很多中国传统元素，比如释梦，当然也有世界范围内的科学研究。

容金珍用最短的时间念完了大学，这是一般孩子做不到的。之后他便去了情报部门工作。凭借着卓越的数学天赋，他成功破译了一个很多人都无法破解的密码。之后他又承担了更重大的任务——破译一个更疑难的密码，然而这个密码让他陷入深深的绝望之中。这部小说最后提出了这样一个问题：生命的意义到底是什么？

《解密》是一本不同寻常的书，可能不是所有的人都会喜欢，但那些对于家庭故事、间谍和特立独行的数学天才感兴趣的人，将会在阅读中获得极大的乐趣。

4. 《解密》①

- 《解密》德语版前言

故事从 19 世纪末容家老奶奶说起。为了学习释梦之术，这位在容家具有无上地位的老奶奶将自己的孙子送到国外，待他归来之后却成了新派

① Redaktion. “Das verhängnisvolle Talent des Herrn Rong”. Bücherreule. de, Sep 1, 2015.

人物。容氏家族从盐商之家变成了数学之家，几代人之后，容金珍出生了。这个头颅硕大的男孩几乎生来就带着一股神秘气息，因为没有一个人比他更懂得数字世界的奥妙。20 世纪 50 年代中期，他成功地为中国国家机密部门破译了被公认为无法破译的密码，因此成为民族的英雄。之后，一个更难破译的密码出现了，这令他坠入了深渊……

没有第二个人能像畅销作家麦家那样去描绘一位悲剧天才的神秘人生，用宏大叙事的方式展现他生活的方方面面。这部中国长篇小说引起了世界范围内的轰动。

- 关于作者

麦家，本名蒋本浒，生于 1964 年，是中国最成功的作家之一。至今为止，他的七部长篇小说都十分畅销，销售达 1500 多万册，他的小说几乎都被拍成了电影或电视剧，目前，20 世纪福克斯电影公司已买下了小说《解密》的拍摄权。麦家的作品几乎获得了所有重要的中国文学奖项，包括最著名的茅盾文学奖。麦家是中国间谍文学的创始人，他的小说和西方间谍小说大不相同。受博尔赫斯和纳博科夫的影响，麦家用独特的方式将解密艺术、政治阴谋、历史背景和人性探索戏剧性地融合成一个整体。

- 小说内容

铜镇的容家老奶奶在她那个时代是一个非常能干的人。为了把自己从纷繁复杂的噩梦中解救出来，她在 1873 年将自己的孙子送去西洋学习释梦。这位来自中国盐商之家的年轻人容先生在西洋学习他感兴趣的数学知识，回到中国后多了一个名字：约翰·黎黎。他的后代容小来成了本书主人公容金珍（后来被唤为“珍弟”）的监护人，也是 N 大学的创办人之一。从容家的女孩容幼英开始，容氏家族中就出现了杰出的数学家，这种数学天赋和硕大的头颅一起被遗传到了儿孙身上。绰号“大头虫”的小男孩容金珍在成长的过程中备受容家人的忽视，带有一种明显的自闭症特征，社交智商低下，当然我们今天已经掌握了自闭症的治疗方法。容金珍的监护人资助这位失去父母的数学天才上学，也知道他在社交方面的障碍。

性格孤僻但具有天赋才华的人如何融入或疏离社会是一个非常吸引人的主题。这个年轻人之所以吸引人，首先是因为在亚洲文化中，个体必须服从于国家和集体。而这位年轻的天才由于他个人性格的缺陷，只能将注意力集中在自己身上。在中国，患有自闭症的天才人物究竟过着怎样的生活，麦家的读者们只能从小说中旁观者的角度去了解。珍弟没有表达情感的能力，这种易受伤害、不稳定的人格在中国国家秘密单位存在的价值，在冷战时期只能通过破译密码来获得认可。作者本人在中国军事机构工作过 17 年，和珍弟一样，他和密码学有着特殊的关系。

一个清醒的观察者即故事叙述人，将珍弟生活中值得一提的部分提炼出来。这部出版于 2002 年、后来被翻译成各种语言的谍战小说，采用了访谈实录的形式……解密者自己的梦就是破解密码的一把钥匙，这是中国谍战小说采用的一种传统叙事手法。作者麦家在创作时必须小心谨慎，否则小说就难以通过审查出版……但是中国之外的读者甚至年轻一代的中国读者，一般很难理解这种叙述方式。

- 总结

不过，执着于间谍小说体裁且能够从字里行间琢磨出其含义的读者，会从麦家描写人物性格的方式中感受到一种打动人的东西。《解密》的某些章节，特别是珍弟带有离奇色彩的家族史，会让人联想起余华的小说。林培瑞 2014 年 5 月 4 日在《纽约时报书评周刊》上发表评论文章，认为《解密》更多的是基于文学传统，而非现实生活。

5.《古怪的容金珍，天才的自我毁灭》①

《解密》的主人公容金珍具有极高的数学天分，而这也给他带来了人生的不幸。

《解密》的奥妙之处不仅在于它描写了数学领域，还在于它塑造了在

① Rudolf Taschner. “Grotesk ist Herr Rong Jinzhen，selbstzerstörisch sein Talent”. die Presse，Sep 17，2015.

这个领域富有天分、苦苦探索但性格孤僻的人物形象。对这些人来说，破解密码是至高的追求。《解密》中主人公的故事跌宕起伏，以备受噩梦困扰的容家老太太拉开序幕，没有人能够把她从纷繁复杂的噩梦中解救出来。

这位容家老太太的孙子带着满脑子的新思想从海外归来后，创建了一所声名显赫的大学。容氏家族中诞生了一位著名的女数学家，但因难产死去，以自己的性命给她的孩子换得了一个珍贵的出世权。这个孩子长着巨大的头颅，还有险恶可怖的出世经历，早给他注定了一个响亮的绰号：大头鬼。令人难以置信的是，大头鬼最后真的被千人万人喊成了一个鬼，一个无恶不作的鬼，天地不容的鬼。大头鬼与一个女人生下了一个孩子，这个私生子虽然也有一个看起来很机灵的大脑袋，但却是一个十分内向、不善于表达感情的古怪孤僻之人。由于他出生的时候母亲便去世了，容家人也不喜欢他，所以在冷漠的环境中长大。幸运的是，他在算术方面的天赋被发现。这个自闭症患者兼数学天才就是小说的主人公容金珍。

一位来自波兰、有着犹太血统的外国人从欧洲流亡到容家子孙创办的N大学。他是奥地利公认的天才，在N大学遇到了孤僻异类的容金珍。他慧眼识英，试图引导容金珍致力于数学研究事业，最后却无奈得知，中国政府已经把容金珍招募到秘密情报部门工作。容金珍破译“紫密”后，受到铺天盖地的赞美。但是在破译更为棘手的“黑密”时，容金珍却失败了，这并非由于他无能，而是因为他丢失了那本记录着破译“黑密”资料的笔记本，这令他最后陷入精神错乱的境地。

这个故事的离奇之处在于，容金珍来自波兰的导师间接导致了他的成功和最后的发疯，因为他不想让容金珍破译他研制的密码。容金珍不是一个古怪之人，而是致力于解开事物真相的人，他试图找到另一个天才千方百计想要隐藏的东西。密码战是一场可怕的战争。为了神秘而危险的密码事业，一群最聪明的人被召集到一起，为的是解开用简单的阿拉伯数字炮制出来的密码。这听起来似乎像游戏，但众多的人类精英却在这场游戏中被折磨得死去活来。密码的了不起就在于此，破译家的悲哀也在于此。

麦家运用冷静简洁、新闻报道式的语言，成功营造了一种神秘离奇的氛围。当然，人们也能感觉到，一个生命，当他献身于解密事业时，就选择了与孤独为伴。最终，“黑密”被一名普通的数学家用一种并不十分复杂的方式破解了，这就更加显示出密码荒诞离奇的一面。

6. 《密码学家》①

麦家的长篇小说《解密》将带您走进数字密码和一位悲剧英雄的世界。

容金珍是中国最为杰出的密码分析学家。在和社会公众严密隔绝的组织机构“701”，他负责破译敌国的最新密码。虽然他后来结婚了，但并没有任何私人生活空间。他在短时间内破解了令其他专家束手无策的“紫密”，紧接着中国的敌对方又发明了“黑密”，于是容先生的上司和北京的领导又将希望寄托在了这个天才身上。

麦家，本名蒋本浒，生于富阳，是中国当代最成功的作家之一。他被称为中国间谍小说之父，迄今为止他创作的七部长篇小说大多跻身于中国畅销书排行榜。《解密》在中国出版于2002年，是这位52岁的作家第一本翻译成外语并收获国际关注的小说。

《解密》的后半部分讲到容金珍全身心地投入破译“黑密”的工作中去，却最终未能完成任务。在这之前，麦家追叙了容氏大家族的故事，在这个家族中诞生离奇的天才似乎已不是什么稀罕事。随着故事的发展，我们的主人公出场。故事回溯到19世纪，讲述中国江南一个盐商家族里的一位年轻人赴西洋留学，从此这个家族便向着启蒙、知识、进步的方向发展的故事。

在容家老奶奶的鼓励下，她的孙子容自来被送到欧洲学习释梦之术，但老奶奶却在此期间去世了。容自来在欧洲度过了七年的留学时光，取了

---

① Dietmar Jacobsen. “Der Kryptograf”. http：//www.literaturkritik.de/public/rezension.php?rez_ id=21128，Sep 25，2015.

个西洋名字约翰·黎黎，回国后就像变了个人一样：“头上的辫子没了，身上的长袍变成了马甲，喜欢喝血一样红的酒，说的话里时常夹杂着鸟一样的语言，等等。”

约翰·黎黎是容家的第一位科学家，回乡后创办了“黎黎数学堂”，这个学堂摒弃传统的做法，允许女孩子入学。后来，“黎黎数学堂”发展成为N大学，并很快成了全世界青年数学才俊向往的殿堂。容家也有很多人在这里学习和教书。容金珍的祖母容幼英在她职业生涯的巅峰时期曾和莱特兄弟一起设计了人类历史上第一架飞机，因为她惊人的计算速度而获得了“大头算盘”的称号，这个家族也从此有了大头的基因。

容幼英在生孩子时难产死去。她的儿子生来就有一颗巨大的头颅，大家都叫他“大头鬼”。他一生作恶多端，罪名满贯，所犯下的罪过之一就是留下了私生子容金珍。即便容家当时已经家道败落，还是留下了这个作恶多端者的儿子。后来容家人发现容金珍是一个长着大脑袋、患有自闭症的天才。

在接下来的四章中，小说叙述人通过采访不同的人，以容金珍的同事、亲属的口吻，讲述这位最终走向绝望和疯狂的天才男人的故事。小说中插入了一些虚构的采访内容，采访的对象有容家人、秘密军事机构“701”部队的领导、他的妻子翟女士及保镖瓦西里，瓦西里被委以重任，用一切手段保护容金珍这个掌握着中国秘密的天才。在小说的最后一部分，叙述人从容金珍的笔记本中摘选了90段笔记，正是这个笔记本的莫名消失，导致密码专家容金珍走向精神崩溃。

《解密》描写了中国过去100年的历史，塑造了一组人物群像。这些人物性格各异，每个人物的故事几乎都可以写成一部小说，但他们都在讲述孤独、孤僻而数学天赋极高的容金珍的故事。作为中国最著名的密码学家，容金珍的生活被隐蔽在公众视线之外。最终导致他失败的，不是他自己，也不是他的任务，而是因为丢失笔记本意外地让他变成了疯子，这是一个带有讽刺意味的好故事，说不定也是一个真实发生的故事。

7.《间谍文学》[①]

麦家无疑是当代中国最成功的作家之一，也是中国收入最高的作家，他的书销量达到上百万册，其长篇小说基本上都被拍成了影视剧。麦家几乎包揽了中国所有重要的文学奖项，包括级别最高的茅盾文学奖。他是中国间谍文学的开拓者，通过将间谍元素、密码学、紧张刺激的情节、戏剧性的场景、历史主题及元小说组合到一起，创造了一种新的文学类型。尽管麦家的作品很受欢迎和关注，但是人们对他本人却知之甚少。

麦家出生于 1964 年，当时他的家庭成分并不好……麦家的童年非常孤独，他以写日记的方式来排遣，写的日记有 36 本之多。后来，麦家考上解放军工程技术学院。他所不知道的是：那些日记成了他在部队中晋升的阶梯。麦家虽然没从事过秘密工作，但是他在保密单位待过，并在那里结识了一群高智商的人才，这些人要么是自愿，要么是被招募来从事秘密工作的。后来，麦家作品中的很多人物都是以他们为基础塑造出来的。这些无名英雄从事着危险的高智商工作，他们的战场是抽象的人类想象空间。在 17 年的军旅生涯中，麦家将大部分时间都用在了写作和积累文学创作素材上。尽管如此，他的处女作《解密》还是花了他十多年的时间。《解密》于 2002 年出版，麦家在该小说中讲述了数学天才容金珍的故事，叙述他如何成为中国最伟大的解密专家，之后却被黑暗的密码世界给逼疯的故事。

8.《解密》[②]

- 小说介绍

一切要从 19 世纪末的容家老祖母说起。为了学习释梦之术，容家老奶奶将她的孙子容自来送到国外。留学期间，容先生爱上了数学，并在学成之后带着现代的思想回到了家乡。

---

① Enrico Colantoni. “Spionageliteratur”. Nüntinger Zeitung/ Wendlinger Zeitung, Sep. 28, 2015.

② Gesa Füßle. “Das Verhängnisvolle Talent des Herrn Rong”. Buch-Magazin, Sep 2015.

容家从此由一个盐商世家变成了一个数学之家。几代人之后，容金珍出生了，他天生有着巨大的头颅，在数学领域天赋极高，而且周身笼罩着一种神秘的气息。20 世纪 50 年代中期，他成功地为中国情报部门破译了一个号称不可破译的密码，并因此成为人人敬仰的民族英雄。然而不久之后出现了另外一种难度更高的密码——“黑密”，“黑密”最终将容金珍推入了万丈深渊。

麦家可能是中国最出类拔萃的畅销书作家。他的《解密》讲述了数学天才容金珍神秘而又不幸的一生，用史诗般的手法描绘了他生命中的阴影和苦难。

● 书评

这是个看起来自相矛盾的书名——《容先生毁灭性的天分》(《解密》的德译本名)，但这部小说又不仅仅是关于容金珍一个人的。他的家族历史悠久，故事从 19 世纪末的容家老祖母说起，描述了一个又一个凄美的生命，而容金珍也是这群人中的一个。小说中所有的一切都相反相成，因此最后选择了这个看似矛盾的译名。

较之于描述家族传说，作者花了更多的笔墨对容氏家族每代人中的某个人进行了刻画，因为每代人都有其自身优秀的品质，他们的人生轨迹是代代绵延的。

最终，容金珍给这种光辉的传承画上了句号，他成为国家情报部门的解密专家，并最终惨遭不幸，疯癫余生。像很多前辈一样，容金珍因为工作而导致崩溃，但是他也在自己的生命中创造了很多真实存在的、令人无法忽视的东西。

这是一本寓意深刻而又通俗易懂的小说，欢迎大家阅读。

● 作家介绍

麦家，生于 1964 年，是中国最负盛名的作家之一。到目前为止，他的七部长篇小说都是畅销书，累计销售 1500 多万册。他的作品几乎都被拍成了电影或电视剧，美国福克斯电影公司已经购得了《解密》的电影改编权。麦家的作品几乎赢得了中国所有的文学奖，包括茅盾文学奖。麦家是中国间谍文学的奠基人，不过他的小说却没有迎合西方间谍文学的价值观。受到博尔赫斯和纳博科夫的影响，他用一种独特的方式将解密术、政治犯罪、历史大背景和人性关怀戏剧性地融会在一起。

9. 《麦家〈解密〉》①

文学批评家认为，《解密》是一本每个人都该读的中国长篇小说。《纽约时报书评周刊》也评价本书是一部非常吸引人的小说，营造了难以置信的氛围，充满了无与伦比的想法。麦家是中国最为成功的作家之一，是中国间谍文学的创始人。迄今为止他创作的七部长篇小说销售达 1500 多万册。他的《解密》讲述了容金珍的故事，一个头颅巨大、具有超乎寻常的数学天赋的人。这本书成功地描述了一位悲剧天才的神秘人生，叙述了他人生的方方面面。

10. 《不是邦德，而是博尔赫斯》②

如果说在 20 世纪 50 年代的中国有类似于美国国家安全局这样的机构的话，那么《解密》即便是虚构的，也有现实生活中“701”部队的影子。就像约翰·勒卡雷之于英国国家安全局、罗斯·托马斯和罗伯特·利特尔之于美国中央情报局一样，在中国也有这么一位顶级间谍小说家，在他的小说中，听不到一声枪响，却能让人胆战心惊。《解密》是麦家在西方国家发行的第一部小说，该小说织就的是一个密码学家的世界，自闭天才的世界，数学谜团的世界，传奇家族的世界，还有稍微隐晦点儿说，中国过去 150 年的历史……像斯坦洛·雷姆一样，麦家对科技、智力和发明格外偏爱。众所周知，他打造了一个梦境中的王国，就像 J. G. 巴拉德创造了一个狂热、疯魔、罪孽的世界一般。

“密码的本质是反科学，反文明的，是人类毒杀科学和科学家的阴谋和

---

① Redaktion. “Das verhängnisvolle Talent des Herrn Rong”. Kulturzeitung, Sep 2015.

② Alf Mayer. “Nicht Bond, sondern Borges”. Bücher, crimemag, news with 193 views, Okt 4, 2015.

陷阱。这里面需要智慧，但却是魔鬼的智慧，只会使人类变得更加奸诈、邪恶；这里面充满挑战，但却是无聊的挑战，对人类进步一无是处。”小说中如此说道。这本书的中文版出版于2002年，是麦家的第一部作品，该小说内容丰富，扣人心弦，使读者更加期待阅读这位作者之后出版的小说。

不喜欢“西方”后现代主义小说的人，会很高兴地发现这是一种出色的混合体叙事，这种叙事传统在中国由来已久。“我故事的主人公到现在都还没有出现，不过，已经快出现了。从某种意义上说，他已经出现，只不过我们看不见而已，就像我们无法看见种子在潮湿的地底下生长、发芽一样。”叙述者在小说的第二章说道。小说第一章讲述了出身于江南铜镇著名盐商容氏家族的才女容算盘在剑桥留学，和飞行先驱莱特兄弟一起设计飞机的故事。米欧敏，一位曾在牛津大学学习古汉语的首尔大学中文教授，2010年因为飞机晚点，在上海机场购买了这本因为畅销而不断再版的小说，觉得很有意思，便为她的祖父翻译了几个章节，她祖父在二战时曾参与破解艾伦·图灵密码的工作。由此，西方20多个国家也很快认识了麦家。德国侦探小说评论家托马斯·沃尔切（Thomas Wörtche）高兴地说：“麦家没有遵循西方政治惊悚小说的套路，而是全方位地将特定历史背景下关于数学、密码学、心理学、离奇神秘的东西娓娓道来。”麦家还写了另外几部军事间谍小说，它们在中国都是畅销书。《暗算》被拍成了电视剧（34集，每集40分钟），《风声》被拍摄成了同名电影，它们和2012年的惊悚片《听风者》一样，都获得了很大的成功。

11.《〈解密〉：一部中国惊悚小说》[①]

《解密》中穿插了各种不同的访谈实录，展示了诸多不同寻常的历史背景。这些背景有时很抽象，像密码一样神秘莫测。这本小说和西方的政治惊悚小说有很大不同。但正是由于这种距离感和陌生感，该小说具有了自身独特的魅力。这是一部有关间谍、特务、忠诚、操纵的佳作，里面有

① Thomas Wörtche. “Ein Polit-Thriller aus China”. Buchkritik，Okt 22，2015.

对陌生化场景的描写，具有一种紧张刺激、扣人心弦的活力。

12. 《从芭芭・杜尼娅到楼燕》[1]

秋天是阅读的季节。为了介绍书市上的一些新东西，德国国家图书馆与“书籍岛”合作，邀请大家参与“秋季阅读夜”。“书籍岛”老板芭芭拉・亨尼尔・戈尔女士和她的同事们为大批文学爱好者介绍了独具特色的畅销书。作品扣人心弦的魅力引发了读者的强烈好奇心。

在推荐书单上还有知名中国作家麦家的小说《解密》（德意志出版社，352 页，19.95 欧元）。斯蒂芬妮・托马兰德推荐了这部作品。据她所知，到目前为止，麦家已经出版七部长篇小说，并且这七部长篇小说在中国大多被拍成了电影和电视剧，甚至好莱坞买下了《解密》的电影版权……《解密》的主人公容金珍生来就有一颗巨大的头颅，并且拥有释梦的能力。读者可以从小说中领略到麦家独特的风格，并深入自己感兴趣的故事中去。

13. 《〈解密〉：毁灭性的天赋》[2]

容金珍有着非凡的数学天赋，这使他成为著名的密码学家，同时这也引起了中国政府情报部门对他的强烈兴趣。自此，容金珍的命运便不受自己的控制……这是德意志出版社出版的一部中国长篇小说，描写一个悲剧天才的神秘生活，小说引人入胜，扣人心弦。

14. 麦家——《解密》[3]

“不该问的不问，不该说的不说，不该知的不知，这是 701 最根本的纪律。”容金珍正是在这样的一个机构工作，尽管这份工作并非出自他本人的意愿。在这里，他尝试破译敌国的密码……容氏家族历史悠长，最初以贩盐起家。这个不受欢迎的、头颅巨大的私生子在梨园度过了童年时

---

① Redaktion. “Von Baba Dunja bis zu den Mauerseglern”. Morgenweb, Okt 30, 2015.

② Redaktion. “Böse Begabung”. ELLE, Okt, 2015.

③ http://buecherwurmloch.wordpresse.com/2015/11/15/mai-jia-das-verhaengnisvolle-talent-des-herrn-rong.

光，照顾容金珍的洋先生留下遗嘱：容金珍是个数学天才。这份遗嘱让容获得了一个读大学的机会。但由于他在数学方面非同寻常的天赋才华，政府注意到了他，并把他招募进“701”部队。当时，人们对这个部门没有说“不”的权利。

麦家在中国是一位明星作家，写了七部畅销书，总销售量达 1500 万册之多，而且他的很多作品都被拍成 了电影和电视剧。除此以外，麦家还是中国间谍文学的奠基人，《解密》也属于间谍文学，但这部小说并不遵循西方的间谍故事套路。在《解密》里面，故事、家庭、政治、间谍、秘密具有同等的重要性。《解密》以容氏家族的故事开头，这是典型的亚洲叙述手法，同时还带有些许神秘色彩。但在容金珍被招募到秘密部门之后，故事就变得平缓起来，神秘色彩也逐渐消失。

麦家在我心里种下了希望，让我以为我们的主人公会做一番惊天动地的事业，就像战争间谍片所展现的那些激动人心的场面。然而事实却不是这样，麦家的主人公容金珍最后疯掉了，没有了容金珍，这部小说就显得空洞起来。即使后面敌对方暴露出来，也难以挽救它的空洞，因为敌对方的身份早已不再是秘密。于我而言，《解密》是一本开头惊艳、结尾平庸的小说，因此我对它的感受比较复杂。对于那些爱好亚洲文化和神秘故事的人来说，这本书是一个很好的阅读选择。

15. 《解密》①

20 世纪 50 年代中期，性格孤僻的中国数学家容金珍受聘于政府情报部门，其任务是破译密码。他在越来越深地沉陷于错综复杂的密码迷宫时，也在开始破解自己人生的密码。

16. 《〈解密〉书评》②

在中国，麦家是一位明星作家。到目前为止，他的作品销量达 500 多

① Redaktion. “Das verhängnisvolle Talent das Herrn Rong”. deutschlandradiokultur. de，Nov 15，2015.

② Christel Freitag. “ Das verhängnisvolle Talent des Herrn Rong”. Buchbesprechung，2015.

万册。目前，他的小说《解密》德文版由德意志出版社出版，好莱坞已经买下了这本书的电影版权。

● 这本书到底是关于什么的?

故事从 19 世纪末的容家老奶奶说起。容家是一个世代贩盐的盐商家族。为了解释她纷繁复杂的噩梦，容家祖母将她的孙子送到国外学习释梦之术。这个年轻人学习了他感兴趣的数学知识，回到中国后多了一个西洋名字——约翰·黎黎。“还多了不少古怪的毛病，比如头上的辫子没了，身上的长袍变成了马甲，喜欢喝血一样红的酒，说的话里时常夹杂着鸟一样的语言，等等。”

约翰·黎黎是容家出的第一位科学家。回乡后他创办了“黎黎数学堂”，这里摒弃传统的做法，允许女孩子入学。后来，“黎黎数学堂”发展成为 N 大学，并很快成了全世界青年数学才俊向往的殿堂。许多容先生的追随者前赴后继地来到这里学习。

容家从此由一个世代做盐生意的商贾之家，变成了数学世家。几代人之后，容金珍出生了。容金珍头颅巨大，大家都觉得他是一个怪胎，因此没有一个容家人愿意照顾他，所以他由一位来自欧洲的释梦者抚养长大。这位异乡人去世之后，容金珍独自一人留在洋先生居住的梨园里生活，直到他的一位亲戚发现了他异于常人的数学天赋。

● 在那之后呢?

这个头颅巨大且自闭的年轻人活在数字的世界里，几乎不能进行任何社交活动。然而就是这样一个脆弱又自闭的孩子，在 20 世纪 50 年代中期，也就是冷战时期，来到中国国家情报部门工作。当时中华人民共和国成立还不到十年，为了对抗西方帝国主义而进行备战，中国人民解放军的间谍部门招募了这个年轻的天才，并委派他破译至关重要的密码。然而这个孤独的人以读书、下棋和解梦度过他初到保密机构的时光，慢慢地，他的上级开始怀疑他的智力。突然有一天，他破译了“紫密”—— 一个号称不可破译的密码。

接下来便是激动人心的时刻了。

中国的敌对国又创制了“黑密”，大家又把满心的希望寄托在容金珍身上。但是这次他却失败了……好了，故事就讲到这里。

- 总结

《解密》是一部与众不同的小说，是家庭、政治和 007 的合一。但小说的内容远不止这些，它绝不是传统的间谍惊悚小说！如果你想看性和杀戮这样的元素，那你可能要失望了。如果你想与一位天赋异禀的数学怪才一起探索神秘的密码世界，那你将乘兴而归。

- 麦家寄语

麦家说，他的小说一直立足于一个主题：解密，明确对错之间的界限，消除对错之间的模糊性。他想通过写作让大家关注那些由于我们的忽视、自私、怯懦和恐惧而遮蔽起来的东西。我们对于人类生存的认识总是碎片化的，而且有很多东西依然不为人所知。在这一点上他可能是对的。

17. 《〈解密〉书评》①

这部长篇小说讲述了 19 世纪著名的盐商容氏家族子孙容金珍的故事。故事是从 19 世纪末讲起。容氏家族的老奶奶将她的孙子容自来送到国外学习释梦之术，留学归来后，他变成了一名在数学领域颇有造诣的新派人士，自此容氏家族成了数学之家。几代人之后，容金珍出生了，他不仅头颅甚大，还非常了解数字世界的奥秘，这些都让他显得与众不同。凭借令人惊叹的天赋，金珍在 20 世纪 50 年代中期为中国国家秘密机构破解了被认为是无法破译的敌国密码，因此成了民族的英雄。之后，一个更为复杂的密码出现了，他必须破解它……过人的天赋不仅能带来成功和至高无上的荣誉，还可能会带来灾难，中国畅销书作家麦家用这部值得一读的小说，说明了这一点。至今为止，该作家的很多长篇小说都拍成了电影和电视剧，20 世纪福克斯电影公司也买断了《解密》的拍摄权。

---

① Redaktion. “Das verhängnisvolle Talent des Herrn Rong”. die monatliche Zeitschrift für alle niedersächsischen chsichen Zahnärzte, 2015.

18. 《解密》①

《解密》的主人公容金珍极为不幸：他的母亲在他出生时便去世了，他的父亲是个作恶多端的不孝之子。容金珍硕大的头颅及他私生子的身份使他与其他人格格不入。

然而容氏家族里的一位科学家——老黎黎，看到了容金珍在数学上的天分，并将他带回自己家中抚养。不久之后容金珍的数学天赋便为人所知。他的老师也在数学方面对他多加指导。

之后，为国家情报局寻找天才的郑瘸子发现了他，并将他征召进入国家军队里的一个秘密部门，容金珍在那里的任务是破译“紫密”。

这个中国故事描写了数学天才容金珍所经历的艰难与困惑。他的天赋让他成为一个孤独的人，一个具有悲剧色彩的民族英雄。他很少与人打交道，注意力永远在自己的数学世界里。这部小说里面有大量的调查访谈。叙述人追溯了容金珍的一生，并采访了几位在容金珍的生命中扮演了重要角色的人，因此挖掘出很多这个天才背后不为人所知的东西。

《解密》构思奇特，阅读该小说是一种享受。读者可以进一步了解这位年轻学者的性格特点，小说虽然没有刻意制造紧张感和叙述高潮，但却不乏紧张感和高潮。这的确是一本值得一读再读的好书。

19. 《密码是灾难》②

数学家容金珍从容氏家族中的自闭天才变成一名受人尊敬的民族英雄。在“701”的时候，他单枪匹马地破译了“紫密”，并且在破译“黑密”的道路上进展顺利，然而，悲剧性的命运最终把他的身体和精神引向毁灭的境地。

麦家原名蒋本浒，1964 年出生。在成为畅销书作家之前，他在部队里工作了 17 年。他笔下的主人公步步晋升的地方，是他最熟悉不过的。

---

① http：//bookreviews. at/2016/01/06/das-verhaengnisvolle-talent-des-herrn-rong/.

② Ulrich Baron. “Codes sind ein Fluch”. Süddeutsche Zeitung Nr. 14，Jan 19，2016.

除此之外，他 1991 至 2002 年间创作的所有长篇小说，都具有借鉴西方文学的特点。容氏家族是古老的盐商世家，后来容家的一位先辈曾在 1873 年前往英国学习释梦之术，来解释他祖母那混乱不堪的噩梦。但在祖母去世之后，他转而学习数学，此后容家逐渐形成了一种崭新的、具有学术氛围的传统。

《解密》缓缓道来的叙述方式与其说是一本惊险小说，不如说更像一部家庭小说，故事由叙述者的独白、访谈实录、信函和主人公的日记、笔记本组成。《解密》描述了一位患有自闭症的天才的陨落，书中谈论密码和间谍越多，就越让人感受到“密码是一种灾难”，这也是容金珍的老师对他的告诫。容金珍的上级曾提醒他：“一个人只能制造或破译一本密码！因为制造或破译了一本密码的人，他的心灵已被他自己的过去吸住，那么这心灵也等于被抛弃了。”但是数学与这种神秘性无关。读者本以为《解密》会描述中国人和他们的敌人想要隐藏些什么，以及将会付出什么样的代价，但该小说讲述的故事完全不符合读者的期待。

作为一部科学与间谍兼而有之的小说，这本书并没有直击主题。容金珍破译“紫密”的伟大壮举远没有他的精神崩溃来得更具有戏剧性。一个小偷偷走了他的笔记本，尽管这看起来与他的工作并没有太大关系，但却导致了他的崩溃：容金珍听到连绵不断的、神秘的声音在对他窃窃私语，它们不请自来，在他的梦里、在他梦里的梦里。来自神秘的大自然的密码不断以新的形式出现。

麦家笔下的主人公是异于常人的孤僻天才。容金珍会计算天数，喜欢数蚂蚁。虽然没有人教过他，他自己学会了如何从加法转换成乘法，而这种天分最后却导致了他的灾难。对他来说，这个世界和他的生命就像谜团，破译了旧的谜团又会出现新的谜团。命运对他的讽刺在于，他在成功破解“紫密”之后，不久又被委以破译“黑密”的任务，而“黑密”把他推向了疯癫的深渊。

“谁说，上帝的法则是公平的？”

也许，金珍曾经掌握了上帝的法则，但就在那时，他的笔记本被偷走了。容金珍被自己的想象给吓坏了：这个笔记本——他灵魂的宝藏不仅被偷了，而且被扔掉了，然后被一场倾盆大雨给毁坏了，他此前的心血和努力都毁于一旦，他的解密工作将面临重新开始的危险。

容金珍这个密码学界的西西弗斯并不是个幸运的人。崩溃之后的容金珍看起来就像一块石头，被水冲刷得越来越小。他可能永远没有办法破译这个世界，因为这个世界不仅没有密钥，而且更加复杂……当容金珍破译"紫密"的时候，他确实掌握着上帝的法则，但是不久之后他就产生了怀疑："是谁说的，上帝的法则是公平的？"容先生后来在他的笔记本里这样写道："鬼不停地生儿育女是为了吃掉他们。"这是一条简单的世界法则，然而它可以解释很多东西。

20. 《来自中国的间谍奇迹》①

《解密》是一部关于数学天才的政治惊悚小说。

容金珍头颅巨大，大家都觉得他是一个怪胎，没有一个容家人愿意照料他，因此他由一位来自欧洲的洋先生抚养长大。在洋先生去世之后，容金珍独自一人留在洋先生生活过的梨园里，直到他的一位亲戚发现了他异于常人的数学天赋。

乍看上去，一个讲述中国数学天才的故事并不怎么会吸引人，然而《解密》却会带你进入一个充满异域风情而又紧张刺激的世界。作者麦家是中国最成功的作家之一，小说《解密》是其处女作，而今这本书已经成功地征服了国际图书市场：就在这本书的德文版出版没几天，好莱坞就买下了这本书的电影版权。

麦家在这本书里运用了独特的故事套故事的叙述方式，描绘了从清朝开始一直到20世纪五六十年代中国的发展变化，使我们对中国社会有一个基本的了解。在那个时代，科学研究与神秘的释梦之术在全世界范围和

---

① Alexandra von Poschinger. "Spionage-Mirakel aus China". Possauer Neue Presse Nr. 40, Feb 18, 2016.

谐共存，一并发挥着作用。

中国情报部门需要容金珍，需要借助他的密码分析天赋来破译“紫密”。这个密码能使当局获悉敌人的军事秘密。容金珍被政府征募到一个秘密的地方，这样他就可以一心献身于他的解密工作。第一个密码他破译得还算轻松，但第二个密码却把他伤得遍体鳞伤，使他最终丧失正常的心智。

麦家的小说以与西方间谍小说不同的情节模式展开，有着非常清晰的结构，这样当人们读到下一页时，就能很快进入情节。尽管《解密》以陌生化和距离感吸引人，但它的故事和西方的政治惊悚小说完全不同。就算是为了领略和西方间谍小说不一样的异域风情，我们也应该读一读《解密》这部小说。

21. 《解密》①

容金珍是个长着硕大头颅的数学天才，出生于中国一个贩盐致富的古老家族。当大家发现他令人难以置信的数学天赋时，中国国家机密部门也注意到了他。他成功地在极短时间内破解了让其他专家束手无策的密码，但下一个任务令他陷入了绝望的深渊……由德意志出版社出版的麦家长篇小说《解密》德文版是政治惊悚、个体命运和家族故事的融会结合，它将中国百年的历史、扣人心弦的情节和众多有趣的人物结合在一起，可谓一曲人物形象的大合唱。

22. 《智慧与卓越》②

由于从中文翻译成德语的作品不多，因而只有很少几个出版社敢于出版中国作家的作品，也只有一小部分德语读者对中国文学感兴趣。但是为什么德意志出版社敢于选择与中国作家麦家合作，出版他的《解密》呢？《解密》的德语译者白嘉琳在与汉学家兼中国文化传播者爱丽丝·格伦菲

---

① Redaktion. “Das verhängnisvolle Talent des Herrn Rong”. Journal, Jan/Feb 2016.

② Alexander Neroslavski. “Intelligent und herausfordernd”. Literatur Nachrichten, Nr. 124, Frühjahr 2016.

尔德的交谈中给出了答案。同时白嘉琳也曾将莫言等人的作品从中文翻译成德语。

爱丽丝·格伦菲尔德：阅读《解密》能感受到中国文学作品里少见的紧迫感，至少在已有的从中文翻译成德语的小说里面，人们并不常读到这种紧迫感。请问麦家是怎么营造这种沉重的氛围的呢？

白嘉琳：麦家尝试着从身体和精神两方面描写他的主人公，这一点正是他和其他中国作家不同的地方，比如他采取了访谈的方式，小说中的第三篇访谈描绘了其他人对我们的主人公容金珍的印象。麦家的小说句子短、停顿多，这样就给了读者思考的时间，从而将读者的注意力集中到细节上，产生了文中的紧迫感。巧妙的是，麦家在写完所有容家祖先的故事后，一直到第 30 页才让容金珍以一种不同寻常的方式出场，这种处理方式引起了读者对于容金珍的好奇。

爱丽丝·格伦菲尔德：……麦家在小说中不断地转换视角，不断地打断情节叙述。

白嘉琳：我在阅读和翻译这本书时感觉到，这绝对可以称得上是中国排名第一的后现代长篇小说！叙述视角不断转换，时不时地穿插进作者自己的人生经历……麦家不停地给读者带来新的惊喜……他最后还加上了名为“外一篇”的部分，在这一部分里我们可以读到容金珍的日记摘录，感受到另外一种视角。

爱丽丝·格伦菲尔德：为了做到语言上的真实贴切，译者在翻译的时候必须深入人物的灵魂。但是，怎样才能深入人物的灵魂呢？

白嘉琳：译者在翻译的时候，主人公的形象会自动浮现在眼前，译者会想象主人公是如何活动、如何交谈的，作者是怎样描绘他的……如果没有对人物精神的移情和感受力，是根本没有办法翻译的，首先就没办法翻译对话（或者是独白，比如小说中经常出现的亲历者的讲述）。因此，容金珍的姐姐和“701”部门的领导必须要用完全不同的方式说话。在翻译不同人说的不同话时，我往往是下意识的，但之后我会斟酌这些字句的可信度和表现力。在修改校对的过程中我会问自己：一位瘸腿的情报部门官员会这么说话吗？有时候我也会有意识地选择其他词汇或者其他语言表达方式，因为除此以外，德语中没有流传下来其他可靠的处理翻译的方式。

爱丽丝·格伦菲尔德： 翻译这本书时你遇到的最大挑战是什么？

白嘉琳： 准备的时间花得比较多，因为要搞清楚小说里面诸多的引用、成语惯用及历史影射，这是原著对译者的基本要求。除此以外，为了准确把握作者描写数学现象背后的逻辑思维，我还努力研习了数学公式和作者自造的公式。中文是一门依赖上下文的语言，我常常需要把那些在原文中会引发思考但是作者没有表述出来的东西在德语中翻译出来，译者首先必须要搞清楚作者想要表达什么，有时候直接询问作者也没有用。而且容金珍在小的时候有许多绰号，没有办法一一对应翻译，我必须运用自己的想象力，翻译出在德语语境下完全不一样但又意思接近的名字。

爱丽丝·格伦菲尔德： “一切的结束都是新的开始”，麦家实际上给出了两个结局。为了能够通过图书审查，他讲述的故事并不是真实的。这种超越传统的叙述方式对于麦家的小说适用吗？众所周知，这样的叙述手法源于欧洲文学，中国作家也能熟练地运用它吗？

白嘉琳： 我在其他中国作家的作品里还没有看到对这种手法的运用，当然，我不可能把所有的中国文学作品都读过。不过书信体和视角转换在中国文学作品中很常见，比如莫言的《檀香刑》中就有。正如之前已经说过的那样，我认为这是作家的一种勇敢尝试。他有一点喜欢牵着读者的鼻子走，因为他声称真实的东西其实完全是虚构，但总的来说，这让故事变得更加生动。

爱丽丝·格伦菲尔德： 这部小说语言优美，虽然被归为间谍惊悚小说，但并不完全是间谍惊悚文学。麦家是否通过这本书创造了一种新的文学类型？您能从作品中举出一些例子来加以说明吗？

白嘉琳：《解密》并不是间谍惊悚小说，中国缺少这种类型的小说。麦家创作出了这部充满智慧、富有诗意并且具有挑战性的小说，在小说里，他不紧不慢地讲述了中国一个世纪的历史。我认为，相比于一些专业书籍，人们可以从这本书里更好地了解清末以后中国发生的巨大变化。而且这本书的语言是充满乐趣、娓娓道来的。麦家并不想借助这部小说创造一种新的文学类型，间谍特工只是这本书的表面现象，麦家更想讲述的是人物的故事，就像约翰·勒卡雷或者乔治·西默侬一样。令人更感兴趣的是作者本人，他曾经在中国军队的保密机构工作过，那段时间里的见识和积累的素材为他日后塑造这类人物形象打下了基础。比如容金珍曾经的老师、波兰籍犹太人希伊斯在给容金珍的信里告诫他："可如果你一旦从事破译工作，等于是被捆绑了，被国家的秘密和利益捆绑了，压迫了。关键什么是你的国家？我经常问自己，到底哪里是我的国家？是波兰、以色列、英国、瑞典、中国还是 X 国？现在我终于明白，所谓国家，就是你身边的亲人、朋友、语言、小桥、流水、森林、道路、西风、蝉鸣、萤火虫等，而不是某片特定的疆土，更不是某个权威人士和党派的意志和信仰。"

23.《解密》①

麦家是首次登陆德国图书市场的中国畅销书作家。

中国并非没有成功的犯罪小说，但它们总是避开社会政治，或者干脆对政治避而不谈，麦家却是个例外。就成功来说，他的七部长篇小说已经卖出 1500 万册；从写作内容上来看，麦家被称为中国间谍小说之父，并开辟了间谍小说的新篇章。

麦家的第一部长篇小说《解密》摆脱了西方间谍惊悚小说的影响，包括其主人公容金珍也一样，和詹姆斯·邦德完全没有关系。《解密》描写了一百多年前商贾之家容氏家族变成了数学之家，几代人之后这个家族里数学能力最强的人出现了，他就是容金珍，一个头颅巨大、有着强烈自闭症倾向的青年，而这使得他以特殊的方式去理解数字的世界。他本想追求一种学术人生，却被人从别的方面注意到他：政府的情报部门招募他进入

---

① Redaktion. "Herr Rong und sein verhängnisvolles Talent". Helliger Anzeiger.

顶级秘密部门“701”部队，在那里做密码破译工作。

容金珍在“701”部队因破解“紫密”而收获了褒奖，但他在这里也碰到一位令人唏嘘的密码专家，这位密码专家曾在二战期间破译了日军号称无法破译的密码，不过也为此付出了惨痛代价：高负荷的工作让他最后变成了一个只知道下棋的疯子。金珍在破译“紫密”时绞尽脑汁，也曾面临着崩溃的危险。容金珍不知道，这个密码是他过去的老师编制的，而这位老师现在正在为敌对国效力。

最终，金珍在梦里找到了破译“紫密”的方法，而令人更加难以捉摸的“黑密”让他梦魇不断。金珍意识到，自己走上了一条让他精神崩溃的道路，因为他总是迷失在自己大脑里的一个阴暗迷宫里。此外，作为掌握着秘密的人，他还引起了监控者的特殊关注。相较而言，读者从小说里很少能够读到中国间谍惯用的手法或密码学知识，但是读者或许可以在惊悚中继续追踪“黑密”如何将金珍最终推向疯子的深渊……

第三章

《解密》西行的国内反响

《解密》译介到海外后，很快在西方掀起一股“解密热”，国内媒体对西方的这股“解密热”给予热情的回应，并借此探讨让中国文学更好地“走出去”的途径。

一、《解密》的作者①

早在十多年前，麦家的《解密》就在中国出版。如今，畅销书作家麦家的《解密》终于登陆欧洲和美国市场，这也是他第一部被翻译成英语的小说。在获得无数国内文学奖，并连带他之后创作的小说一同坐享惊人销量的同时，麦家也成功地进入了国际出版商的视野，赢取了广泛的好评。

1. 没有泄漏秘密

《解密》的故事主要围绕着一个半自闭症的数学密码破译天才容金珍展开。他的天赋异禀甚至可以追溯到他身为数学家的祖母那一代。因为是私生子，性格又过于孤僻，12 岁以前，金珍一直跟随一个洋先生生活。

---

① Xiong Yuqing. “Author Decoded”, Global Times, Mar18, 2014.

直到后来，他的数学天赋才被人发掘出来，并受到赏识。他受业于一位犹太数学教授，最后被招募到国家安全部门“701”部队工作，成为一位密码破译员。容金珍一直献身于密码破译事业，直到最后精神崩溃，成为疯子。

这个传说中的天才所经历的生活跟爱德华·斯诺登有些许相似之处。麦家在接受《纽约时报》的采访时曾对这个泄露美国情报机构秘密的电脑天才给予如下评价：“斯诺登和容金珍都是被上帝抛弃的孩子。”

《解密》花了麦家十多年的时间，从 1991 年开始创作，直到 2002 年的 8 月 3 日才正式截稿。在该书的后记中，麦家回忆道，他曾经将这本小说送到两家不同的出版社审阅，但最后都被退稿了。“那时候似乎他们觉得出版这样的小说毫无意义，而且也不敢出版，毕竟牵扯到政府的一些保密机关。不过，其实在我写作的过程中，我非常小心谨慎，确保内容跟实际有一定差距。毕竟整部作品就是个小说，而且重点是关于天才的成长和他人生经历的故事。”

麦家在部队服役多年，曾经花了 8 个月的时间在政府的情报部门实习，接受训练。“这样的经历让我了解了密码破译人员工作的基本情况，其实我没有接触过太多实际的密码工作。不过，也正因如此，我可以任凭想象力驰骋，描述这份神秘的工作，自由发挥。”麦家如是说。

2. 偶然的时机

麦家觉得有些许遗憾，毕竟，当他的第一部英译本作品被放到书架上时，他已经 50 岁了。

在西方的首次亮相虽然来得有些迟，但值得欣慰的是，负责出版此书的出版方是西方国家最知名的两家出版公司：英国的企鹅出版集团和美国的 FSG 出版集团。这两家出版社为该书的出版准备了长达八个月的营销推广计划，而来自世界各地的主流媒体，包括《卫报》《独立报》《华盛顿邮报》和《纽约时报》，都纷纷刊登了此书的书评。

麦家坦言，自己的小说能够出英译本，完全是出于偶然。

当听说 FSG 的编辑看到自己小说的英译本，吃惊得不敢相信这竟然出自中国作家之手，并且不得不重新审视中国作家的作品时，麦家解释道："他们对中国文学的了解真的很有限。"他在接受《环球时报》采访时，给出了以下回答："他们对中国文学作品有着根深蒂固的观点，认为全部是关于农村贫困、政治迫害和性别扭曲的内容。他们完全想象不到中国作家目前的文学涵盖范围之广。"

《解密》的译者米欧敏本出生于一个讲多种语言的英国家庭。她在牛津大学读书时主修中国古代汉语，2010 年去上海参加了世博会，由于飞机航班延误了三个小时，她在机场的书店看到麦家的书，翻阅了《解密》和《暗算》。正是因为米欧敏的家庭背景，这本书才能引起她的注意。她的祖父是一位密码破译员，曾经跟二战时期成功破译了恩尼格玛的著名密码专家艾伦·图灵一起工作过。所以，当看到麦家小说封面上写着与密码破译有关的文字时，她打算买来看看。看完之后，她决定将这本书翻译成英文，以便自己的祖父也可以看懂。她说，她当时之所以那么做，只是单纯地认为，她的祖父一定会非常喜欢这个故事。

没过多久，她翻译的部分被专门研究中国文学的英国汉学家蓝诗玲读到了，蓝诗玲建议米欧敏直接将她翻译的内容送到出版社去。麦家后来回忆说："我跟蓝诗玲曾经在北京大学见过面，她知道我的这本书在中国很火。她调查过，说这本书还没有英文版，而且我的所有作品都没有在海外出版过。她看到米欧敏的翻译后，决定将这个作品推荐给企鹅出版社，我的英译本出版之旅也就此展开。"

3. 多舛的命运

经常被别人贴上间谍小说家标签的麦家不想被归为任何一个流派。他说，他不想写太多关于密码破译的作品，要不然读者会觉得内容过于重复。读者认为他是个间谍小说家，但麦家说他的小说主要不是描写战争的，他将重点放在了对人性和命运的观照上。

麦家作品中的很多主角都跟容金珍一样，非常努力地成为行业领域内的顶尖人物。尽管这个故事会鼓舞人心，但里面的角色有非常脆弱的一面，最终导致他们因为非常细小的事件走向崩溃的深渊。

“人无完人。我觉得这些生命中的缺陷都是命运的一部分。”麦家说。

二、企鹅经典收录中国间谍惊悚小说[①]

间谍小说《解密》是第一部被收录到企鹅经典系列的中国当代小说。这标志着它已经成功地进入了全球文学的主流大市场。

麦家作品的英译本已在 21 个国家同步推出，这是他四部作品里第一本被翻译成英语的小说。

《解密》的中文简体版于 2002 年在中国出版。小说的主人公容金珍来自一个声名显赫的大家族，自小患有自闭症的他是一个数学奇才。成年后，金珍被招募服役于中国军队的秘密情报组织“701”部队，成为一名密码破译员，先后着手破译两个最高难度的先进密码——“紫密”和“黑密”，在经历孤独、丢失笔记本之后，他最终在破解“黑密”的道路上陷入了崩溃的深渊，精神失常了。

除此以外，小说还探讨了一些形而上的问题，比如解梦易梦，以及天才与疯狂之间的界限。

企鹅兰登书屋全球董事会主席约翰·马金森先生曾去麦家在杭州的“理想谷”参观，并给他带去一本精装版的英文版《解密》。

马金森先生说希望这部作品英文本的出版可以有助于企鹅经典收录更多中国作家的优秀作品。

麦家的《解密》在国际图书市场所受到的赞誉，绝对是实至名归。他曾在中国部队的情报部门工作过，现在是国内最畅销的间谍小说家，而这本《解密》是他十年磨一剑、历经艰辛完成的小说。

---

① Sun Zhao，Yao Chun. “Penguin Classics Publishes Chinese Spy Thriller”. People’s Daily，Mar 21，2014.

现年50岁的麦家说："我花了十年的时间完成它，期间经历了17次退稿。"不过尽管历经坎坷，这部小说也帮助他达到了文学创作的巅峰。包括《解密》在内的一系列间谍小说为他带来的不仅仅是无数拥趸：目前他的作品已经坐拥几百万的销量，而且他的小说还被改编成了电影和电视剧。在2008年，麦家的《暗算》荣获了中国的最高文学奖——茅盾文学奖。

"《解密》一书的成功是碰巧的运气。"麦家如是说，"我觉得我博得了上帝的同情，他给了我一块饼吃。"

从某种程度上说，这样的说法不无道理，毕竟当时《解密》译者米欧敏发现书架上的《解密》，算得上是运气使然。

2010年，米欧敏因为航班延误，滞留在上海机场。为了消磨时间，她在书店买了两本麦家的中文书——《解密》和《暗算》。她说，当时之所以被这两本小说吸引，有一部分原因是她的祖父曾经在二战期间参与过密码破译工作。

正因如此，读完此书后，她将《解密》的一部分章节翻译出来，由自己的朋友蓝诗玲（也是一位汉学家，曾经翻译过鲁迅和张爱玲的作品）推荐给企鹅兰登书屋的编辑。

一份版权协议书就此在出版社和麦家的海外代理商之间诞生了。

之后，来自13个国家的17家出版社也签订了购买《解密》的版权协议。《暗算》一书的翻译正在进行中，企鹅兰登书屋在年底之前可能就会得到该小说的翻译样书。

成立于1935年的企鹅经典系列曾经出版过很多老一代中国作家的作品，包括18世纪曹雪芹的《红楼梦》、鲁迅的《阿Q正传》、钱锺书的《围城》及张爱玲的《色戒》。企鹅经典系列的图书已经成了西方出版界公认的经典之作。

三、揭开秘密[1]

麦家第一部英译本小说中的英雄名叫容金珍，尽管读者在花了大量时间读完这部长篇悬疑小说之后，可能会怀疑“英雄”这个词是否真的适合我们的主人公，相比之下，“安静”“自我”“孤独”“疏离”“冷静”等词汇可能更适合他。毋庸置疑，从表面看来，他的确太普通了。“职业和对可能发生的事情的过度谨慎和畏惧的心理，一直将容金珍羁留在隐秘的山沟里，多少个日日夜夜在他身上流过，他却始终如一只困兽，负于一隅，以一个人人都熟悉的、固有的姿势，一种刻板得令人窒息的方式生活着，满足于以空洞的想象占有这个世界，占有他的日日夜夜。”

容金珍是作品中那个命运多舛的主人公：经历着成功、挣扎、恐惧和失败的打击。从某种程度上说，整个世界都在与他为敌，让他与自己的目标渐行渐远。容金珍破解密码的过程也是观察他心理变化的最好视角：从懵懵懂懂，到逐渐发现自己的才能，开发自己的智力，最终陷入疯癫状态。

这不是一部关于思想、语言和行为的小说，而是一部把思想和语言都融进行为里面的小说。

即便是这么来归纳，以容金珍对精确的要求，他都会皱起眉头，觉得不够到位。他的知识世界里既有数学，也有语言。作为一个不善言谈的人，金珍赢得了人们对密码破译员的敬重，相对于密码制造者，密码破译者更值得尊重。

容金珍是那个时代公认最杰出的数学家（他家族里的约翰·黎黎创办了著名的 N 大学），成年以后，他被国家部门招募，去破解棘手的密码难题。

---

① James Kidd. “Cracking the Code”. South China Morning Post, Mar 23, 2014.

容金珍生命中的这一重大转折有可能会拯救他，也有可能摧毁他。他的老师一直希望金珍可以利用自己的天赋，推动人工智能的发展。他的故事发生在20世纪五六十年代，当时机器人的发明与设计正方兴未艾。不过，为了响应国家的号召，履行公民义务，他跟随郑瘸子来到部队。面对家人的伤感和挽留，他只是淡淡地说了句："他们只要认准你，谁都无权拒绝的。"

容金珍简直就是为破译密码而生的，他的天赋异禀和孤僻的性格让他在与人疏离的同时，可以更专心地投入密码破译工作中去。面对"紫密"这个让所有破译人员都束手无策的难题，他决定放手一搏。和前同事棋疯子（破译密码中精神崩溃导致疯癫）下棋、阅读历史书、给同事解梦（释梦是容氏家族的另一个特长），所有这一切都是这部小说里的细节。金珍做的这些事情看似和密码破解无关，实际上正是这些东西帮助他最终攻克了"紫密"。

"紫密"的真相到底是什么，为什么政府会如此重视，这些直到小说的结尾，都笼罩在神秘之中。《解密》是部小说中隐含着小说、在重重阴谋背后包裹着阴谋的小说。这样的设置非常符合整部作品的基调。小说中偶尔提及的国民党、"文化大革命"等中国历史元素，大多都十分模糊，让人从中感受到些许卡夫卡作品的表现主义氛围。《解密》中还提到，金珍的老师后来效力于"X国"。关于这个X国，我们猜测或许可能是日本，因为小说里面提到这个X国是中国的敌对方，但小说后面也没有把这个国家明确说出来。关于容金珍，读者一直能够感受到他身上那种无形的压力，以及密码破译本身的紧迫感，但全书并没有说出来危及国家安全的真相到底是什么。

随着故事的展开，容金珍在中国情报局部门的秘密工作开始展现在读者面前。他被招募到"701"部队，这是一个封闭的独立单位，蕴藏着挖掘不尽的秘密，就像总有破解不完的密码一样。"紫密"之后，"黑密"紧接着袭来，好似一片黑云弥散开来。

麦家有着高超的叙事技巧，情节舒缓地铺展开来。小说从容氏的家族史讲起，故事叙述人转述来自各方的不同声音，直到最后一章，他才慢慢地从幕后走出来，但他在整个故事中究竟扮演着怎样的角色，我们依然不是十分清楚。这部看似纪实性的文学作品，在很多地方穿插着来自其他人的观点和评论，他们纷纷对金珍的生活和工作给出自己的看法。这些独白带有“未完待续”的特点，好像肥皂剧一般在结尾处留下一个叙事的伏笔，吸引着读者一直读下去。

《解密》的叙述人以引人入胜的方式把故事讲述出来，一个类似惊悚小说的主线贯穿始终，令人眼花缭乱的破译中涵盖了数学等多方面的知识。容金珍的天赋第一次显现出来是在他完成“老爹爹”临终嘱托的时候，“老爹爹”是容家收留的落魄的洋先生。洋先生在临终之前嘱咐金珍，用梨花来陪葬他，梨花的数量与他活的岁数 89 年的天数相等。作为一个孩子，金珍用最快的速度算出结果了，尽管后来他意识到，因为忽略了闰年的因素，每年出现了 6241 秒的误差。洋先生用一连串的数字来衡量他的一生，但人一生真的用数字就能衡量出来吗?

从某种程度来说，这似乎是个设问句，答案已经包含在里面。在麦家笔下，字里行间都隐藏着这种深层的意义，无论是 701 部队，还是中国这个国家，都被层层机密包裹着。

每个密码破译之后都会出现新的密码，这加剧了人们的迷惑与恐惧。

麦家小说最大胆的做法在于所有前面“四篇”里出现的内容——情报、秘密等，都没有揭露出事情的真相，直到小说的最后一篇“第五篇”和“外一篇”，读者才真正有机会领略到前面铺垫所带来的高潮。他将一切如此直白地表现出来不是为了炫耀，也不是为了向人们展示容金珍的工作。麦家期待着读者能够带着疑问去阅读《解密》这部小说。

《解密》最令人难解的地方在于，读者不知道到底什么才是值得信赖的，这也是小说带给读者的一个巨大挑战。所以，在小说的最后，麦家为前面错综复杂的情节提供了比较明确的结论性答案，比如“紫密”和

“黑密”背后到底隐藏了哪些幕后黑手，他们的动机到底是什么等。

不过，令人遗憾的是，我们得到的答案不是明确的，而是迂回地来自于容金珍的个人感悟。关于他和密码的关系，小说中这样写道：“你把他们都带上同一条路，这路你走下去也许可能步入天堂，而他们走下去可能就是地狱。你创造的并不比破坏的多……”令人惊讶的是，小说中还有对容金珍妻子的一段描写“她做的总比说的多，而且做什么都无声无息的，像那只单摆……她的沉默可以炼成金”。的确，麦家似乎是在提醒我们，即使在宏大叙事中，也不能缺少对个人思想的表述。

《解密》是一部富有挑战性、引人入胜、值得一读的小说，是麦家耗时十年的结晶。这部小说虽然早在十多年前就出版了，但令人惊奇的是，现在读来依旧没有觉得过时。当然，这其中有后现代文学技巧的因素，即该小说的虚构性让所有追逐真相的读者倍感徒劳。

麦家有将近20年的时间在中国人民解放军的情报部门工作，像容金珍一样，他也有另外一个名字：蒋本浒。所以，你可以将这本书当成一部前情报人员的自传来阅读，这样的小说难道还不够刺激吗？

四、麦家：中国谍战走向世界①

麦家，1964年出生于浙江富阳，1981年从军，毕业于解放军工程技术学院无线电系和解放军艺术学院文学创作系。现任浙江省作协主席。主要作品有长篇小说《解密》《暗算》《风声》《风语》《刀尖》，小说《暗算》获第七届茅盾文学奖。

2002年初次见到麦家后，我在日记里留下了这样的描述：“理平头、戴眼镜，没有太多言语的青年作家，不事张扬却无比自信的神态给我留下了非常深的印象。”

---

① 中华读书报记者：《麦家：中国谍战走向世界》，《中华读书报》，2014年3月26日。

12 年后采访麦家，他还是不事张扬，但却被推到了文坛最热闹的前沿。2014 年的 3 月 18 日，麦家长篇小说《解密》的英译本在英、美等国上市，并被收入“企鹅经典”文库。《解密》英译本上市之前，企鹅前总裁马金森和亚洲区总经理周海伦来到杭州，送给麦家精装《解密》英文书和一幅《企鹅欢喜图》。

“六年”似乎可以概括为麦家的阶段性创作。从 1986 年开始写作，他用了六年才找准自己的定位，1992 年动手写《解密》，直到 2002 年才出版。随着同名影视剧的热播，麦家“火”得有些措手不及。六年后的 2008 年，《暗算》获第七届茅盾文学奖，麦家因其小说的“特情”性质，曾被质疑为缺少“文学性”；又一个六年过去，《解密》和《暗算》走向世界。

这么多年的创作，麦家经历了什么？从籍籍无名到路人皆知，这是否是麦家想要的生活？3 月 22 日，《读书报》记者专访麦家。

麦家说，他早就呼吁，希望网络文学也有个编辑平台，把那些太差的文字清除出去，别让那些优秀作品淹没掉。网络写手们也要有一定的自律精神，要学会做自己文字的编辑，要敢于淘汰自己的作品。现在网络文学的问题就是这样，大海一样无垠的数量让那些优秀作品随时都面临淹没的危险，需要运气才能把它们淘出来。

《读书报》：2010 年，你因一次座谈会上所说“我认为网络上的文学作品 99. 9%都是垃圾，0. 1%是优秀的”的言论引发一场网络文学“垃圾论”。四年过去了，你对网络文学的评价有变化吗？去年浙江率先成立了网络文学作家协会。

麦家：那次论战是因为有些媒体断章取义并且放大。我一直关注网络文学，并且认为未来打败我们的高手一定来自网络，尽管我不知那个高手是谁。浙江的网络文学特别发达，网络作家前十名中有六位在浙江。浙江作协成立网络作家协会，也是要给网络作家一个家。网络文学良莠不齐，但正因为这样，更需要引导，需要鼓励。

网络文学确实非常繁荣。因为土壤肥沃阳光充足，藤蔓和树一起成长，野藤可能会把树缠死。网络文学太繁荣了，又泥沙俱下，本身会把自己淹没掉。有些人一天写几万字，我从数量上判断绝对不是好东西。但是不能因此小看年轻人，年轻人随时可能犯错，也随时可能做出调整。这两年网络文学比以前更加自然，我相信经历一个过程，网络文学会慢慢进入正常的状态，优秀的作者会瓜分山头，不像前几年那样群龙无首，遍地开花。

《读书报》：网络文学的故事化，在某种程度上是否和你的写作有相似之处？

麦家：文学界有点两极分化：网络文学过度故事化；传统文学过度追求厚重，追求史诗性的写作，但是文本艰涩，太无趣。现在不是一年出五部长篇的时代，而是一年有 5000 部长篇。作家必须拿出故事技巧，文本要有好看性。

相对来说，我觉得我处理得比较好。一方面是用文学的语言进入，另一方面考虑读者的感受。就像一篇报道，生动的方式肯定比枯燥的方式更受读者欢迎。

这种写作技巧确实要研究。我通过《解密》的写作反复推敲，研究了大量的西方小说，探寻文本的可读性。《解密》最后发表时 21 万字，但是我写了超过 120 万字，删掉的有 100 万字。反复摸索、反复推敲之后，就像爬山，我各个侧面都爬过，就知道哪一条是捷径，哪一条风光旖旎。

很多作家放弃了可读性，总想让文本承载更多的主题。思想内涵重要，技术层面更重要。像一碗米饭，饭再香，你放在猪槽里也不会有人吃。小说是有技术的一面的，博尔赫斯就认为小说是手工艺品。所有的艺术有一个“术”，“术”就是技术，就是技巧。

《读书报》：你接触电脑非常早吧？利用得多吗？

麦家：我在 1994 年开始用电脑写作，但是跟网络很疏离，只维持在收发邮件，写写微博和博客，我不在网络上浏览任何新闻。因为一天用大量的时间写作，写完了就想离开电脑。

> 《解密》曾经被退稿 17 次。因为题材敏感、写作技巧不够成熟，麦家在 11 年的写作过程中受尽折磨。当他背着包坐上火车却不知往何处去时，压根不会想到 30 年后的风光。

《读书报》：大家熟悉你的名字，大概从《解密》《暗算》《风声》起，但是在此之前，你曾经创作了很多“被人认为是文学的作品”，但是越写越觉得没劲，仅仅是因为没有读者吗？

麦家：我是农村长大的，从 1986 年开始写作，写了很多关于农村、土地等主题的文学作品，都不被人关注。“穷则思变”，写作者总是希望拥有更多的读者。后来我就重新挖掘，发现自己还是有一块相对独特的生活，就转到所谓“特情小说”的写作上来，开始写《解密》。

《读书报》：但是《解密》的出版用了十年，中间经历了什么？

麦家：我是军艺快毕业时才写《解密》的。这类题材也非常难写，一是过去没有人写过，二是这类题材有很多特殊情况，怎么掌握军事机密、无限接近又不去触碰“红线”，很折磨人。这部作品 2002 年才发表，11 年时间我经历了 17 次退稿。一是我写作技巧不成熟，二是题材敏感，三是花了大量时间自己摸索，确实也锻炼了我。写别的题材可以借鉴，写特情小说完全靠自己。《解密》是我的“磨刀石”，无论在意志、技巧还是能力方面，都使我得到极大的锻炼，所以说《解密》不仅是我的第一部作品，也是最珍爱的作品。

经历前两次退稿对我打击很大，我几乎完全崩溃，背着包坐火车，不知道去哪里，完全自我放逐的状态。走着走着就想明白了，我总要找一件自己喜欢的事情。后来创作中修改也好、补充也好，再经历退稿就比较坦然了。我的人生的底色是通过《解密》打上的。经历了这么多曲折，也“被迫”明白了人生的很多道理，比如说功利心。所谓“成名”之后，写作和我的关系还是比较健康，没有造成太大的压力。

《读书报》：在困惑的时期，有没有哪个人或哪些作品影响到你，使你豁然开朗？

麦家：从农村题材转到特情小说，我是从书里得到一些启发的。一般认为特情小说是纯文学不触碰的通俗文学领域。有一天我看博尔赫斯和爱伦·坡的小说，得到了鼓励。爱伦·坡和博尔赫斯写了很多侦探小说，他们笔下的人物也有盗马贼或情报官，就是写怎么破案，怎么抓小偷，但是他们写的侦探题材在文学圈谁敢小瞧？所以写什么不重要，关键看怎么写。我毅然决定尝试特情小说的写作。

《读书报》：那么谁是《解密》的伯乐？又是怎么出版的？

麦家：我交给了《当代》的编辑洪清波、周昌义，他们很看好，先在《当代》发表。书稿后来辗转交给了中国青年出版社的李师东，据他说，拿到书稿的那一天，天气特别好，他下班的路上来到河边，想看几页书再回家，没想到一口气看完了。当天晚上李师东给我打电话，说这个作品写得非常好，就没再改。也幸亏他们，否则的话，我也被废掉了。写作还是需要一些鼓励，我通过《解密》被更多人关注，自信心强了，写作也变得更轻松了。

《读书报》：《暗算》获得第七届茅盾文学奖，被不少人批评，认为你只会讲故事。但是我也注意到，你的作品在语言上还是很有追求的。

麦家：我有一个大致的判断，指责我作品没有文学性的人可能没看过我的小说。不仅仅是因为我自信。媒体把我推为“谍战小说之父”，这样高的评论会使有些人产生形而上的判断，认为它是通俗小说。我相信如果他们看了我的小说，会有另外一种看法。我不能说我的小说是最好的，但至少有个底线，它是文学的。哪怕是改编成了影视剧，也保留着文学性。

《读书报》：那你是怎样保持通俗小说的文学性的？

麦家：首先体现在语言上，其次是人物塑造。我的人物不是扁平的，而是有强大的内心、细腻的情感、曲折的命运。很多通俗文学放弃了这些，故事直线条地推进，过于简单化，命运也是大众化的命运。我的小说，不论《解密》还是《暗算》，在这方面做了很多努力和尝试。我的努力也是个性化的努力。所以多年来有那么多谍战剧，《暗算》这一开山之作不能说经典，至少是最有文学性的。

《读书报》：你曾经谈到不愿意为自己的作品归类，宁愿归为“文学作品”。

麦家：李师东当时推《解密》的时候叫它“新智力小说”，后来演变成“特情”“谍战”。从作品质地上说，我的小说逻辑关系严密，有智力的成分。

我觉得什么样的说法都是次要的，“特情”是外衣，“智力”是方式，关键是人物，我塑造了新颖别致的中国文学大家族里没有的人物。正因为没有，所以被文学界关注。

《读书报》：有评论称你是“中国当代谍战特情文学之父”。

麦家：如果有可能的话我会反驳；反驳不成功也无所谓，这些称谓像商标一样，只是抬高了你。世界著名的杂志《经济学人》刚写了关于我的一个报道，称《解密》是一部“伟大的中文小说”，是“35 年以来中国最精彩的作品，值得每个人阅读……麦家先生因为数以百万计的书籍销量，而被称作中国的丹·布朗。但这并不确切，《解密》这本小说有加西亚·马尔克斯的魔幻现实主义的广阔，又有像彼得·凯里的开端，他的作品完全进入一个新的领域，他的非凡的主角，友情和无情在交替更新。然而，麦家先生难能可贵的独到之处，就是他自己本身。他扮演的读者：他的故事，他渴望，渴望是可信的。麦家提供了一种诱人的神奇和神秘的中国之旅。这是一次绝对精彩的阅读”。也许是他对这部小说特别喜欢，也可能是他对中国文学不了解。我只是碰到一个欣赏我的读者而已。他的言论可能会影响一些人，但不会影响我。小说不会因他的评价而更好，也不会因为有恶评而更差。作家写作过程中有一个问题必须面对，作品出版后有人会捧读你，有人会误读、贬损你。不必以此为荣或以此为耻。归根到底，作品完成以前是作家的事情，完成后就不是作家的事情了。

2008 年，《暗算》获得茅奖，颁奖词中写道：麦家的写作对于当代中国文坛来说，无疑具有独特性。麦家的小说有着奇异的想象力，构思独特精巧，诡异多变。他的文字有力而简洁，仿若一种被痛楚浸满的文字，可以引向不可知的深谷，引向无限宽广的世界。他的书写，能独享一种秘密，一种幸福，一种意外之喜。

《读书报》：获得茅奖之后的创作是怎样的？2011 年《刀尖》出版的时候传闻你封笔了？

麦家：是指谍战剧的封笔。写了多年特情小说，感情积累、素材积累用得差不多了，再写下去很可能重复。荧屏上也有很多谍战剧，这个品牌被做滥了。我想趁还没太老，挑战自己。

《读书报》：当时为自己设定了目标吗？

麦家：计划和目标都等于零。《风声》写了几万字，一夜之间我全部推翻。后来写《风语 3》也是这样。写完后我发给出版社，说先请他们看看，我还想修改，因为发现结构上有问题。对方说写得很好，就这样了——都是好话。

《读书报》：写了那么多重新推翻，是需要勇气的。

麦家：也是对自我的一种尊重。一辈子不能保证每一部作品都满意，但至少要保证作品在当时很满意。如果带着侥幸心理拿出去发表，肯定是伤害读者，也是伤害自己。

《读书报》：创作近 30 年，你愿意简单总结一下自己吗？

麦家：这一路走过来，得奖也好，出版英文版也好，作品被改编成影视剧也好，让我走出文学圈，虚名更大，被更多人关注。一些不是你的好处，也朝你扑过来了。

《暗算》得茅奖是有争议的，但为什么最后得奖，肯定同名电视剧太火了，小说卖到 60 多万册。公布入围茅奖的 20 部作品后，有媒体去采访路人，问了 20 个，有 7 个人报了《暗算》，却说不上别的作品。我想这种因素多多少少影响到评选。其实一个作家被更多人关注不是好事，这两年我的有些写作是失败的。像《风语》被报天价版税，多少也影响了我的写作，受到了干扰。我觉得还是有些仓促上阵，现在骑虎难下。这些都是自己造成的，在名利面前被左右了，被诱惑了，被别人推动跟着潮流往前走了。以前《解密》修改了几十遍，现在修改都变成不必要的了。

我想重新调整一下结构，从《风语》第一部就开始调整。想到好的方案我肯定会按好方案来做。有时在诱惑面前走了弯路，我不甘心继续走下去，必须重新走一遍，这是我可贵的一面，我不愿意被拴着走。过去写作有生计的考虑，有成名的渴求，现在这些都不存在了，我觉得名气越小越好，被关注得越多，被消费得也越多。

《读书报》：你笔下的人物都是心怀理想，敢于承担自己的责任和命运。过去我采访时你说过“文学要去温暖、校正人心”，我想你本身就是这样一个敢于承担的、有责任感的作家吧？

麦家：这是必须的。作品是要面对公众的，还可能面对没有成年的孩子。写的时候，必须带着一种责任心。假恶丑的东西传播出去就是对别人的一种伤害，对自己也是一种不尊重。并不是迂腐，这是一个作家的基本素质。哪怕人间是灰暗的、沉重的，也要传达温暖的艺术作品，传递向上的信念。“人生无常苦有常”，这在生活中谁都可以体会，但是我们在跟读者交流的时候，过程怎么样都无所谓，结果必须要给人向上的力量，要相信真善美的力量。

有一次儿子跟我交流，说想写一篇东西，最后写坏人把好人打死了，坏人逍遥法外。我说古今中外没有一部作品是这样，总的来说真善美压倒假恶丑。生活中不乏假恶丑大行其道，但是写作时还是要跟这些校正一下。这没有什么可商量的。

《读书报》：儿子对文学有兴趣吗？

麦家：他现在读高中，写过一本科幻题材的书。现在学业太重，他对文学的热情没有当初高了。他也看到我这种生活，待在家里不是读书就是写作，觉得当作家太孤独。我的生活完全是向内的，他的生活是向外的。

其实读书写东西对我来说是多么幸福的事情。如果去外面打交道，合得来可以互相取暖，合不来也很难受。文字不会伤害你，也不会让你怄气。现在所谓的有一点名气之后，关注度高，对生活干扰越来越多，越来越把时间和精力消耗掉。我不享受这种过程，不愿意出去讲课或和圈子里的人交流。和陌生人交流我会很紧张。

2014 年 3 月，麦家成为美国 FSG 集团书单上的第一位中国作家。该集团是美国极负盛名的文学出版商业集团，旗下有 22 位诺贝尔文学奖得主。FSG 总编辑埃里克·钦斯基在购买《解密》版权的信中写道："我非常喜欢《解密》。这本书里有种特别吸引我注意力的东西，让我觉得这本书是一定要出版的……麦家创造了一个非常扣人心弦的中心人物，唤起了属于数学和谍战的神秘情境，精心运用了技巧，设置了让人愉悦的悬念……"

《读书报》：《解密》的英译本在英美等 21 个英语国家上市，但是它的翻译充满了传奇。

麦家：我没想到在海外这么火，火的程度超出我的期待。英国亚马孙的排行榜到了第 1030（按：3 月 25 日为第 653 名），美国也是一路攀升，到了 6000 多名（按：3 月 24 日 Kindle 付费书店为第 1624 名）。英国和美国的主要媒体把我评价得非常高。我自己很明白，一方面是他们喜欢我的小说，另一方面是他们对中国文学不了解，想不到中国有这样的文学作品。美国 FSG 集团总编看我的书爱不释手，但他怀疑"麦家"这个作家不是中国人。

《解密》出版 12 年了，跟我同时出道的作家早就成名，我始终顺其自然，消极一点是听天由命，我想属于我的总会来，不是我的怎么争都没用，应该坦然面对文学以外的事情。

《读书报》：听说翻译过程中，译者米欧敏没有和你进行过探讨。但是有些作家，把翻译家是否就作品与作家进行讨论作为评判翻译是否认真、是否准确的标准。你觉得呢？

麦家：去年 11 月份，我主动从代理人手上要了米欧敏的邮箱，因为她当时正在翻译《暗算》，里面有两处外国读者无法辨别的错误。但是她爱理不理，也不给我电话号码。她是非常学术的人，本身不搞翻译，而是研究先秦文化。出生在英国，两岁到了中东，父亲是阿拉伯语和土耳其语教授，母亲是波斯语教授，她很有语言天赋，等回英国读大学时，已经会六国语言。米欧敏上的是牛津大学，选专业时她问父亲世上最难学的语言是什么，父亲说是中文，她一学就是八年，最后取得古汉语博士学位。她研究的中文连我都看不懂。在看我的小说之前，她看的最现代的文本是冯梦龙的小说。

她不了解中国当代文学，怎么会关注到我呢？她博士毕业后在韩国首尔国立大学教中文，世博会时到了上海，返回时飞机晚点，在机场的书店，米欧敏买了两本书，就是《解密》和《暗算》。之所以单独看中我的书，是因为腰封上写着“破译家的小说”，而她爷爷是个破译家。

更荒唐的是，她不知道翻译要跟作者联系，她翻译的目的是要给爷爷看。她飞机上就看完了这两本书，回去后还总惦记着，在看第三遍的时候才决定翻译。回头想想，很不可思议，如果没有遇到这个人呢？如果飞机不晚点呢？如果没有爷爷呢？回头看看挺可怕。但这又是中国文学走出去的普遍现象，就是有太多的偶然因素。因为他们不了解中国文学，无法按正常程序去做。碰到谁就碰到了，很大程度上看运气。

目前为止，所有看过这两本书的人，都反映说翻译得很好。我相信我碰到了好的翻译。翻译是作品的再生父母，好的翻译可以把二流的作品变成一流，差的翻译可以把一流作品糟蹋掉。

《读书报》：也有一种说法，中国作品的外译本在国外没有太多的版税。这两本作品情况如何？

麦家：买版权的时候有预付定金，还是蛮高的，超出了我的预料。出版英文版的这两家出版社都是大牌的商业出版集团，选稿有严格的标准，一旦选中，起印数很大，待遇也很高。

五、解密麦家[①]

老书虫文学节——带你走进中国顶级作家麦家的世界。

作为一个写间谍小说的作家，麦家自己也是一个谜一样的存在。在第八届老书虫文学节活动上，他若有所思地斜靠在椅子上，态度温和地听着主持人轻声细语地将参与者的提问翻译成中文。从肢体语言来看，麦家的心态是很放松的，但他的眼睛一直警觉地扫视着每一个参与的观众，散发出一种不无好奇的魅力。

麦家的小说《解密》是他在海外出版的第一部英文作品，近期发布之后，广受大西洋两岸媒体和书评人的赞誉。鉴于目前中国的经济和文化都处于十分开放的时期，我们不禁猜测，或许麦家只是中国作家中率先走出来的，之后会有洪水一般的翻译浪潮袭来。《解密》的主人公是一个叫容金珍的半自闭症数学天才，20 世纪 60 年代，他被指派破译两个难度极高的密码，密码的制造者来自敌方阵营，是他以前的老师兼好友。

麦家坦言，在他的文学作品中，确实有不少自己的影子。孩童时期，他也表现出自闭倾向，很难交到朋友。而他生长的家庭在当时的社会背景下，也没有给他带来好的影响。当时正值“文化大革命”，而他的父亲是“右派”分子，爷爷是基督徒，外公是地主。无论从哪个方面来说，这样的出身都不被看好。因为觉得西方人比较难以理解这样的概念，他还打了个比方，“就好比你有个犯罪分子的老爹，还有个从事某种不正当职业的老妈”。这样打趣的说法引起了台下观众的哄堂大笑。

由于这样的家庭出身，麦家总是饱受周边人的嘲笑和欺凌。因此他只能在自己的日记中寻求一丝安慰，他认为这是他青少年时期唯一的朋友，也是唯一的减压方式。从 12 岁到 33 岁，他一直都坚持写日记。尽管他承

---

① Eric Daly. “Decrypting Mai Jia”. Beijing Review，Iss. 13，2014.

认后来写日记已经成为一种难以割舍的习惯，但不得不说，这个容易上瘾的爱好是把“双刃剑”，尽管为他以后的写作提供了不少帮助，是他成为作家的主要驱动力，但的确没有在他的社交能力方面提供任何实际的帮助。所以，他建议作家们可以写日记，但又幽默地补充了一句，为了不自闭，得“适度”。

1. 间谍的邻居

似乎与麦家充满麻烦的童年相互辉映，他 2002 年出版的《解密》的诞生过程也充满了曲折。首先，这部小说写了 11 年，期间的艰辛几乎将他带到了“绝望的边缘”，能坚持下来绝对是一个小说家对创作的爱。虽然他曾亲自将自己的两部作品改编成电影和电视剧本，但他说，不希望《解密》被再度改编，而且这部小说的主题可能在当年出版的时候也有过一些敏感的争议。

麦家笑称，自己算不上间谍，顶多是个间谍的邻居。他解释说，自己所念的大学确实是国家招收情报部门苗子的基地，当年自己也差点被招入情报部门，但由于命运的捉弄，最终在情报部门的隔壁干起了宣传工作。他还说，“文化大革命”结束后，他家庭的境况得到好转，这是他后来决定参军的关键因素。

麦家的创作才华受到领导的赏识，领导鼓励他去从事小说创作。就在他的第一部小说即将发表之际，有些人担心小说中是否有泄露国家机密的内容。基于这种担忧，小说一开始没能发表，麦家为此还特意咨询了做密码工作的老同事。结果，成立了一个官方调查委员会，由 23 位密码专家组成的审核小组开始仔细地审查小说的每个细节。23 个人里面，有 21 个给出了能够出版的回答，没有发现任何潜在的泄露机密问题。麦家说，这一现象足以说明中国的发展变化。若是在 30 年前，肯定所有人都会无条件无理由地反对此书出版。不仅如此，他还说，调查委员会的许多成员都感谢他写出了这样一本小说，关注高度保密的工作环境，也让外界了解到密码破译工作者的艰辛和孤独。

2. 个人与政治

麦家认为媒体把他归类为间谍惊悚类作家有些“不公平”，而且书中的男主角容金珍与詹姆斯·邦德有很大的距离，反而更像二战时期著名的英国电码破译员艾伦·图灵。他们都是“付出了最高代价”、将自我贡献给了国家的人。

当谈论到爱德华·斯诺登这一话题时，麦家说，颇具讽刺意味的是，尽管斯诺登干了跟容金珍完全相反的事情，出卖了自己的国家，但他们都具有一种使命感，这一点是相似的。如果从纯粹的政治立场去分析的话，无论是容金珍还是斯诺登都永远无法被世人完全理解。

尽管麦家并不赞成间谍的工作，但他的理由绝对是非比寻常的。他说，大多数的国家都会对国内或国外进行监控，用有限的技术做能做的事。间谍行为本身是没有对错的，或者说没有什么不正当的。只不过他觉得对于那些做间谍工作的人来说，情感和心理上所承受的巨大压力是很不人道的。

《解密》一书并不含有任何敏感信息，这要归功于麦家很好地把握了尺度。俗话说得好：“说得好不如做得好。”尽管整部小说一直在围绕密码破译这项高度机密的工作，但里面的内容不包含任何数据、符号或数学图纸。尽管如此，它依旧非常完美地激发出了读者的共鸣，让大家了解做这项工作的切实感受。

在全书三分之一篇幅之后，《解密》从容氏家族丰富多彩的家族史过渡到深邃的心理描写。密码破译的过程就像是用无数把钥匙去开启无数扇门，要找到其中正确的那把钥匙。有的人认为自己走的路是正确的，于是义无反顾地埋头探索数十年，到头来却很有可能发现路的尽头是个死胡同。简而言之，破解密码就是将那些高度沉迷于密码的执着之人，放入一个他们可能永远也无法逃出的迷宫里。

麦家还提到，其实探讨破译工作本身带给破译人员的心理影响，远比探讨破译工作要有意思得多。借由他曾经参加的八个月的军事训练来说，麦家认为这已经“足够了”。没有完全接近事实真相对作家来说反倒是个好事儿，因为在还没有沉迷到“与现实脱节”的地步之前，可以凭借想象力把余下、没有经历过的东西补充完整。

3. 翻译与解密

文学作品的翻译过程跟解密还是有一点相似之处的。把对中国读者来说毫无意义的符号编织成一个具有吸引力的新作品，再用另一种完全不同的语言将这个故事重述出来，功莫大焉。《解密》是一部带有散文色彩的小说，对于该小说的英译者米欧敏，麦家谦逊地表达了自己的敬意，称英译本“优美、经典地演绎了他的故事”。

不过，话说回来，即使最忠实于原著的译者也不可能将《解密》精准地转换成另一种语言。麦家不仅选择了一个令人耳目一新的创作领域，而且描写得也非常精彩，这一切无疑对读者形成了很大的吸引力。比如故事的开头，在描写容家老奶奶做噩梦的场景时，麦家是这样描写的：“芳香的烛火时常被她尖厉的叫声惊得颤颤悠悠。”

同样令人印象深刻的还有麦家巧妙的情节设置。就像悬疑作家阿加莎·克里斯蒂和达芙妮·杜·穆里埃那样，麦家的故事讲述一开始波澜不惊，但在毫无预兆的情况下会突然加快节奏。这样的情节设计不仅紧紧抓住了读者的注意力，还像扼住了他们的喉咙一样，让他们紧张得喘不过气来。《解密》是一部原创性作品，发人深省，技巧高超，定会让西方读者期待麦家更多的作品被翻译成英语出版，也期待其他中国当代作家的作品翻译成英语。

六、谍战小说之父麦家走向国际[①]

中国谍战小说之父麦家的《解密》英文译本在英美上市，走

① 江讯：《谍战小说之父麦家走向国际》，《亚洲周刊》，2014 年 3 月 30 日。

向国际，西方主流媒体罕有地广泛评论，纷纷奉上溢美之词。企鹅出版社经典书系总监亚历克斯说麦家颠覆了西方对中国作家的印象，他写作的题材和价值是世界性的。

近一个月，一位中国作家接连登上一批西方主流媒体的文化版面，这些媒体对同一位中国小说家纷纷奉上溢美之词，这是从未有过的稀奇现象。这位小说家即被称作“中国谍战小说之父”的麦家。《纽约时报》认为“斯诺登新闻事件发生后，美国情报部门对全世界大规模实施监视、侦听这一耸人听闻的事件公之于众后，人们对中国小说家麦家的作品，顿时又有新的认识和感受，其现实意义不容置疑”，称麦家“摆脱了数十年来‘西方看中国作家’的传统模式”。

3 月 23 日，身在浙江杭州的麦家对《亚洲周刊》说：“借用斯诺登事件是一种推广策略，不过这个模拟确实贴切。”斯诺登的隐秘职业在各个国家都存在，这让麦家的小说有了现实性。曾有中国评论家认为，麦家作品是虚构的传奇，“我当时无法反驳他，但我心里清楚，这样的生活其实就在身边，容金珍（《解密》主人公）和斯诺登是一枚硬币的两面”。

自谍战小说《解密》《暗算》开始，到《风声》《风语》《刀尖》，麦家笔下的一系列作品创造了一个属于谍战的辉煌时代。2008 年，麦家获得中国大陆最高文学奖茅盾文学奖，2013 年他当选为浙江省作协主席。

2 月 21 日，美国《纽约时报》以 3000 字的篇幅，对麦家做了题为“一个中国谍战小说家笔下的隐秘世界”的深度报道。3 月 18 日，麦家的作品《解密》在美国和英国同时上市。文章结合在美国闹得沸沸扬扬的斯诺登事件，提出麦家作品的现实意义。该文作者迪迪·克尔斯滕·泰特罗称：“麦家先生具有一种隐秘的气质。”泰特罗先前专程前去中国杭州，对麦家做专访。麦家在接受采访时说：“我觉得这个世界充满了秘密，人们都非常谨慎隐秘。”

《解密》于 2002 年在北京出版，讲述一个新中国破译家为了国家安全义无反顾地“燃烧了自己”。主人公容金珍是个生于声名显赫的家族但患有自闭症的数学天才，他的天赋和生理缺陷的双重性，全在那标志性的巨大头颅之中。他后来被军方最高机密部门“701”招募，负责破解两组高级密码——“紫密”和“黑密”……

1. 设立理想谷培养创作人

《纽约时报》还登载了麦家理想谷的照片，并配文说明：“这书吧就是他的天堂。”麦家理想谷是由麦家在杭州五韵峰创建的一个公益性的书店综合体，除了提供书吧、咖啡吧、文化沙龙等服务项目之外，还设立了国内独创的文学写作运营模式，免费为文学新人提供最优良的创作环境。每年由麦家亲自甄选并邀请 8～12 名“理想谷客居创作人”，他们可以在五韵峰的天然山水中免费享受两个月的客居自由创作。这是麦家为发现和培养文学人才、帮助有潜力的年轻作者实现文学理想而建的公共学习平台。有上海评论家认为，不论是麦家个人，还是其作品，都向世界展示了一个不一样的中国作家形象：既是主流的，又是商业的；既是公益的，又是诗意的。或许正是这种多角度的新鲜形象，赢得了海外媒体的好感，开启了报道中国主流作家的新篇章。

除了《纽约时报》对麦家青睐有加外，英、美的其他主流媒体，如《华尔街日报》《卫报》《独立报》等都对《解密》大加赞赏。《泰晤士文学增刊》分别在 2014 年 1 月 22 日、24 日两次评论麦家的作品：“20 世纪 80 年代中国文坛出现了莫言、苏童、余华、王安忆等一大批优秀作家，但新世纪以来，中国文坛崛起的只有一个作家，他就是麦家。”“小说《解密》于微妙与复杂中破解秘密、探索政治、梦想及其意义……从奇特而迷信的开始，到 20 世纪社会进步中容氏家族的逐步衰落，全书引人入胜……然而释卷之后，揭示人性的复杂才是本书永恒的旨趣所在。”

2 月 14 日，《华尔街日报》载文说：《解密》一书可读性和文学色彩相容并包，从一种类似寓言的虚构故事，延伸到对谍报和真实的猜测中，暗含诸如切斯特顿、博尔赫斯、意象派诗人、希伯来和基督教经文、纳博科夫和尼采的回声之感，“这本书有一种特别微妙的奇异气质，并从故事的开始一直延伸到结束”。

1月14日，英国《独立报》发表文章说：“《解密》是一部让人沉迷并爱不释手的非同寻常的小说，主人公容金珍这样的人物其实有着更宽泛的写意，人物本身就是一部复杂神秘的密码，而这部密码也永远不能被人完全解密。”

2月2日，英国《卫报》评论说：“麦家有一种独特的叙述语言，包括一些冗长但有时很明显与主题并不相关的第三人叙事，以日记、访谈的第一人称叙述，读起来会很繁复费事，尽管如此，故事仍然非常抓人眼球……不出意外，当你看完《解密》一定会想阅读更多麦家的作品。”

2月9日，《星期日独立报》说：“《解密》的超现实主义、偶尔梦呓般的语气，使读者忘记或者暂时忘记与现实生活的紧密联系，并绘制了一幅地下情报的有趣画面。《解密》是一部引人入胜和非同寻常的作品，也许我们的身边有许多像容金珍一样未曾被发现的英雄人物。”

麦家在英、美两国授权的出版社分别是企鹅出版社和FSG出版社，二者都是世界顶级出版机构。美国FSG出版社成立于1946年，以出版高质量的小说著称，官网显示，其出版的文学作品里有22位诺贝尔文学奖获得者的作品，大牌作者包括赫尔曼·黑塞、T. S. 艾略特、索尔仁尼琴、聂鲁达、戈尔丁、略萨等，被称为“诺贝尔奖御用出版社”。两家出版社对《解密》的海外出版相当重视。企鹅出版社的经典书系总监亚历克斯说：“麦家颠覆了我们对中国作家的传统印象，我们没想到中国也有这样的作家，他写作的题材和价值是世界性的。”2013年9月，FSG出版社为了拍麦家宣传片，派了一支摄制队从纽约飞抵杭州，花了一个星期，耗资数十万美元，为《解密》量身定制宣传片。目前，FSG出版社已经为麦家定下行程，他5月起“周游列国”，频繁露面《解密》的国外宣传活动。据悉，《解密》的海外版权麦家六年前就出让给一家代理了。国外出版社出书是不和作者本人沟通的，都与代理或经纪人联系。2008年国际金融危机对出版业冲击很大，直到现在，许多作家的出版计划都被搁置了。麦家透露，他与那位长于中东、留学剑桥、精通七国语言的英文翻译者完全不认识。

2. 译者书店偶遇《解密》

版权代理人介绍，译者在2010年上海世博会期间来到上海，离开时飞机延误三小时，她就在机场书店挑选中文的《解密》消磨时间。读着读着，她被吸引了，读完后立马联系麦家的版权代理。正如麦家所言，《解密》是透过一次机场偶遇，以及谁都无法预料的斯诺登事件，走入西方评论界的视野。麦家澄清，《解密》不像某些人猜想的那样，是通过作协等官方机构和书展将版权推向海外的。

《解密》在英美的上市，代表着中国谍战作家首次走出国门。麦家说："很多西方书评人不相信，这是一部来自中国的作品，他们印象里的中国文学，就是落后乡村、扭曲性爱或者政治迫害，我用作品告诉他们，中国文学还有各种形态。他们对中国当代的文学创作太不了解了。"麦家说："我对《解密》情有独钟，它几乎是我青春的全部，我命运的一部分。是我本色的苦乐。"《解密》陪他走过十年人生。麦家继续说："我无数次想要放弃掉，也被人退稿和蔑视，恰恰在这个过程中，我得到了磨炼。如今面对挫折和赞誉，方能坦然面对。《解密》是我人生的磨刀石。"

七、中国文学：从"走出去"到"走进去"①

近日，作家麦家在西方出版界刮起了一阵"麦旋风"，其作品《解密》不仅赢得了市场，也赢得了西方主流媒体的好评。《解密》的成功，隐藏着怎样的"秘密"与启示？

近年来，作家麦家屡屡成为媒体关注的焦点，在图书出版界和影视界都刮起了一阵又一阵"麦旋风"。近期，他再度吸引了媒体的目光，这次

① 饶翔：《中国文学：从"走出去"到"走进去"》，《光明日报》，2014年4月30日。

不是因为新书的出版或获奖，也不是因为根据其作品改编的电影上映、电视剧热播，而是因其长篇小说《解密》英译本在英美等 35 个国家上市，且上市首日即改写中国作家在海外销售的最好成绩，闯进英国和美国的亚马孙图书排行榜。

在赢得市场的同时，《解密》也赢得了口碑。《纽约时报》《华尔街日报》《卫报》《金融时报》《每日电讯》《经济学人》及 BBC 电台等 30 多家海外主流媒体对麦家及其小说创作进行了报道，并给予较高评价。美国《纽约时报》援引哈佛大学教授王德威的评价，称麦家的小说艺术风格“混合了革命历史传奇和间谍小说，又有西方间谍小说和心理惊悚文学的影响”。《华尔街日报》评价：“《解密》一书趣味和文学色彩兼容并包，从一种类似寓言的虚构故事延伸到对谍报和真实的猜测中，暗含诸如切斯特顿、博尔赫斯、意象派诗人、希伯来和基督教经文、纳博科夫和尼采的回声之感。”

麦家由此成为中国作家“走出去”的又一个成功案例。《解密》的成功，隐藏着怎样的“秘密”与启示？

1. “超级畅销书作家”

其实，这一步走得并不容易。

六年前，一个叫谭光磊的台湾人找到麦家，希望成为其海外版权代理人，两人很快便签了协议。可转眼三年过去，竟然连一本书的版权都没有卖出去，这使他们都感到很失望。

这时，一位中文名字叫米欧敏的英国人出现了。她在牛津大学取得古汉语博士学位后，受聘于韩国首尔国立大学教授中文，一个偶然的机会读到麦家的《解密》和《暗算》，因着迷于这两部构思精密的长篇小说，便起了翻译的念头。她翻译的部分章节后来被转到了英国企鹅出版社的编辑手中，引起了对方的浓厚兴趣。出版社很快找到了谭光磊，签订了翻译和出版合同。

“企鹅”在西方出版界无人不知——它是出版界的航空母舰，过去 60

多年一直是英语世界经典著作的诞生地，为全球书架提供了世界范围内最好的作品，涵盖各种流派和学科。

《解密》和《暗算》同时被列入该出版社的“企鹅当代经典”书系。早在1935年就诞生的该书系，早已成为国际文学界最著名的品牌，入选作品包括马尔克斯的《百年孤独》、乔伊斯的《尤利西斯》、加缪的《局外人》、博尔赫斯的《沙之书》、纳博科夫的《洛丽塔》等。

该书系此前仅收录过三位中国作家的书，分别是鲁迅、钱锺书和张爱玲。麦家是第一位被放进这个书系的当代中国作家。

“企鹅”对麦家的青睐，很快引起西方其他出版社的瞩目，它们纷纷签下了《解密》《暗算》的版权，其中就有美国FSG出版集团。这家出版巨头，因其旗下有22位诺贝尔文学奖得主，被誉为“诺奖御用出版社”，麦家是FSG书单上的第一位中国作家；其他的签约出版社还包括西班牙语国家第一大出版集团“行星”、被誉为“法国出版界教父”的罗伯特·拉丰出版社等。

值得一提的是，各出版集团对《解密》《暗算》这两本书都开出了较高的版税，如FSG的版税定为：销量5000册内按10%，5001到10000册按12.5%，超过10000册按15%。从惯例看，如达到15%的版税，说明作者已与国际一线作家并肩，成为“超级畅销书作家”。

2. 世界性的写作题材是成功前提

到底是什么吸引了多家大出版社，让麦家受到如此礼遇？对此，“企鹅当代经典”书系的编辑总监、麦家这两本书的责任编辑科什鲍姆说：“麦家先生颠覆了我们对中国作家的传统印象，我们没想到中国也有这样的作家，他写作的题材是世界性的。”

北京大学中文系教授张颐武也认为，题材对路是成功最重要的前提，麦家的小说聚焦谍战、破译、秘密，描写个人在高度压力下的生存状态和心理变化，这对西方国家的广大读者具有较大的吸引力。同时，麦家出色的写作技巧和鲜明的叙事特色，使他的谍战小说环环相扣、逻辑严密，情节紧张诡奇，从而能强烈吸引国外读者。

“麦家的谍战小说在通俗文学的外表下有着纯文学气质，既有‘数学的精神’，又有人性的情怀，因此能够跨越文化的差异。”张颐武说。

而另一个不容忽视的原因是，《解密》的主题与国际热点“棱镜门”事件不谋而合。《解密》的故事主要围绕一个名叫容金珍的孤儿展开，他有着极高的数学天赋，在经历两次收养之后，被招入破译密码的情报机构“701”基地。小说主人公与斯诺登有一定的相似度。在“棱镜门”事件沸沸扬扬之际，推出小说《解密》英译本，具有较强的巧合性、时效性与针对性。

3. “走出去”，更要“走进去”

新世纪以来，伴着中国的持续发展，中国文学呈现蓬勃发展、百花盛开的繁荣景象。然而，在全球掀起“中国热”的今天，中国当代文学又有多少作品走向了世界？

汉学家蓝诗玲曾指出中国文学在海外出版的窘境：“2009 年，全美国只出版了八本中国小说”，“在英国剑桥大学城最好的学术书店，中国文学古今所有书籍也不过占据了书架的一层，其长度不足一米”，“中国文学的翻译作品对母语为英语的大众来说始终缺乏市场，大多数作品只是在某些院校、研究机构的赞助下出版的，并没有真正进入书店”。

与此同时，重要的外国文学作品几乎都被介绍到中国，名作被一译再译，多次出版。造成这种文学“贸易逆差”现象的原因是多方面的，其中不乏我们自身的原因，在推介作品时过分迎合西方读者早年形成的某些“偏狭趣味”，而忽略了对文学本身欣赏的需求。

谭光磊认为，长期以来，中国小说的文学性和可读性之间存在着明显的问题：厚重的作品不好读，好读的作品缺乏品质。“麦家给国外展示了一个全新的中国作家形象的同时，也给中国文学界时下存在着的某些问题提了一个醒。时代变了，读者的需求变了，我们的文学趣味也应该有所求新求变。”

在麦家看来，短时间内谁也不能彻底改变这种“贸易逆差”现状，但在一定意义上，它已经在被悄悄“改变了”。“莫言获得诺贝尔文学奖，对中国作家走出去肯定有直接间接的好处。但最有威力的是中国的发展，这已经波及世界每一个角落，不仅仅是文学或者文化界，而且是每一个人，他们的工作和生活，他们的每一个白天和夜晚。”麦家说。

记者了解到，麦家所在的浙江省将以《解密》成功“走出去”为契机，提升优秀作品翻译、推介力度。据浙江出版联合集团对外合作部主任孔则吾介绍，这些举措包括：制定《“经典浙江”译介工程2014—2015年实施方案》，利用国际影展、国际书展、版权贸易等途径，重点推介麦家、王旭峰、黄亚洲、叶文玲等浙江籍国内知名作家的作品，扩大浙产图书的国际市场占有率；同时，建立翻译家资源库，打造中外翻译培训交流基地等。“不但要‘走出去’，更要‘走进去’，积极推动浙江当代文学和文化作品走入西方主流社会和主流人群。”

“今天我们是怎么迷恋他们的，明天他们就会怎么迷恋我们。”麦家对中国文学“走进”海外的前景满怀信心。

八、谍战风刮进欧美：破译中国文学走出去的“麦家现象”①

作家麦家作品不久前在英、美等35个国家同步上市，迅速成为大众畅销书，并在短时间内签出21个海外版本的版权——继英国企鹅出版公司和美国FSG出版社签约出版《解密》英文版后，《解密》《暗算》等作品相继与美国、英国、西班牙、法国、俄罗斯、德国、以色列、土耳其、波兰、匈牙利、瑞典、捷克等国家的21家出版社签约，还有更多的语种版权输出在洽谈和签约中。海外主流媒体对中国作家麦家表现出前所未有的热情和关注，形成了中国文学走出去的“麦家现象”。

---

① 陈香、闻亦：《谍战风刮进欧美：破译中国文学走出去的“麦家现象”》，《中华读书报》，2014年5月21日。

1. “麦家现象”

英国企鹅出版公司有世界文学出版界的奥斯卡之称。“企鹅经典”文库自 1935 年 8 月诞生以来，成为国际文学界最著名的品牌，收录了乔伊斯、普鲁斯特、海明威、萨特、加缪、卡尔维诺、弗洛伊德、菲茨杰拉德、马尔克斯等诸多大师的作品。《解密》英文版被收入“企鹅经典”文库，是迄今唯一被收入这一文库的中国当代文学作品。美国 FSG 出版集团被誉为“诺奖御用出版社”，旗下有 22 位诺贝尔文学奖得主，麦家是其书单上的第一位中国作家。

《解密》英文版上市后，创造了中国作家在海外销售的最好成绩。上市当天，《解密》即创造中国文学作品海外排名最好成绩：英国亚马孙综合排名 385 位；美国亚马孙综合排名 473 位，列世界文学图书榜 22 位。

除了惊人的市场表现，海外各大媒体的关注度也前所未有。《解密》英文版推出后，全球媒体集体追捧。美国的《纽约时报》、《华尔街日报》、《纽约客》杂志、《新共和》杂志、《出版人周刊》，英国的 BBC 电台、《每日电讯报》、《卫报》、《泰晤士报》、《金融时报》、《经济学人》周刊、《独立报》等 40 多家西方主流媒体都给予了极高的评价。

美国《纽约时报》《华尔街日报》等报刊记者专程从美国赶赴杭州对麦家进行采访。美国《华尔街日报》在一月内连续三次报道麦家；《纽约时报》说：“麦家在作品中所描述的秘密世界，不仅是关于中国的，也是关于世界的”；英国《经济学人》周刊更是在封面直接标点《解密》是“一部伟大的中文小说”。

麦家作品在欧美的成功传播，引起了西方社会对中国主旋律文学作品出人意料的关注和追捧，中国文学和中国出版走出去的“麦家现象”值得我们研究和思考。

2. 麦家的英雄主义

海外对麦家作品的评价相比于中国其他作家有更多的正面性和一致性，是中西文化价值观难得的一次重合。

麦家的小说被国内文学界誉为新智力小说。它吸收了欧美悬疑文学的精华，延续了 20 世纪 50—70 年代的红色经典题材。麦家的谍战密码小说的背景总是关乎国家和民族命运，与红色经典在主题上有着一致性。

麦家的英雄主义之所以能够为西方所接受，是因为他采用了全球通行的文学语言来塑造英雄。十七年文学热衷于塑造“高大全”的英雄人物，这些英雄们都是具有神性光辉的，但西方的文学传统似乎并没有这样的爱好，作为西方文学起源的古希腊文学中，即便是住在奥林匹斯山上的诸神，也有各自缺陷。麦家笔下的人物也切合西方文学这一传统，他写天才，但并非将天才简单化为万能的神，《解密》中的容金珍既是一个具有绝对高智商的天才，同时又是一个生活白痴，对于西方读者而言，这样的人物他们再熟悉不过了。在这里，麦家更多地将“信仰”幻化为一种品质、一种精神、一种追求。

麦家小说的通俗性确实很容易遮蔽其小说的文学性，影视改编的成功，更是会让很多人误解他为一个类似网络写手的作家，而在阅读《解密》《风声》等作品之后，这种误解将会被颠覆。国内文学评论界普遍认同麦家作品主流文学、主旋律文学和纯文学的定位，从纯文学走向商业文化，体现了主旋律与文化消费的结合。进入国内的茅盾文学奖和国外企鹅文学经典，是麦家作品文学经典属性的最好注解。中国的主旋律文学成为西方大众畅销书，成为中国文学研究和走出去工作的一个新话题。

从作品的内容及隐含的价值观来看，《解密》艺术地打通了中西文化的人生价值、国家理念、民族精神、英雄主义等人类共同主题，积极消解了冷战以来西方媒体对中国文学顽固的、一边倒的偏好和误读：如落后、愚昧、丑陋、“文革”、运动等。

FSG 出版公司主编艾瑞克在《解密》英文版序言中说：“虽然麦家在中国被誉为谍战悬疑大师，但这一称号可能具有误导性。当我第一次拿起《解密》的手稿时，以为会读到直接搬演到中国舞台上的美式悬疑：国际间谍之间激烈紧张的对峙，你死我活地完成解密任务。但我在《解密》中找到了不同的东西，某种复杂而独特的东西。”正如麦家在接受《北京Time Out》的采访时所提及的一样：“间谍博弈只是表层，我写的是人。那些身陷军事异化中的人：他们的精神，他们的命运，他们内心的痛与爱——这是我所关心的。”

以往中国作家作品在海外出版，收藏主体主要是学术和研究型的图书馆，阅读对象更多的是对中国文化有兴趣或者是直接从事这一专业的读者，而《解密》一书目前的海外收藏图书馆类型，70%左右是公共图书馆和社区图书馆，30%是学术和研究型图书馆。这表明《解密》的接受和传播人群主要是大众，是中国文学进入美国大众文化消费圈的可喜现象。

3. 全球营销

之前，中国作家的海外推广宣传往往存在海内海外各自为战的现象，很多中国作家的海外推广往往由境外出版单位一手操办，中国出版单位往往插不上手。同时，中国图书的对外推广基本上局限于翻译费资助，并在一些国际书展上做常规签约、发布等活动，还没有为一个作家进行过在时间地理上大跨度、并投入巨资的系列推广活动。国内外出版单位如何齐心协力在全球范围内推广一个中国作家，麦家作品的全球推广计划为中国出版界提供了借鉴。

首先是对作品本身价值和内涵精准的定位，借势来解读宣扬麦家作品本身包含的中国主流价值观和中国文化元素。

莫言获得诺贝尔文学奖，葛浩文、陈安娜等海外翻译家功不可没。麦家的作品能够在海外走红，也与译者米欧敏有关。《解密》的译者米欧敏是一位精通七国语言、专攻中国先秦文献的英国学者。这位神秘的译者在2010年世博会时到了上海，离开时飞机延误了三小时，她就在机场书店挑选了一本中文小说消磨时间，于是，《解密》幸运地遇见伯乐。译者完全被吸引了，读完后立刻自行翻译。

译者特别是海外众多汉学家，是中国文化“走出去”的重要媒介。他们不但是称职的翻译，更是书稿最有力的推荐者，海外出版社引进翻译图书，往往都会找汉学家审读。鉴于海外译者资源的重要作用，建立海外汉学家和译者的数据库，搭建中外作家和译者的交流平台，经常性开展各种交流培训活动变得非常重要而且紧迫。英国企鹅出版公司于 2009 年开始，连续三年在中国举办中英翻译培训班，投入大量资金，邀请海外一流翻译家和中外作家汇聚一堂，取得了很好的效果。相比之下，我国对此类活动的投入和支持却不尽如人意。

另一方面，尽管近年来国家各部门建立了各种翻译资助基金，但总体来说，资金支持的力度还不够，面向海外申请的操作性不强。麦家的作品出版了十年，一直没有引起海外出版社的关注，一个偶然的机会才让企鹅出版公司有机会看到这部译作，这也引起我们对现有的出版走出去资助机制科学性的思考。

虚构类作品不像文化学术作品，在很大程度上可以由作者的知名度、学科是否领先和前沿性来进行决策，文学作品通常只有全部看完后，才能决定一本书稿是否能够出版。在欧美出版社，几乎没有既能看懂中文又有决策能力的编辑。所以，要推动中国文学作品成规模地走出去，必须花成本主动翻译一批作品，译稿推广应该成为中国文学作品走出去的重要途径。一些图书的外文版可以先在国内出版，特别是要英语优先。近年来中国外文局在走出去方面成绩卓著，就是因为他们参加国际书展的图书全部是外文版。只要英语版能够出版，其他语种的版权输出会纲举目张。这也是麦家作品在企鹅出版后，能够在短时间内签出 21 个海外版权的主要原因。

中国文化“走出去”还可以更多发挥地方的积极性。如浙江是文化大省，浙江省政府正在建立以推荐浙籍作家为主要内容的“经典浙江”译介工程。

麦家作品全球推广计划主要由浙江出版联合集团、浙江省作家协会承担与外方出版社的配合协调工作，计划从 2014 年 6 月到 2015 年 6 月，用一年多的时间，在麦家作品翻译出版的国家及主要城市开展各种形式的推广宣传活动，麦家及相关工作人员将全程参与。

据了解，麦家作品全球宣传推广的总体思路是，以外方出版社为主，浙江出版联合集团参与配合；推广形式基本采用欧美习惯的模式，活动的组织以当地出版单位为主安排；参加各种国际书展，深入更多的国家和城市组织宣传活动；调动更多的海外一线媒体，深入主流和大众；以宣传推进更多的版权签约，特别关注小语种的翻译出版；加快影视和相关延伸产品的开发。

目前，英国、美国、西班牙等合作出版单位均已提出推广方案，其中以西班牙语的推广计划最为全面有力，全部投资超 100 万元人民币。

6 月 22 日至 7 月 9 日，麦家赴西班牙、墨西哥、阿根廷进行《解密》西班牙语版的宣传推广。浙版集团在西班牙举办麦家作品研讨会和解密之夜，在 100 个西班牙书店设立《解密》专柜，在重要城市进行作者宣传活动及读书沙龙，与西班牙最大的百货连锁商店及连锁书店合作，在主要城市汽车站投放户外广告。接着，麦家将赴英国和美国宣传推广，在全球最著名作家节“HAYFES-TIVAL”举办“解密之夜”，并将前期已经轰炸制造的“全球你未知的最著名作家”及“中国最特殊文学现象登陆西方”的概念正面落地，展示中国作家全新形象。

九、《解密》海外传奇解码①

50 岁的麦家，仿佛身处瑰丽奇幻、不可思议的梦境——出版于 10 多年前的旧作被国际出版豪门企鹅和 FSG 相中，成为超级畅销书，拿到 15%的天价版税，被国外媒体热切关注……这一切，是怎么实现的？

今年 3 月 18 日，企鹅英国总部、美国 FSG 出版集团向全球同步推出中国作家麦家的长篇小说《解密》的英译本 Decoded：A Novel，20 小时

① 张稚丹：《〈解密〉海外传奇解码》，《人民日报》（海外版），2014 年 5 月 23 日。

内销量闯入美、英亚马孙前 10000 名（同期位居第二的中国作品排名为 49502 位）。之后名次一直往前冲，分别进入英、美图书总榜文学书前 50 名，这是中国作家在海外销售的最好成绩。其版税不仅远高于一般中国作家海外出版的 6%~7%，而且已达到欧美畅销书作家才有的 15%。

西班牙行星出版集团麾下的“命运”书库、法国“出版界教父”罗贝尔·拉封等 13 个国家的一线出版社、出版人也都向麦家抛出绣球，愿意几乎同时出版一部华语作家作品，这种情况，10 年内还是第一次出现。

西方主要媒体对此给予强烈关注，一个多月里，《华尔街日报》进行了三次报道和评论，评价“《解密》一书趣味和文学色彩兼容并包，从一种类似寓言的虚构故事延伸到对谍报和真实的猜测，暗含诸如切斯特顿、博尔赫斯、意象派诗人、希伯来和基督教经文、纳博科夫和尼采的回声之感”；《纽约时报》则是四次评价，它援引哈佛大学教授王德威的评价，称麦家的小说艺术风格“混合了革命历史传奇和间谍小说，又有西方间谍小说和心理惊悚文学的影响”。英国《每日电讯报》做了上万字报道，盛赞《解密》是一部“你不可错过的中国小说”。

初看起来，《解密》的成功是麦家写了一个好故事，碰到了一个好翻译，搭上了国际出版界的豪门。

1. 用好故事征服读者

在中国，麦家以特情小说掀起了一波至今不衰的影视“谍战风”——电视剧《暗算》红遍中国，电影《风声》《听风者》（《暗算》改编）票房均达 2.6 亿元以上，他的谍战小说在国内售出逾 500 万册。

《解密》讲述患有自闭症的数学天才、“大头虫”容金珍，围绕“紫密”和“黑密”两部密码，与恩师希伊斯殊死搏斗，这位破译家为新中国的安全心甘情愿地“燃烧了自己”……这是他的第一部谍战小说，也是最艰难的一部。1991 年开始写，想告别固化的文学模式，没想到写了 11 年，被反复退稿，伤心、绝望。三次彻底推翻重写，局部修改至少有 20 次，从 121 万字删到了 21 万字。其间他曾无数次地痛斥自己愚笨、可怜，以致全部青春都可能为它废掉。但当他终于写完，他相信自己写出了一部非凡的小说，至少在中国是唯一的。恰恰是这部给他带来最大挫败感的《解密》创造了奇迹。

要征服海外读者，需要读者有相应的背景，首先要解决文化接受度的问题。过多强调民族化、中国风土人情，容易造成理解隔阂。而悬疑、破译密码题材和强调故事性，使麦家的书没有地域性。正如“企鹅当代经典”书系的编辑总监科什鲍姆所说：“麦家先生颠覆了我们对中国作家的传统印象，我们没想到中国也有这样的作家，他写作的题材是世界性的。”

麦家认为：在新媒体时代，读者阅读的耐心和接受度已经无限度降低。中国网络文学的变相兴盛，就是因为这一代作家为主题而写作，以至于把故事的主干都压垮了，写出来的小说太难看，所以读者抛弃了小说。

2. 巧遇一个好翻译

六年前，台湾人谭光磊找到麦家，希望成为其海外版权代理人。可三年过去，竟然连一本书的版权都没有卖出去，令他们感到很失望。

上海世博会期间，一位中文名字叫米欧敏的英国女子在上海机场逛书店，看到了《解密》和《暗算》，书封关于密码破译专家的介绍引起了她的兴趣，因为她的祖父二战时在“计算机科学之父”图灵领导下从事过破译纳粹德国密码的工作。她决定翻译给爷爷看，自娱自乐地翻译了八万字。后来她的牛津同学、著名汉学家蓝诗玲拿给企鹅编辑看，引起了对方的浓厚兴趣。

米欧敏的父亲是土耳其语教授，母亲是波斯语教授。她曾问父亲世上最难学的语言是什么，父亲说是中文，她就决定学中文。在牛津从本科读到博士，博士研究方向是先秦文化和吴越古汉语。如今米欧敏在韩国首尔国立大学教中文。

《纽约时报》的记者曾对麦家说：《解密》（企鹅版）像一帖兴奋剂，让我一夜没睡。它有一种古典的美，看了一遍还想看第二遍。

3. 搭上出版界“豪门”

“企鹅”在西方出版界无人不知——它是英语世界第一大出版集团。《解密》和《暗算》还被收入“企鹅当代经典”书系，与《百年孤独》《尤利西斯》《局外人》《洛丽塔》等共享荣光。

FSG 是美国最负盛名的文学出版商业集团，有“文学帝国守护神”之美誉，因其旗下有 22 位诺贝尔文学奖得主被誉为“诺奖御用出版社”，麦家是 FSG 书单上的第一位中国作家。FSG 总编辑艾瑞克·钦斯基看过书稿后说：“我已经很长时间没有如此痴迷于一本小说了。”付梓前，他在扉页给读者致信称“麦家可能是这个世界上你们尚未听闻的最受欢迎的作家”。

出版豪门的商业推广能力和影响力也会让人瞠目。去年 9 月，美国 FSG 特派一支摄制团队从纽约飞到杭州，用一周时间，花费数十万元（人民币）为《解密》量身定制一部预告片，为新书出版造势。“2014 年最出人意料的悬念作品”“中国最重要的文学现象登陆西方”，伴随这些广告语，5 月、6 月和 7 月，各出版社将按照国际明星的培养模式安排麦家进行环球宣传，与读者见面，出版商还为《解密》特别制作工艺精美的展架、礼物。

得知 FSG 将出版《解密》，《纽约时报》派文字和摄影记者赶赴杭州，对麦家进行深度专访，不仅报道了麦家自费创立扶持青年作者免费写作和交流的公益平台“理想谷”，甚至还将斯诺登事件与容金珍挂钩，称《解密》具有现实意义。

《纽约时报》《华尔街日报》《卫报》《金融时报》《每日电讯》《经济学人》及 BBC 电台等 30 多家海外主流媒体铺天盖地的报道，背后未必没有大出版商的影子。

4. 明天他们会迷恋我们

麦家说：“我在被冷落了十多年后，也许是博得了上帝的同情，给了我一块饼吃。”他把最近发生的传奇当作命运的眷顾。

近年来，中国作家纷纷走出去。但版权贸易专家姜汉忠认为，中国当代文学远未达到广泛输出的层面，“表面上看是翻译之难，实际上却是综合国力和世界地位的不平等。”汉学家蓝诗玲指出：“2009 年，全美国只出版了八本中国小说”，“在英国剑桥大学城最好的学术书店，中国文学古今所有书籍也不过占据了书架的一层，其长度不足一米”，“中国文学的翻译作品对母语为英语的大众来说始终缺乏市场，大多数作品只是在某些院校、研究机构的赞助下出版的，并没有真正进入书店”。个别作家的“走出去”就是“找个人翻译一下印个二三百本就完事了”。

《解密》为西方读者所接受或者预示了中国本土文化国际化的开端。麦家拥有了好故事、好翻译、好出版商及好运气，但更重要的是中国经济的崛起吸引了世界的目光。试想如果没有世博会，《解密》可能是另外一个故事……

麦家说：莫言得诺奖，相当于中国文学在世界上引爆了一个原子弹，但最有威力的“原子弹”是中国经济的崛起。这个“原子弹”已经波及世界每一个角落，不仅仅是文学或者文化圈，而是每一个人，他们的工作和生活，他们的每一个白天和夜晚。只要我们经济上保持不变的发展趋势，其他方面又有所改变，今天我们是怎么迷恋他们，明天他们就会怎么迷恋我们。

十、解开中国文学走出去“密码”①

- 中国作家要“走出去”，最重要的还是需要潜心创作出具有经典品质的原创作品。
- 时代变了，读者的需求变了，我们的文学趣味也应该求新求变。

6 月 3 日，西班牙语版小说《解密》在西班牙、墨西哥、阿根廷等 24 个国家上市，首印了 3 万册。

---

① 姜范：《解开中国文学走出去“密码”》，《经济日报》，2014 年 6 月 22 日。

此前的3月18日，《解密》英文版在美国、英国等35个国家上市，创下了中国作家作品海外销售的最好成绩。

年内，还将迎来《解密》的法语、土耳其语版；明年还将推出德语、意大利语、俄语等10多个外文版本。

不仅是多个语种遍地开花，《解密》外文版的运作方式、版税等指标，也较之前的中国文学作品有了跃升：《解密》英文版的推手，是英文文学出版界的巨头——英国企鹅出版集团、美国FSG出版集团，麦家成为首位被收进“企鹅经典”文库的中国当代作家。以往中国作家作品的海外收藏主体是学术和研究型图书馆，《解密》的收藏者则七成是公共图书馆和社区图书馆。此外，高达15%的版税，让《解密》享受着国际一流畅销书的待遇。

对于备受期待却又不无尴尬的中国当代文学“走出去”来说，《解密》的成功提供了一个颇有说服力的新鲜案例，也燃起了人们对中国文学走向世界的新期盼。

1. 解密《解密》

国际出版界何以对《解密》青眼有加？

一千个读者心目中有一千个哈姆雷特。看待《解密》也是如此。

故事本身的吸引力毋庸置疑。尽管麦家本人并不愿意被贴上“谍战作家”的标签，一个不争的事实却是，他对这一特殊领域的深度开掘是其赢得大众关注的关键。天才、神秘、悬疑、压抑、残酷，这一领域无疑具备诸多抓人眼球的看点。《纽约时报》看到了《解密》的“神秘”：“他在作品中所描述的秘密世界，是大多数中国人并不所知的，外国人更是一无所知。”《泰晤士文学增刊》则重点关注小说中展现的秘密世界里的复杂人性：“小说《解密》于微妙与复杂中破解秘密、探索政治、梦想及其意义……释卷之后，揭示人性的复杂才是本书永恒的旨趣之所在。”作家莫言也曾评价说：“麦家开启了陌生的写作领域，然后遵循文学作品塑造人物的最经典的方法来完成了它，所以获得了读者的喜爱。”

作者本人的评价，则冷静低调得多。“《解密》的成功，是由一连串不可复制不可预测的偶然造成的。”麦家如是说。一个偶然出现的翻译家，因为飞机晚点，偶然在机场看到《解密》，因为祖父从事过破译工作而对《解密》产生兴趣，正是这样一个偶然接着另一个偶然，《解密》英译本才得以诞生。

出版研究者提供了看待《解密》成功的另一种视角——“功夫在书外”。全国政协委员、中国出版研究院原院长郝振省认为，《解密》的成功是偶然因素与必然因素交织的结果。称之为“偶然”，是因为《解密》的输出适逢“斯诺登事件”沸沸扬扬之时，可以说是成功借势国际话题。称之为“必然”，一方面是中国的综合国力增强，世界“解密”中国的愿望越来越强烈；另一方面是中国书业近年来大力实施“走出去”战略，中国作家个人在国际舞台上的魅力日益得到认可，这些因素都会促进海外出版社和媒体对中国作家作品的好奇心和亲近感。

文艺评论家则看到了《解密》对中国当代文学走出去的标志性意义。“在相当长的时间里，外国读者并不是从文学角度来认识中国当代文学的，而是习惯于将文学作品当成‘中国社会读本’。莫言、麦家等人的作品让国外挑剔的纯文学读者从文学层面打量中国当代文学，这是一个突破某种定见甚至成见的标志。但愿从此能慢慢改变引进和‘被引进’的逆差。”《人民文学》主编施战军这样评价。

2. 谁是下一个《解密》?

从莫言获得诺贝尔文学奖，到《解密》的成功，以及最近阎连科获得颇有国际声誉的卡夫卡文学奖，一年来，中国当代文学的国际美誉度和关注度持续升温，引发了国内各界对中国文学走出去的新期待。

百余年来，我们对国外文学的引进热情和引进规模，一直远远高于中国文学的“被译介”。

即使在中国 GDP 跃居世界第二的今天，中国当代文学在海外依然处于边缘地位，西方对中国当代文学的误读依然存在。重要的外国文学作品几乎悉数来到中国，重要奖项、热门国家的名作佳作很快就会出现中译本；与此相反，在海外能够进入商业出版、摆上书架的中国文学作品，却是寥若晨星。汉学家蓝诗玲提供的数据颇有代表性：“2009 年，全美国只出版了八本中国小说。”

诚然，成功的文学作品，通常具有不可复制的特殊魅力。文学“走出去”，也绝非朝夕之功。希望中国文学成功“走出去”的人们，还是希望复制《解密》的成功，出现一本又一本《解密》。

在郝振省看来，《解密》有值得借鉴的成功经验：反映人类共同的精神追求和共有的探密欲望，体现对叙事手法的创新和探索，雕琢优美的叙事语言，再配之以能够真实准确传达作品思想的优秀翻译，这些都是吸引海外读者的重要因素。他同时也强调了营销的重要性：“还要注重拓展海外营销渠道，如果没有营销渠道的助力，传播能力不足，海外读者接触不到我们的优秀文学作品，那就‘酒香也怕巷子深’了。”

即将实施的“麦家全球推广计划”将成为中国文学走出去的一个全新尝试。浙江出版联合集团、浙江省作家协会将协同五洲传播出版社等，联合英国企鹅出版集团、美国 FSG 出版集团、西班牙普拉内塔出版集团、德国兰登出版集团、法国罗贝尔·拉封出版集团等海外出版麦家作品的机构，从（2014 年）6 月《解密》西班牙语版上市开始，在麦家作品翻译出版的国家及主要城市开展推广宣传活动。在准确全面地向世界展示麦家和麦家作品之外，还将通过与海外出版机构和汉学家、翻译家的零距离接触交流，使这一推广计划成为中国图书走出去的平台建设工程，麦家之外的其他中国作家也将从中获益。

文学走出去，并非易事。翻译人才、优秀版权代理及推介平台的缺乏等，都是需要破解的现实障碍。当前，对翻译环节的重视和支持已经初见成效。有识之士表示，这仍只是粗线条的基础性工作。文学“走出去”需要更复杂、更周详的战略，还需要对作家进行个性化的、有针对性的包装。

创作本身的调整和提质更是关键因素。从自身寻找原因，改变对中国文学的误读，是长期从事国际版权经纪的台湾光磊国际版权经纪有限公司总裁谭光磊开出的药方："造成误读的原因之一来自我们自身，在推介作品时过分迎合西方读者早年形成的某些'偏狭趣味'，而忽略了对文学本身欣赏的需求。"谭光磊认为，中国小说的文学性和可读性之间存在着明显的问题：厚重的作品不好读，好读的作品缺乏品质。"说到底，时代变了，读者的需求变了，我们的文学趣味也应该有所求新求变。"

相比如何"走出去"，麦家更强调"怎么写"："翻译莫言作品的英语译者葛浩文在接受采访时谈到，西方小说经过长时期的演变到了 20 世纪基本定型，怎么写才算是好作品，大多都有不成文的约定，市场也会决定一部小说该怎么写。中国的小说一开始就是长篇大论地介绍一个地方，可以吸引国内的读者，但对英文读者来说，可能会造成隔阂，让他们失去继续读下去的兴趣。如果你想'走出去'，我觉得在'怎么写'这上面也许有文章可做，你要遵循某些国际法则，不能一味沉浸在'民族性'上。"

"中国作家要'走出去'，最重要的还是需要潜心创作出具有经典品质的原创作品，除了对中国故事的内质要有深度探索，还要在艺术层面上体现我们的智性。"施战军给出了这样的建议。

十一、麦家在西班牙被称"世界上最成功的作家"①

麦家《解密》近期在国外大受好评，继英文版被英国出版巨头企鹅兰登书屋"企鹅经典"文库收入后，西班牙语版的《解密》日前也由西语国家第一大出版集团西班牙行星出版集团出版上市，行星出版集团还将其纳入旗下最著名的"命运书库"，这是中国当代小说首次入围该西语经典书库，此前马尔克斯、博尔赫斯、略萨及多位诺贝尔文学奖得主的作品都

① 高宇飞：《麦家在西班牙被称"世界上最成功的作家"》，《京华时报》，2014 年 6 月 25 日。

被收录进该文库。昨日记者获悉，随着西语版的《解密》上市，西班牙首都马德里街头的公交车上已印有麦家《解密》海报，海报上用西班牙语写着："谁是麦家？你不可不读的世界上最成功的作家。"麦家助理闫颜告诉《京华时报》记者，麦家目前正走访西班牙，他还将前往拉美，访问马尔克斯的"第二故乡"墨西哥和博尔赫斯的故乡阿根廷，"在马德里目前有27家媒体专访了麦家，包括西班牙最著名的三大日报《国家报》《世界报》《ABC报》，以及西班牙最主要的读书杂志《读书》"。

昨日远在西班牙的麦家接受《京华时报》记者采访，谈及国外媒体关心的话题，麦家称当地媒体最关心他的个人经历，中西作家作品的差别，以及他写作上受到影响的西方作家。在西班牙公交车身印小说广告的，此前只有少数作家像马尔克斯、丹·布朗可以享此"待遇"。谈及对另外这两位作家的印象，麦家说："马尔克斯就像纵横捭阖、绵延千里、包罗万象的山脉，他的作品就像艺术品，让你舍不得一下子读完；国内大家喜欢拿我和丹·布朗比较，虽然我们题材都涉及破译，但还是有很大不同。"谈及海报上"你不可不读的世界上最成功的作家"说法，麦家笑称这只是因为西方国家对于中国作家还不够了解："一方面说明他们对《解密》认同，但另一方面反映他们对中国文学、作家还不了解，知道的只是冰山一角。"

据麦家助理闫颜透露，目前麦家西语版《解密》获得了3万册的首印数和12.5%的版税率，"这个首印数在中国作家中很罕见，而版税率也达到了欧美畅销书作家的规格"。

十二、麦家携《解密》亮相西班牙　将作两场发布会[①]

在世界语言的版图上，西班牙语被称作人类的第二大母语。本届世界

① 饶翔、王湛：《麦家携解密亮相西班牙　将作两场发布会》，《光明日报》，2014年6月30日。

杯 32 强中有 9 支队伍来自西班牙语国家。就在西语国家征战世界杯之际，一位用人类最大母语汉语写作的中国作家正在西班牙语文坛上隆重亮相——麦家带着他的《解密》来到了西班牙，他还将前往拉美，访问马尔克斯的“第二故乡”墨西哥和博尔赫斯的故乡阿根廷。

在麦家 6 月 21 日踏上西班牙的国土之前，从 6 月开始，西班牙首都马德里街头的一辆辆公交车车身广告上，一行问句和一行回答吸引了众多路人的目光：“谁是麦家？你不可不读的世界上最成功的作家。”车身广告背景则是新书的封面：红色丝绒上铺着褐色的木格，其中的一格里有一个骰子，书名则是金色字体的“解密”。

像这样的公交车广告，在马德里的 18 条公交线路上随处可见，将连续投放 40 天，接下来还会出现在巴塞罗那的公交车上。如此大的手笔来自西语国家第一大出版集团西班牙行星出版集团。它设立的行星奖是西语国家最重要的文学奖项，奖金高达 60.1 万欧元，仅次于诺贝尔文学奖。

一系列推广举措显示出出版社对于《解密》的信心：公交车站站牌广告和公交车车身广告，之前只给丹·布朗等极少数的作家投放过；安放在西班牙 100 家重要书店里的 1.6 米高的落地书架——相当于马尔克斯、略萨、丹·布朗等人的同等待遇；3 万册的首印数和 12.5%的版税率——欧美畅销书作家的规格，以及在西班牙最大的连锁商店和书店安排重要展位。

行星出版集团的信心，来自他们对麦家和《解密》的文学价值的信任。行星出版集团将它纳入了旗下最著名的“命运”书库，这是中国当代小说首次入围这一西语经典文学书库，得以与马尔克斯、博尔赫斯、略萨以及多位诺贝尔文学奖得主的作品并列。在新书推介中，《解密》被称作“一部杰出的文学悬念佳作”。

事实上，《解密》在西班牙已经先声夺人，此行的翻译李程透露，麦家的西班牙之旅差不多被专访时间占据了一大半，在马德里就有 27 场。包括西班牙最著名的三大日报《国家报》《世界报》和《ABC 报》，以及西班牙加泰罗尼亚地区最重要的《先锋报》，西班牙最主要的读书杂志《读书》和西班牙国家广播电台都预约了专访时间，麦家和行星出版集团还将在高校作两场发布会，并与西班牙当代著名作家哈维尔·西耶拉和阿尔瓦罗·科洛梅尔分别对谈。

十三、麦家“走出去”的解密[①]

就中国当代文学的对外传播而言，2014 年也许算得上是一个“麦家年”。

2 月起，美国《纽约时报》《华尔街日报》、英国《卫报》等美英主流媒体，对中国作家麦家的创作成就及其作品《解密》的艺术特色进行了密集报道，不惜笔墨，不掩惊喜。3 月，《解密》英文版由美国 FSG（法劳·斯特劳斯·吉罗出版公司）与英国的“企鹅兰登”两大出版集团联手出版，并在所有英语国家同步上市，初版同时被纳入英国著名的“企鹅经典”文库。目前，《解密》已相继与西班牙、法国、俄罗斯等 13 个国家的 17 家出版社签约。企鹅兰登书屋集团也正在组织翻译麦家的《暗算》，预计将于年内出版。

对于麦家其人其作在海外的走红，美国《纽约时报》在题为“一个中国谍战小说家笔下的秘密世界”的报道里认为，麦家在作品中所描述的秘密世界，大多数中国人并不熟悉，外国人更是一无所知。麦家自己向媒体坦陈：“其中有巨大的偶然性。如果我的译者当初没有在机场书店看到我的书，她的爷爷没有从事情报工作，可能这些事情都不会发生了。”麦家特别强调个人的“运气”，但这些看似偶然，实则必然。因为，译者看了《解密》，觉得“好看”；出版商看到译稿，惊呼：“没想到中国也有这样的作家。”这些都源于《解密》这部作品独特的艺术特色，以及麦家小

① 白烨：《麦家“走出去”的解密》，《人民日报》，2014 年 7 月 1 日。

说创作的别有洞天。换句话说，一个出色而独特的麦家和他的小说文本，本来就存在着，现在恰巧遇到合适的译者，又恰逢适当的时机。译者、出版者，包括媒体、读者，以接力的方式联袂发现了麦家，一个当代版的“伯乐相马”的故事便应运而生。

从一些英美媒体有关麦家的文学创作报道看，虽然不可避免地带有欧美主流媒体的特定视觉，但在阐说英美书业何以看重麦家、英美读者何以看好麦家的因由中折射出来的看法，却对我们重新认识麦家小说、理解麦家的创作个性，乃至揣摩“中国文学走出去”的脉动等，不无启发意义。

麦家从《解密》开始，到《暗算》和《风声》，都脱开常规写“谍战”，很受读者欢迎，但文学评论圈的评价始终不高，并不时伴有到底是严肃文学还是类型文学的种种争议。《解密》获第六届茅盾文学奖提名，《暗算》获第七届茅盾文学奖，才在一定程度上抬升了麦家的文学地位，使这个另类作家进入到主流作家行列。与文学评论界的迟疑形成鲜明对比，英美的书业界与传媒界对于《解密》的肯定却极为果决，如《华尔街日报》的文章说道：“《解密》一书的可读性和文学色彩兼容并包，从一种类似寓言的虚构故事延伸到对谍报和真实的猜测中，暗含诸如切斯特顿、博尔赫斯、意象派诗人、希伯来和基督教经文、纳博科夫和尼采的回声之感。”

《解密》在善于营构故事和精于叙述故事两个方面，都显现出了麦家在小说艺术上的造诣与气质。作品里有着家族遗传与数学天赋的主人公容金珍，本可成为国际数学大师，但因国家安全急需解密人才，便倾心倾力地投入进来，在破解顶端密码的工作中与自己的老师——著名的数学大师与制密权威希伊斯暗中斗智角力。小说在悬疑丛生的叙事里，既写天才斗智，又写人才互耗；既写性格悲剧，又写命运悲剧；既蕴含了丰富的东西方文化内容，又挖掘出潜藏于人性深处的灵性与魔性。在数学奇才献身国家解密事业的故事里，从正面看，是个人命运交织着国家命运；从背面看，则还有科技的进步常常构成对人性的钳制，智慧的释发往往会形成对文明的反制等悖论。这种以小见大、以少总多的叙事，使作品在引人入胜的故事中富含了引人反省的深刻内蕴，从而具有多角度解读的可能。糅合了“东”与“西”，打通了“雅”与“俗”，辨识度高，个性化鲜明，这种风格得到不少海外读者的认同，也开启了中国当代文学通往世界的另一扇窗户。

《解密》的英国出版方，企鹅经典书系的总监在接受媒体采访时说：“麦家先生颠覆了我们对中国作家的传统印象，他写作的题材和价值是世界性的。”还有一些要言不烦的评说更直白也更有意味。如美国《纽约客》的主笔说：“麦家的成功源于他的某种能力，他的小说专注于故事，而不是把我们的注意力转移到政治上去。”要看好故事，看有关中国也有关世界的故事，是许多海外媒体在报道和文章中显露出来的强烈的阅读期待，而麦家和他的《解密》，正好满足了这样的期待，这也是中国作家与海外读者在写作的“供”与阅读的“需”上，少有的达到高度契合的成功范例。

因为种种原因，作为中国文化核心构成的中国文学，在海外的传播与影响不仅差强人意，而且与日益崛起的大国地位不大相称。这种情形，连海外的汉学家也为之着急。英国汉学家、剑桥大学的蓝诗玲就不无忧虑地指出：“2009 年全美国只出版了八本中国小说”，“在英国剑桥大学城最好的学术书店，中国文学古今所有的书籍也不过占据了书架的一层，其长度不足一米”。这种情形再清楚不过地表明，中国文学的对外输出与传播，委实任重而道远。

随着国家日益重视文化软实力在综合国力和对外影响上的重要作用，近年来我们在中国文学与文化的对外传播与译介工作上增加了不少力度。但毋庸讳言，成效最为显著、影响更为巨大的，可能还是 2012 年荣获诺贝尔文学奖的莫言，以及 2014 年走红英、美图书市场的麦家。“黑马”麦家无意中的“被发现”，同样对海外的人们了解中国不无启迪。中国当代文学是丰富多彩的，也是与当下世界完全接轨的。值得了解的作家，值得欣赏的作品，不只莫言与麦家。只要不带成见，取下有色眼镜，将会看到一个与中国历史一样辉煌、与中国现实一样多彩的当代中国文学。

有心的企鹅兰登集团董事局主席马金森，在远赴杭州给麦家送样书时说：“这是我履新来第一次给作家送书。我们现在每年出版 12000 册图书，但中国作家的书还是很少。这是一种仪式，也是一份期待，希望通过你，让我们能淘到更多中国作家的‘金子’。”有着这样的眼界、这样的热望，相信马金森在中国定会大有收获。

十四、麦家对话西班牙作家哈维尔·西耶拉：文学能让东西方深入交流[①]

世界杯激战正酣，巴西高原一派狂欢景象。足球成为无须翻译的世界性语言，球迷们追随自己喜爱的球队，重返梦幻激情的诗意年代。足球的戏剧性在本次世界杯的比赛上得到淋漓尽致的展现，就像当年从拉美走向世界的西班牙语文学，给人们打开了一个个跌宕起伏、难以想象的世界。

也是在这个时候，中国作家麦家带着西班牙语版《解密》走进了西班牙语文学世界。西语版《解密》由行星出版集团推出，首印数 30000 册，它同时还被收入集团旗下著名的“命运”书库，这也是中国当代小说首次入围这一西语经典文学书库。此时，在西班牙的近百家书店里，已经摆上了这部小说。

对西班牙读者来说，麦家这个名字之前还很陌生。但过去的一个月，在马德里和巴塞罗纳街头的公交车车身上，他们常常可以看到这样一句话：“谁是麦家？你不可不读的世界上最成功的作家。”背景是新书的封面：红色丝绒上铺着褐色的木格，其上是金色字体的书名“El Don”（解密）。最近一段时间，这个来自东方的作家频频出现在当地几十家媒体的

---

① 李晓晨：《麦家对话西班牙作家哈维尔·西耶拉：文学能让东西方深入交流》，《文艺报》，2014 年 7 月 2 日。

版面和频道上。据五洲传播出版社图书出版中心主任郑磊介绍，麦家此行将接受包括《国家报》《世界报》《ABC 报》《先锋报》，以及西班牙最主要的读书杂志《读书》和西班牙国家广播电台的专访。此外，他还将在高校作两场发布会，并与西班牙当代作家哈维尔·西耶拉和阿尔瓦罗·科洛梅尔对话。

6 月 24 日，和麦家坐在一起的，是西班牙读者非常熟悉的本土作家哈维尔·西耶拉。哈维尔是西班牙小说家、记者与学者，他的作品许多都成为畅销书。他是西班牙首位跻身《纽约时报》畅销书排行榜前十名的作者，小说《秘密晚餐》已在 42 个国家出版，累计销售 300 万册以上，有数位美国电影制片人想将这部作品改编成影视剧。他的小说讨论了各种历史疑案，并以大量的档案资料和背景调查研究为基础，具有高度的可信性。这样看来，“解密”成为麦家小说与哈维尔小说的相似之处，他们都在孜孜不倦地探求知识的秘密、历史的秘密、人性的秘密。也因此，麦家与哈维尔之间的对话就有了些神交已久的意思。

1. 西班牙读者会觉得《解密》似曾相识

在与麦家对话之前，哈维尔已经仔细阅读了《解密》，小说主人公容金珍给他留下了深刻的印象。他说，阅读《解密》对自己来说是一个重大的发现，这部小说的写作方式非常独特，叙事很精彩。小说的叙述者本身让人着迷，他在承担叙述任务的同时，又是研究者和调查者，搜集不同的材料，进行各种采访，最后叙述者本人也成为小说之谜的一部分，这给这本书注入了特殊的灵魂。

哈维尔谈到，小说主人公容金珍是一个独特的文学形象，他是一个天才，性格敏感，渴求知识，而且他的名字随着故事的推进不断变化，多次改变名字和代号。西班牙读者对这样的人物并不陌生，他与西班牙小说中的某些人物形象是相似的，容金珍与塞万提斯笔下的堂吉诃德就十分相似，他的性格里也有某些偏执，固执地沉浸在自己的世界里。

2. 别给作家简单地贴标签

哈维尔和麦家的经历也有些相似，同样作为畅销书作家，他的小说常被归入“悬疑小说”的类别。《秘密晚餐》出版时，因为写的是与《达·芬奇密码》相似的题材，它曾被贴上各种标签。这种事情也曾发生在麦家身上，一直以来，他都对自己的小说被归入“类型文学”不置可否，在他看来，自己的小说绝不是要讲一个好看的故事，而是一种严肃的、谨慎的写作。在谈到这个问题时，哈维尔的态度非常鲜明，他认为，一个伟大的作家不应该被局限于某一个国家，他的作品应该具有世界性。他说，今天如果我们重新出版《堂吉诃德》，也许会面对这样一些问题：该把它放在哪个书架上？是称之为骑士小说、悬疑小说，还是黑色小说？给作家和作品贴标签是一种不恰当的行为，尤其对那些伟大的文学作品而言，这样做更是不合适的。

哈维尔称，麦家是一个具有世界性的作家，因此不能给他简单地贴上某个标签。《解密》融合了中国传统小说和现代文学的特点，它讲述了一个中国的故事，思考的是世界性的问题，其中之一就是人类该如何理解和应用知识，是怀有某种目的去获取知识，还是重新回到古希腊时代那种无功利的态度。

3. 文化的交流才能达成东西方的契合

读过哈维尔的小说，麦家对此次对话有期待，也有紧张，不能确定这位深受西班牙读者喜爱的作家和其所代表的西班牙文化，是否会接受他和他的小说。甚至当麦家在马德里的书店看到自己的小说摆放在显眼处售卖时，看到公交车上《解密》西语版的封面时，都总有种忐忑的感觉。

谈起《解密》的创作和出版过程，麦家的言语中还是流露出许多复杂的情绪。毕竟，《解密》是其写到现在写得最苦的一部作品，1991 年动笔，2002 年出版，经历 17 次退稿，其间充满了许多不愉快的记忆，给予他一次次打击。而这部小说从中国走向世界，又花了整整 12 年，比他的写作时间还要漫长。时间也许给麦家开了个玩笑，为的是考验他是否有足够的耐心和信心。

由《解密》的“出国”之路，麦家想到了中国与西方国家的文化交流所面临的困境。他说，近 30 年来中国经济迅速崛起，这已成为全世界公认的事实。但中国的文化还是没有得到充分的了解，让世界了解这样一个具有 5000 年文化的国家，不能只靠经济的发展，更重要的是文学、影视及各类文化产品的交流，通过这种交流才能达成东西方内心的契合。他说：“文学能让东西方文化进行深入的交流，因为在文学作品中活着的是一颗颗心、一个个灵魂。文学是传播友爱的，是充满真、善、美的，当传播友爱成为全世界的共识，人类才能减少摩擦，心心相印，世界也才会变得更加美好。”

十五、《解密》西行①

从 2014 年 3 月开始，随着多家英美主流媒体大篇幅报道，麦家作品《解密》以 15%的高版税在英美等 21 个英语国家出版，出版该书的两家出版社均是大名鼎鼎——企鹅出版集团和法劳・斯特劳斯・吉罗（FSG）出版集团。

6 月，《解密》的西班牙语版由西语国家第一大出版社——西班牙行星出版集团出版。为了给新书造势，《解密》的宣传海报印在了马德里 18 条公交线路的公交车上。6 月底到 7 月底，为了配合《解密》的宣传，麦家应行星出版集团的邀请，开启了他为期近一个月的西语国家之行，其间，接受了上百家当地媒体的采访。国际出版巨头力推、大手笔广告、密集的媒体报道，这些待遇，对于中国当代作家而言，可谓是空前的。

但对于麦家的海外走红，却有很多出版人和学者大呼“意外”，就连刚刚从拉美归来的麦家本人也连称“没想到”。

---

① 丁大伟：《〈解密〉西行》，《人民日报》，2014 年 7 月 25 日。

麦家作品缘何让国际出版巨头们青睐有加？如此推广力度下，麦家的书卖得怎么样？当地媒体和读者是如何看待麦家及中国文学的？走红的背后，是否能摸索出一些经验为更多中国当代文学作品走出去提供有益借鉴？文化版特推出连续报道，首先让我们走进西班牙一探究竟。

1. 占据书店醒目位置，店家看好销售行情

1974 年开始营业的“对话”书店坐落在号称西班牙最奢侈的塞拉诺大街上。书店建筑风格独特，它的整体设计和装修都是由西班牙著名建筑师、普利策奖获得者拉斐尔·莫雷诺完成的。书店的橱窗内摆放着目前书店力推的热门书籍，中国作家麦家的《解密》放在中央位置，书上放了一双筷子，旁边是一个调羹和一件瓷器。

“这本书我已经看了一大半，很喜欢，所以我希望我们的顾客也能看看这本不一样的中国小说。”书店店长卡门说。“不过，我不太了解中国的装饰艺术，所以就摆了这几样我觉得比较有中国风情的物品在书的旁边，希望引起顾客的注意。”卡门解释说。

《解密》在“对话”书店推出一个月左右，共卖出了 30 多本。对于这个成绩，书店店主罗茜奥感到满意，但她期待的显然更多。

“这是一本很好的小说，它与以前我们熟悉的来自中国的书籍不一样，故事性很强，很能抓人，我认为它应该可以取得更好的成绩。”罗茜奥说，“以前我们店里销售的关于中国的书籍都是有关经济和文化的，还有一些中国古典文学作品，这是我们第一次推出中国当代作家写的小说。”卡门说：“在西班牙，我的文化层次属于比较高的，做的又是图书生意，但即使这样，我对中国当代文学的了解仍然很少，如果是街上的普通人，那就更别说了。”正是因为如此，对于《解密》的来袭，卡门感到惊喜并且十分好奇。

据麦家的助理闫颜介绍，几乎在所有西语国家的重要书店，《解密》都被摆在了醒目位置。

2. 连续 3 个星期在 18 条公交车线路上投放大幅广告

《解密》在西班牙的出版商为西语国家中最大的出版社行星出版集团，其推出的《解密》西语版从 2014 年 6 月起开始在全球发行。为了给麦家和《解密》西语版的发行造势，行星出版集团连续 3 个星期在 18 条马德里的公交车线路上投放大幅广告，广告词写着：谁是麦家？你不可不读的世界上最成功的作家。广告背景正是《解密》西班牙语版封面：深褐色的木格铺在紫红色的丝绒上，其中的一格放着一只骰子，骰子上方用金色写着麦家，白色写着书名“El Don”。

出于对麦家和《解密》的信心，行星出版集团决定大手笔推广《解密》，除了广告投放外，还邀请麦家来到西班牙与媒体来了次亲密的“面对面”。在马德里和巴塞罗那 4 天的访问中，麦家接受了 43 次专访，其中包括西班牙全部五大国家级主流媒体，媒体刊出的报道共有 80 条。行星出版集团还将《解密》纳入了旗下最著名的“命运”书库，这使得《解密》得以与马尔克斯、博尔赫斯、略萨及多位诺贝尔文学奖得主的作品并列，这是中国当代小说首次入围这一西语经典文学书库。

为了让《解密》能够在西班牙语国家一炮打响，《解密》西语版的责编玛利亚和她的同事们在书籍包装和设计上也费了许多心思。“当时我们为了给《解密》取一个最佳的西语名字，就讨论了好几个星期。在我们看来，如果将‘解密’直译为西班牙语的‘解开密码’，其内涵就太狭隘了，因为这本小说的内容要远远超出这个话题。最后我们选取‘El Don’作为书名，‘Don’是我们对男性的尊称，‘El Don’可以理解为一个特别的人或者一个天才等，这符合主角容金珍的形象。”玛利亚回忆说。

3. 中国当代文学在西语国家是新鲜事物，人们有兴趣去了解

“《解密》西语版的首次发行量为三万本，这已经是一个比较高的数字，我们相信这本书能够取得成功。”玛利亚说。据行星出版集团外国文学公关推广负责人玛尔塔透露，他的同事达尼埃尔在中国参加一个中国当代文学的推广会时认识了《解密》和麦家。他们在阅读了这本小说的英文

版后非常喜欢，同时了解到《解密》在英国和美国的成功，出版社很快决订购买版权并将其出版。“这是一部很特别的小说，从故事到写作手法都是如此。”玛利亚说。让他们更为期待和振奋的是未来能与更多的中国当代优秀作家合作。

“中国当代文学在西班牙语国家是一个新鲜事物，人们有极大的兴趣去了解，而且在与中国作家的接触中，我们也感受到了中国文学走出去的强烈愿望。麦家本人这次就给我们提供了很大的支持，他亲自来到西班牙，以及墨西哥和阿根廷，媒体对于能够采访这位著名的中国作家反应极为热烈，最后的传播效果也非常好。通过与媒体的对话，大家不仅了解了麦家和他的作品，也对中国文学和当代中国有了整体和深入的认识。”玛利亚说。

据介绍，行星出版集团此前还曾出版过中国作家余华的作品《兄弟》《许三观卖血记》《活着》，以及莫言的《变》。行星出版集团负责莫言和余华作品的主编马尔·加西亚表示，余华是一位伟大的当代中国作家，为许多西班牙读者所了解。他的代表作《活着》已经再版三次，目前仍“活跃”在西班牙的书店里，行星出版集团有意出版余华的所有作品。而莫言在获得诺贝尔文学奖后其市场影响力大为提升，在西班牙他已经是一个作品销售量比较高的作家。

玛尔塔表示，无论是莫言获得诺贝尔文学奖，还是麦家作品在海外的成功，都说明了中国当代文学的实力。行星出版集团愿意成为中国当代文学作品和西班牙语读者之间认识和沟通的桥梁。

十六、麦家携《解密》西行归来：文化传播是个慢活[①]

- “我觉得首先是小说本身吸引他们，这是交流的基础。”

“自从踏上这个因博尔赫斯而梦幻的南美国度，我的文学之乡，时间

① 肖家鑫：《麦家携〈解密〉西行归来：文化传播是个慢活》，《人民日报》，2014 年 7 月 28 日。

就在文学和足球之间……城市的一端是氤氲深邃的拉普拉塔河重若千钧的宁静，另一端则是探戈和世界杯点燃的熊熊鼻血。”在阿根廷，麦家如此写道。

踏上自己的“文学乡土”，麦家感怀激荡。但出发之前，他却有些忐忑：“出国宣传自己的作品，国外的媒体和读者会买账吗?”

但不安的情绪还没等麦家到达阿根廷就已烟消云散——麦家未至，《解密》已火。

“不到一个月就超过4000册的销量不但让我受宠若惊，就连贵为西语世界第一出版社的‘行星’对此也颇感惊讶，至今讲不出其中的根由。这可能就是我和阿根廷、和博尔赫斯的缘分吧。”麦家说。

麦家不止一次谈起过自己与博尔赫斯的深厚渊源。这次南美之行，博尔赫斯也成了他与当地媒体、学者之间对话的切入点。阿根廷最大的报纸《号角报》就发表文章《为博尔赫斯的布宜诺斯艾利斯而痴迷的中国作家》报道了麦家及其作品《解密》。

除了博尔赫斯，让西语媒体更感兴趣的是麦家作品本身。“《解密》这本书比较易读，同时又很耐读，很多评论家认为我创造了一种新的文学品种。我觉得首先是小说本身吸引着他们，这是交流的基础。”麦家认为。

“在西班牙，有一场活动是我与著名作家哈维尔·西耶拉的对谈，他认为我的作品不仅有让人感兴趣的中国历史，讲了清末民初时一个中国家庭的故事，同时还有很强的世界性，充满了梦境和奇特的数学推理。”麦家说。

西班牙三大报纸之一的《阿贝赛报》则认为：《解密》讲述的是一个微妙而复杂的故事，是间谍故事和历史传奇及数字代码的结合，麦家优雅的笔触让他的作品既兼具文学性，又十分畅销。

- “对中国有强烈的好奇心但又缺乏了解，这种反差让媒体蜂拥而来。”

世界性的题材、通俗性和文学性之间的精准把握、恰到好处的中国特色让西语国家的媒体和读者欲罢不能。但与当地媒体异乎寻常的热情形成鲜明对比的，是他们对中国当代文学的陌生，这令麦家颇感错愕和遗憾。

“在交流过程中，感觉他们对中国文学的了解太少了，知道的作家只有莫言、余华等极少数人。可以说，他们对中国当代文学的了解仍然停留在改革开放初期，印象也无非就是落后的乡村、贫困的生活、扭曲的性爱。一位当地学者告诉我，中国文学给人的感觉往往是主题过于宏大，有很强的地域性，很难吸引他们。”

“这一点无疑令人感到遗憾，西班牙语在国内往往被误认为是小语种，但事实上它是除了汉语和英语之外的世界第三大语言，全球有 4 亿多人将西班牙语作为母语。近 30 年来中国文学的巨大进步和变化，却不能被庞大的西语世界所了解，这确实需要我们反思。”

既然如此陌生，那为什么当地舆论仍然表现出如此强烈的兴趣呢？“这一方面说明了我们的作家走出去的太少，他们感觉很新鲜。但更重要的是，源于这些年中国国力的不断增强。”麦家说。

麦家谈起了一个令他印象深刻的细节：“西语国家很多记者的采访问题远远超出了文学乃至文化的边界，甚至有两个记者问我对南海问题和中日关系的看法，这不像是在采访一个作家。”

“这是因为随着中国经济的崛起，中国的影响力与日俱增，这使得他们对中国的好奇心不断积累，渴望了解中国。但另一方面，相比于英美等英语国家，西语国家对中国文化了解的更少。正是这种强烈的好奇心和缺乏了解之间的反差，让当地媒体蜂拥而来，他们不仅仅关注我的作品，更是十分希望通过我来了解中国文化、了解中国。”

● “中国当代文学走出去，要符合国外图书市场运行规律。”

“坦率地说，这次海外推广的成功很可能是无法复制的，我的下一部作品也不敢保证能达到这样的效果。”麦家说。

从今年 3 月《解密》在英语国家走红开始，面对媒体，麦家不止一次将自己的海外成功归因为“运气”。这一次，他用恰逢其会来形容自己的成功——写了一个好故事、碰到了一个好翻译、“搭上”出版界豪门、世界正急需了解中国。

“虽然难以复制，但这次西行确实有一些经验和感悟，希望能对中国当代文学走出去提供有益借鉴。”麦家说。

“国外品牌出版社的影响力令人感到惊叹。以行星出版集团为例，他们在媒体行业、文化界颇具号召力。”他建议国内作家，如果有可能，一定要签约在当地有一定声望的出版社，这样才能起到真正的传播效果。

“其次，品牌出版社在当地深耕多年，熟谙符合本土特点的图书运作方式，明晓本土读者喜好。他们选择作品都很谨慎，一般都有较长的样书宣传期，将 200 到 500 本样书分别寄给媒体、书评家、读者、书店等，及时收集他们的反馈以确定下一步的出版计划。”

“从更宏观的角度看，中国当代文学走出去的过程中一定要符合国外图书市场运行的规律。作为浙江省作协主席，我肩上有着推广浙江文学的责任。这次西行，我与行星出版集团国际部负责人商议，能否为浙江其他优秀作家出一套西语丛书，我们可以提供一定的补贴。但却被这位负责人委婉地拒绝了：‘这种图书出版操作方式不符合我们的业务规范，很可能会影响我们的品牌形象。’”

在麦家看来，文化推广当然要寻找规律性的经验，但也要避免急躁心态。

“我们一直在推动包括当代文学在内的中国文化走出去，就是希望能让外国人更加了解中国、理解中国。但这却又是件‘急不得’的事，如果仅仅是我们这边‘一头热’，传播效果就会大打折扣。”

“文化对外传播是个‘慢活’，要多些耐心。毕竟，国门才打开 30 多年，葛浩文、马悦然等老一代汉学家正日渐老去，而青年汉学家的培养还需要时间。另外，我的作品能够被‘行星’发现，也是得益于五洲传播出版社的一次推介会。希望未来能将更多的汉学家和名牌出版机构请进来，加深彼此的了解。”

十七、“麦家热”能否复制①

【源】

当代文学难掀海外图书市场波澜，少数作品走红未能形成规模效应

谈起麦家海外走红的原因，“运气”，成了很多新闻报道、专家学者口中的关键词——几乎所有出版人、文学研究者都对此大呼意外，连麦家本人也连称“碰上了”。

其实，这种反应并不奇怪。近些年，中国当代文学中能够在海外取得成功的作品屈指可数。大部分作家的作品似乎只能在国外汉学界的小圈子里兜兜转转，难以在大众图书市场掀起波澜。除了 2012 年莫言因获诺奖而名噪一时外，近几年能够真正在欧美市场走红的，就只有 2005 年创下当时海外版权交易记录的《狼图腾》等极少数作品。

显然，上述几位作家、几部作品的走红，更像是零敲碎打，难以形成规模效应。

莫言的获奖极大提振了中国当代文学的信心，但令人遗憾的是，除了莫言自己，中国当代文学的世界影响力似乎并没有实现真正意义的增长。而另一方面，无论是政府部门还是文学研究者，都对当代文学走出去期望很高。“中国当代文学百部精品译介工程”“中国图书对外推广计划”“中国文学海外传播工程”，政府的支持力度不可谓不大、重视程度不可谓不高，但实际效果与预期和投入还是存在较大落差。这不得不让人感到困惑，中国当代文学“出海”不畅，问题到底出在哪儿？

---

① 肖家鑫、巩育华、李昌禹、林露：《“麦家热”能否复制》，《人民日报》，2014 年 7 月 29 日。

【析】

中文图书出版处于弱势地位，海外推广项目缺少评估机制

不同文化之间的差异和隔阂是国内出版社在参与国际版权交易、进行国际图书市场推广过程中必须面对的“第一关”。

“这是个老生常谈的问题了，但又很难回避。”重庆出版集团副总经理陈建军坦言，很多好作品蕴含的民族特色，外国读者既很难理解，也不感兴趣。

要让中国好的文学作品打破文化的隔阂，赢得海外读者的青睐，必须先将中国文学作品推向国际图书市场。陈建军透露，他们在与国外出版社合作的过程中，常常感到对同一部作品存在理解上的巨大差异。

这种差异源于中国文学在世界文学地图上的边缘地位。“在国际图书的版权交易市场上，中文图书一直处于弱势地位，外国出版社并不重视中文图书，更不会积极地评估和研究。”在国际图书市场闯荡多年的麦家作品英文版权代理人谭光磊总结道。

翻译是打破文化隔阂、沟通中西交流的桥梁。但现实的情况是，除了葛浩文、陈安娜、蓝诗玲等寥寥数人，目前既被中国作家信任又能够得到西方读者认可的翻译家少之又少，这无疑成为制约当代文学“出海”的又一瓶颈。

但在人民文学出版社对外合作部主任刘乔看来，翻译并不是最大的问题。“我们在海外营销成功后才会涉及全书翻译，而且整本书的翻译由海外出版社‘钦定’译者。对于国内出版社来说，海外营销才真正是横在面前的一道坎。”刘乔说。

做好海外营销，人才是关键。考虑到文化的巨大差异，拥有国际视野、外语优势的版权运营人才扮演着“关键先生”的角色，成为各出版社炙手可热的红人。

“我们目前在海外版权输出上能取得一些成果，很大程度上得益于我们有一位很优秀的版权经理，他曾经长期生活工作在国外，从事过外交工

作。但这种人才我们太缺了。”陈建军说。重庆出版集团从 2004 年左右就开始尝试进入国际版权市场并参与推出了“重述神话”系列书系，反响不错。

【解】

加大汉学家、版权营销人才培养力度，丰富宣传推广路径，不拘一格选好书

在当代文学作品走出去的过程中，政府也在积极探索发力的方式。有位业内人士介绍，近年来，“中国图书对外推广计划”“经典中国国际出版工程”“中国当代文化著作翻译出版工程”等政府项目持续发力，将一大批优秀中国图书推广到了全球 100 多个国家，覆盖五六十个语种，并引导国内出版由“推着走出去”发展到“争着走出去”。这些项目一开始采取赠送版权的方式，但国内赠送的未必是国外想要的，效果不理想；后来尝试支持版权交易，国外出版社看中某本书，与国内出版社达成出版协议，这时政府再给资助，市场化运作提升了推广效果。

同时，这位业内人士观察发现，政府和出版机构的“走出去”项目大多缺少系统性的评估机制，“只是以‘书出来了没有’来考察效果，但在海外卖了多少本，反响怎么样，没有纳入统计”。

在陈建军看来，政府还可以做出更多的推广支持工作，比如建立包含书店销量、媒体报道、学者评价等要素的工作评估机制，以更丰富的方式开展海外推广活动等。

鉴于市场上国际版权运营人才的严重匮乏，安徽出版集团、重庆出版集团等都在尝试内部培养相关人才，每年选派“苗子”驻外学习，但效果如何，仍需长期观察。而对于沟通中西、为中国文学走出去牵线搭桥的汉学家的培养，则更是一个需要长期坚持的工作。如麦家所说，马悦然、葛浩文等老一代在国际上颇具声望的汉学家已经日渐老去，年轻汉学家培养尚需时日，要多些耐心。

在从事国际出版咨询业务多年的李程看来，文学“出海”犹如大厨做菜，提供新鲜新奇菜品是一方面，另一方面也要适应“食客”的口味，有的放矢。电影《失恋33天》被作为国礼赠送给阿根廷，《狼图腾》《山楂树之恋》等优秀通俗文学作品得到国际市场的认可就是典型案例。由此可见，能够在国外掀起波澜、引起较高关注的，并不一定非得是严肃的纯文学作品。有专家认为，文学“出海”不能只盯着纯文学，相关部门应加大对通俗文学走出去的扶持力度，实现两条腿走路。

多次参加书展和海外交流活动后，刘乔发现海外读者对城市化题材、聚焦人物命运的作品更感兴趣，他们不欢迎过长的篇幅，也受不了通篇煽情的文字。

对于那些有志于走出去的出版社来说，版权运作方式的商业化、国际化是急需加强的。刘乔介绍，人民文学出版社与驻法国的欧洲版权代理公司签署了合作协议，启动人文社中国作家版权在欧洲大陆的独家代理销售机制。“这种做法符合国际市场规律和各国市场特点，大大促进了人文社在欧洲版权输出的推广力度和文化渗透深度。”刘乔说。

而重庆出版集团则尝试了另外一条路子。他们不满足于简单的出售作品版权，而是希望能深度参与到国际图书市场的出版业务中，与国外出版社一同策划，推出既具中国特色，又能契合国际图书市场运作规律的文学作品。

十八、从“麦旋风”解密中国文学走出去①

1. “谁是麦家?”

时下，在西班牙、墨西哥和阿根廷等24家西语国家的书店里，这句话连同《解密》西文版封面一同被印在了巨幅海报上。书的作者——中国

① 李强、姜波：《从“麦旋风”解密中国文学走出去》，《人民日报》，2014年8月4日。

茅盾文学奖得主麦家，在西语世界引发了巨大的反响。

发行此书的公司是西语世界大名鼎鼎的行星出版集团；在马德里，《解密》的广告在18条公交线路上同时亮相，投放时间长达40天；在墨西哥城，主流媒体《至上报》《宇宙报》整版篇幅报道，墨西哥著名作家哈根贝克参与对话；12.5%的版权分成，也达到了欧美顶级畅销书作家的待遇……所有这些，对中国作家可谓前所未有。

“中国的丹·布朗”“你不可不读的世界上最成功的作家”的说法不胫而走，麦家在西方出版界着实刮起了一股“麦旋风”。

在国际上并不瞩目的中国文学，此番缘何让欧美著名出版集团主动上门，一下跃入西方文坛中心？《解密》的走红，似乎可以解密中国文学走出去的玄机。

2. 中国发展是最大的动力

“在您的作品中，体现了优秀的文学叙述，同时又讲述了家庭故事，让我们想起了马尔克斯，让读者享受到了巨大的乐趣。写出这样的小说，是所有作家的梦想。”7月2日，在墨西哥城美术宫举办的座谈会上，墨西哥著名作家哈根贝克高度评价了《解密》。

“外国出版商很惊讶，他们没有想到中国还有这样的作品。”谈起最初合作，麦家很是感慨，美国法劳·斯特劳斯·吉罗出版集团总编看到书稿时，甚至一度认为编辑弄错了作者的国籍。

据麦家助理介绍，《解密》走进西方，其实相当偶然：一位拥有古汉语博士学位的英国人，在中国因飞机延误买了本《解密》打发时间，被吸引之后主动译出，又辗转到了出版商手中，才有了后来的故事。

但是，偶然的经历，却孕育了必然的道理：只有好的故事，才能吸引外部世界的兴趣。著名的企鹅兰登书屋高度评价：“他写作的题材和价值是世界性的。”

“西方的小说创作，很大程度上是好莱坞模式，特别是在互联网时代，各种感官功能都被调动起来，但对小说来说，唯一的出路就是讲好故事。”

麦家对此深有体会，“对西方出版商和读者而言，一部小说要有一个能让人看下去的故事，如果同时还能让读者有些感悟，那就是一部成功的作品。”

与此同时，麦家也强调了中国因素的重要性：“中国的发展是最大的动力，正是经济的高速发展，让外界对中国更加感兴趣。了解一个国家，最简单的方式就是阅读它的文学。”

墨西哥知名汉学家莉莉亚娜也认同麦家的看法，她对笔者说，文学是最好的文化传播与推广方式，成本低，受众面广，人人都能接触，而且影响深远。随着中国和拉美经贸关系的不断深入，中拉关系不断向前推进，在拉美地区有越来越多的人对中国和中国文化感兴趣，这是一个很好的机遇，中国文化的传播大有可为。

3. 市场化运作创发行纪录

从事西语版权交易多年的三角传媒文化总监李程，对中国文学走出去的现状非常了解。“不少书从来都没有真正进入市场，销量也就几百本左右。”

尽管莫言在 2012 年荣膺诺贝尔文学奖，标志着中国当代文学已经得到了西方主流世界的认可，但事实上，走出去的文学作品，更多还是进入大学和研究机构作为专业阅读资料，很少真正面向大众。

相比之下，此番《解密》西文版 3 万册的首印量，无疑开创了纪录。马德里的公交广告，连篇累牍的媒体报道，更是只有像马尔克斯、丹·布朗才能享有的“待遇”。这不仅让麦家大感意外，更让他对西方出版集团的运作方式有了全新认识。

麦家向笔者介绍说，西方特别是英美的出版流程非常完备，完全按照市场化的方式运作，出版商并不跟作者打交道，全部通过版权代理人运作，签订合同之后，不会马上出书，而是首先进行长达数月的样书宣传。出版商会请书评家撰写书评，图书卖场会评估市场销量确定印数，同时还有媒体配合造势，作者也会参与图书推广。此番麦家的西语世界之旅，就是行星出版集团一手安排，遍及西班牙、墨西哥、阿根廷等多个国家，可谓声势浩大。

“这对我个人和中国作家深入走进西语世界是一件有意义的事。”麦家说，“中国文学要走出去，光靠补贴是不行的。归根结底要靠商业出版，只有让西方出版商尝到了甜头，他们才会更加关注中国文学，才会引进更多作品。”

4. 翻译问题成为最大障碍

尽管文学作品本身的质量对中国文学走出去非常重要，但麦家认为这并非关键所在：“像我这样的作家，中国太多了，我们不缺好的作家，但我们的作品翻译出去太难了。”

对此，李程颇有感触：每年中国文学西语版权交易的数量不超过 10 本，每本印刷量也就在两三千册。汉学家蓝诗玲曾指出中国文学在海外的窘境：“2009 年，全美国只出版了八本中国小说。”在与麦家的对话会上，墨西哥作家贝纳多・费尔南德斯坦陈，在《解密》之前，他对中国文学几乎没有了解。

如此窘境来自翻译人才的缺乏——“他来了，他说了什么，他走了。然后她又来了，她说了什么。她也走了。”莉莉亚娜指出了一些中文名著的翻译问题：“如此水平的翻译，外国人怎么可能看得下去?”

中国外文局局长周明伟曾经指出，文学翻译不仅需要对中国文学作品有深刻的理解，需要有再创作的语言表达能力，还需要熟知国外读者的思维方式、阅读习惯和语言特点，更需要精通对象国语言，这些成为制约中国文学作品对外翻译出版的重要因素。

孙新堂是墨西哥国立自治大学孔子学院院长，曾多次主办墨西哥“中国作家论坛”，致力于中国文学作品走进西语世界。他对笔者表示，文学作品不同于一般著作，以外语为母语的汉学家，可能是最合适的译者。莫言获得诺贝尔奖之后，曾专门感谢汉学家葛浩文，正是他的杰出翻译，让西方人见识了中国文学的魅力。但放眼全球，能达到这样水准的汉学家并不多，特别是在西语世界，连精通中文的学者也屈指可数。

“文学是最好的文化传播与推广方式，中国翻译家和外国翻译家应当共同合作，才能既保证文字通俗易懂，又保证原文神韵内涵不丢失。”莉莉亚娜一语中的。

经历“麦旋风”，麦家感慨良多：在自主翻译的同时，应当加强同海外汉学家和国外出版社的联系，邀请汉学家来华和作家面对面交流，让他们自主选择、自主翻译的作品，参与中国文学走出去的进程。

十九、麦家:《解密》如何走红西方世界①

2014 年 3 月 18 日，麦家的长篇小说《解密》英文版登陆包括美国和英国在内的 21 个英语国家，上市第一天就打破了中国作家作品在海外销售的最好成绩。6 月，他又前往西班牙、墨西哥、阿根廷三大西语国家巡回宣传 25 天，接受 107 家媒体采访。马德里的 18 条公交线路上，印有《解密》宣传广告的公交车四处穿梭。

《解密》为何能在英语世界和西语世界刮起“麦旋风”？在 8 月 15 日上海书展期间举行的对谈“麦家《解密》西游记：中国文学的国际影响力”上，麦家与台湾光磊国际版权公司创办人谭光磊一起，畅谈《解密》在海外走红的经历。

《解密》在 2014 年迅速蹿红，但麦家作品的海外“文学推手”谭光磊却更感慨这“红火”背后的不易。他向现场观众介绍了《解密》“西进”的曲折经历：2009 年电影《风声》上映后，他就联系麦家，并整理了书籍的一部分英文翻译，试图把《解密》推荐给西方读者，但西方出版界一直没有回应，这本书吃了长达一年多的“闭门羹”。转机出现在 2011 年。有一天，他收到韩国首尔汉学家、《解密》英文第一译者米欧敏的邮

---

① 金莹：《麦家：〈解密〉如何走红西方世界》，《文学报》，2014 年 8 月 21 日。

件，说自己已经翻译了《解密》的三分之一，希望能与他合作。好译本难得，何况还是送上门来的好译本。于是，谭光磊又整理出 20 多页的英文资料，通过英文“书探”，终于把《解密》递到了英国企鹅出版社。最后，企鹅签下了《解密》和《暗算》两部作品，并将《解密》收入“企鹅经典”文库，这是中国第一部被收进该文库的当代小说。

攻下英国的版权交易，接下来的事情十分顺利。靠着出版商之间的口碑相传，《解密》美国版权被法劳·斯特劳斯·吉罗（FSG）出版集团拿下，西语版权被西语国家第一大出版社西班牙行星出版集团买下。在受到三大出版巨头的认同之后，《解密》的海外版权交易水涨船高，从 3 月到 5 月，谭光磊几乎每两三天就卖出一个国家的版权。

《解密》为什么这么红？“我只是在合适的时候扮演了一个合适的角色。”麦家表示。出版巨头在拥有强大品牌影响力下不遗余力地推荐，中国强大之后西方对东方有了解的好奇和渴望，都是《解密》在西方大受欢迎的重要原因。虽然在巡回宣传时接受了 107 次采访，得到英美主流媒体的赞同认可，但麦家也坦言，西方其实不了解中国文学的现状。“我们对西方的关注程度和西方对我们的关注程度有着天壤之别，有无翻译作品现在甚至成为中国作家文学高度的隐形标杆。这其实都是文化自卑心理的一种表现。”虽然在西语世界受到超乎期待的热烈欢迎，但麦家说来还是颇有感慨：“在接受采访时，媒体提问频率最高的一个问题是，你的书被审查了吗？此外，有 81 家媒体问到莫言。他们对中国文学的现实情况其实知之甚少。”

第四章

麦家海外演讲访谈

麦家在西方国家进行图书宣传推介时接受了很多访问，谈他的作品《解密》《暗算》《风声》，谈他的创作、经历和成长。短篇的访谈、对谈我们放在了第二章，本章收录的是三篇长篇访谈和演讲，分别是麦家 2018 年 2 月 9 日在法国国家图书馆的演讲、2018 年 4 月 16 日在美国哈佛大学和王德威的对话，以及 2018 年 4 月 10 日洛杉矶中文电台“情有读中”节目对他的访谈。

一、麦家在法国国家图书馆的演讲

时间：法国时间 2018 年 2 月 9 日下午

主讲人：麦家

地点：法国国家图书馆

阿根廷有一个著名的诗人，也是个著名的作家，叫博尔赫斯，曾经说过一句话，他说：“我一直在揣摩天堂是什么样子，我终于明白天堂大概就是图书馆的样子。”今天其实我们就在最美丽的天堂做这个对话，（我想这个）名称是非常恰切的。

——麦家

主持人：麦家先生，您好！我很荣幸，我们很荣幸在法国国家图书馆见到您。

您是目前世界上最知名的中国作家之一。既然我们今天在法国国家图书馆，我想首先列举一个和图书馆有关的统计数字：目前在世界上有 700 多家图书馆收藏了至少 1 件您的作品，我们法国国家图书馆收藏了您的主要作品。

您的第一部长篇小说《解密》已经被翻译成 30 多种文字，2014 年被收入“企鹅经典”文库。在美国，这本小说得到了 40 多家报纸杂志的好评。《经济学人周刊》把它列入 2014 年十佳小说。

（英国的）《每日电讯报》最近把《解密》列入“世界 20 个最优秀的间谍小说”，您是其中唯一的亚裔作家。

据说好莱坞也正在准备筹拍一部《解密》改编的电影，《解密》的法文译本已于 2015 年由罗贝尔拉封出版社出版。

然而您的作家生涯并不一般，而且很不一般。您起初踏上的似乎不是一条作家之路。您毕业于解放军工程技术学院无线电系，之后度过了 17 年的军旅生涯，能否跟我们谈谈您是怎样变成今天读者所熟知的作家麦家的？谢谢！

麦家：嗯，对一个运动员，一个跳高冠军、田径冠军或者是游泳冠军来说，像孙杨、刘翔，你问他是怎么走上领奖台，怎么成为一个冠军，怎么成为职业高手的，我觉得他肯定有一个标准答案。从小训练、遇到了好的教练，同时自己非常刻苦地训练等，他会给你一个相对来说很具体又很全面，甚至是一个准确的答案。

但我觉得作为一个作家，没有哪一个作家可以告诉你，他是怎么成为作家的。曾经也有一种说法，就是说，如果你的父亲是个木匠，你的子女，尤其是儿子要成为木匠，相对来说可能性很大。木匠、泥瓦匠、铁匠等，哪怕油漆匠、制表匠，甚至画家、书法家，他们的子女如果要子承父业，都是比较容易的，而且这种现象也比较普遍。

但是我们很少看到作家的儿子还是作家，母亲是作家，子女又成为作家的，这样一种现象非常罕见。当然法国有一个大仲马、小仲马，出现了一个遗传。中国呢，确实也有，像王安忆的母亲茹志鹃，也是个作家，但是总的来说，作家的这种传承关系非常罕见。就是说长辈、祖先已有的这种技能也好，知名度也好，很难被子女传接。

这说明什么？这说明作家这个职业是很特别的，它不是可以教会的，也不是可以学会的。写作的能力是怎么来的，是怎么会的？我觉得是生活教会人成为作家的。

我其实刚刚从海明威的故居过来。海明威从 1939 年到 1958 年，整整 20 年都是住在古巴的哈瓦那，在一个郊区的山坡上，他自己买了一块地，然后造了房子，造了游泳池，他就在那边闲暇地写作，他的晚年很幸福，同时也很悲剧，大家都知道，他最后是 1960 年回到俄亥俄州以后自杀了，吞枪自杀的。

他曾经说过一句话，我觉得说得非常好："辛酸的童年，是一个作家最好的训练。"那么什么是辛酸的童年？辛酸的童年就是一种辛酸的生活，可能是一种别人无法想象、无法体会的痛苦，种在了他童年的心灵之上，他的心灵从小就被扭曲了，就被烙下了一个疤。我觉得这就是海明威所说的"一个辛酸的童年，是一个作家最好的训练"。从这个角度来说，我的经历还真是应了海明威的这句名言，我的童年就特别辛酸。

我从 12 岁开始学习写日记，那时候写日记可不是像今天，写日记就是一种教养，是一种训练。我写日记完全是因为内心太苦闷了，苦闷到什么程度，就是上学，没有一个孩子愿意跟你玩，因为你天生是有罪的，你是一个怪物。在这种情况下，我内心极其孤独、极其寂寞。我自己找，或者说自己发明了一个朋友，就是日记本。

我每天在月光下面写日记，那时候农村确实到了天黑，到了晚上吃完晚饭，大家要节约用电，就不忍心用电，一般 7 点半以后或是 8 点，电灯就关掉了，大人们就上床睡觉了。我呢，就在月光下写日记，把一天在学校里受的委屈，受的欺负，被人打了或者被人骂了这类冤屈，记在我的日记本上。

我觉得日记就是我的朋友，写日记是对着镜子说话，其实也是对着心灵诉苦。我自己就发明了这么一个朋友，也感谢有这么一个朋友，让我度过了我最孤独、最黑暗、最辛酸的童年。

要说我是怎么成为作家的，我觉得要感谢我童年时期受的辛酸，感谢我童年养成了写日记的习惯。

坦率地讲，因为日记写久了，你们无法想象，我这一写……写到最后我觉得它成了我的一个尾巴，我觉得我羞于提起我是在写日记。我要戒掉写日记，但就像戒烟一样的，戒不掉。

直到有一天我终于当了父亲，那是 1997 年。那个时候你想，我已经写了二十几年的日记了，我一直想戒掉它，因为这个写日记是我在黯淡的时候养成的一个习惯，我觉得这像是我露出的一根尾巴，我想忘掉我那段过去。所以我想剪掉这个尾巴，却怎么也剪不掉。

主持人：中国和法国之间有着悠久的文化和文学的交流传统。刚才大使先生也谈到了，最早的中国剧本《赵氏孤儿》就是由马若瑟翻译成法语的。伏尔泰由此得到灵感写的《中国孤儿》。那么最早流传到中国的西方小说就是小仲马的《茶花女》，由林纾于 1898 年用文言文翻译出版。在中国由于很多著名的翻译家——傅雷、罗大纲、许渊冲等，法国很多经典著作为中国大众所熟知并喜爱。今天我们幸运地看到，很多中国作家也开始走向法国读者，您就是其中之一，还有莫言、苏童、余华等。但是总体来说，中国文学在法国的传播还是比较有限的，基本上还是针对一些对中国感兴趣的读者群。但与此同时，中文课就经常爆满，去中国的法国游客也越来越多。我觉得对很多法国人来说，中国还是一个旅游目的地，或者是一个贸易伙伴，人们往往忘记这也是一个有悠久历史、有文学历史的国家。所以怎样让更多的法国人了解中国的这一面，即一个诗和文学的大国，请您谈谈高见。

麦家：其实，如刚才翟隽大使所说，法国人民没有忘记我们是一个文明古国。刚才翟隽大使在讲话中也提到，我们不是在跟一个国家建交，我们在和一个文明建交。

其实法国人民没有忘记中国是一个文明古国，有灿烂的、悠久的历史和文化。但是这个历史和文化确实中间隔着漫长的距离，关键是语言的隔阂。

中法之间，如果说我们往前 400 年，那么，中国的文明是吃香的。但确实最近的 200 年，话语权就在西方手上，我们由于战乱、“文革”等原因，翻译家出现了断层。

翻译家断层了以后，中国文化或者中国文学怎么输出到法国？法国人民再想看，但是由于翻译家的缺失、缺席，文学的交流就毫无疑问地要中断。我觉得这个是一个很客观的事实。

但是我们改革开放转眼就 40 年了，大家也看到了，中国人民是如此的勤劳、如此的智慧，也是如此的平凡又伟大。转眼之间，我们的物质、我们的产品、我们的经贸（你刚才说的经贸）、我们的旅游、我们老百姓的钱包、我们国家在国际上的地位，就是一片艳阳天。

我经常在国外任何一个大街小巷看到中国制造的产品，那真是价廉物美。

中国现在在国际上，到处都有自己的声音。我们从“站起来”到“富起来”的路，大家都看得清楚，我觉得法国人民也看得清楚，世界人民都看得清楚。甚至有些国家、有些政客害怕我们这么强大。

但是，为什么我们这么强大，我们的文学——你刚才谈到了，我们能够走向法国的文学，其实还是屈指可数？

我觉得，第一，很正常，文化的输出永远是慢一拍的。一个产品，就像一个人，身体的健康真是很快的，你只要让他吃饱穿暖，然后自己养成良好的锻炼习惯，身体很快就可以强壮起来。但是，要让他曾经干枯的、衰竭的心灵丰盈起来、饱满起来，绝对是需要时间的，而且这个时间可能还真不是十年二十年，可能是半个世纪，甚至上百年。

所以我经常跟人说，中国要继续一如既往，经济如此平稳地往前走，我们经济一天比一天更加崛起、强大，中国文化总有一天会走出去。但你不要指望十年以后大家都在看中国文学，这是不可能的。你可能要充满耐心，至少等个三五十年，甚至上百年。这就是文化。文化为什么有魅力？为什么我们中国真是可以说曾经被世界打到完全趴到地上了，但我们国家、我们这个民族依然在世界上有勃勃的生机，有一天你给我机会，我马上就站起来，为什么？因为我们有五千年的文明，五千年的文化。

这就是我们这个民族的血液，所以你是打不败的。世界上有两个民族就是打不败的：一个是以色列，犹太民族；另一个是中华民族。你就是打不败，为什么？就是因为它们有非常独特的、生命力特别强大的文明，一种文化。它流动在我们的心脏里面、血液里面。你根本意识不到，但它就天天和你相处在一起。

所以我经常说，不要在乎今天法国的或者说欧洲任何一本书，稍稍有点名气，马上会被翻译到中国，而中国的作家的书要走出来太难了。比如说我的《解密》，其实我的《解密》今天在整个西方，包括美国、英国，确实是很火。

我的书出来以后，出版社是英国最好的出版社——企鹅出版社，而且被列入了“企鹅经典”文库，中国当代小说也就《解密》和《暗算》两本书列入其中。美国的出版社，是美国最强大的一个曾出版 23 个诺贝尔文学奖得主的作品的 FSG 出版社。

《解密》出版以后，被各大媒体报道，《纽约客》《纽约时报》《华尔街日报》等等，所有对中国有点关心的评论家也好、学者也好，都发声了。但这本书其实在 2002 年就出版了，经历了 12 年的等待，才被翻译成英语。这就是不正常的了。因为我这本书在国内已经得了八个大奖了。

大家知道，英国有个布克奖，美国有个普利策奖，（如果作品获得了这两个奖，）我们第二年肯定就会翻译成中文。这个是现实。我们要承认，在文化面前，现在话语权就在西方人手上，你不承认也得承认。但是我觉得我们的中国经济还像今天这样能够平稳地往前发展 30 年到 50 年，那个时候我们根本不需要来推广，他们自然会像我们今天翻译他们的作品一样，追着我们作品翻译。我们需要等待，这个等待既是一种智慧，也是一种耐心。除了等待别无他法。

主持人：您在法文版《解密》的前言里有一段颂扬其文学价值的文字，非常精彩。我想给听众念一下："如果没有文学、艺术、宗教、哲学等人文精神的代代传承，科学这头怪兽也许早把我们灭了，即使不灭，恐怕也都变成了一群恐龙、僵尸，只会改天换地，不会感天动地；只有脚步声，没有心跳声；只会流血，不会流泪；只会恨，不会爱；只会战，不会和；只会变，不会守……以文学为母体的人文艺术，像春天之于花朵一样，让我们内心日日夜夜逐渐地变得柔软、饱满、宽广、细腻、温良，使科学这头怪兽至今还在我们驯养中。"然而，随着数字和网络技术的发展，文学本身也受到了新的挑战。比如说网络文学提出了版权、出版、传播渠道等一系列问题，而这些恰恰是文学创作所必备的保障。您对网络文学怎么看？更进一步说，因为我们在图书馆里，我也想听听您对书本未来的看法。

麦家：这里面有两个词我特别感兴趣，我也特别想和大家分享。一个是网络。在法国，网络文学可能不是一个普遍现象，而在中国，网络文学成为一种现象，大家已经不能回避了。它像天上的云一样，像台风一样，已经波及每个人，每个人都看得到。你不能置之不理。

大概也就是半个多月前，我还参加了一个"网络原创文学"的活动。它每年都有颁奖盛典，我还是他们大师团的成员。大师团的顾问成员总共有四个，中国所谓的传统经典名家，有我、苏童，还有阿来和刘震云。我们四个人就是他们背后所谓的"背景"——大师团成员。他们每年会有这么一个活动，表彰在网络文学上有突出贡献、突出成就，或者说有巨额收入的网络写手。我这里可以提供几个数据，你们肯定会感到吃惊的。有一个人，年方 26 岁，可是他的写作数量已经高达 1 亿字。我到现在为止才写了两百万字。他才 26 岁，就已经写了 1 亿字，这是一个数据。

还有一个数据，作家的名字我就不报了，因为牵扯到他个人的一些隐私。去年他仅网络上的稿费收入就达 6000 万元人民币，而且他还有其他收入，如影视改编权、网络上的书进行纸质出版的版税等。

这是两个非常能够说明问题的数字，也就说明了网络文学在中国的兴盛和普及已成为一种现象。

人家现在说世界有四大文化奇迹，或者说四大文化现象，即好莱坞的电影、日本的漫画、韩国的所谓韩剧、中国的网络文学。虽然有一点自豪，因为这里面居然三大文化现象都是在亚洲，但是它确实成为一种现象。这里面有一个是非常著名的网络写手，叫天蚕土豆，他的书叫《斗破苍穹》，我还是他的指导老师，或者说是结对的师父。那转眼之间，他确实成了一个大富翁了。但是这些人，你跟他们在一起，我觉得他们是完全生活在虚拟的世界当中，他们对现实生活一点不感兴趣。比如对法国有什么城市，他可能不了解。法国有什么经历，我们可能可以从罗素、伏尔泰，数到今天的杜拉斯等一系列的经典作家；从哲学、美学到文学，这是一条线，我们完全可以理得出来，他们肯定是理不出来。他们理的真是星辰之外的一些东西，可能他可以让中国的杨贵妃转眼之间和伏尔泰谈一场恋爱。

但是，网络文学确实非常风靡，它对今天的传统文学、经典文学已经造成了一种令人窒息的胁迫。而且我甚至很悲观地发现了一个问题，我觉得有一天也许网络文学会把我们取代，虽然我们不会消失，但是我们在社会上、文化程度上的价值和意义，可能会被它替代。我是有点悲观的。

因为我刚才说了，科技不断地在证明人是如此智慧、如此伟大、如此奇妙，人可以创造不可思议的科技。整个世界只有一句话的距离，天空就在我们的窗户外面，有一天我们能到火星上去生活，现在看来这也是指日可待。所以说，人类确实有非常了不起的一面。

但是，这了不起的一面有时候也是人类最黑暗的。科技让我们的身体变得越来越强大。我们一个手指头一按，可能就可以把地球毁灭。但同时我们从历史中回过去看，我们的心灵总是在往简单的、肤浅的地方发展。

我曾经私下跟一个教授交流过，我们从唐诗到宋词是一个什么过程？从宋词到戏剧是一个什么过程？我刚说的戏剧主要是元代的，我们谈到中国的《赵氏孤儿》其实就是元代的一个杂剧，然后到清代的小说。从文言文小说到白话文小说，整个过程理一下，我们就会发现其实经典、精致在越来越松散，越来越容易的东西在取代越来越深奥的东西。

当然，诗歌依然没消失，词也没消失，但它在社会中的地位、价值弱化了。从这个现象或者是从这个发展秩序来看，有一天网络文学把我们经典文学和传统文学的历史地位取代，我觉得可能也是为期不远的事情。

你们有没有发现，人类在科技层面是越来越强大，越来越往上走；在内心层面，人类喜欢简单，喜欢庸俗。我们以前读书真是一本书反复地读，这是我们从小养成的习惯，现在的人就阅读而言，完全是浅阅读、碎片化阅读，喜欢在手机上阅读。这种阅读，其实我觉得是不太过心的，不太走心的。

我不知道法国或西方是不是这样。中国还出现了一个现象，就是听书的栏目特别火。现代人不但不爱看书。他想吃，但不想自己动手，他希望你喂着他吃。

中国现在有一个词叫“拆书专家”。就是把一本经典名著，比如说 50 万字的经典名著，拆解成 5 万字的解读本，以此来告诉你这本书讲的是什么，这本书的主题思想是什么，艺术特色是什么。就是说，人们在对心灵的滋补方面越来越懒惰。

在捷克布拉格，诞生了一个伟大的作家，叫卡夫卡。他曾经说过：“人类因为没有耐心被逐出了天堂，同时因为没耐心，他永远无法返回天堂。”而我认为，人类的耐心越来越稀少，我们的身体越来越强大。但我们的耐心确实越来越差，差到让人经不起思考的程度。

有人说人类一思考，上帝就发笑。我说人类一思考我就要发抖。但是，这个毁灭我们看不到，我们的子孙可能也看不到，可能是千年以后，也许是两千年以后。但是，这样一个从哲学层面上的思考，是非常让人沮丧的一件事情。为什么我们要这样？为什么我们内心不能更加柔软一点？为什么我们内心不能更加强大？我们为什么对那种经典的、伟大的东西，要越来越疏离呢？这是想起来让我很沮丧的一件事。

提问：我有一个表弟，他现在正在上大学，他母亲希望我给他推荐一些书，能够让他在大学生活中丰富一下自己的头脑。而且，希望通过大学期间的阅读，毕业之后能够对他的生活有所帮助。我给他推荐了一本，就是梁晓声先生的《中国社会各阶层分析》。我想知道，您是否可以给我这位表弟推荐一本您的作品，或者说是一些其他作家的，哪怕是一部作品，能够对他的大学生活和毕业后的生活有具体的帮助。非常感谢。

麦家：我乐意推荐，但是我觉得你的表弟内心真正要成长，他不是靠别人来推荐书，因为你推荐的梁晓声《中国社会各阶层分析》，是你阅读之后对你来说有很多的启迪和感想。但当你把这本书推荐给他的时候，对他是不是也有启迪呢？这是个问号。因为经常是青菜、萝卜各有喜欢。一部作品对你来说是一杯牛奶，对他来说很可能是一杯酸奶，甚至是一杯发霉的、有毒的酸奶。所以，我是不喜欢给别人推荐书的，但是我一直在鼓励大家读书。因为推荐书是一件危险的事情，比方说我推荐给你两本书，你读了以后，发现不喜欢，你就会对书产生一种敌意。这是一个你非常崇拜的，或者说很尊敬的一个作家推荐的书，但是你发现读了以后一点意思没有。所以有时候推荐书是一件危险的事情。但是我可以告诉你一个阅读的方法。我希望你的表弟养成一种阅读的习惯，在阅读当中去寻找自己的亲人。一本书，如果你读了以后读不下去，比方读个三页或者五页读不下去，就丢开它，不要硬读。

读书是个娱乐的过程，千万不要把它当作义务和学习任务，一本书能够让你内心放松下来，能够让你心里甜蜜起来，你就读下去。没有这种感受就把它丢掉。但是我相信你丢了一本又一本，按照数学的概念来说，不到三五十本，或者说你丢到三五十本书，必然会有一本和你心心相印的书出现，这是我屡试不爽的一件事情。所以我建议你的表弟就去尝试这个办法，让他去看书，看不下去不要读，就丢开它。丢个三五十本，这个时候就出来一个亲人，它可能会终身陪伴，它可能会让你一下子尝到阅读的乐趣。

我觉得这和我们平常生活当中交朋友完全是一回事。你如果宅在家里不去交友，永远交不到朋友。但你出去抛头露面，并不是说你碰到的每个人都可以成为你的朋友。但你不停地交往，有一天就会碰到一个，有可能就是可以终身相伴的知己。这个是要在阅读当中去发现的，不是靠推荐的东西，因为我的良药很可能不一定是你的良药，我也不建议你推荐给他具体的某一本书，但我建议你教他怎么去读书。我刚才提供了一个方法，要敢于淘汰书。谢谢。

提问：麦家先生您好，我有两个小问题请教您。第一，都说必须要具有天赋才能成为小说家。看到您童年生活的艰辛以及在孤独中养成的书写日记习惯，我就想问一下，如果没有这样的经历的话，就像您刚才说的，那些运动员有一些从小就在很好的环境中锻炼，那么您还会成为一个小说家吗？这是我的第一个问题。

第二个问题也是连着的，就是您的长篇小说《解密》的写作花了 11 年，退了 17 次稿，最终才得以出版。那么我想问一下，是什么使您相信它一定会成功问世？

麦家：第一个问题，如果说我没有那个黑暗的辛酸的童年，我想我肯定成不了作家。这也是我不期待的一件事。不管我今天有多么成功，或者是今后有多么成功，多么发达，我都不愿意用一个黑暗、辛酸的童年来换取一个成功。所以我刚才说我是个悲观主义者，我甚至思考到人类千年后的事情。这种悲观主义色彩就是童年烙下的，就是我不管今天有多么荣华富贵，哪怕世界上最伟大的女人成了我的妻子，哪怕世界上最多的财富在我家里，我都不会幸福，因为我的童年不幸福。

古人说三岁定终身，这个可能也是夸张的说法，但我相信童年会陪伴他一辈子。童年是你的故乡，你永远走不出你的童年。所以如果没有这个童年，肯定没有今天成为作家的我。虽然我作为一个作家也许是成功的，但我更愿意有一个天真烂漫、快乐的童年。我愿意做一个普通人，我愿意过非常庸常的生活，只要我有一个快乐的童年。

第二个问题就是这本小说写了 11 年，被退稿 17 次。为什么会是 11 年，就是因为被退稿 17 次。按说，大家看到这么一本书，大概中文也才 21 万字，不应该写 11 年，就是因为反复地被退稿。至于退稿的原因，我觉得有的是因为这个题材太敏感，退了；有的是因为他们不识货，退了；种种原因吧。退的过程当中，我根本也没想到有一天这本书会出版，更没想到有一天这本书还会被翻译成 33 种语言。也因为这本书，有缘分在这里和大家相聚。

我写的时候，我在没放弃的时候，并不期待它有一天会成功，因为我这种独特的童年已经养成了我一种独特的人生。我相信文字，我爱文字，大家知道我一直在写日记。所以这个小说虽然不停地退回来，退回来的开始几天我会很痛苦，但过一阵子我又好了伤疤忘了痛，我又开始去修改它，就这么反反复复，这成为我的一种生活方式。这种生活方式就是一个童年被孤独浸润的，甚至是孤独到了孤僻的这么一个人的一种生活方式。

我不停地修改它，并不是相信有一天它会成功，而是我需要这种生活，我需要用文字来填满我的人生，这也是我的宿命。

有一天，我这个宿命得到了一个好报，那某种意义上来说算是我有福，因为很多人付出了没有回报，我确实有了回报。从这个意义上来说，我是非常感谢生活，也感谢自己，还感谢冥冥当中的那个神奇无比的力量。

二、麦家对话王德威

人物：麦家、王德威

地点：哈佛大学

时间：2018 年 4 月 16 日

王德威：我想我们今天非常难得，请到了国际上有名的作家麦家先生到哈佛大学，和我们谈一谈或者是做一个对话，关于他个人写作的经验，也关于像《风声》《解密》这类的小说，它在中国以及国际文学界所产生的各种各样的影响。我刚才得知，最近好莱坞正在商谈麦家先生一部新作品的改编，所以我们也特别有兴趣知道电影和文学之间的关系。刚才在等待两位光临的时候，有的同学已经迫不及待地看了一部分的《风声》电影，我想我们等一下再看这个电影，现在先和麦家先生聊一聊。

今天来的绝大部分都是我们研究所的研究生，同时还有中国台湾李教授和新加坡的小说家陈继洲也在这里，所以这是一个难得的机会。我想我们今天的方式是这样：先请麦家先生稍微谈一下他个人的创作经历，他的几部重要小说在中国以内和以外所得到的各种反响，他的创作的理念等。我想，我们用一种最轻松的方式来一起对话，包括我自己在内，也有一些问题想要请教麦家先生。现在我们先请麦家先生大概谈一下这些年的创作经验，从您个人的眼光所看到的对您几部作品的反响，还有您个人的一些反馈，好吗？

麦家：很高兴来到哈佛——全世界学人的天堂、象牙塔。王教授可以说是华语文学的独孤求败者。

王德威：有人说我是岳不群。

麦家：独孤求败也好，岳不群也好，总之是武林高手。所以这次见面一方面是在我的期待当中，另外一方面，面对哈佛的学者，武林高手们，我心里真的是惴惴不安。作为一个小说家，我觉得确实写了那么多年，刚刚王教授说让我谈谈我的写作经历，经历肯定是很丰富的，也是我很重要的一部分人生阅历。不过可能听了我写小说的经历，很多人都不想写小说了。

其实我年纪是跟苏童、格非都差不多的。我是 1964 年 1 月份出生的，严格说，苏童比我大一岁，格非比我还小几个月。但苏童、格非他们成名的时候，我还在暗地里趴坑呢。其实我写作时间并不比他们晚多少，我是 1986 年就开始写作的，但真正出版第一部长篇小说，是到了 2002 年，就是《解密》。今天《解密》确实给我带来了无限风光，名利双收，多得我已经盛不下。但这个小说在当初写的过程中，真的是历经磨难。

我印象很深，我是 1991 年开始写的，当时我在解放军艺术学院读书，马上毕业的时候我突然心血来潮，要写一个大东西，然后就踏上了一条不归路，一写就是 11 年。这部小说，大家刚才看到了，就是薄薄的一本，总共也就 20 万字。很多人觉得很奇怪，一共 20 万字，凭什么你写了 11 年？很简单，就是因为不断地被退稿，累计 17 次。这个退稿量，我觉得可能是破纪录的。为什么退稿？有多种原因，就我主观来说，因为是刚刚开始写的第一部长篇小说，可能写作技术、经验都在考验我，但我觉得有另外一个巨大的考验是：我这个小说本身，它的写法包括这种敏感题材，对读者也是一种考验。

我记得博尔赫斯曾说过一句话，我觉得说得挺好，他说："每部作品都是作家和读者的某种合作，甚至是某种合谋。"一部作品表面上看是作家写出来的，实际上是读者要出来的。你写的东西读者不要，就只能被锁在抽屉里，形同虚设，它只是作家的一个感情经历而已，不能成为作品。一个作品的诞生肯定要经过出版，到读者手上。这样，它才能像电路一样完成回路。

为什么后来的《暗算》《风声》全都出版得很顺利，而《解密》要历经那么多磨难呢？就因为它是第一部，第一只螃蟹。很多编辑，可以说中国很多有名有姓的所谓名编辑，都对这个稿子产生过歧义。这种歧义有时是对我的：一个无名小卒；有时是对作品的：一个题材和写法全新的东西，题材甚至是敏感的。没有哪个编辑愿意为我——一个无名的写作者来冒险，他们可能愿意为王教授来冒一次险，但不会为一个无名小卒来冒险，尤其是出版上的一些审查风险。话说回来，《解密》这个小说本身就题材来说是有一些独到性的，也有一些敏感性，可以这么说，在我之前中国没有哪个作家去写过这种题材。

我印象很深，在我投稿的过程中，有些编辑其实跟我私交很好的。当时一位很有名的主编叫李巍，是《大家》杂志主编，《大家》当时在国内是很火的。他有一天晚上住在我家里，晚上睡不着觉，年纪大了，两点钟把我从床上叫起来，跟我谈。他看了我的小说，语重心长地对我说，麦家，现在是什么年代？现在是一个反英雄的年代，你怎么能还在写英雄？塑造一个无名英雄？

为什么反英雄？中国“十七年革命文学”塑造了一大堆英雄，这些英雄一方面（表面）是高大上的，一方面（实际上）是假大空的。这种假大空导致了读者见到英雄就反感，而我就想塑造一群无名英雄。其实我已经意识到“十七年革命文学”的英雄是假的，读者不要，所以我在挑选英雄的时候，故意要挑选那种有残缺的，身体上有缺陷的、命运（精神）上也有明显缺陷的这种英雄。我想敲碎那个高大全的、没有缺陷的完美英雄这么一个偶像。但归根结底你还是在塑造一个英雄。或者进一步来说，你写的东西是国家主义，你这个人物是钉在国家这面墙上的。而整个（20世纪）80年代之后，到了90年代，中国文学进入了一种私语化写作、自由写作，甚至是下半身写作，身体写作。我觉得中国的90年代是非常奇特的年代，就是大家的欲望彻底地张开了，市场进来了，欲望突然被合法化了。而我却反其道行之，要写一群没有欲望心中只有国家的英雄。

那么为什么到了2002年，我的小说不但有出版，而且出版以后一下子引起了很大的反响？这部小说出版后很快登上当年的长篇小说排行榜第一名，得了第六届国家图书奖，茅盾文学奖也进了提名。为什么这部小说转眼之间又有很多人认可呢？其实是经过了十多年的所谓“私人化写作”之后，大家对这种过于反映私性的东西，过于跟国家或者说跟集体、信念没关的东西，无关一个群族痛痒的东西，厌倦了，审美疲劳了，反而回头来追捧另一种类型。这在影视上体现得最为充分。

在我印象中，当时的电视剧《激情燃烧的岁月》，包括我的《暗算》还有《亮剑》，开始发行时都很困难，没人要，要的也都是便宜出手的，播出后却慢慢发酵，成为荧屏主流。同样的作品，在十年前没人看，现在却成为宠儿。我觉得这就是作家需要读者的配合，读者想要什么的时候你能给他，那你收获幸运。像苏童、格非他们是在（20 世纪）80 年代成名的，当时中国充满着探索精神，充满着想跟世界拥抱的那种热切，他们的作品符合了时代的需求，也一下子成为非常受读者欢迎的作家。但我没赶上趟。

王德威：其实后来您有这么大的国际声誉，我想也算赶上了。因为到 21 世纪的时候，尤其像影视方面的传播，让您这部小说本身的感染力更强大。所以我觉得这是一个很特殊的现象。我想请教您，其实您说您从 1986 年开始创作，那个时候您还在军中，您有一段军中经验，好像和《风声》《暗算》所处理的题材和背景是有关联的。很多读者应该都问过有关密码、钩心斗角的军事行动等问题，您好像如数家珍，这个知识是怎么样得来的呢？

麦家：因为写的时间长。一个小说要写十来年的话，在写的过程中可以大量地积累，你会有意识地去搜集很多数学上的知识，包括密码的知识。我觉得知识是可以学习的，放在一个长达十年的时间段里，搜集这些知识是非常容易的。关键在于，对一个作家来说，你为什么写这个，写这种人？就是别人没有写，我麦家凭什么写？我觉得这个问题其实是值得关注的。

我 1986 年开始写作，由于生在农村，刚开始我也写了很多农村题材的小说，真的写了很多农村题材的小说，但纷纷被韩少功、阎连科们打得简直体无完肤。因为农村题材的小说他们写得太好了，他们的体验比我饱满生动得多了。后来我遇到了一些文学专家，他们说，麦家你一定要寻找自己独到的生活。然后我就开始寻找，发现我还是有个独到的生活的，就是小说里的那种生活，特别单位“701”的生活。我是 1981 年上的军校，是一所很特殊的军校，去的时候并不知道那是一个培养情报员的学校，你们听这名字：解放军工程技术学院无线电系，谁能想到？当时我想工程技术学院肯定就是造房架桥嘛。

这里我先来说说当时我为什么要上军校，这跟我家的政治地位有关。我在一个低到尘埃里的家庭里长大，一直被社会抛弃，被同龄人抛弃。我在同学当中没有朋友，上高中之前我只有一个朋友，就是我的日记本。我从小学起一直在写日记。可以说，我的写作其实是从日记本上开始的。日记最后变成了我的一场病，因为每次写日记我就想起辛酸的童年，很压抑。我想把这根“尾巴”割掉，但我割不掉，我每天都想写日记。直到 1997 年我第一个孩子出生的时候，那天我又有一种冲动要写日记，我就强迫自己去看我的儿子，我对自己说，你已经为人父了，你再也不能和自己的过去，和自己的辛酸往事纠缠在一起。这完全是一种强迫性的，就像有人戒烟，贴了一个大字报在床头——吸烟有害健康，就是用这种仪式，生拉硬扯地帮我戒掉了写日记。但还是经常会犯老毛病，比方说一出来做什么活动，我肯定带着日记本。这是另外一个话题。

话说回来，我从小生活在一个非常特殊的家庭，这个特殊的家庭给我留下了一种特殊的记忆，其实是一种恐惧，对自己家庭出身的恐惧。为什么我当时特别想上解放军学校呢？就是想改变一下自己家庭的政治地位。我参军了以后，家里一下子变得阳光了，等于说是在为国家献身。我当时被军校录取的时候，我们村里人还去举报，说这样家庭里的人怎么能当兵呢！当兵是一种荣誉啊！他们是到人武部去举报的，人武部的人说：“对不起，他走的不是我们这条路，是部队的军校直接把他录取走的。”

王德威： 我觉得看您的作品和一般的谍报小说感觉有不一样的地方，它有一个很深沉又压抑的部分，您刚才说到，也许是因为成长的背景或者军事情报部门的训练有关，这些的确不像是一个小说家可以凭空想象或者造出来的。《风声》和《暗算》，都有一个很庞大的、很压抑的东西在里面，也可以说它是一个历史的或者政治信仰的东西，或者别的什么东西。这个是让我觉得您的谍报小说的处理，和一般的所谓通俗的谍报小说有很大不同的原因，它有一个深沉的东西，而且这东西掌握着作品中每个人物的命运。它不是一个简单的国家主义或者爱国主义，我觉得这是一部分，同时它里面人物本身的个性，人与人之间那种阴郁的纠结，我觉得可能是打动读者的另外一个原因。

但是说到具体的实际写作——我们等下有一段电影可以放一下，电影当然拍得非常好，可是没有像原作那样细致精彩，原作的写作是非常需要才华，需要个人的经验的。（播放《风声》电影片段，从 23 分 4 秒到 29 分 20 秒，讲述在裘庄被软禁时，吴志国和顾小梦第一次同志相认。）我看过原作，我觉得远比电影复杂精彩，而且那个结局其实是不太一样的。

麦家： 完全不一样，我不能接受这个结局。

王德威： 作家跟电影公司的竞争永远如此。

麦家： 但不一样，这次我看了好莱坞写的《解密》剧本，把我所有的精华都用进去了。其实我是个专职编剧，我原来在电视台的职业就是编剧。同时我也在想《解密》如果改编成电影，哪个地方有缺失，这次好莱坞的剧本把缺失的这一块正好补上了。我们不得不承认好莱坞做电影的实力。

王德威： 编剧是洋人还是华裔？

麦家： 是加拿大的编剧，叫克里斯托弗·麦克布莱德，但他在好莱坞工作。我就说，《风声》这个小说其实是一个非常简单的密室逃生游戏，现在很流行。这也是有一路小说都在写的，比方说《东方快车谋杀案》《尼罗河上的惨案》《无人生还》等等，都是把环境封闭起来，赋予人物一个任务去完成。这是这类小说的一个套路，这个套路不是我发明的。我曾经反复读过《圣经》，其实所有的福音书都是不同的人在讲述耶稣的故事。在《风声》写到 12 万字的时候，它只是一个传统的结构，就是只有的“东风”这部分这样一个结构。但是有一天我突然从《圣经》里面得到启发，那时国共关系趋于缓和，我们已经开始承认国民党抗日。这样我就想，好啊，我干脆来一个“东风”“西风”“静风”，“东风”是共产党讲这个故事，“西风”是国民党讲这个故事，“静风”是我来对这个故事进行查漏补缺。

我觉得，《风声》这个小说里面藏着一种巨大的悲哀，有巨大的孤独，也有一种巨大的坚忍。你想一想，一个人，一上来就把你丢到那个裘庄，其实是个监狱，表面上大家都活得很开心，其实有些人已经变成狗，变成畜生，狗咬狗，要把“老鬼”咬出来。我觉得这里面本身存在一种荒诞，把人首先是逼到一种非人的境地。然后小说主人公李宁玉还要完成一个艰巨的任务，在巨大的荒诞、孤独面前，她还要表现出一种英勇，一种巨大的勇气，以至于要以命相搏，把情报传递出去。最后，她终于把情报传出去了。但是翻开下一页，顾小梦马上就跳出来说这个情报根本不是她（李宁玉）传出去的，而是自己（顾小梦）。我觉得这就是一种大悲哀，大绝望，你以命相搏，结果被人指责是在沽名钓誉。电影没有把这种悲剧性的东西表达出来。当然电影要把小说的三段故事都表达出来，是有些勉为其难，毕竟电影的容量有限。我觉得一个三万字的中篇小说是最适合改编电影的，长篇小说挺考验编剧的，取舍很难，很复杂。

那么我为什么不满意《风声》这个电影呢？我觉得我要说得客观一点，就是说，你拍得再好，我都不会满意的。这个就像我养了一个孩子，养到七八岁的时候，被人领走了，然后他养得再好我都不会满意。这是没办法的事。但从技术层面上来说，电影也是有瑕疵的。陈国富（电影《风声》的导演）是台湾一个很优秀的导演，给中国电影带来了巨大票房。我也曾经跟他探讨过，我说你的故事没讲好，他说为什么？我说作为一个密室逃生游戏，它是有规定、有纪律的，所有的人物不能随便死，你不能马上让他们死掉一个，死掉一个人难度就小了。他（陈国富）一上来就让两个人死掉，这是不允许的。

为什么他要让这两个人物死，就是因为人多，把握不住。然后，剩下的三个人，一个是国民党，两个是共产党，那么这个情报也太好传递了，我小说里面的那种大孤独、大坚忍的东西在电影里完全没有了。然后更荒唐的是，电影居然让吴志国走出裘庄，怎么能出去呢？密室游戏是不能走出这个环境的，也不能增加人员。电影后来还增加一个护士，完全违反了密室游戏的纪律和规则，这是我不能接受的。

再说一个细节，吴志国通过唱戏来发电报，护士记录，这个细节很多看电影的人觉得津津有味，但是在我眼里，这个细节是破绽百出的。“情报有假，切勿行动”——这么一个内容固定的情报，它的电报数码（莫尔斯电码）也是固定下的。毫无疑问，没有哪首歌的曲调，可以和这个电报内容的数码相符合。可能有人会说，那没事啊，我可以按照你的电报内容来唱，我来变调，根据你的电报内容我来调整音符。但如果这样的话，护士必须是谭盾这样的音乐家，你稍微变一下调都能听出来。这是不现实的，这就是技术破绽。我觉得这些技术层面的东西就是物质基础，物质基础你是不能破的，如果你把这个容器破了，什么东西都盛不下，水都漏光了。

王德威：我等一下请大家来一起参与发言，容我再多说几句话。我看了《风声》这个电影，我觉得电影很好看，但是我的诠释真的是不太一样。因为陈国富导演是一位台湾导演，也许他真的比较缺乏所谓革命实战的工作经验，但是他的诠释我觉得其特色在于，他把一个爱国的、牺牲的、情报密码战的故事，包装成一个华丽的而且颓废的甚至像是卡拉 OK 里的密室那种风格。他那个颓废的基调，我甚至猜想，其实是让观众觉得新奇的一个卖点。所以我想，刚才大家第一次看到李冰冰和黄晓明演的故事片段，我觉得有一种情欲的味道。我觉得这是在原作中看不到的。

我刚才说了，原作是一个非常忧郁、大孤独的爱国故事，您刚才也说它其实讲的是一个大悲哀。要付出那么多，为一个崇高理想而牺牲。但是在电影里，我觉得那不是陈国富诉求的主要目标，我觉得这两位女性的表演是他的重点。还有那个阴森的、有情色幻想的场面，是他的诉求。我觉得这一部分他是做到了。因为中国的类型电影，还没有到好莱坞的黑色电影那样的程度，但陈国富在他导演的电影中有女性肉体的展示，还有女性之间的一些情感。我觉得陈国富的诠释和原作的精神是不一样的。当然，作为电影导演，他有他的权利，这是我的一个想法。

我不知道在座的有没有对于麦家先生的作品，或者他作品改编的电影，或者任何关于当代的创作环境，有想法或是有疑问的同学，愿意来分享一下你的个人经验或观点。

提问：大家在热烈讨论您的作品被推进英语世界，跨文化传播，影响非常大，尤其是在国外的汉学界和其他文学领域，都引起了很大很好的反响。您可以再跟我们多谈一谈这方面的情况吗？我相信最近一定是很受欢迎的吧。

麦家：王教授请我来，就是最大的欢迎。

王德威：我刚才讲，麦家先生的小说，除了《风声》《暗算》之外，《解密》现在到了好莱坞，正在谈合作的可能性。

提问：我有一个问题，我上次给您做翻译，可能是《解密》刚刚被翻成英语，就是“企鹅经典”文库刚把它翻译成英语的时候，您记得吗？当时有一位记者，一直在问您电影版权费用的问题，在场的人都觉得很骇然。所以我的问题是：您作为一个艺术家，怎么样在这种经济的大风暴中，维护一个作家作为艺术家的人格尊严和主观空间？

麦家：其实我们的尊严是要通过王教授来确认的。不用说，金钱不能维护我们的尊严，坦率说，我钱多得已经是这辈子也花不掉，我的每一个小说都被改编成影视剧，而且一改再改。比方说，最近韩国拍《出租车司机》的制片团队在谈我的小说《风声》的翻拍。《风声》电视剧已经翻拍两轮，现在网剧又出来了。但我觉得这些都不是我想要的，我想要的是导演和制作团队能够看懂我的小说，能够把我小说的精髓表达出来。我相信我的小说是对人性有一些个性的思考的，这种思考被人接受远比挣到金钱更让我满足。我真的不在乎金钱，也许是站着说话不腰痛，但其实我在没钱的时候，在 17 次被退稿的时候，我也没有想到用金钱来捍卫自己的尊严。我心里一直有个虚荣心，现在仅剩的虚荣心，就是读者喜欢并能看懂我的小说，这个比什么都重要。

提问：（香港的一位访问学者）老师您好，您刚刚一开始提到博尔赫斯跟您写作的关系，我在看您的一些资料的时候，也看到里面说您很喜爱博尔赫斯。您还提到您在 1986 年开始写作，那个时候先锋文学开始在国内很流行，那么这类文学的素养，跟您谈的谍报小说，二者之间有没有关系？这两个东西并在一起我觉得很有趣，想听听您有没有相关的想法。

麦家：博尔赫斯是我喜欢提的一个话题，我觉得没有博尔赫斯，可能也没有我现在的一系列小说。博尔赫斯对我意义重大，因为我写的这些题材，不管《解密》还是《风声》，在中国的传统概念里，其实是纳入通俗文学题材的。那么作为我们这种有志于在所谓的纯文学、严肃文学里面“打江山”的人，我们是不屑于写这些的。

其实这段生活我早就有，为什么 1986 年我没去写，直到 1991 年才写，就是因为我不想当一个通俗小说家。但博尔赫斯给了我勇气，也是见识，我后来看博尔赫斯的《交叉小径的花园》，一个短篇，发现它就是一个间谍故事。我可以告诉你，我《风声》整个故事最初的构思就来自这小说。这小说讲的是个什么故事呢？我看到第十遍的时候，终于看懂了里面的故事，就是一个德国间谍跑到英国去，想寻找一个英国反攻的大炮基地。最后他终于找到了，但知道的同时已经被英国的间谍盯上了。然后他开始逃，他知道大炮基地在哪里，他在想应该怎么样把这个情报传给德国的上司。他翻电话号码本，发现有一个人名正好就是大炮基地的地名，然后他就把那个人杀了，以此把情报传递给上司。上电话号码本的人肯定是有身份的人，有人杀他必定会成为新闻上报，这间谍的上司看到自己的手下在杀人，肯定会想，他干吗要去杀这人？这一想是很容易接近答案的。杀人传情报，我真的是受到了这个启发，然后写了《风声》。为什么我突然从博尔赫斯身上得到了勇气和力量呢？因为博尔赫斯是公认的“作家当中的作家”，他很纯粹，一点杂质都没有，纯得像水晶一样。可是人家照样在写盗马贼，写侦探小说。所以我突然懂得，写什么无所谓，关键看你怎么写。

其实，由于我的小说被大量地改编成影视剧，下场是文学性被贬低了，因为某种程度上影视就意味着畅销、通俗，很多人根本没看过我的小说，就说麦家是写通俗故事的。这一点我很自信，你只要看过我的小说，我相信你不会认为我是个通俗小说家，王教授可以做证。

王德威：是的。我谈一下自己阅读的感想。我觉得，博尔赫斯还是有所谓“后现代主义”一面的，有那种幽微、曲折、复杂多义的面相。可是像《风声》或《暗算》这样的作品，我会更容易联想到格雷厄姆·格林，一个伟大的英国小说家。因为现代主义所讲的，就是您刚才讲到的人性那种悲哀的面相和对于某种事情的执着，这种执着在您的小说里面，当然是对情报本身、对讯息本身的执着。这里面有一种非常现代主义的执念。我觉得这一点和“后现代”的博尔赫斯在风格上还是不太一样，所以我等于是故意提出来的。我相信在严肃文学这一块，题材永远不是局限。

但是在风格上，我们能看出来您的作品有它自己比较独特的诉求。为什么我在一开始就说，我看这些作品的时候，觉得有一种很阴郁的东西，它是一个“人”的故事，讲怎么掌握和传递一个讯息的问题，但十次有九次是不可能的，因为有很大的风险。可在博尔赫斯的世界里，这个讯息都扩散了，所以它是一种相对后现代主义的作品。您的作品，当然最家喻户晓的是 21 世纪以来的这三部，《解密》《暗算》《风声》这三部，特别是其中执着的那一部分，我觉得是比较像格林这个系统的现代主义作品。

那么回过头去看，您会不会觉得有一些其他作品可以推荐读者去读的？就是说，我们现在所有的心力都在这几部谍战小说上，但从一个比较大的、广义的角度来看——您刚才说的那个农村题材等，有没有什么其他题材，您觉得在我们现在中文小说世界里还是可以尝试的？

麦家：王教授，我觉得你确实是个大师。我不是恭维你，是深有领教。我想说一下，大概是 2009 年我看到一个报道，是新浪的一个记者，他在法兰克福书展上采访了你。当时我的《暗算》刚刚获得茅盾文学奖，被有些人质疑，说“这个通俗小说凭什么得奖”。当时那个记者问你看过《暗算》吗？你说看过。她问你喜欢吗？你表示喜欢。然后这个对话里面其实也谈到了，对麦家的写作你担心这种题材他难以为继。说实话，当时我看了你那个话，心里嘿嘿一笑，我一定要继续下去，有一天碰到你我会说，王教授你看错了我。

那是 2009 年，《解密》《暗算》《风声》都已经出版，后面我又写了《风语》《刀尖》，事实证明是失败的作品，我现在都羞于提起。那确实是进入了一种自我重复，不幸被你言中。真的，这就是大师，一览众山小，我觉悟不到的事你预先替我想到了。你当时这么说的时候——是记者写成文章的，我真的不以为然，因为我是从石头缝里蹦出来的。我和那些一夜成名的作家不一样，他们有些基本功根本没过关，我好像是压在石头下面 11 年的孙悟空，压得我基本功已练得非常好，除非你不让我上舞台，只要让我登上舞台，我会不停地表演下去，直到死，我根本不愁没东西写。

但是后来，我发现就是进入了你说的那个“难以为继”的状态，我无法超越自己，只能做自己的矮子，要么自我重复，要么一路下滑。有一天当我认识到这个的时候，我决定马上停下来，现在我已经七年没写东西了，因为我没找到新的突破口。

王德威：我们刚刚下午在谈余华的创作，从《兄弟》到《第七天》，谈余华的那种焦虑，我想任何大作家都遇到过类似的挑战。《第七天》他写了七年，结果读者的反应平平，学界的反应是失望。但我觉得余华还是余华，他的能量还在，就是看他能不能沉得住气。我不觉得题材的重复不重复是一个多么大的挑战，但我觉得作家的底气是要在的。作家都是特异功能人士，我觉得很难要求他们每一两年就出来一个杰作。

麦家：我后来一直在想，您为什么会下那个结论。一个肯定是您见多识广；另外一个，我相信当时您肯定是看了我这三部小说后，感觉到我的感情在往下走，感情的浓度被稀释了。关键是感情，一个作家一旦对笔下世界的感情被稀释掉了是很可怕的。

王德威：就是因为写得太精彩了，你要写的《风声》《暗算》的语境，对那个时代、那种氛围的掌握，我觉得已经是非常好了，而且有它文学的深度。可是类似的题材，你就不是很确定能不能继续写得一样让读者叫好，因为你每次都要给读者一个惊讶。这是很难的，就像我们今天在讲阎连科的作品，他也碰到一个类似的困境，包括他自己。阎连科上个礼拜还在这里讲，他觉得他不能再写类似的感觉。

我觉得作家的那种煎熬可能是每一个人都有的，包括张爱玲在内，也有类似的挑战。但是一个作家能不能或者怎么去突破呢？有时我觉得，我们都是凡夫俗子，真的无从判断。

提问：刚刚老师已经提到了这个问题，即关于一个作家如何在同一个题材里玩出新花样的焦虑。那么您对于大陆的谍战剧市场，或者说它接下来的制作，有什么样的期待？或者您觉得它会不会像您之前说的，就是王老师之前在 2009 年的书展上说的，有点担心接下来玩不出新花样？另外，您刚刚讲到了情感，我其实还挺意外的，没想到您会回答情感。因为我觉得可能很多作家会把眼光放在技术上面，这个技术就好像您刚才说的那个物质基础。但后来我又想到，技术这个层面其实是不成立的。我们拿一个很典型的题材——侦探小说来讲，这么多年技术在不断推陈出新。当然这个技术肯定是跟我们现在科技的发展或者说我们生活的发展有非常大的关系，所以我觉得，情感这个切入点其实真的是蛮准确的。那么我们还是回到刚刚那个问题：您对大陆的谍战剧有什么看法？

麦家：我觉得大陆谍战剧现在是一个宠儿，但宠儿也有宠儿的毛病。

一个东西大家都盯着它的时候，偶尔可能还有一些好作品出来，但我相信90%都是烂的。因为它是一个所谓的商业驱动器，大家都到这里来捞金，什么人都有，而且都不是带着自己的特长、爱好来的。我觉得不管是电影、电视剧还是小说，一定要带着自己的热情进去，技术都是可以学的。比方说，这个故事怎么讲，他还没有掌握好技术，可以慢慢来，只要有感情，他就会不停地去磨它，也一定会越磨越完善的。如果完全带着商业利益进来，很可能他今天投钱的目的，就是第二天要挣钱，这样的话很容易把作品做坏。所以整体来说，因为有大量的人和资金在做，会有好作品出来，但看起来好像大部分作品都是烂的。

提问：老师，我再补一点提问。之前您说您不再写这个题材是因为个人感情，感情它好像在慢慢地衰竭，或者说感觉好像在过度地开采。可是，如果说我们把大陆的谍战剧市场看作一个共同体的话，那会不会有这样的可能，就是这个共同体的情感也在慢慢地衰竭，这个共同体的情感也在被过度地开采？那会不会有一种必将到来的衰败呢？

麦家：会的，一种类型开发到一定程度一定会向下走，然后又有一种新的类型崛起。但我觉得现在的谍战剧和谍战小说是两回事情，就像我刚才说的，这个宠儿不是谍战小说的市场发展来的，它有市场外的因素，是资本市场在兴风作浪，所以我觉得这里无须去严判它。因为很多人出于商业的目的，围着谍战剧去切这块蛋糕，不乏会有人切出一块好蛋糕出来，但整体我觉得是不行的。

提问：您说您最近七年基本上不再写作是吧？

麦家：我每天都在写作。

提问：那您在最近这段期间，您最投以希望和热心的，还是写作这件事吗？

麦家：对，每天写 500 字，第二天很可能把 500 字删掉。因为，我刚才也简单地跟大家交流了，我这种经历的人肯定是内心变态的人，会做一些常人觉得不大可理解的事。我特别偏执，一根筋。真的，我觉得对其他领域中一个正常生活的人来说，这种东西肯定是不可爱的，但我觉得作为作家，这是可爱的。我太太可以做证，我每天肯定都是固定的时间坐在电脑前，而且我坐的姿势都是一样的。我写作已经出现了一种病态，到什么程度？电脑上的一行字，有时候到最后不是会有标点符号嘛，我不能接受最后出现标点。如果出现标点的话，对不起，我要到前面去把那个话调整一下，这个标点符号要么缩到前面去，要么挤到后面去，这是不是一种毛病？

王德威：这是作家的一种洁癖、毛病，也是一种纪律，所以我觉得您如果真的做谍报工作，还是有希望的。我举一个相似的例子，就是我在台湾大学的老师，也是一个非常有名的作家，他过去花了 40 年时间一共写出了三本小说，都是薄薄的，但每一本都非常的特殊，毁誉参半，但确实是一个非常精彩的创作者。他每天规定自己不是写 500 字，而是写 100 字，我就觉得那个已经是偏执了，他把废稿纸裁成一条一条的，每天去思考，然后用铅笔乱画，先在各种稿纸上乱画，等画了一天之后，他觉得可以写出 100 字左右长度的作品的时候，他把这些字，或者说只是一些符号、代号，写在这个裁好的长纸条上，然后每天 100 字，累积在一起，要多少年才可以累积成一本长篇小说啊！我就问老师，你这样写，难道不修改吗？你每天这样写，你以为当天写下的是最精彩的，第二第三天不可能反悔吗？他说不会。

这是另外一种偏执，就是把每一天的累积在一起，最后累积到十万字、十几万字。那是极端的极端，他用一种宗教的狂热的方式来操作他的文字。但他的作品好或是不好，我很难判断，因为我觉得他早期的作品还是有相当多的评论家来评论的，后来的作品包括最新的就很难评判，我不晓得怎么来看待这个问题。所以说作家和纪律的问题其实是两个方面，一个是作家跟他的写作感情的问题；但另外一方面，作家对自己是相当无情的，这也是纪律本身的严肃性所决定的。这两个极端我都看到了。

麦家：王老师说的这个事情，我觉得他在做的已经不是一种写作，而是一种生命中的仪式，他是给自己做一个仪式。

王德威：我觉得那个就是偏执了，到了这个程度，你会觉得就是一个宗教式的修行。

麦家：他其实不在乎写什么东西，这种仪式感对他很重要。

王德威：所以我觉得，创作这件事真的是一种很特别的心灵活动。我们时间已经差不多了，再问一个短的问题，好不好？

提问：我一直觉得，谍战片在中国当代是有很明确的时间限制和题材限制的。这个限制的确是和我们自己的政治和历史关系非常大。但您刚才说对谍战片的写作像是情感耗尽了，那您有没有尝试过，把谍战的这种写作技巧带到别的题材，或者是把那个谍战的时间段再拉大，把它放在商战或者是当代的日常生活题材？日常生活当中还有没有谍战？您说的这种大的孤独能不能带到别的题材当中，形成您的谍战的写作风格呢？

麦家：我现在写的东西就是这种大的孤独。其实我已经彻底告别谍战了，这一点我在微博上早已公布。有一天，当我写完《刀尖》的时候，我对自己彻底地失望了，就是被 2009 年的王教授言中了。但我相信换一个角度，我一定可以再写出其他题材的小说。这一点我深信不疑，所以一直在写。昨天我还在跟季进说，我说我电脑里有三部作品，他说那你干吗不发。我说，有时候不发才叫本事。王教授，一个作品如果拿出来没有绝对被人看好的把握，我是不愿意拿出来的。为什么？因为如果拿出来，很可能流于评论，被人恶评，我觉得这样没意义。等七老八十再拿出来，人家会说，这个人可以的，80 岁还能写，其实那是我四五十岁时候写的，我就存在那儿，不拿出来。我相信，也许写着写着，三部四部，也许第五部，我相信王教授一定会认一部的，有这一部时我才出手。然后把前面的那三部等我垂垂老时拿出来，在人们对你没有期待的时候大显手脚，岂不是让人感觉你老而弥坚？

王德威：对，这也是谍报剧的一种曲折，很有趣。我们希望在不久的将来能看到麦家先生面目全新的表现，我相信一定会的。今天在座的很多都是您的影迷和书迷，这真的是一个很难得的机会，这么面对面、近距离地来向您请教。我看时间差不多了，今天就到此暂告一段落，如果还有其他问题，欢迎大家下课后再继续聊，好吗？最后我们用最热烈的掌声来谢谢麦家老师！

三、洛杉矶中文电台访谈麦家

时间：2018 年 4 月 10 日

地点：洛杉矶

访谈对象：麦家

在浩瀚的书籍宇宙中，我们永远只是学生，而且，永远无法毕业，我们也不想毕业，因为书中有理、有智，也有情。郑成功说，养心莫若寡欲，至乐勿如读书。欢迎大家收听，每个星期二下午 3 点到 4 点的“情有读中”。

中国当代著名小说家、编剧麦家被誉为“中国特情文学之父”“谍战小说之王”。麦家出生于浙江富阳，1981 年从军，毕业于中国人民解放军工程技术学院无线电系和中国人民解放军艺术学院文学创作系，现任浙江省作协主席。麦家的主要作品有：长篇小说《解密》《暗算》《风声》《风语》《刀尖》，电视剧《暗算》《风语》《刀尖上行走》，电影《风声》《听风者》等。其作品多次获奖，小说《暗算》获第七届茅盾文学奖，《风声》获第六届华语文学传媒大奖。电视剧《暗算》和根据他同名小说改编的电影《风声》，是掀起中国大陆谍战影视狂潮的开山之作，影响巨大。今天，我们“情有读中”节目特邀麦家老师作客现场。

主持人：麦家老师，您好！非常高兴您能来到我们节目。最近我们大家从新闻里看到，英国最权威的媒体《每日电讯》评出“20 本全球史上最佳间谍小说”，您的《解密》入榜了，在此先恭喜您。说到这里，我也听说，您的《解密》也有可能拍成好莱坞电影。据说已经在进展当中了，是这样吗？

麦家：确实，现在剧本已经写出了第一稿。我也看了第一稿，我个人很满意。当然剧本对于电影来说，只是一个摇篮。这个孩子能不能长大成人，成人之后能不能有出息，这些都还是未知数。

主持人：说到您的小说，好像都是和谍战相关，您是对这方面很钟情吗？您是怎么样开始您的写作生涯的呢？

麦家：我的写作其实是从写日记开始的。我写了非常多的小说，只不过现在因为很多小说没有拍成影视，大家不知道。像《解密》《暗算》《风声》这几部被拍成了电影、电视剧，有的是一而再，再而三地拍，所以广为人知。其实我除此之外，还有更多的小说，只不过没有拍成影视（剧）而已，因为现在（很多人）是从看电影电视剧开始读书的。

主持人：说到《解密》，我知道您好像在前不久也去到了巴黎，是不是就《解密》的法译本跟读者有一个座谈会？

麦家：我是春节前 2 月 6 号到了巴黎，先是在法国的国家图书馆做了一个讲座，然后去了凤凰书店，和读者做了一次见面交流会。其实这两年我这样的活动很多，因为我的书被翻译成 30 多个语种，很多出版社会希望我做一些宣传。

主持人：像您刚刚提到的，近些年您在国外的活动有很多。国外的读者在看到您的书的时候，是怎么样的反馈呢？

麦家：当然什么反馈都会有。但整体归纳起来，有几点是相通的。第一点，他们觉得中国不应该有这样的小说。

我觉得中国文学这些年来，尤其是（20 世纪）80 年代，我们和世界接通了，欧美开始翻译中国作家的小说，但我觉得他们是有选择地翻译，这里面我觉得有一些政治的含义在里面。然后，中国也有一些作家是带着一种迎合西方读者，或者说迎合西方胃口的（出发点），故意写一些他们爱看的小说。比方说记录中国的一些黑暗面啊，记录政治体制上的一些不完善啊，反映我们社会的一些贫困现象啊，包括我们中国电影在走向世界的过程中，有些就采用了这种策略去取悦西方。

慢慢地，西方就对中国有了一种大致的印象，他们总以为“中国就是很贫穷的，就是很落后的，很专制的，充满了黑暗”，“中国的文学也就基本上是这种类型”。有一天，突然出现一个完全和世界接轨的小说，他们就感到很奇怪，“中国原来还有这样的小说”。

我觉得，这是我在海外经常被问道的，赞赏也好，反问也好，就是“你为什么会写这样的小说?”“你是从哪里汲取的营养?”“你想表达什么?”……经常会被问到这样的问题，因为我的题材完全是世界性的。

之前我们中国走出去的小说，一般是关于农民、土地或者知识分子被迫害之类的题材，我的小说确实和以往国外人眼中的中国小说是不太一样的。

（穿插电影《风声》原声片段）

我们现在听到的就是由麦家老师的作品《风声》所改编的电影原声片段。对于这部电影，我相信大家并不陌生，因为里面有数不清的著名演员，包括黄晓明、李冰冰、苏有朋、张涵予、王志文、周迅等。

今天非常荣幸，我们邀请到了《风声》原著作者麦家老师来到节目空中，跟我们一起分享他的故事。

主持人：麦家老师，您的很多部作品被搬上了银幕，而且受到很多人的喜爱。不知道您对这种改编是不是满意呢？有没有特别偏爱的？

麦家：有的满意，有的可以说是很不满意。相对来说，《暗算》的电视剧我是比较满意的，因为我是它的编剧。

电影《风声》的社会影响也非常大，演员阵容非常强大，制作也很精良。就我个人（而言），我还是不是太满意，我觉得它离我的小说还是太远了一点。它在改编我小说的过程当中，没有把我的精华体现出来。但就电影本身来说，制作得非常精美，而且在中国我觉得也需要这样一部电影，它制作非常精良，同时把“谍战”也推到了商业市场上去。

我觉得，因为你知道，在国外，在欧美，间谍电影（谍战影视）是一个巨大的家族。但是中国谍战的电影其实非常少，我觉得这是非常遗憾的。

因为谍战是影视的一个非常丰沛的基地，我们在这个基地里面没长出什么庄稼。那么我觉得《风声》确实是掀起了一个谍战电影高潮，让中国的观众对谍战电影产生了一种期待。我觉得从这个意义上来说，《风声》这个电影是成功的，它在电影史上有它的地位。但是就我个人来说，我觉得它和我的小说之间的距离太远了，它没有把我的故事的核用好。

主持人：麦家老师自己平时也是非常钟情于这些谍战类型的小说或者电影吗？您有没有特别喜欢的，比如海外的？

麦家：很遗憾，我恰恰平常不看这些间谍小说、推理小说，我一概不看，包括电影我也看得非常少。这种推理电影我小时候看过一些，像《尼罗河上的惨案》《东方快车上的谋杀案》，那是小时候看的，等我成年尤其是我从事文学创作之后，其实是不看间谍小说、推理小说的。我也认为我不需要看，因为我觉得这种类型的小说还是过于简单了。我觉得文学要更丰满、更复杂、更深奥。

我相信所有看过我小说（的读者会更了解），不管是我的间谍小说还是侦探小说，都是不以写间谍、侦探为写作目的的。我不想写一个类型小说，我就想写一个人，比如说《解密》写的就是一个破译家，表面上它是破译，破掉“紫密”和“黑密”，但我觉得我的深层意思，我整个写作的目的，是想告诉读者，世上最深奥的密码不是什么“紫密”“黑密”，或者“蓝密”“迷密”，而是人心，人心是世上最难破译的密码。

我觉得这就是文学的目的，归根结底是要探索人心、人的内心，去照亮它也好，挖掘它也好，我觉得这是我们作家的终极任务。相比之下，那些单纯的间谍小说或者侦探小说、犯罪小说、惊悚小说……我都觉得过于简单了，所以这也不是我的菜。

主持人：麦家老师，我记得曾经看过一篇报道，是这样写的：您从一个出身于“黑五类”家庭的孩子到成功的作家，这条路走得也很艰辛，还说到您 9 岁的时候还曾经试图自杀？不知道这份报道是否属实，是真的有这样一段事情吗？

麦家：确有其事，但不是 9 岁，应该是 11 岁。我听你的声音，我估计你很难理解我们“文化大革命”那一段时间中国在干什么。

我觉得，家庭的成份和小时候的经历使我上学以后被抛弃、被欺凌的感觉尤为明显。我觉得还有一个原因，那时候确实年幼无知，对生命也不珍惜，生命的抗打击能力也很弱，包括我今天成为作家，我想跟我内心那种细腻和脆弱是完全分不开的。因为细腻，所有的苦难都被我放大；因为脆弱，很多苦难我就承受不了，所以有一天真的就自杀了。但是天不该绝我，最后是地球引力救了我。我经常（拿这一段）跟人家开玩笑，今天回头说这些，它都成了我的一种经历，有时候我也会带着欣赏甚至玩味的心态去回顾这段特殊的经历。

我经常跟人家说是地球引力救了我。为什么呢？当时我采用的自杀方式是——我那个时候生活在农村，我总觉得现在城里人是无法想象或者无法理解我说的那些——就是农村有很多稻田，稻田就需要用水去灌溉。但这水在水库里面，或者说在河里面、江里面，怎么能灌到水田里去？就需要用抽水机抽上去。安装抽水机的地方叫机埠，就是像码头一样的，是个抽水机的屋子，很多抽水机其实建立在（地里面的）坎上。

当时我想通过触电的方式自杀，就去摸那个闸刀，闸刀安在墙上，而墙下面大概有一个两米高的坝子。打个简单的比方，（这个坝子）像围墙一样，我等于是站在围墙上，去摸那个闸刀，摸电线。

当你触电的时候，人身体自然会扭曲，是吧？这一扭曲，其实你也就离开了，就从围墙上掉下来了。掉下来呢，自然就离开了那个电闸。所以我经常说是地球引力救了我。

我小时候确实有这么一段经历，现在它成了我一种笑谈。但是这段经历你也可以想象，我们家庭在那个时代里地位是多么低下，你大致可以猜测我是怎么样一个人，我是一个非常细腻、敏感、脆弱的人，我觉得这样的人可能离作家更近一点。

主持人：其实说起访问您，还有一段渊源。我曾经在微信上读到一篇文章，是报道您的“麦家理想谷”，看完了之后我就萌生了这样的一个念头，就是联系您，跟您做这样的一个访问。说到“理想谷”，可能很多我们海外的华人朋友还不太理解，究竟“理想谷”是一个什么样的地方？我们请麦家老师来为我们介绍一下，好不好？

麦家：（关于）“理想谷”的初衷，其实（它）是我养的一个宠物。因为你刚才也说了，我小时候是一个被社会、被当时我们那个年代抛弃的孩子，家里非常苦，后来的成长路上也不是那么顺。

但是有一天我成名了，不管是名还是利，多得我都已经装不下了。当然比我有钱的人多了去了，比我名气大的人也多了去了，但是我刚才说了，我内心很脆弱，我承受不了这种巨大的名和利，对我来说过于多了。

所以我想拿出一些给大家，分享给那些文学爱好者，分享给年轻人，所以我建了一个叫“理想谷”的店，它是一个对公众开放（的书店），一切都是免费的。我不卖书，但是我毕竟这么多年，30 年了，我看了大量的书，我自己觉得我这一辈子都是因为阅读和写作拯救了我，完善了我，我也希望让现在的很多人，或者说还有苦难的人，或者还有期待的人，希望（他们）通过阅读来改变自己的人生。

但是很多人其实也是很贫困的，那么我就做出一种姿态，我就建了这么一个“理想谷”，我欢迎大家来读书，你到这边来读书，可以免费地喝咖啡，可以免费地喝茶，当然也可以免费喝开水，一切都是免费的。但是我唯一有个要求，进来后第一手机要静音，第二我不提供 Wi-Fi，为什么呢？就是你来这里的目的都不是来玩是吧？你玩不需要到我这来。

来这里就是充电的，就是要读书的，就是来和文学交朋友的，我希望你在我这里还有冥想，我觉得一个人需要诚实，需要停下来静思默想。

我这里还有一个就是客居创作。是因为很多写作者在写作初期，其实像我当初一样是非常贫困的，也没有机会交朋友，那么我会邀请我看中的那些年轻作者，到我这里来，他们需要我的帮助。一方面，我可以提供一个写作的环境；另一方面，在这个平台上他也可以交到一些朋友。

这么说吧，（理想谷）是一个小小的圈子，进入那个圈子对他来说可能会有一些帮助，就是这样。也有人说难听的话，说我麦家吃饱了撑的就是没事找事；说好听一点呢，我在做公益。但我是很客观地说，每个人都有自己的爱好，有的人喜欢打高尔夫，有的人喜欢养狗养猫，而我就养一个“理想谷”。这个“理想谷”就是我的宠物，因为我喜欢读书人，我的一切，我人生今天所有的一切，都是文学和读书带来的。所以我希望有更多的人能够享受到我的福利，也有更多的人能够通过文学，通过读书改变自己的人生和命运。

这就是我的出发点。因为当时我看到一个报道，一个非常强劲的报道，说莎士比亚书店坐落在巴黎，雨果（小说里）巴黎圣母院的斜对岸。后来我也去看，的确是如此。店面不大，两层楼，只卖英文的书。同时很多作家如果找不到地方住，可以到书店去找个地方，反正就是睡在那也是免费的。

我觉得这蛮有意思的，它成了文学爱好者的一个集散地。我觉得我现在已经有这样的条件了，所以我就仿效它，建了一个。

真正有一天我到了巴黎，包括这次我又去了那家莎士比亚书店，它和我（想象的）……至少和宣传的不一样，它是一个卖书的地方，它就是一个书店。当然它的特点，我觉得第一，主要是卖英语书；第二呢，确实是以文学为主，它的书主要是文学书，我也在那看到了我的《解密》英文版。

主持人：那您的“理想谷”现在购买了大概多少册书呢？

麦家：没有严格地统计过，刚开始有 8000 册，那么现在我估计……因为我断断续续地在增加。由于它名声在外，有的人也会主动寄书给我们“理想谷”，（这里）也是一个和读者见面的机会吧。我觉得现在应该有近万册，至少是有近万册。

主持人：那么在购买这些书的时候，您是用怎样的一个标准去选呢？

麦家：首先是我喜欢，开始的一部分书是因为我看了，看了以后，觉得这些书我已经不需要了，就想让大家再传阅吧。还有呢，很多书是我看过的，虽然我保留了，但这些书现在已有新版，我觉得可以保留一个新版。

再比方说艺术方面的（书），这方面我不太懂，我会请一些艺术、诗歌方面的专家来买。大概今年春节前，我委托了北京的一个私人（朋友）叫殷实的，我请我的太太打给他 5000 块钱，我说我需要了解最新的诗歌创作现状，希望你给我买 5000 块钱的书，你眼中值得推荐给读者阅读的诗歌。包括艺术、哲学，我都会请这个行业里面的相关专家来推荐。因为坦率地说，我对小说比较了解，但是小说之外的，像诗歌、艺术、哲学等，我觉得我虽然平常也在阅读，但是缺乏权威性，因为你不全面，就很难做出一个客观公正的评判，所以我会请专家来帮助我。

主持人：我想问一下麦家老师，在您的生涯当中，改变您人生的书籍是哪一本？

麦家：各个时期不一样。我觉得如果你要问我哪一本的话，我只能说有三本书，它们对我的人生有非常大的意义，可以说是改变我人生的三本书。

第一本书是我在 12 岁，也就是我自杀的第二年邂逅的一本书。它是我们中国的一个老作家曲波先生写的《林海雪原》，这是我读的第一本小说。虽然它的文学性不是那么高，但因为它是我读到的第一本文学书，对我来说意义非常大，因为正是这一本书，让我一个 12 岁的少年，忽然知道这个世界不仅仅是我眼前看到的那个乡村。那本书打开了我对外面世界的向往，我突然知道了，在这个世界外面还有一个世界，那个世界和我身边的（这个）世界完全不一样。它突然给了我一种我要走出这个村庄的期待，（这种期待）种在我的心里了。

那么我刚才说了，我其实从 12 岁开始，也就是读了曲波先生的《林海雪原》之后，就开始写日记了。我为什么写日记？就是因为我小时候没有朋友，我通过写日记来发泄内心的思绪，（发泄）内心对这个环境、对那些欺负我的人的不满。这个日记我一写就写了 20 多年。然后有一天，到了 1986 年，我突然邂逅了另外一本书，就是美国作家塞林格的《麦田里的守望者》。

这本书其实很多大学生都读过，据说世界上除了《圣经》就是它（销量最高）了。那么这本书有什么特点呢？（它的主角）是一个十四五岁的少年，叫霍尔登。他内心非常郁闷，非常狂躁，他就……对这个社会进行反抗、反叛。

看这个小说我突然觉得，（原来）小说可以这样写，我感到很意外，因为这之前我已经在写作了，我刚才说了，我 12 岁开始写日记，我觉得这个小说和我的日记差不多。虽然我之前已经看了很多小说，但确实从来没看到小说可以这样写。因为以前我看的大部分都是中国文学（作品），大多是一种传统的小说，和我的日记完全是天壤之别。但是塞林格的《麦田里的守望者》确实是一个自叙性的小说，里面没有故事，只有一个少年的情绪，而这种情绪和我的日记非常相近。

这本书确实点燃了我写作的冲动，我觉得小说既然可以这样写，我为什么不学学呢？从那以后，我开始学习写小说，我的第一篇小说的名字就叫《私人笔记本》，其实就是日记。

然后（对我产生重要影响的）还有第三本书，那就是博尔赫斯的小说集。博尔赫斯是阿根廷作家。那是到了 1993 年，我有机会去西藏。我举行了一个仪式，只带一本书去，我在那里要待很长时间。开始说是要待半年，但事实上我待了 4 个月就回来了。我想带一本书，我说我要反复地阅读这本书。

当时我选择的一本书就是博尔赫斯的短篇小说集，因为我那个时候已经喜欢上这个作家，觉得这个作家像亲人一样走进了我的内心，我想更紧密地拥抱他。我觉得反复地阅读它，确实也对我的文学气质是一种打造。

所以现在很多（报刊），包括《纽约时报》《华尔街日报》，（还有一些）独立的书评人，在我的小说里面看到了博尔赫斯的影子，我会欣然接受这样的批评，或者说评价。我相信我的小说里面肯定会有博尔赫斯的影子，因为这是我的亲人，我曾经反复地阅读他（的作品）。

主持人：现在您越来越忙了，还有时间创作吗？

麦家：当然了。我觉得写作是我的生命，我每天都写作，除非有公务。写作成了我的一种生活方式，我的生活每天就在阅读和写作当中（度过）。比方说我出差，比方说到国外，有时候确实是因为公务太繁忙，不能写文学作品，那么我会每天写日记。就是已经（到了）不写不读，一天就不知道怎么过（的状态），有一种魂不守舍的感觉。我觉得读书和写作成了我生活的主要内容。

第五章

法兰克福“麦家之夜”

2018年10月5日到11日，麦家及其团队赴德国参加法兰克福书展，在法兰克福书展中国国家展台举办《风声》新闻发布会，在法兰克福孔子学院举办德文版《解密》读书交流会，在海德堡美国文化中心举办麦家文学国际讨论会，而最重要的是10月9日在黑森宫（Hessischer Hof）大酒店的罗马厅举办了“麦家文学国际之夜”（Meet Mai Jia）。麦家的国际出版商和版权运作合作伙伴、国际文学推广机构及国际媒体会聚一堂，探讨以麦家为代表的中国当代文学在海外的传播与接受。以下是“麦家之夜”的有关情况及相关报道。

一、法兰克福书展举办“麦家之夜”①

当地时间2018年10月9日晚，全球最大的书展——法兰克福书展在开幕当天举办“麦家之夜”，重磅发布中国当代著名小说家麦家的第三部长篇小说《风声》的国际版权。这是法兰克福书展上第一次举办中国作家个人主题活动，20多个国家的近百位出版人兴致勃勃地聚集在高雅的罗马大厅。作为开幕式当天的首场热点活动，“麦家之夜”吸引了来自美国、法国、意大利、德国、西班牙、俄罗斯、荷兰等国的众多出版商和译者。

《风声》讲述的故事发生在1942年，在中华民族危难之际，中国英雄与敌人斗智斗勇，挽救国家于万一。小说获得了“华语文学传媒大奖”“人民文学最佳长篇小说”等诸多奖项，至今还被读者津津乐道。而九年

① 田园：《法兰克福书展举办“麦家之夜”》，《光明日报》，2018年10月11日。

前的同名电影同样精彩，不仅获得了不俗的票房，还荣获金马奖等一系列重要奖项，成了国产电影的里程碑之作。目前，韩国著名电影公司 LAMP 正在翻拍《风声》，电视剧版的《风声》也即将与观众见面。

据记者了解，此次书展的主办方盛邀麦家，既得益于麦家作品的文学魅力，也缘起于三年前的一次相聚。当时，麦家带着德语版的《解密》来到德国，与德国同行和德国读者见面。这部作品在当时立刻吸引了德国前柏林文学会主席乌里・亚涅斯基的目光。亚涅斯基先生认为，《解密》让他想到了德国著名作家君特・格拉斯的《铁皮鼓》，值得好好推广。而在这两年间，法兰克福书展始终关注着“麦家”这个中国作家的名字，继而发出了这次邀约。“麦家之夜”的概念由德国专家发起，他们认为一位国际化的作家、一部国际化的作品，应当在国际书展上让更多国家的出版人共同看到其闪光点，让他们一起探讨如何让其更好地走近各国的读者。

除了《风声》的国际版权推广，此次法兰克福书展还将邀请麦家登上世界思想论坛。

迄今为止，麦家第一部被外译的作品《解密》已经累计签出了 33 个语言的版本，并获得了多个国家主流媒体的高度评价。英国《经济学人》将它评为“2014 年度全球十佳小说”，美国《华尔街日报》则在书评中将它与尼采、博尔赫斯、纳博科夫等大哲学家或大文学家的文风相提并论。而另一家英国大报《每日电讯报》更是把它与毛姆的《英国特工》、“007 系列”电影、《谍影重重》的原著小说一同纳入“史上最杰出的 20 部间谍小说”。

华语文学传媒大奖在《风声》的授奖词中写道：麦家的小说是叙事的迷宫，也是人类意志的悲歌；他的写作既是在求证一种人性的可能性，也是在重温一种英雄哲学。他凭借丰富的想象、坚固的逻辑，以及人物性格演进的严密线索，塑造、表彰了一个人如何在信念的重压下，在内心的旷野里，为自己的命运和职责有所行动、承担甚至牺牲。麦家说：“总体而言，我的书写有一个共同的主题，就是‘解密’，去发现那些幽暗的、被遮蔽的世界。我所描写的是一群世俗的阳光无法照耀的人，我笔下的天才，他们的聪明才智可以炼成金。”

当日的活动中，《风声》英文版权的签约是“麦家之夜”最引人注目的亮点。它被“英国最佳独立出版社”——“宙斯之首”出版社成功购买。关注中国文学走出去的读者，或者是中国科幻文学的粉丝，应该不会对这家出版社感到陌生——它就是英文版《三体》的出版方。这次为了签下《风声》的英文版权，“宙斯之首”诚意满满，在激烈的竞争中，它的报价和营销方案最终脱颖而出。出版总监劳拉·帕尔默说：感谢麦家相信我们的出版社，我的同事已经成功将中国的《三体》打造出一个科幻市场，我擅长的是间谍悬疑类小说，而很幸运的是我等到了麦家的《风声》，我一定不会输给我的同事。

《风声》的英语译者米欧敏，前不久刚刚获得“中华图书特殊贡献大奖”，这也是她第三次与麦家合作，之前翻译的《解密》《暗算》被《经济学人》杂志评价为“翻译界的瑰宝”。被问及“英语读者是否能读懂中国这段历史，以及是否会喜欢这样的小说”时，米欧敏回答道：“麦家小说中所拥有的都是被深深伤害过且有缺陷的个体，但是他们经常会以牺牲自己作为巨大代价，在极端困难的环境中获得让人惊叹的东西。《风声》是一部非常精美的小说。这是一个所有证人都在撒谎的犯罪故事。麦家本人将这部作品称之为他自己版本的‘密室之谜’。英语读者可能不熟悉历史背景，但我认为这不是很重要：因为它是一个谜题故事，读者会沉浸于尝试解开各个谜团。”

此次活动当晚，《风声》的英语、意大利语、葡萄牙语、土耳其语、芬兰语等 5 个语种的版权尘埃落定，另有德语、西班牙语等十余个语种的版权达成初步意向。麦家在接受《光明日报》记者采访时表示：“很自豪能够代表中国参加世界最大的书展。我们的作品之所以能够受到许多国外大型出版集团的关注，要感谢我们背后的祖国。祖国的强大让世界越来越多地关注中国，我们的文学作品也受到了更多的关注。我很高兴能够为中国文学作品走向世界贡献绵薄之力。”

二、麦家是怎么被找到的[①]

“麦家之夜”——2018 年 10 月 9 日晚在第 70 届法兰克福书展开幕式结束后举办。英美和中国很多媒体都进行了报道，说这是有史以来中国作家在全球最大的书展上做的第一场个人主题活动。

的确如此。

有一位名叫罗令源的旅德华裔作家，用德语写作。2007 年她发表了一部小说，书名翻译成中文叫《中国代表团》。德国亚马孙上评四星，德国《焦点周刊》说，这本书应该被塞进每个出发去中国的外交官的箱子里。我觉得，仅仅这个书名就点中了德国人的穴，让他们拍手叫好。因为他们眼中的所谓典型中国人，就是一组组的代表团，从政府代表团到商务团、旅游团，以及毫不例外的作家代表团。中国人出国总是组团，无论因公因私。每个团还任命一名团长。

也许是组织纪律使然？也许是外语不行使然？也许是图省事一锅烩使然？

政商领域也就罢了。然而，在文学艺术领域，代表团这个现象就比较麻烦。每本小说都是作家一个人埋头写出来的，艺术作品也是每位艺术家冥思苦想独创出来的。到了海外，尤其是西方，你把他们塞进一个代表团里，以集体形象出现，就显得十分错位。西方人包括德国人的习惯做法是，拿起一本书，叫出一个名字，对上一张脸。文学和艺术界只流行个人主义，就是这个道理。

阿克曼是一位“中国人民的老朋友”，1975 年就来北京当工农兵学员，1988 年开办了北京歌德学院。从院长的位子上退休后也不回德国老

---

① 王竞：《麦家是怎么被找到的》，《财新周刊》，2018 年 11 月 12 日。

家，而是继续留在中国做文化交流的顾问。他敢说些“大逆不道”的话，批评国内在文化输出方面的某些误区。“没有中国文学这回事儿!”阿克曼的这句名言，已经让有些领导不高兴了。我们就是要向国际上推广中国文化，你怎么居然说没有中国文学这回事儿?

其实，阿克曼的一片苦心是，别用“代表团思维”做中国文学的国际推广。“中国文学”这个概念本身就像一个代表团，大而抽象，没有一张具体的脸。如果你打着这个牌子在海外活动，不要惊讶对方不怎么来神。但是，如果你在国际出版精英云集的法兰克福发出一份邀请，上面赫然印着“麦家之夜——卖掉33个国际版权的中国小说家带着新书来了”，你就会发现，不仅“麦家之夜”的举办场所黑森宫大酒店的罗马厅被挤得满满当当，连走廊上都站满了人。原定45人的小型招待会爆棚，二十几个国家的版权代理、出版商、文学推广人、翻译和媒体，再加上书展呼朋唤友的传统，上百人光临了这个夜晚。在一次次举杯、握手、拥抱、合影后面，国际版权销售的速度和数量也紧跟着攀升。

在麦家从杭州去了趟法兰克福不久之后，另一位“老麦”从伦敦到了北京、上海，这就是英国作家伊恩·麦克尤恩。我的微信朋友圈里差不多有一个多星期，天天都是这个名字。媒体兜出十年前余华对他的评价，作家张悦然问他七十岁生日“大趴”都谁去了，编辑黄昱宁问他怎么重建虚构信仰，普通读者问他的写作习惯以及他对婚姻和英国脱欧的看法。他自己则主动就人工智能发表演讲，还在阎连科组织的人大创造性写作研究生班给学生们上创意写作课。他的名著《最初的爱情，最后的仪式》和《赎罪》又被拿出来如数家珍，一张张图书封面和电影剧照也被贴得哪儿哪儿都是。

这一切是多么正常！全世界是怎么对待一个作家的，我们在国内也是这么对待人家的。我仔仔细细读了朋友圈里所有关于英国老麦的纪实报道，憋足了劲儿去找一个词——“英国文学”，直到麦克尤恩从朋友圈里退潮了，也没有找着。

我们其实懂怎么玩儿文学，就是一出国门就忘了。这是件颇令人费解的事。

法兰克福书展上有一个与德国外交部共同组织的对话平台：世界思想论坛。他们关注全球领域内的重大话题，在国际知名作家、译者、出版商和文化工作者的圈子内寻找发言嘉宾。书展每年有三千多场用各种语言举办的活动，唯独这个平台配置了昂贵的同传设备。

麦家就是今年被请上这个平台的中国嘉宾。这个故事也很好玩，告诉我们为什么出了国门，至少在做文化交流时，“代表团”和“中国文学”两个标签可以暂且搁置。

世界思想论坛今年策划了一个主题，叫“审视文学中个人与国家的关系——从经典到当代”。中国经典在德国出版市场已经有的挑了，2016 年出版了引起轰动的《西游记》，紧接着 2017 年，享有中国第一部小说美誉的《三国演义》德文版上市。其德文译者尹芳夏被确定为经典部分的对谈嘉宾。在当代文学部分，论坛邀请了麦家。他 16 年前创作的长篇处女作《解密》，写了一个数学天才和密码破译专家容金珍的故事。个人命运与激变社会的博弈，给读者留下了难忘的印象，包括德国读者。

如果《解密》没有被翻译成德文出版，如果容金珍没有作为一个文学形象加入国际文学的大家庭，麦家的名字可能不会出现在世界思想论坛的名单上。国际文学艺术思想圈里的游戏规则其实也有它不复杂的地方，我把它叫作“找名字”。麦家的名字之所以被找到，作品先行是必要条件之一。但是要知道，一部作品从被发现，到谈版权、签约、翻译、出版、市场推广，需要漫长的时间。而且，世界上没有任何一家保险公司能够担保一部文学作品的成功。

如果有越来越多的中国文化人物的名字频繁地出现在各种话题中，中国的文化就真的走出去了。而不用像现在这样，急吼吼的，到处都是焦虑的面容。领导们心说，中国已然是世界第二经济强国了，咱们的文化也得跟上啊，赶快！赶快！于是出台很多政策，很多资金被投入到文化软实力的输出项目中，很多代表团也被纷纷派了出去。事实上，经济发展的速度很难复制到文化发展中去，就像不能要求大象跟小猫似的两个月就能怀胎产子。然而，有一条经济管理的定律在文化领域也适用，那就是专业的人做专业的事。

麦家的《解密》迄今在全球卖掉了33个语种的版权。这在世界当代文学的市场上也不多见，堪称奇迹。可以说，他的小说首先是被西方市场发现的，随后就顺理成章地踏入了国际出版的市场轨道。也就是说，那里没有大国崛起的文化急躁心态，而是成熟的、追求市场影响力最大化的出版运作。而且，文化的差异性也真实存在，需要时间来打磨。比如，西方有的出版商对麦家的作品属性比较困惑，是纯文学中的间谍小说，还是类型小说里的纯文学？这种在定位清晰的西方图书市场上不站队、我行我素的写作风格，使得麦家的作品在某些语种市场还没有达到预期的畅销程度。好莱坞反正抢先买下了《解密》的电影版权，目前剧本已经进入了创作阶段。

麦家奉行市场原则，请了位台湾人代理谭光磊打理图书版权事宜，自己待在杭州的家里写作。谭光磊有十余年的图书版权交易经验，讲究策略。2015年，他向国际出版界首推《解密》，大获成功。但他没有乘胜追击，而是按兵不动。2018年，当《解密》为麦家打上了“伟大的小说家”（英国《经济学人》评语）的光环后，谭光磊才开始推介麦家的下一部作品《风声》。《风声》的文化背景门槛比《解密》高出不少。麦家用国、共、日、伪4种政治立场的复杂历史关系，支撑起一个密室推理般的谍战故事。外界不了解这段中国历史，就像中国读者不了解西班牙内战一样。不过，在过去的三年中，国际读者和出版商们已经开始喜欢和期待麦家了。《风声》的推出，就是激发他们的动力，去了解一段复杂而重要的中国历史。

法兰克福的“麦家之夜”，对麦家也是件新事儿。平时他在家里写作，对自己实施部队般严格的作息：每天早上 5 点起床，写作两个小时，7 点早餐，之后散步一小时，从 9 点写到下午 1 点。吃午饭，睡午觉，下午 4 点至 6 点是健身时间。晚上 6 点多钟吃晚饭，7 点到 8 点处理杂事，8 点之后，要么接着写，要么读书看电影。天天如此，不许被打断，情绪不得受干扰，直至新书的最后一个字敲完。

在欢声笑语的“麦家之夜”，他穿了件驼色的西装上衣，配牛仔裤，正式加休闲。每张合影上，他都笑得有点拘谨。也难怪，他是位小说家，是驾驭语言的人，但在这个国际之夜，交流全是英文，而他的英文水平是以单词为单位的。来来往往跟他打招呼的，有荷兰的、韩国的、英国的、土耳其的版权经理……慢慢就数不过来了。大家都非常开心。平时都跟谭光磊讨价还价，今天机会难得，能亲眼见到这位藏在故事后面的大作家。“他有点腼腆，但非常和善，招人喜欢。”一位穿红连衣裙的波兰出版人说。

这天晚上，各国来宾们都爱上了中国作家麦家。

三、《风声》英文译者米欧敏问答

问：在成功翻译《解密》之后，您又译出了《风声》的英译本，相比之下，两部小说的翻译难度哪个更大，为什么？

答：三本书的翻译在难度上都提出了不同的挑战。《解密》和《暗算》中，有大量有关破译密码的技术信息，在翻译时必须确保正确。翻译《风声》时，挑战更多的是如何在翻译中保留故事的细微之处和含蓄之意，而不致过度翻译，使读者始终保持紧张感。

问：您认为在《解密》和《风声》这两部作品中，麦家的写作思想是否是一致的，是不是都充满了英雄主义的色彩，或者说《风声》与《解密》相比，又体现了麦家小说的哪些特色。

答：就个人而言，我并不信仰英雄主义。其实，我的博士论文写的就是与中国古代英雄传说有关的内容，所以这个话题我有一定的专业知识背景。在我看来，这些小说中很明显没有任何一个人物可以视为符合古典文学中的英雄形象。麦家小说中都是些被深深伤害过且有缺陷的个体，但是他们经常会以牺牲自己为巨大代价，在极端困难的环境中获得让人惊叹的东西。这在麦家的作品中当然是一个统一的主题，但我没法确定哪一部小说把这个主题表现得更明确。

问：《解密》英译本出版后，中国翻译学界给予了很多好评，有研究生甚至把这部作品作为自己的论文写作题材，认为既忠实于原作，又灵活地照顾了英语世界读者的习惯，此次翻译《风声》是不是还能贯彻这一原则？

答：我之前出版的翻译作品都经过了仔细的复核，大家也对翻译的准确度发表了评论。在我翻译的作品中，我试图准确地传达中文的原意，但也会保持其语言习惯。如果可以的话，我不希望读者意识到它是一部翻译作品，但同时我也尽量避免使用非标准和非典型的用法，因为我想确保人们在十年、二十年甚至五十年之后，仍然可以阅读和理解它。无论翻译中国的古代还是现代文学作品，这一直都是我的原则。

问：《解密》已经被《每日电讯报》选入有史以来最佳的 20 部谍战小说，您认为与《解密》相比，《风声》的文学性和成就如何？英语世界读者会喜欢这一以中国的抗日战争为背景，强调为国家牺牲自我的谍战小说吗？

答：《解密》和《暗算》是同一种类型的书，但《风声》却不一样。这是一个所有证人都在撒谎的犯罪故事。麦家本人将这部作品称之为他自己版本的“密室之谜”。英语读者可能不熟悉历史背景，但我认为这不是很重要，因为它是一个谜题故事，读者会沉浸于尝试去发现有什么事情发生。我希望喜欢前两本书的读者也能喜欢第三本书，因为《风声》真的是一部非常精美的小说。

四、麦家海外版权代理谭光磊问答

问：您估计《风声》能和《解密》一样，在西方读者中产生强烈共鸣吗？原因何在？

答：《风声》是我读的第一部麦家作品，但最终选择了从《解密》开始推，一方面是考虑到里面的历史背景和国共日伪的复杂关系，对西方读者来说可能不是那么容易理解（就像我们对西班牙内战肯定也不熟悉）。相较之下，《解密》是数学天才容金珍的成长史，以中国近代史为背景来衬托，就比较容易进入。但现在已经有了《解密》的基础，喜欢麦家的外国读者和出版人就更有动力，也更愿意去了解《风声》相对复杂的历史文化背景。另一方面，《风声》是密室推理，也是罗生门的多角叙事，这都是西方读者熟悉的元素，但麦家的笔法又与西方作家截然不同，这样“熟悉中带着陌生”，就是文学最引人入胜之处。

问：《解密》开启了麦家作品海外出版的道路，我感觉这条路始终是稳扎稳打的。换句话说，没有一下子把作品全推出去，而是分批推广，这是不是中国作家走向海外的比较好的策略？

答：从版权代理的角度，要推介一个作家，肯定是从最容易引起（目标读者/市场）共鸣的作品开始做起，有了成果，再继续推进，而不是要求外方一下子全部买单。稳扎稳打确实是我们的策略，我宁可将单本书的影响力做到极大化，再来推第二、第三本书。中国作家走向海外，如果要走真正有市场影响力这条路，那么找到最适合国际市场的作品，作为开路先锋，可能是最关键的一件事。

后 记

麦家作品的世界旅行是中国当代文学海外传播历程中一个十分独特的现象，它创造了诸多当代文学走出去“之最”：《解密》英文版上市当天就创造出“中国文学作品海外排名最好成绩”，赢得“中国作品海外销售的最好成绩”，是首次进入英国“企鹅经典”文库的中国当代作品，《解密》英文版发行不到一年就跃居“中国当代文学译作海外图书馆藏第一”，收藏《解密》的海外图书馆“70%左右是公共图书馆和社区图书馆，30%是学术和研究型图书馆”。麦家也成为“西方媒体和出版界最为青睐的中国当代作家”，得到15%的版税，达到英美国家“畅销书作家的水平”，是第一位在法兰克福书展上举行个人主题活动的中国当代作家。在西语国家巡回宣传的25天里，接受了107家西方重要媒体的采访，得到一致盛赞。

麦家作品“走出去”的历程是怎样的？西方媒体、评论界的反应如何？麦家作品在西方世界的成功传播对于中国文学更好地“走出去”和“走进去”提供了哪些有益的启示与借鉴？这些都是我们力图通过本书所要呈现的。

麦家及其作品向国外展现了一个全新的中国作家形象和中国文学形

象。“企鹅当代经典”书系总监亚历克斯说：“麦家先生颠覆了我们对中国作家的传统印象，我们没想到中国也有这样的作家，他写作的题材是世界性的。”《纽约时报》刊文称麦家“摆脱了数十年来‘西方看中国作家’的传统模式”。他的小说既是主流的，又是商业的；既是公益的，又是诗意的，打通了中西文化的人生价值、国家理念、民族精神、英雄主义等人类共同主题，积极地消解了较长时间以来西方评论界认为中国文学多是描述落后乡村及扭曲性爱等顽固的、一边倒的偏好和误读。中国的主旋律文学成为西方大众畅销书，开启了西方报道中国主流作家的新篇章。麦家笔下的“中国英雄”和“中国天才”成为被世界津津乐道的“世界英雄”和“世界天才”。

麦家曾说，了解一个国家最简单的方式就是阅读它的文学。他对中国文学走向海外的前景充满信心，断言今天我们怎样迷恋西方的文学，明天西方人就会怎样迷恋我们的文学。

本书的编著得到了很多人的帮助，在这里谨表谢忱。山东师范大学的博士生鹿佳妮整理和翻译了亚马孙英文网站和 Goodreads 上读者对《解密》的评论，并协助校对了书稿全文；张立友博士利用在英国访学获取学术资源的便利条件，帮助查找到几篇难以找到的英文文献；苏州大学的周春霞博士、赵韧博士帮助解决了西班牙语、德语文献翻译方面的问题，在此一并致谢。

编者

2021 年 5 月